MAXIME CHATTAM

Né en 1976 à Herblay, dans le Val-d'Oise, Maxime Chattam fait au cours de son enfance de fréquents séjours aux États-Unis, à New York et surtout à Portland (Oregon), qui devient le cadre de *L'Âme du mal*. Après avoir écrit deux ouvrages (qu'il ne soumet à aucun éditeur), il s'inscrit à 23 ans aux cours de criminologie dispensés par l'université de Saint-Denis. Son premier thriller, *Le 5e Règne*, publié sous le pseudonyme Maxime Williams, paraît en 2003 aux Éditions du Masque. Cet ouvrage a reçu le Prix du Roman fantastique du festival de Gérardmer.

Maxime Chattam se consacre aujourd'hui entièrement à l'écriture. Après une trilogie composée de *L'Âme du mal*, *In tenebris* et *Maléfices*, il écrit *Le Sang du temps* (Michel Lafon, 2005) puis *Le Cycle de l'Homme et de la Vérité* en quatre volumes – *Les Arcanes du chaos* (2006), *Prédateurs* (2007), *La Théorie Gaïa* (2008) et *La Promesse des ténèbres* (2009) – aux éditions Albin Michel.

Sa série *Autre Monde* a paru chez le même éditeur, ainsi que *Léviatemps* (2010), *Le Requiem des abysses* (2011), *La Conjuration primitive* (2013), *La Patience du diable* (2014), *Que ta volonté soit faite* (2015), *Le Coma des mortels* (2016), *L'Appel du néant* (2017), *Le Signal* (2018), *Un(e)secte* (2019), *L'Illusion* (2020) et *La Constance du prédateur* (2022). Son nouveau roman, *Lux*, paraît en 2023.

Retrouvez toute l'actualité de l'auteur sur :
www.maximechattam.com

LA CONSTANCE DU PRÉDATEUR

ÉGALEMENT CHEZ POCKET

MAXIME CHATTAM

LA CONSTANCE
DU PRÉDATEUR

ALBIN MICHEL

J'écris en musique pour m'isoler dans mon cocon créatif. Je ne saurais trop vous recommander de lire ce roman de la même manière. Rien que vous et cette histoire, la musique pour vous transporter dans ces pages.

Voici les albums que j'ai le plus écoutés :
– *A Christmas Carol*, de Dustin O'Halloran et Volker Bertelmann ;
– *Antlers*, de Javier Navarrete ;
– *The Silence of the Lambs*, de Howard Shore ;
– *eXistenZ*, de Howard Shore ;
– *The Batman*, de Michael Giacchino.

J'ai rédigé les trois derniers chapitres (64, 65 et 66) en écoutant en boucle le titre suivant – si vous voulez bien faire, cornez la page du 64, et lorsque vous y serez, mettez :
– « Générique de fin », de l'album *L'Affaire SK1*, de Christophe La Pinta et Frédéric Tellier.

© Éditions Albin Michel, 2022
ISBN : 978-2-266-31127-4
Dépôt légal : février 2024

À ma femme, ma fille, ma mère, ma sœur...
À toutes les femmes, au cœur de tout,
pourtant souvent victimes.

« Mais j'ai un rendez-vous avec la Mort
À minuit, dans quelque ville en flammes,
Quand le printemps d'un pas léger revient vers le nord
Et je suis fidèle à ma parole :
Je ne manquerai pas à ce rendez-vous là. »

Alan SEEGER
(*J'ai un rendez-vous avec la Mort*).

Intelligent, le tueur en série Ed Kemper finit par comprendre qu'il tuait à cause de sa mère qui l'avait détruit psychiquement, alors il la décapita et se rendit à la police.

Question posée pendant son procès :

– Pourquoi avez-vous tué ces filles ?

– Il n'y avait que comme ça qu'elles pouvaient m'appartenir. Je leur ai pris leurs âmes, et je les ai toujours.

Ed Kemper, condamné en 1973
pour les assassinats de huit femmes.

PROLOGUE

Claire n'aimait pas sucer.

Elle détestait ça même. L'acharnement un peu vain, illusoire, de vouloir faire durer les choses. La perte de temps, d'efficacité. Et puis les sons que cela produisait ! Claire avait un vrai problème avec les clapotements de joues, les claquements humides de langue, les décollements successifs des lèvres moites ou les déglutitions à répétition.

En face d'elle, sur le siège du bus qui parcourait la banlieue nocturne, une jeune fille s'escrimait avec délice sur sa sucette qu'elle enfonçait, tournait, retournait, du bout des doigts ou avec la dextérité de sa bouche. Machinalement, rivée sur l'écran de son smartphone qui lui nimbait le visage d'une lueur livide, la fille se délectait de son bonbon à grand renfort de bruits mouillés. Et cela agaçait Claire de plus en plus.

Dans un bus quasi vide en plus ! Pourquoi était-elle venue s'installer juste là, face à elle ? En s'asseyant ici, la fille avait réduit l'espace disponible, les contraignant toutes les deux à une promiscuité gênante et malvenue.

Claire hésitait, entre le coup de genou maladroit en feignant de mieux s'installer et la baffe involontaire de l'écharpe qu'on réajuste. Dans les deux cas, ce n'était ni malin ni sympa. C'était son problème à elle, si elle ne le supportait pas, non ?

De la misophonie. C'est comme ça que ça s'appelle. Je suis misophone, je deviens folle dès qu'un clapet naturel racle ou qu'une muqueuse trébuche bruyamment.

Elle avait failli passer à côté de son futur mari à cause de ça. Lors de leur premier rendez-vous, Thierry avait fait un de ces bruits avec ses mâchoires lorsqu'ils avaient dîné ! Avant même la fin du plat, elle savait que ça n'irait pas plus loin entre eux, à cause de ces craquements, de sa manière de mastiquer. Mignon, certes, mais trente ou quarante ans à entendre cette horreur, non merci ! Au suivant !

Sauf que Thierry avait tout le reste, ou presque. Pendant le déca de fin du repas, sa conversation, son charme et sa douceur avaient étouffé le défaut insupportable. Quand elle y repensait, Claire devait bien admettre qu'il en avait des qualités, son homme, pour compenser une telle abomination…

Elle décrocha un sourire dans la lumière chassieuse du bus.

La fille en face releva ses yeux noirs. Elle semblait dérangée par cette manifestation de joie dans leur environnement sinistre. À présent qu'elle n'était plus captivée par son écran, son regard paraissait éteint, comme si la seule source de vie en elle provenait du virtuel, de son profil Instagram ou de ses tweets.

Claire fixa le bâton de sucette enfin immobile et appuya son sourire pour injecter un peu d'humanité dans ce désert glacial. La fille eut presque un mouvement de dégoût, avant de retourner à son écran qui l'aspira aussitôt, la rassura. Les couleurs du monde se trouvaient dans cette fenêtre de sept par quatorze centimètres, certainement pas dans la réalité, ici, maintenant.

Aussi caricatural que vrai.

Claire retint un soupir et bascula contre la vitre.

Le bus s'arrêta à un feu, le long d'une palissade dissimulant un chantier de construction. Dans le verre, le reflet de Claire apparut plus consistant, presque vrai face à elle. Ses mèches fraîchement décolorées sur sa peau pâle. Son nez légèrement empâté. Les deux grains de beauté au-dessus de la ride du sourire. L'ourlet de ses lèvres charnues se dessinait parfaitement. Elle était fière de sa bouche. Un exploit pour une fille aussi complexée. Elle n'aimait pas grand-chose chez elle, et pourtant Thierry n'était pas avare de compliments sur son physique, elle constatait au quotidien qu'il aimait vraiment son apparence, ce n'était pas de la flatterie. Même ses collègues à l'hôpital le lui disaient, qu'elle était plutôt jolie. Certaines filles l'enviaient même. Et ce lourdaud d'anesthésiste en faisait des caisses d'ailleurs. Trop. Beaucoup trop. Lui, elle n'aurait pas voulu se faire endormir par ses soins sans qu'une armée d'infirmières restent à proximité. À l'ère de #MeToo c'était même anachronique et dangereux pour son avenir. Il y en avait des comme ça. Suicidairement obsédés.

Elle somnola un peu sur la suite du trajet, sa garde avait été longue, quatre heures supplémentaires faute de personnel – Claire avait l'esprit d'équipe, on ne laisse pas tomber les copines dans ces moments-là.

Elle n'était pourtant pas devenue infirmière par vocation, mais juste parce que la vie l'avait conduite sur ce chemin. La vie, Claire lui faisait confiance, elle la surprenait toujours. Thierry en était un bon exemple, lui qu'elle s'était apprêtée à rayer pour toujours de la liste de ses prétendants à cause d'une mastication trop prononcée était, depuis cinq ans, devenu son âme sœur. On fait des plans, on consomme une énergie folle à baliser son existence, et puis la vie passe par là et fout tout en l'air pour nous rappeler que nous n'aurons jamais le dernier mot. Ce serait trop facile.

Claire n'avait jamais eu de passions pendant son adolescence, jamais de certitudes quant à son avenir professionnel, elle avait travaillé à l'école, suivi un cursus pour rester avec sa meilleure amie, et les choses s'étaient faites presque sans qu'elle cherche à les accomplir, par routine.

Aucune passion, ce n'était pas tout à fait exact, car il était un centre d'intérêt qui pouvait la garder éveillée longuement, même après une garde interminable : les affaires criminelles. Claire se délectait des récits de meurtres, machiavéliques et abominables si possible. Elle engloutissait livres, podcasts et émissions sur le sujet, vénérant ses dealers principaux : « Hondelatte raconte » ou « Faites entrer l'accusé ». Elle ignorait d'où ça lui venait, cet attrait pour le morbide, probablement de sa vie trop tranquille, par provocation, pour explorer (dans la sécurité de son quotidien) ce qu'il y avait de pire chez l'homme. Aussi pour se rassurer : si de telles horreurs existaient, c'était chez les autres, elle, qui ne prenait jamais aucun risque, pas de transgressions de la loi, pas d'amant, pas de sorties tard le soir dans des endroits peu fréquentables, ne se mettait jamais dans la position de devenir une victime.

Et quelque part, cela la frustrait. Un peu. Juste un tout petit peu. Elle ne souhaitait pas devenir une victime, ça non, elle en côtoyait bien assez comme ça à l'hôpital, aucune volonté malsaine et masochiste chez elle, simplement se rapprocher des ennuis des autres, passer à la lisière de la légalité, pour espérer, un jour, entrapercevoir le crime, en vrai. Être impliquée, à distance, sans la douleur des victimes, sans la culpabilité des auteurs. Juste témoin direct, spectatrice de la tragédie depuis les premières loges. Et scruter ce que ça produirait comme effet sur elle.

Et d'une certaine manière, elle s'y préparait. Claire ignorait pourquoi : il n'y avait quasi aucune chance que cela lui arrive. Pourtant, à force d'intérêt pour toutes les affaires les plus tordues, couplé à une mémoire de disque dur, elle emmagasinait les données, les procédures, les exemples de ce qu'il fallait et ne fallait pas faire, autant du côté des enquêteurs que de celui des assassins. Claire était une banque de données vivante. Parée pour le pire.

Et elle guettait. Bien consciente que tout ça ne lui servirait certainement à rien, qu'elle ne serait ni compétente ni légitime, et même pas du tout apte à encaisser la violence, même détournée, d'une affaire criminelle. De toute manière, il n'y avait aucune chance pour que cela lui tombe dessus, elle le savait. Mais c'était plus fort qu'elle. Il fallait qu'elle se prépare. Juste au cas où.

Au cas où ça dégénérerait pendant sa cérémonie ? Sa lune de miel ?

Claire allait se marier. C'était enfin concret. Moins de cinq mois et elle serait dans sa robe magique pour recevoir le baiser le plus important de son existence. Après ça, Thierry avait intérêt à se tenir à carreau et à se battre pour que ça ne soit pas un baiser futile, que leur union perdure ! Car c'est bien connu, les mariages se brisent à cause des hommes. Dans son bus, Claire acquiesça en souriant. *Bien sûr, ce sont eux qui merdent, jamais nous...* Elle retint un gloussement qui risquait de terrifier sa voisine.

Le lampadaire clignotant. C'était son signal, son arrêt. Bien un an que l'ampoule convulsait au sommet de son mât sans que la voirie fasse rien. C'était typique de son quartier, qu'elle voyait s'enfoncer petit à petit dans la déchéance, jamais prioritaire, jamais mentionné, rien qu'un coin oublié de banlieue qu'on laissait s'user dans l'indifférence.

Claire ajusta son écharpe, réchauffement climatique ou pas, le mois de mars se jetait à votre gorge avec l'avidité d'un étrangleur compulsif, et la dernière chose qu'elle pouvait se permettre en ce moment, c'était de tomber malade. Les collègues à l'hôpital avaient besoin d'elle, et les préparatifs du mariage ne pouvaient plus attendre, ils avaient déjà trop tergiversé avec Thierry.

Elle remontait l'allée entre les buissons, longeant un parking, en direction de l'immeuble trapu où ils vivaient. Le vent froid jouait les chefs d'orchestre parmi les feuilles persistantes et leur crécelle accompagna Claire sur son chemin. Dans son dos, le lampadaire s'acharnait, projetant ses flashs irréguliers, et l'ombre de Claire apparaissait par intermittence devant elle.

Elle se rapprochait de la barre, dont la plupart des volets étaient déjà baissés à cette heure. Sans ralentir, elle fouilla dans son sac à la recherche de ses clés. *Le mec qui inventera la clé qu'on ne perd jamais sera un génie. Ou la nana. Pourquoi part-on du principe que c'est forcément un mec qui répondra à l'attente des femmes ?* Elle secoua la tête.

Son ombre apparut de nouveau devant elle.

Son téléphone se mit à vibrer dans sa poche. Un message.

Claire hésita entre s'arrêter là pour le lire ou attendre d'être rentrée au chaud.

Elle s'immobilisa. Esclave de son impatience, corvéable à merci aux ordres de ce maudit téléphone dont on ne pouvait plus se passer. C'était Thierry qui la prévenait qu'il venait seulement de sortir de la librairie où « son » auteur dédicaçait, et qu'il l'accompagnait dîner avant de rentrer à son hôtel. C'était un peu tard, estima Claire, mais qui était-il, lui, petit commercial, représentant de la maison d'édition, pour s'opposer à la volonté d'un auteur phare du moment ? Fichus romanciers !

Claire exagérait, elle devait bien admettre qu'il y en avait des gentils, Thierry l'avait déjà invitée à des rencontres et elle avait eu de bonnes surprises. Même si elle s'était montrée plus discrète qu'une couleuvre dans un champ, pétrifiée à l'idée qu'on lui demande ses livres préférés. Car Claire ne lisait pas de romans, ou très peu. Seulement pendant les vacances, le reste de l'année, elle n'avait soit pas le temps, soit pas l'énergie, hormis pour les récits criminels, mais ça n'était pas de la fiction, et certainement pas des auteurs célèbres. Ceux-là ne l'intéressaient pas. Comment pouvaient-ils parler de la vraie vie, eux, éloignés des véritables problèmes du monde, alors même que tout allait pour le mieux dans leur existence ? Gavés de succès, de fric et isolés dans une routine qui n'avait rien de commun avec celle des gens ordinaires. Claire ne croyait pas une seconde qu'ils puissent être capables de raconter la réalité. Et c'était ce qui lui plaisait, à elle, dans un livre, de se reconnaître dans un récit, dans les problématiques des personnages. Du concret, du terre à terre.

Bon, elle était un peu excessive dans sa vision, elle le savait, Thierry le lui faisait souvent remarquer. Jamais sur le ton condescendant de la remontrance, non, il n'était pas comme ça ; plutôt pour éviter que ça ne lui joue des tours, sorte de conseil un peu appuyé. *Un reproche, mais joliment emballé.* Et ça, Claire pouvait l'entendre. Surtout qu'il n'avait pas tort, elle avait parfois des idées très arrêtées.

Le froid la saisit et l'infirmière réalisa qu'elle se tenait au milieu de l'allée, toisant son téléphone, les doigts s'engourdissant dans le vent glacé. Elle était comme ça lorsqu'elle était fatiguée, capable de presque s'endormir debout.

Épuisée, oui !

Son ombre s'allongeait à ses pieds, apparaissant et disparaissant comme si sa propre identité était instable. *Un coup je suis là, pour de vrai, l'instant d'après je n'existe pas. Je n'ai jamais été.*

Le sort même de chaque être humain depuis l'aube des temps. Si essentiel à ses propres yeux, si fugace à ceux des autres, invisible à l'aune des siècles.

Claire trouva sa satanée clé dans le fond de son sac à main, puis s'approcha de la porte.

Le vent raviva les crécelles tout autour. Il n'y avait pas d'autre son. Digne d'un film d'horreur. Dans une des histoires qu'elle prisait tant, elle serait la proie facile, dans l'environnement idéal. D'un coup d'œil, Claire avisa la porte qui menait aux caves, sordides et bien sûr désertes la nuit. Parfait pour la violer, l'étouffer avec sa propre écharpe, et dissimuler son cadavre dans un des box fracturés où personne ne venait plus. Des semaines avant qu'on ne la retrouve, surtout qu'en plein hiver la décomposition prendrait un temps fou, pas d'odeur de putréfaction pour alerter le voisinage.

Elle frissonna et passa le badge devant l'interphone pour déverrouiller la porte du sas. Personne ne la suivait. Il y avait bien les voitures garées sur le parking juste en face, où un psychopathe pouvait se dissimuler, la guetter, mais il n'aurait pas le temps de courir jusqu'à elle avant que la porte ne soit refermée.

Bien qu'au bout du rouleau, Claire évita l'ascenseur et grimpa les marches jusqu'au deuxième étage. Deux tours de clé et elle était enfin chez elle, à l'abri.

Médor vint la saluer d'un frottement de tête contre sa cheville. Il lâcha un de ses miaulements rauques qui le faisaient passer pour un chat perpétuellement malade. Il ne fallait pas s'en étonner, avec un nom pareil, il avait tout pour que rien n'aille. C'était un délire de Thierry ça encore, que de vouloir appeler un chat d'un nom de chien. Selon cette logique, s'ils avaient un enfant – *quand nous en aurons*, corrigea Claire aussitôt –, il faudrait s'attendre à ce que Thierry veuille lui donner un prénom du sexe opposé. L'esprit de contradiction, toujours. Lui considérait cela comme un moyen de perpétuellement garder le monde en alerte, ne pas le laisser se reposer dans cette torpeur facile de nos routines trop bien huilées.

L'appartement était encombré jusque dans le couloir central. Entre sa collection de DVD et les livres de son homme, Claire envisageait de plus en plus de déménager. Un pavillon. Plus grand. *Plus cher.*

Après s'être débarrassée de ses affaires, elle envoya un message à Thierry, lui demandant de lui dire quand il serait dans sa chambre d'hôtel. Elle n'était pas jalouse et ne voulait surtout pas s'imaginer des choses idiotes concernant son mec, en revanche, ses podcasts et autres histoires glauques avaient fini par la rendre un brin parano. Elle voulait seulement se rassurer de le savoir en sécurité. C'était leur petit rituel chaque fois qu'il était en déplacement.

Cette fois, compte tenu de son propre état, elle n'était pas sûre de pouvoir attendre le message. Elle se plongea sous une douche presque brûlante, puis enfila sa nuisette préférée, la plus confortable, et donc la plus moche – privilège de dormir seule, elle n'avait pas à s'en soucier. Médor ronronnait déjà en pattounant sur la couette à l'idée de ce qui allait suivre.

— Vieux pervers, va ! lâcha Claire en s'installant dans son lit.

Le chat se roula aussitôt en boule sur elle. Il ne restait pas longtemps, mais il fallait l'accepter.

Claire fut tentée d'allumer la télé, mais rien que l'idée de devoir s'embrouiller avec les télécommandes de la box, du son, de l'écran plat, et toutes ces choses sans intérêt à ses yeux, la découragea. Elle préféra surfer sur

Internet via son téléphone pendant un quart d'heure, avant de se résoudre à éteindre. Ses paupières pesaient plus lourd que le chat sur son ventre. Elle envoya un message à Thierry pour l'informer qu'elle sombrait et coupa la lumière.

Onze secondes plus tard, elle dormait.

L'instinct la réveilla.

L'instinct amoureux. Lorsque la sensation au bout de son pied eut suffisamment transité dans les méandres de son inconscient pour envahir la conscience, et lui intimer des pensées plus fortes que les rêves, elle émergea. Lentement.

Chaleur... pied... peau...

Thierry était là, avec elle, dans le lit. Les orteils de Claire étaient posés contre son mollet, elle le sentait. Ce rituel qu'ils avaient d'essayer de ne jamais perdre le contact, la nuit, même si c'était du bout des doigts, juste ce qu'il fallait pour sentir l'autre, rester connectés.

Thierry était finalement rentré. Ça ne lui arrivait pas souvent de changer ses plans au dernier moment, il était plutôt du genre prévisible, mais si c'était pour une bonne surprise alors tant mieux.

Claire était sur le point de se rendormir, elle sentait qu'elle pouvait encore repartir profondément si elle débranchait immédiatement, pourtant elle était tentée de se retourner pour prendre son homme dans ses bras, ramper jusqu'à le sentir tout entier contre elle, même si cela risquait de la réveiller tout à fait.

Trop tard, je le suis.

Elle se sentait groggy de fatigue. Quelle heure était-il ?

Par réflexe, et aussi parce qu'elle savait que si elle ne regardait pas maintenant elle n'allait penser qu'à ça jusqu'à finalement céder, Claire tendit le bras vers son téléphone portable, branché sur la table de chevet. Presque deux heures du matin. Elle n'était pas couchée depuis si longtemps…

Elle avait reçu un SMS de Thierry entre-temps. Quel intérêt puisqu'il dormait à côté d'elle ? C'était plus fort qu'elle. Curiosité maladive ou addiction au portable, Claire consulta le message. Son homme l'informait qu'il était bien rentré à sa chambre d'hôtel et il lui souhaitait une bonne nu…

Claire termina de se réveiller brutalement.

Elle fixa l'heure de l'envoi du message : 1 h 12.

C'était impossible. Thierry ne pouvait pas être là-bas il y a moins d'une heure et dans leur lit maintenant…

La chair de poule la saisit entièrement. Non. Non… ce n'était pas ça…

Dans son dos, elle sentit l'autre se redresser lentement.

Elle déglutit. Elle n'osait pas se retourner, traversée par un froid paralysant. La réalité s'imposait à elle lentement, recouvrant toutes ses facultés de réaction d'une gangue de terreur glacée, la contraignant à ne pas bouger.

Dans son esprit, les déductions filaient en tous sens. Si ce n'était pas Thierry dans le lit, avec elle, alors qui était-ce ? Personne n'avait les clés !

Elle perçut un son mouillé et le reconnut aussitôt. Celui de lèvres qui se décollent et s'ouvrent, d'une bouche qui s'élargit.

L'autre dans son dos était à présent assis derrière elle et… il…

IL SOURIT !

Claire se mit à trembler. Elle devait agir, appeler les flics ou jeter ce qu'elle pouvait au visage de l'intrus, mais elle n'en était pas capable. Après toutes ces heures à imaginer le pire, à anticiper ses propres réactions face à l'horreur, elle se révélait tétanisée par la peur.

L'autre se pencha sur elle et Claire sentit l'odeur de son corps, qu'elle devina nu. Ce n'était pas Thierry et ce parfum rance, de transpiration presque animale, lui donna un haut-le-cœur. C'était le signal. Celui de sa survie. *Maintenant* ou mourir.

Elle se hissa sur un coude avec l'intention de gicler du lit, mais l'autre se jeta sur elle et l'écrasa de tout son poids. Et avec des gestes sûrs, il lui recouvrit la bouche de sa main moite et pesa de toutes ses forces dessus pour la museler. L'étau se resserra d'un coup, avec une habileté terrifiante, comme s'il disposait de plus de membres que nécessaire, un enlacement constricteur se refermant sur sa proie, ne lui laissant aucune chance.

Dans le halo de son téléphone portable encore allumé, Claire discerna le haut du visage de son agresseur. Elle vit ses yeux noirs, profonds comme des abîmes sans fond. Sans vie. Le même regard qu'un requin blanc en chasse. Celui d'une machine à tuer.

La lueur du portable disparut brusquement et Claire se recroquevilla le plus loin possible en elle-même.

Les muqueuses du prédateur claquèrent, puis s'étirèrent avec un bruit humide.

Claire voulut hurler, à en saigner, à s'en fendre la gorge, beugler pour son salut, une prière phénoménale et douloureuse pour repousser la géhenne. Néanmoins, aucun son ne remonta de sa cage thoracique comprimée.

À la place, un spasme terrifiant, une brûlure mouillée au sein, un déchirement sanglant et abominablement cuisant.

Le requin l'avait mordue. Et elle savait ce qui allait suivre. Il était trop tard pour le fuir à présent. Il allait l'entraîner le plus bas possible avec lui, jusqu'à ce qu'elle s'épuise.

Puis il la dévorerait dans le calme et la torpeur des abysses aveugles. Et il n'y avait plus rien qu'elle puisse faire pour l'en empêcher.

Encore vivante, et pourtant déjà morte.

1.

La mangrove se découpait devant la lune naissante, entrelacs d'ombres frémissantes dans la brise tiède du début de soirée.

Un morceau de caroube roulait d'une joue à l'autre dans la bouche de Ludivine, la faisant saliver.

Des vacances bien méritées, loin de la métropole furieuse, un break nécessaire avant le grand changement pour Ludivine Vancker. Pourtant, même au repos, une enquêtrice demeurait une enquêtrice, et ses obsessions continuaient de la hanter à petit feu, comme pour mieux mijoter une révélation cathartique.

La jeune femme fixait le palétuvier en face de sa terrasse sur pilotis, fascinée par le treillis de racines qui surélevait l'arbre sur l'eau noire, comme une armée de pattes arachnéennes dans la nuit.

Un monstre végétal, songea-t-elle. *Impassible, guettant sa proie, prêt à refermer ses griffes au moindre mouvement.*

En matière de monstres, Ludivine en connaissait un rayon. Sous toutes leurs formes. Des plus abominables à ceux dont le sourire pouvait endormir la méfiance, les pires. Elle les avait décortiqués, explorés sous toutes leurs coutures, si nombreuses, témoignages des blessures sauvages que la plupart avaient subies durant leur enfance. *On ne naît pas monstre, on le devient.* La cruauté est le virus de l'humanité, hautement contagieux, surtout sur les tendres psychés en construction. Elle brise pour mieux s'implanter, à coups de dégâts irréversibles. Elle détruit et remplace, semblable à un programme informatique, sans états d'âme, sans hésitation, implacable. De toute évidence, les traitements inhumains corrompent l'essence de la victime, grattent la coquille fragile de toute matière souple, la curent, la nettoient, et remplacent le vide par ce qu'elle est elle-même : de l'inhumanité. Les monstres naissent dans l'enfance.

Là-dessus, Ludivine avait cependant un doute. N'y avait-il pas quelques exemples de pervers absolus qui n'avaient pas nécessairement eu une enfance infernale ? N'y avait-il pas quelques-uns de ces démons qui, dès leur plus jeune âge, avaient eu des comportements tendancieux, voire carrément déviants ? Si. Ludivine en avait croisé même. Comme si le Mal était né avec eux, implanté dans leurs fibres, se déployant avec chaque muscle, chaque os, chaque parcelle du cortex qui grandissait… Ils étaient rares, mais ils existaient, au point d'ouvrir à une autre hypothèse. Après tout, il fallait bien que la cruauté ait émergé de quelque part pour qu'elle commence à se transmettre.

Ludivine guettait toujours les racines du palétuvier et les noirs abysses dissimulés tout au fond. Le monde recelait-il une part de vices primordiaux ? Les vestiges d'une anormalité primale, ou tout simplement de quelque chose de fondamentalement mauvais dont les effluves continuaient d'imprégner les hommes avec plus ou moins d'influence ?

Elle se releva et cracha le morceau de caroube vers le miroir de ténèbres en contrebas. À peine le fruit heurta-t-il la surface qu'une forme jaillit de l'eau et l'avala avant de disparaître, ne laissant qu'une timide onde éphémère.

Voilà ce que nous sommes.

Ludivine observa la végétation tout autour de sa luxueuse chambre de planches et de chaume qui brillait dans l'obscurité. La nature stridulait, ondulait, caquetait. Elle poursuivait son cours, sans se soucier de la jeune femme ni de ce qu'il adviendrait d'elle, sauf le jour où elle se transformerait en nourriture potentielle, lorsque la mort la saisirait.

Ludivine doutait. Serait-elle à la hauteur de sa prochaine mutation ? Toutes ses années à la section de recherche de Paris de la gendarmerie, à plancher sur des affaires hors normes, à nouer des liens indéfectibles avec les équipes, était-elle prête à y renoncer ?

Elle secoua la tête doucement, un rictus lucide se prononça sur son visage.

Ce n'est pas ce que je quitte, le problème. C'est de savoir si je suis prête à ce qui m'attend, si c'est une si bonne idée...

Elle qui s'interrogeait tant sur la nature du mal allait plonger au cœur du réacteur, au plus près des monstres. *Dans* les monstres.

Le Département des sciences du comportement, le DSC – *les profileurs*, comme la presse surnommait ses membres.

Elle y était mutée, avec les encouragements du général qui dirigeait le pôle judiciaire de la gendarmerie nationale de surcroît ; ce n'était pas encore officiel, mais ses exploits à la SR de Paris lui avaient ouvert quelques indiscrétions. Prise de poste effective d'ici quelques mois, le temps de finaliser la paperasse et de dire au revoir aux siens.

Le vrai problème, c'était Nietzsche. Et sa si célèbre réflexion sur la porosité de l'esprit face à la destruction : « Celui qui combat des monstres doit prendre garde à ne pas devenir monstre lui-même. Et si tu regardes longtemps un abîme, l'abîme regarde aussi en toi. » Ludivine la connaissait par cœur. Elle avait expérimenté cela, elle l'avait même subi. Des traumas profonds. Récents pour certains. Au point qu'elle s'était refermée, protégée en se coupant de ses émotions, jusqu'à vouloir devenir une machine de guerre, experte du corps à corps, du tir, endurante à courir des marathons, insensible à ses blessures, à la vie qui bouillonnait en dessous. L'armure s'était craquelée, petit à petit, et elle avait eu l'intelligence émotionnelle d'accepter ses failles, au point de les nourrir, de les embrasser pleinement pour faire remonter en elle la femme qu'elle était réellement, avec ses doutes, ses peurs – sinon ses terreurs –, tout ce qui faisait d'elle un être humain.

Maintenant qu'elle connaissait ses fragilités, ses crevasses encore béantes, était-elle capable de se confronter aux prédateurs ultimes, si avides de les détecter, de s'y engouffrer ?

J'ai la force de me protéger justement parce que je connais mes limites. Et parce que j'en ai fréquenté de près. De très près.

C'était le moins qu'on puisse dire. Mais elle s'en remettait.

Et puis merde, ce n'était pas non plus tous des Hannibal Lecter en puissance ! Il fallait arrêter de les mythifier, la plupart n'étaient que des paumés, des malades au QI limité...

Toutefois, il en existait certains bien plus dangereux, et Ludivine le savait. Elle s'était frottée à ce genre-là. *Justement, je sais ce qui m'attend, je suis parée pour y répondre.*

Dans son dos, la baie vitrée coulissa et Ludivine pivota, pour distinguer une silhouette élancée et sportive.

— Tu ne viens pas te coucher ? demanda Marc d'une voix douce.

Ludivine aimait ses intonations. Le grave de sa gorge, ses modulations au sein même d'une seule phrase, comme un accent unique, quasi imperceptible. *Un jour viendra où ça m'agacera, où j'aurai envie de lui dire de parler normalement chaque fois qu'il ouvrira la bouche,* pensa-t-elle avec dureté. N'était-ce pas la dynamique prédictive évidente de l'amour ? Tout ce qui nous séduit un jour finit par nous repousser le suivant...

Elle s'en voulut aussitôt d'être cynique, elle n'avait pas le droit de commencer à tout foutre en l'air sous prétexte d'une prétendue lucidité. *L'amour, c'est de la tolérance,* se répétait-elle dans ces moments ; si elle ne pouvait éprouver la seconde, alors elle n'aurait jamais pleinement le premier. *L'amour, c'est surtout parvenir à se convaincre un peu chaque jour que c'est possible, réussir à ne pas se laisser gangrener par les mauvaises pensées comme je viens de le faire.*

— J'arrive, laissa-t-elle échapper du bout des lèvres.

Marc s'éclipsa derrière le rideau et Ludivine retourna à la cacophonie nocturne de la nature qui l'entourait.

Un dernier sursaut de franchise avant l'extinction des feux.

Le problème n'était pas dans sa crainte des blessures qu'elle pourrait encaisser en se confrontant aux tueurs en série les plus sournois du pays, non, c'était de l'enfumage que de le croire. Pas plus que dans sa peur de redevenir la Ludivine en armure, sans sentiments. Si cela avait été encore son mode de protection, elle aurait déjà rebasculé dans son sarcophage, après ce qu'elle avait enduré l'hiver dernier, mais elle l'avait dépassé[1]. Elle prenait soin d'elle, alerte, et d'une certaine manière, Marc était un baume sur ses traumas.

Non, ce qui la taraudait au point de l'empêcher de dormir, c'était la raison qui la poussait à vouloir ce poste. Pourquoi désirer si ardemment se plonger dans la tête des monstres ? Qu'est-ce que cela racontait d'elle-même ? Quelle fascination pouvait-il y avoir à cela ? Que cherchait-elle à comprendre en voulant disséquer quotidiennement les méandres des pires pervers ? Car Ludivine avait usé de toute sa réputation pour filer au DSC. Elle avait insisté sur son ambition d'y aller lors de son entretien de gestion, elle avait fait du lobbying auprès du bureau du personnel officier pour obtenir ce qu'elle voulait. Et contre toute attente, cela avait fonctionné.

Soudain, toute la mélopée des insectes et des batraciens se tut, aussi brusquement qu'avec un interrupteur.

---

1. Voir *L'Appel du néant*, même auteur, même éditeur.

Le silence enveloppa Ludivine, qui se tenait encore sur le bord de la terrasse.

Une forme longue, silencieuse, flottait à présent à quelques mètres, et la jeune femme en était certaine : il n'y avait rien un instant plus tôt, la chose venait de remonter à la surface et la scrutait, elle, depuis son eau noire. Ludivine ne pouvait distinguer ses yeux, pourtant elle les sentait posés sur sa peau, à capter les palpitations du sang juste en dessous.

Tu aimerais que je saute, pas vrai ?

Ludivine avisa ses pieds nus juste sur le rebord. Combien y avait-il de hauteur ? Deux mètres ? À peine.

Le personnel du *resort* avait lourdement insisté : « Surtout ne vous approchez pas de l'eau, jamais, sous aucun prétexte, elle est aussi magnifique que dangereuse. » Même pour aller prendre le petit déjeuner ou rentrer à la chambre depuis le bâtiment principal, il fallait appeler un accompagnateur qui ouvrait la voie. Marc avait plaisanté, sceptique, c'était pour le folklore du lieu, selon lui.

Mais la chose qui flottait en face de Ludivine et qui la sondait n'était pas du folklore, pas avec ses quatre-vingts dents et une pression de mâchoires dépassant les mille cinq cents kilos au centimètre carré, lorsque seulement cent cinquante suffisent à briser un os humain.

Ludivine fit un demi-pas en avant, jusqu'à ce qu'un tiers de ses pieds soit au-dessus du vide. Elle perçut le bois sous sa voûte plantaire, presque tiède, puis la caresse de l'air plus frais sous ses orteils.

La chose demeurait immobile.

Tu attends de savoir ce qui m'anime. Suis-je de celles qui peuvent s'offrir à la mort lorsque cette dernière se présente ?

Les deux êtres se toisaient, l'un dans le clair-obscur de son promontoire, l'autre quasi invisible, faussement tranquille, paré à jaillir à la moindre faiblesse.

Ludivine recula.

— Désolée, mon ami, pas ce soir.

La chose la fixait toujours, elle le sentait.

Ludivine émit un sourire face à l'ironie de la situation. Elle salua la bête en contrebas.

— Merci pour cette évidence, lui souffla-t-elle.

Silence.

Puis l'eau se replia sur la longue chose qui s'enfonça dans les profondeurs. Une seconde plus tard c'était comme si elle n'avait jamais existé.

2.

France, deux semaines plus tard

Les bolducs de polypropylène rouge sifflaient légèrement, arrimés à la grille des ventilateurs, ils vibraient sous le souffle inlassable des pales, chatouillant le visage concentré de Ludivine Vancker.

La jeune femme avançait dans la pièce, la gueule de son Sig Sauer dressée devant elle en guise de présentation.

Le papier peint antédiluvien sur les murs se décollait, conférant aux motifs bariolés une irrégularité presque liquide, digne de Dalí. Les deux fenêtres de ce qui servait de salon masquées par d'épais doubles rideaux laissaient à peine filtrer un peu de la pâleur du petit matin. Cela suffisait toutefois à Ludivine pour se repérer. Il n'y avait personne dans la pièce sinon son collègue Segnon et sa large silhouette musclée, un pas derrière elle.

Les deux ventilateurs dressés de part et d'autre de l'entrée brassaient l'odeur grasse d'humidité à laquelle se mêlait celle plus aigre de la vaisselle pas faite depuis trop longtemps, entassée dans l'évier à côté des boîtes à pizza moisies et de casseroles pétrifiées par la nourriture gâtée. De grosses mouches noires patrouillaient autour.

Le mobilier était vieux. Les coussins en similicuir du canapé striés de craquelures, semblables à de vieux obèses brunis par trop de soleil et dont la peau se serait fissurée pour laisser entrapercevoir les entrailles synthétiques. Table zébrée d'éraflures. Abat-jour poussiéreux. Portes de placards de travers. Carrelage crasseux.

Face à elle, Ludivine distinguait un couloir qui desservait plusieurs pièces, dont les portes étaient à peine visibles. Il s'étirait, obscur, et pendant une seconde Ludivine crut qu'il s'allongeait encore et encore, presque comme s'il l'aspirait rien que par le regard.

La masse de Segnon lui passa devant et vint se positionner sur le côté de la première porte.

— Albert Dauquin ? aboya-t-il.

Aucune réponse. Aucun son sinon celui des morceaux de bolduc dans le vent des deux ventilateurs, un frétillement discontinu.

Ludivine avait les mains moites, le grip de sa crosse ne suffisait pas à lui assurer la prise franche de son arme, l'obligeant à serrer fort, ce qui n'était pas une bonne idée. S'il fallait passer l'index sur la queue de détente en urgence et maîtriser la pression pour tirer au bon moment, ni trop tôt ni trop tard, un doigt crispé et tétanisé par l'effort serait la pire chose. Des accidents survenaient ainsi. Des tragédies. Pourtant elle ne pouvait se contrôler. Elle suait par tous les pores.

Elle se trouvait ridicule : après tout ce qu'elle avait déjà vécu, se laisser envahir par l'émotion maintenant, pour une simple interpellation, c'était absurde.

Albert Dauquin n'est pas un type ordinaire. Il n'y a pas de simple interpellation, jamais. On ne peut prévoir comment ça va tourner.

Ludivine revit brusquement le corps d'un homme abandonné sur la pierre tombale brune d'un cimetière morne, ses membres disloqués et brisés au niveau des articulations, silhouette grotesque semblable à une poupée passée entre les mains rageuses d'un enfant capricieux. Les globes oculaires vides. Larmes de sang dessinant un maquillage sinistre sur ses joues. Ludivine se souvint du vent froid qui sifflait tout autour, une atmosphère grise, des corbeaux ricanant au loin, impatients de festoyer. Aucun technicien en identification criminelle n'avait retrouvé les deux yeux et le légiste avait été clair sur ce sujet : on les avait extraits grossièrement, déchirant les paupières, arrachant le nerf optique, probablement à mains nues.

Pour Ludivine cela ne faisait aucun doute, l'auteur des faits les avait pris dans la frénésie de son crime, et compte tenu de la violence absurde, de l'acharnement à vouloir casser chaque articulation, de l'abandon du corps au milieu des tombes, de l'absence de précautions – des empreintes et de l'ADN partout –, l'enquêtrice était convaincue qu'il s'agissait d'un psychotique. Il était allé au bout de son délire. On ne retrouverait jamais les yeux de la victime, parce que le tueur les avait mangés.

C'était un grand classique. Totalement emporté par sa crise, le besoin d'éliminer la source de sa persécution, l'agresseur avait fixé son obsession sur le regard de l'autre, et dans son urgence de la faire disparaître, faute d'une autre solution, il avait gobé les yeux comme deux œufs, les assimilant, les détruisant, pour redonner à son environnement la stabilité nécessaire pour se rassurer.

Albert Dauquin avait fait tout cela. À son propre frère.

Fruit d'une lente décomposition mentale. Albert avait fini par ravager celui sur qui s'était cristallisé son mal-être lors d'un délire schizophrénique, ou quelque chose dans ce goût-là.

Non, aucune interpellation n'est simple. Nul ne pouvait deviner ce qu'Albert avait manigancé en les attendant.

Le retour à la réalité après des vacances paradisiaques était brutal.

D'un blanc incandescent contrastant avec le mat de sa peau noire, les yeux de Segnon se tournèrent vers Ludivine pour lui signifier qu'il était prêt. La jeune femme hésita. Cinq autres gendarmes attendaient autour du petit pavillon, prêts à entrer.

Ses tempes bourdonnaient. Son cœur résonnait jusqu'à ses oreilles, omniprésent. Ludivine respirait par la bouche ; ses jambes pas assez fermes, elle ne se sentait pas stable comme elle aurait dû l'être au moment d'agir, ancrée au sol et dans la réalité. Que lui arrivait-il ?

D'un mouvement de tête, Segnon insista pour savoir si elle était parée à entrer.

Long souffle. Mains resserrées autour de la crosse humide. Ludivine cilla, plusieurs fois.

Segnon hésita, devinant son malaise, et elle acquiesça d'un geste du menton. Alors le colosse ouvrit la poignée d'un geste rapide et du bout du pied repoussa le battant pour dévoiler une chambre plongée dans la pénombre de ses volets fermés.

Odeur rance de saleté et de renfermé. Puis celle plus aigre de la merde.

Un rectangle confus au sol. Matelas et draps froissés.

Albert Dauquin volait dans les airs face aux deux enquêteurs, tel un prophète hirsute, il flottait, ses immenses yeux grands ouverts capturant les reflets du couloir, la bouche béante, sa langue épaisse renversée sur le menton. Il tanguait doucement.

Ce qui le maintenait pendu au plafond avait creusé un sillon dans sa gorge.

Il lui restait encore un peu de sang séché sur le bas du visage. Celui de son frère.

Avec ses excréments, sur le mur, il avait tracé plusieurs lettres.

« La vie nous recrache – la mort est en nous et ne fai que grandir, elle nous aval. »

3.

Les arômes du café se répandaient depuis la cuisine ouverte par un bar jusque dans le salon bordé d'une longue véranda. La grisaille de mars plombait la luminosité dans ce qui ressemblait à un loft au rez-de-chaussée de la maison, à peine rehaussée par les flammes de trois bougies crépitantes çà et là et d'un feu de cheminée. Un Fazzino sur le mur d'un côté et un immense drapeau américain usé en face se partageaient ce que les livres dans les étagères ne colonisaient pas. À moitié allongée sur un des canapés, Ludivine venait de nouer ses torsades blondes par un élastique et ses petits yeux vifs glissaient de l'âtre au jardin qui s'étendait au-delà des vitres. Elle n'était pas parvenue à l'aménager comme elle l'aurait voulu pendant l'hiver mais ce n'était pas grave, elle comptait se rattraper dans les semaines à venir, lorsque le froid se serait dissipé.

Elle reposa la tête sur la poitrine de Marc. Juste là où, sous l'étoffe, deux balles avaient failli le tuer quelques mois plus tôt. Deux cicatrices rondes qu'elle se plaisait à parcourir du bout du doigt. Si vivantes. Si pleines de sens. Aujourd'hui, il était un miraculé. Aucune séquelle. C'était comme s'il n'avait rien eu.

— Qu'est-ce que c'était ? demanda-t-il.

— Pardon ?

— Cette semaine, tu étais sur quel genre d'affaire ? Je t'ai sentie ailleurs, concentrée. Un truc grave ?

— Tout ce que nous traitons à la section de recherche de Paris est grave.

— Tu sais très bien ce que je veux dire.

Marc connaissait le sujet, il travaillait pour la DGSI, le renseignement intérieur, habitué aux affaires sensibles, flic de l'ombre. Il était ce qui était arrivé de mieux à Ludivine cinq mois plus tôt, pendant l'automne. Un homme droit. Qui la bousculait lorsque nécessaire, l'obligeant à se livrer. Il voulait que leur couple partage, se dise les choses. Surtout avec deux enquêteurs, le risque de garder pour soi le pire était important, et qu'ils développent chacun leur part obscure dans leur coin, qu'elle grossisse jusqu'à former une bulle entre eux, et les sépare. Marc demeurait vigilant.

Et il avait raison. Il existait une hiérarchie dans la gravité des drames qu'ils traitaient au quotidien. Même à travers la mort, certains s'imposaient avec davantage de prégnance.

— Meurtre psychotique. Moche, lâcha-t-elle du bout des lèvres.

— Vous avez identifié l'auteur ?

— Oui. Il s'est pendu avant notre arrivée.

Elle sentit que Marc hochait doucement la tête au-dessus d'elle. Ils y étaient.

— Tu es soulagée ?

Ludivine hésita. Même la mort d'un tueur n'était jamais un soulagement. Jamais. C'était sa conviction. Sans compter l'absence de procès. Dans le cas d'Albert Dauquin, il n'y en aurait pas eu de toute façon. Un bon gros 122-1. L'article du Code pénal déclarant pénalement non responsables les personnes atteintes de troubles psychiques au moment des faits. Souvent inaudible pour les familles des victimes, et frustrant pour les enquêteurs. Elle n'éprouvait ni satisfaction à l'idée que tout ça soit déjà terminé, qu'un assassin soit mis hors d'état de nuire, ni tristesse en se souvenant de l'issue horrible.

Ludivine réalisa soudain, non sans une certaine culpabilité, que ce qui la tracassait était bien plus personnel. C'était elle, le problème. Sa réaction chez Dauquin.

— Je n'ai pas assuré au moment de l'interpellation, avoua-t-elle aussitôt.

Parler avec Marc la libérait toujours. C'était parfois douloureux sur l'instant, mais son attention, ses mots, parfois juste ses regards suffisaient à la réconforter, à ce qu'elle se sente mieux.

— Techniquement ou émotionnellement ?

— J'étais fébrile. Je me suis sentie dangereuse, pour mon équipe et moi.

— Mais ça s'est bien terminé. Ça peut arriver, surtout après ce que nous avons traversé cet hiver. C'était ta première mise en situation sur le terrain depuis.

— Non, il y a eu quelqu…

— Des conneries, tu étais en retrait sur des petites interventions, je le sais, je te tire les vers du nez chaque semaine, et même lorsque je ne dis rien, j'entends tout.

— Sortir avec un mec du renseignement, je savais que ça n'était pas une bonne idée…

— Ne cherche pas à te défiler, je suis sérieux.

Marc se redressa sur le canapé, obligeant Ludivine à faire de même, et ils se retrouvèrent assis côte à côte, à se dévisager.

Les flammes dans l'âtre éclairaient le côté droit du flic, le nimbant de lueurs orangées mouvantes, tandis que l'autre face était plus sombre, aux ombres profondes, l'œil presque invisible. Elle le trouva beau avec sa barbe naissante. D'une beauté sauvage, irrationnelle. Sexuelle.

Il lui attrapa la main. Sa peau était chaude.

— Sois indulgente avec toi-même, dit-il tout bas mais avec une conviction impérieuse. Souviens-toi de tous les moments par lesquels tu es passée ces dernières années, de tout ce que tu m'as raconté depuis. Ludivine l'insensible, enfouie sous une armure qui la protégeait de tout, même de la vie ; Ludivine la solitaire ; Ludivine la machine de guerre, en quête d'invulnérabilité… Tu sais quel est ton vrai problème ? Tu ne t'autorises pas assez à être juste un être humain, fragile, avec ses hauts et ses bas, ses failles. Tu cherches la perfection.

Ludivine avait envie de tout balayer d'un geste, elle avait compris, et elle n'aimait pas qu'il lui rappelle ses faiblesses, tout ça était d'une banalité qui l'agaçait. Pourtant elle n'en fit rien et demeura silencieuse à l'écouter. L'entendre exposer ses errances ne lui plaisait vraiment pas. Elle aurait voulu être meilleure, surtout dans son regard, qu'il ait une image de femme à la hauteur, une fille… *Parfaite ? Voilà, tu recommences. Marc est dans le vrai, sur toute la ligne.*

Comme s'il lisait en elle, il ajouta :

— Je ne serai jamais séduit par une espèce de robot génial, je cherche une femme réelle. Avec ses qualités et ses imperfections. L'amour n'a de prise que sur nos anfractuosités, il émerge de nos fissures, rien ne perdure sur une âme lisse.

Son œil plongé dans la pénombre brillait d'une lueur malicieuse.

— J'aime l'idée d'assister à la naissance de chacune de tes rides, ajouta-t-il, de surface comme profondes.

— Mes rides t'emmerdent, répliqua Ludivine.

Ils pouffèrent, avant de redevenir sérieux presque aussitôt.

Ludivine fit la moue et approuva. Elle se pencha pour l'embrasser.

Marc avait raison. Elle devait apprendre à tolérer ses propres craquelures, à les aimer plutôt que de chercher à tout prix à les dissimuler ou à les refermer. Toujours la même rengaine au fond.

Mais lorsqu'elle y réfléchissait, ce qui la perturbait le plus n'était pas qu'on y voie une forme de laideur. C'était qu'elle n'avait pas été parfaite pour une de ses dernières interventions avec ses collègues, ses amis. Bon sang, qu'il était difficile de trouver son équilibre entre l'insensibilité implacable mais si stable et le marécage des émotions. Elle allait les quitter sur cette hésitation.

Et Ludivine n'était pas approximative. Jamais.

*

Lorsqu'elle parvint au deuxième étage du vieux bâtiment qui servait de caserne à la SR de Paris, Ludivine devina immédiatement qu'il se passait quelque chose.

Les murs, dont l'enduit avait été entièrement refait pendant l'hiver à la suite de l'attaque terroriste dont ils avaient été victimes, lui parurent différents, et les visages de chacun la fuyaient comme rarement.

Segnon et Guilhem, ses deux plus proches collègues, avec qui elle partageait son bureau et d'habitude si volubiles, avaient le nez sur leurs écrans d'ordinateur.

— Qu'est-ce qui se passe, les gars ? demanda-t-elle. J'ai fait quelque chose ?

Segnon releva le nez et désigna l'étage du dessus.

— Jihan veut te voir.

— Le colon ? Pourquoi ?

— Il a dit « dès qu'elle arrive ».

Ludivine, un peu inquiète, abandonna sa veste sur son fauteuil et grimpa aussitôt vers le bureau du colonel qui, lui au moins, l'accueillit avec un sourire poli qui contrastait avec son air autoritaire et son physique sec tout en longueur.

— Ah, Vancker, asseyez-vous.

— Il y a un problème, mon colonel ?

— C'est un triste jour.

— J'ai cru le deviner. Pour quelle raison ?

— Vous nous quittez, lieutenante. Pour vous, terminé la SR de Paris, vous filez à Pontoise.

— Je dois aller faire ma prise de contact le mois prochain, je crois que le transfert définitif est pour l'été…

— Votre mutation prend effet plus vite que prévu. Le Département des sciences du comportement vous ouvre ses portes avec effet immédiat, pas de place pour les adieux en grande pompe, votre pot de départ devra attendre, apparemment ils ont besoin de renforts en urgence. Le général en personne m'a appelé pour qu'on accélère la procédure, ils comptent sur vous. Vous devez y être demain matin. Rassemblez vos petites affaires, et vous reviendrez récupérer le gros par la suite.

Après un instant de flottement, pendant lequel Ludivine, un peu sonnée par la précipitation, enregistrait la nouvelle, Jihan plissa les lèvres avant de hocher la tête et d'ajouter avec plus de rondeur :

— Vous allez nous manquer, Ludivine. Ça a été un honneur de vous avoir parmi nous au milieu de ce chaos.

Tant de souvenirs, d'affaires, de partages, d'émotions, ici, entre ces murs, balayés en une minute. Si c'était elle qui avait amorcé la démarche, elle ne s'était pas attendue à une telle annonce et à un départ si brutal.

Dans le couloir, la jeune femme entendit les pas de tous ses collègues qui se rassemblaient. Elle savait ce qui allait suivre. Les regards, les accolades, les sourires… Elle n'était pas sûre de parvenir à sortir sans retenir ses larmes.

4.

L'écusson du Département des sciences du comportement représentait un barillet bleuté avec en son centre la silhouette d'un corps, le tout dominé par un triangle jaune ésotérique. *Une vision assez nébuleuse du service*, songea Ludivine en rangeant la plaquette de présentation qu'on lui avait donnée à son arrivée ; à l'opposé de ses locaux modernes, stricts, parfaitement ordonnés et impressionnants, à Pontoise au sein du PJGN, le pôle judiciaire de la gendarmerie nationale. Un vaisseau de zinc et de verre posé au milieu d'infrastructures où s'agitait une armada de militaires en uniforme bleu.

Le capitaine Forsnot accompagnait Ludivine de sa démarche légère. Éternel sourire aux lèvres, crâne flanqué de gris et prunelles d'un bleu glacé, il ne passait pas inaperçu.

— Le général est désolé de ne pouvoir vous accueillir, il a dû partir en urgence sur le front, fit-il en l'invitant à grimper dans l'ascenseur chromé.

— Rien de grave, j'espère ?

Forsnot garda le silence en pressant le bouton du troisième étage.

Ludivine haussa les sourcils. Même s'ils se connaissaient avec de Juillast, elle n'était pas sûre de mériter la visite guidée par le général du PJGN en personne. Certes, après les affaires qu'elle avait conduites, elle n'était plus tout à fait une enquêtrice anonyme, et sa fréquentation passionnée de l'IRCGN, ici même, les laboratoires des « experts » de la gendarmerie, faisait qu'elle y était connue comme le loup blanc. Et puis c'était de Juillast lui-même qui avait semé la graine, avec son air faussement innocent, l'automne dernier, lorsqu'il lui avait fait remarquer qu'elle aurait largement sa place au DSC compte tenu de ses états de service. La phrase avait lentement germé, jusqu'à Noël, tandis que Ludivine se remettait d'une année plus que mouvementée. Quitter Segnon, Guilhem et toute la bande de la section de recherche de Paris lui semblait impossible. Et pourtant, elle sentait la routine les envahir. Malgré des affaires toujours aussi fortes et humainement prenantes s'installait au fil des années une monotonie qui élimerait lentement ses facultés d'analyse, elle le craignait, du moins sur le long terme. Et puis la carrière d'un gendarme se fabriquait au fil des mutations régulières, et elle avait déjà fait plus que son temps à Paris, elle savait qu'elle n'aurait pas le choix. Elle avait anticipé, dans le froid qui chaque jour l'accompagnait depuis son domicile jusqu'à la caserne, elle avait pris sa décision et avait eu son entretien de gestion pour exprimer son envie, un matin de janvier, sans trop y croire. Elle n'avait rien dit aux autres. Elle n'était pas prête. C'était pour ça qu'ils lui en voulaient. Ils savaient que sa mutation tomberait, mais pas si brutalement. Ça n'entamerait en rien leur amitié, Ludivine n'était pas inquiète, Segnon avait déjà pardonné, il était surtout triste de perdre son amie de tous les jours. Ludivine lui avait promis qu'ils retravailleraient ensemble un jour, convaincue que la gendarmerie était un petit monde.

La surprise avait été qu'elle obtienne ce qu'elle espérait. Le général de Juillast n'y était assurément pas étranger. Fin stratège politique, l'homme était réputé pour toujours obtenir ce qu'il convoitait.

— Bienvenue au DSC, annonça Forsnot lorsque les portes de l'ascenseur s'ouvrirent. Je vais vous présenter la cheffe d'escadron Torrens, qui dirige le service.

Ludivine se sentait un peu intimidée et la présence du capitaine la rassurait. Ils se connaissaient depuis un moment, elle le harcelait régulièrement pour qu'il la tienne au courant des dernières innovations scientifiques de l'IRCGN, et c'était un officier compréhensif avec lequel elle se sentait à l'aise, loin des rigueurs protocolaires. Cet endroit était un rêve pour certains gendarmes. À la pointe de la recherche, une architecture futuriste pour le berceau de l'innovation forensique, protégeant ses secrets, ses cadors, son mythe. Un « Quantico à la française », comme se plaisaient à l'appeler les journalistes, en référence au siège du FBI. Ludivine avait peine à croire qu'elle allait désormais œuvrer en son sein. Elle jubilait.

Ils prirent à droite et se retrouvèrent face à un long couloir conclu par une fenêtre au loin. Moquette au sol, parois blanches, le tout parfaitement éclairé et calme. Ils auraient tout aussi bien pu être au siège d'une grande entreprise, rien ne trahissait l'activité si macabre qui s'opérait ici. Des portes de part et d'autre marquaient le sanctuaire qui serait son nouveau chez-elle pour les années à venir. L'écusson du Département des sciences du comportement trônait en bonne place sur le mur. Des centaines d'affaires criminelles avaient transité par le DSC. Ses membres naviguaient quotidiennement dans l'intimité des pires tueurs et de leurs victimes. Ludivine se raidit un peu, anxieuse.

Une silhouette élancée, gracieuse, sortit du premier bureau et vint à leur rencontre. Une femme, la trentaine bien entamée. Carré asymétrique du même noir profond que ses yeux. Un noir sans concession, pas même à la lumière. Des grains de beauté jetés sur la peau, comme surgis d'un pot ayant éclaté trop près de son visage à la naissance, lui conféraient une singularité dont elle avait su tirer le meilleur avec les années. Tout en elle évoquait la panthère, au-delà même de son apparence et sans tomber dans la caricature grotesque, rien que de subtiles touches naturelles. Sa démarche, la façon d'incliner la tête, et surtout son regard. Elle étudia Ludivine comme on scrute une proie, de haut en bas, jaugeant ses faiblesses, établissant le rapport entre l'effort à fournir pour la capturer et le gain de ce qu'elle pouvait en tirer.

Ludivine se sentit immédiatement impressionnée, elle qui pensait pourtant en avoir vu d'autres, qui s'estimait pleine d'aplomb, sûre de son actif professionnel et de ses convictions, ne put que lui rendre un rictus un peu crispé.

— Je vous présente la cheffe d'escadron Torrens, l'introduisit Forsnot. Et voici la lieutenante Vancker qui rejoint vos troupes.

— Commandante, salua Ludivine en tentant de reprendre de sa superbe, je suis honorée d'intégrer vos services.

L'attitude de Torrens changea d'un coup – un véritable interrupteur. De la douceur envahit ses traits, de la rondeur autour de ses lèvres charnues, et même le faisceau du prédateur qui hypnotisait Ludivine se mua en un bouquet pétillant. Cela déstabilisa la jeune femme plus qu'autre chose, qui bafouilla la suite de sa phrase.

Torrens vint à son secours.

— Oubliez tout de suite le « commandante », appelez-moi Lucie. Ici on ne fait pas dans le protocole militaire habituel. Nous explorons les abysses, nous avons besoin d'un maximum d'humanité entre nous. Pardon, mon capitaine, pour la franchise.

Forsnot leva une main pour signifier qu'il n'en prenait pas ombrage.

— C'est nous qui sommes fiers de vous accueillir, ajouta Lucie Torrens. Vos états de service sont impressionnants. Et pour ce qui concerne notre métier, on peut dire que vous avez été au plus près de l'ennemi. Vous avez beaucoup à nous apprendre, j'en suis sûre.

Ludivine se sentit gênée, elle ne s'était pas attendue à être celle qu'on mettrait en avant.

— Vous êtes entre de bonnes mains, ajouta Forsnot à l'intention de Ludivine, je vous laisse. Vous parlerez avec le général sur place.

— Sur place ? releva Ludivine.

Forsnot et Torrens échangèrent un regard entendu.

— Torrens va vous expliquer, dit-il en s'éloignant à vive allure comme si une urgence soudaine le rappelait vers ses bureaux.

La commandante s'effaça pour désigner une pièce lumineuse.

— Je suis désolée que votre arrivée se fasse dans de telles circonstances, nous n'aurons pas le temps de vous faire visiter, nous sommes au cœur d'une tempête. Venez, que je vous briefe.

Les réflexes d'enquêtrice de Ludivine revinrent aussitôt.

— Quel genre de tempête ?

Torrens prit un court instant pour réfléchir, la bouche plissée, puis lâcha :

— Apocalyptique.

5.

La salle de réunion des enquêteurs du Département des sciences du comportement était d'une taille modeste, garnie d'étagères pleines de dossiers et d'ouvrages spécialisés aux titres anxiogènes pour le quidam moyen. Une table ovale et une demi-douzaine de sièges faisaient office de postes de travail. Torrens invita Ludivine à s'asseoir, pendant qu'elle ouvrait un large placard tout en demandant :

— Ils ne vous ont pas transmis le message concernant vos affaires ? De prendre un sac pour quelques jours ?

— Euh… non.

Torrens jeta un regard vers les hanches de Ludivine.

— On doit faire la même taille, j'ai toujours du rab, je vous filerai une culotte et un tee-shirt, on vous trouvera une brosse à dents et un déo sur place. Règle numéro un au DSC : toujours garder un baluchon prêt.

Torrens s'empara d'un *duffel bag* en cuir dans lequel elle ajouta les vêtements en question qu'elle préleva dans le placard. Une fois cela fait, l'officier supérieur vint s'installer sur une chaise et tira vers elle une pochette cartonnée. En face d'elle, Ludivine parvint à lire les lettres manuscrites au marqueur noir qui barraient la couverture : « Charon. »

L'unique fenêtre de la pièce se trouvait dans le dos de la cheffe d'escadron, le contre-jour la nimbant d'un halo blanc étrange.

— J'ai moins d'une heure pour vous mettre au parfum, le temps que l'hélico arrive pour nous embarquer.

— Un hélico ? C'est à ce point ? tiqua Ludivine.

— Nous voulons avancer vite, médiatiquement l'affaire va faire grand bruit et nous devons avoir déjà un début de réponse avant qu'elle ne sorte.

— Où est-ce ?

— Dans l'Est, près de Mulhouse, une ancienne mine. Elle était bouchée, comme la plupart l'ont été au fil des décennies, sous la supervision du Bureau de recherches géologiques et minières, le BRGM.

— Noyée ? J'ai lu qu'ils remplissaient les vieilles mines de flotte pour les combler.

— Pas celle-ci, seulement refermée par des dalles de béton. Avec le temps, les jeunes de la région ont fini par percer quelques accès dans certaines, pour squatter. La mine de Fulheim a la particularité de n'avoir jamais été remblayée, seulement bouchée. Les corps ont été découverts dans une salle qui servait à entreposer du matériel autrefois, à seulement vingt mètres de profondeur.

— *Les* corps ? releva Ludivine.

Torrens s'enfonça sur sa chaise pour toiser sa recrue d'un air grave.

— C'est le problème, répondit-elle.

— Beaucoup ?

— Pour l'instant, on en est à dix-sept. Et les fouilles ne sont pas terminées.

Ludivine ne put masquer sa surprise. Elle n'avait pas souvenir d'un pareil charnier en France. Mille questions se bousculaient sous son crâne. Elle commença :

— Si le DSC est sur le coup, je suppose que ce ne sont pas les cadavres oubliés de mineurs ?

— En effet. Aux premières constatations, il s'agit de femmes, uniquement. Et d'après les vêtements, on peut estimer, à la louche, qu'elles sont là depuis les années 1980 environ.

— Rien de plus récent ?

— Pas pour l'instant.

Cold case. Une vieille affaire. Surprenant.

— Quand est-ce que la mine a été fermée ? s'enquit Ludivine.

— 1974. Les corps ont été déposés après, en toute logique.

— Et seulement découverts… quand exactement ?

— Il y a deux jours, par un photographe qui se baladait là-dessous. Il a remarqué qu'un passage avait été ouvert récemment, il a voulu aller jeter un œil… Il n'a pas été déçu.

Torrens prit la pochette cartonnée et y saisit une feuille dactylographiée pour se rafraîchir la mémoire.

— Il a appelé le 17, la brigade d'Ensisheim a été prévenue, les collègues sont allés voir et sont aussitôt remontés prévenir la hiérarchie. La SR de Strasbourg a débarqué pour reprendre la main, et devant l'ampleur de la situation, c'est remonté jusqu'ici et à la DGGN[1]. Pour l'instant, c'est le black-out total vis-à-vis des médias, personne n'est au courant, on fait tout pour garder ça confidentiel, mais avec l'agitation que ça crée sur place, la news va sortir d'un moment à l'autre.

Ludivine analysait les données à toute vitesse. Dix-sept victimes. C'était improbable. Elle était partagée : autant de morts au même endroit, de prime abord cela lui faisait penser à une secte, dans le délire du Temple solaire, suicide collectif ; mais que ce soit uniquement des femmes l'intriguait.

— Les corps étaient dans une position particulière ?

— Non, rien d'évident. Les équipes techniques sont sur place pour effectuer un maximum de prélèvements tout en touchant au minimum, vous pourrez tout voir en arrivant.

— Les causes de la mort sont apparentes ?

Torrens prit un instant pour détailler Ludivine. La lueur d'intelligence dans son regard brillait tel un laser, capable de traverser la peau jusqu'à l'âme, pour la sonder. Un début de rictus s'esquissa sur le visage de la cheffe d'escadron. Sans même s'en rendre compte, Ludivine avait rapidement embrayé, plutôt que d'attendre les informations, elle posait les questions. Proactive. Cela semblait plaire à sa nouvelle patronne.

— Plusieurs évidences portent à croire qu'il s'agit de morts violentes, mais nous en saurons plus lorsque les légistes auront récupéré les restes pour les étudier.

— Elles avaient des documents d'identité sur elles ?

---

1. Direction générale de la gendarmerie nationale.

— Aux dernières nouvelles, les TIC[1] n'ont rien trouvé, mais ils procèdent avec minutie, sans déplacer les corps, donc on peut encore avoir des surprises.

L'accumulation dessine un début de piste, songea Ludivine. Uniquement des femmes, probablement assassinées, abandonnées là loin de tout regard avec le soin de les rendre anonymes… Ce n'était pas un charnier, c'était une salle de trophées.

Un tueur en série.

— Cela vous contrarie ? remarqua Torrens.

— Non, je… dix-sept victimes, toutes des femmes, même lieu… La question est de savoir si elles sont mortes en même temps ou sur une échelle de temps espacée, ça change tout.

Torrens acquiesça, l'air soudain grave.

— Je vois où vous voulez en venir. Mais ne nous emballons pas, nous avons encore beaucoup de travail de collecte avant de pouvoir esquisser nos premières déductions.

Elle a raison, tu vas trop vite.

Torrens embraya :

— L'IRCGN a dépêché sur place le labo mobile, il a dû arriver il y a peu, ils vont procéder aux prélèvements ADN pour nous obtenir des premiers relevés rapides.

Ludivine connaissait le laboratoire mobile, grand classique appelé LABADN dans le jargon : un fourgon entièrement équipé des dernières technologies transportables pour être opérationnel immédiatement. Dont GendSAG, qui faisait la fierté de l'institution, un procédé révolutionnaire développé au sein même

---

1. Techniciens en identification criminelle.

de la gendarmerie, capable de donner un ADN en moins de deux heures, pour un coût largement inférieur aux méthodes traditionnelles qui prenaient trois à quatre fois plus de temps. Le labo mobile avait fait ses preuves à plusieurs reprises, sur le site du crash de la Germanwings ou lors d'attentats.

Torrens poursuivit son exposé :

— La priorité de l'enquête va être d'identifier les corps. Nous, nous devrons établir la victimologie la plus détaillée possible, essayer de comprendre ce qui a pu se passer, malgré les trois ou quatre décennies écoulées depuis, et idéalement dresser un profil psychologique du ou des auteurs. Nous serons une force d'appui à l'enquête. À nous d'émettre des hypothèses crédibles et légitimes pour aider les confrères en première ligne.

— La mission du DSC, approuva Ludivine qui voulait montrer qu'elle savait où elle mettait les pieds.

Un vrombissement grave interrompit les deux femmes tandis qu'un hélicoptère de la gendarmerie surgissait au-dessus du bâtiment et passait devant leur fenêtre. Le rugissement de ses rotors résonna pendant qu'il manœuvrait sur lui-même pour prendre un angle impressionnant et descendre vers la pelouse du stade derrière le complexe de zinc.

— Notre taxi est arrivé, annonça Torrens en s'emparant du *duffel bag*.

Elle haussa le ton pour être sûre de se faire entendre malgré le bourdonnement :

— Une dernière chose concernant les constatations générales : au milieu de tous les corps, nous avons également trouvé un tas d'oiseaux décomposés. Tous décapités.

— Des oiseaux ? répéta Ludivine, surprise. Et les têtes ?

Dehors les pales de l'hélicoptère claquaient pendant que les patins touchaient l'herbe.

Torrens fit la moue.

— Absentes.

C'est de mieux en mieux, pensa Ludivine. Pour une première au DSC, elle commençait fort. Une idée saugrenue lui vint alors, sans qu'elle sache exactement pourquoi.

C'est le grand méchant loup qui les a dévorées.

6.

La vie défilait sous ses yeux.

Petite, lointaine, presque floue à cause de la vitesse. Toutes ces maisons, ces jardins mitoyens, ces artères de bitume sur lesquelles glissaient des véhicules multicolores.

Les pupilles de Ludivine passaient dessus, derrière la vitre de l'hélicoptère qui fusait dans le ciel gris. Toutes ces existences liées les unes aux autres dans le grand maillage de la France. Chacune rivée sur sa tâche, son instant. Insensibles à cet appareil au-dessus d'elles, qui fend l'atmosphère le nez incliné vers l'avant, dans lequel on s'imprègne peu à peu de la mort, de l'horreur qui se prépare, on s'apprête aux images qui vont bientôt s'imposer aux regards, et qui se graveront dans les âmes à jamais.

C'est mon choix. Je l'ai souhaité. Je n'ai pas le droit d'en vouloir à quiconque. C'est moi qui me l'impose, se dit aussitôt Ludivine. Sur le point de s'immerger dans la violence, il était facile d'avoir le réflexe de chercher un coupable pour le mal qu'on allait lui faire, pour cette cruauté qui allait l'étouffer, cette innocence en elle qui se consumait encore un peu plus, crime après crime. Mais la vérité était simple : Ludivine avait recherché cette douleur. Ses motivations dépassaient le prix à payer pour chacune de ces scènes. Ce n'était pas seulement se sentir utile ni même un profond esprit de justice, un désir de réparation, d'équilibre, non, pas plus qu'une quelconque notion de pouvoir, c'était au-delà.

Flirter avec ses limites. Voyager aux lisières de l'humanité. Se rapprocher des monstres, de leur monde. À présent Ludivine en était consciente. Cette nuit récente dans la mangrove, cela lui était apparu évident : c'était pour elle qu'elle faisait tout ça. Pour savoir à quel point elle désirait vivre. Jusqu'où la mort l'attirait. Détestait-elle ses failles à ce point ?

Je veux les voir à l'œuvre.

Le casque sur ses oreilles filtrait une partie du brouhaha des turbines et des rotors, et soudain la voix de Lucie Torrens retentit par-dessus, synthétisée par le micro dans lequel elle parlait :

— C'est votre baptême en hélico ?

Ludivine se tourna et secoua la tête.

— Mon premier mec était un passionné, il voulait devenir instructeur, j'ai eu droit à quelques balades !

Les micros, avec le ronflement en arrière-plan, ajoutaient un sentiment de distance entre les passagers. Pourtant cela poussa Ludivine à la confidence :

— Avant de me rendre compte qu'il me trompait avec tout ce qui bougeait !

— L'ordure !

— Oh, le deuxième m'a fait le coup aussi alors… Pendant longtemps je me suis demandé si c'était moi le problème. Genre… mauvais coup.

Torrens leva la main vers le plafonnier et tourna un bouton pour isoler leur conversation. Du menton elle désigna le pilote, qui avait tout entendu. Ludivine s'en amusa, haussa les épaules. Elle ignorait pourquoi elle se livrait avec autant de franchise, sinon peut-être pour tout de suite briser la glace. Les deux femmes allaient passer énormément de temps ensemble dans les prochaines années, et cette étrange proximité, alors qu'elles fonçaient pour s'enfermer sous terre au milieu d'un charnier en décomposition, pour leur première fois, était l'occasion de tisser des liens. Elles allaient devoir s'entraider, se soutenir. Mieux valait se connaître sans attendre.

— J'espère que vous n'avez pas renoncé pour autant, déclara Torrens.

— Non. Au contraire. Je suis du genre entêté. J'ai même eu deux jules en même temps à une époque !

Torrens sourit, un sourire franc, rassurant, qui lui allait bien. *Mieux que le regard de chasseur dont elle est capable.*

— Et vous ? demanda Ludivine. Mariée ?

Torrens exhiba sa main gauche, ornée d'un solitaire et d'une alliance à l'annulaire.

— Coupable.

— Il fait quoi ?

— Gendarme, sinon ça serait trop facile.

— Des enfants ?

— Une fille de six ans, Ana. Un hamster, et une maison de campagne en Normandie. La totale, quoi.

— Pourquoi le DSC ?

Torrens plongea en elle son regard profond, Ludivine put quasiment sentir le faisceau qui la scannait.

— Pour comprendre. Décortiquer le pire de l'homme, c'est se rassurer sur tout le reste, non ?

Ludivine finit par approuver d'un hochement. Puis, contre toute attente, Torrens ajouta froidement :

— Adolescente, j'ai été violée. Études de psychologie ensuite, gendarmerie, et DSC. Je ne vous fais pas de dessin sur mes motivations.

Ludivine était sidérée par autant de franchise. Torrens, capable d'être un animal au sang froid, impénétrable en apparence, sa supérieure hiérarchique, venait de lui balancer ce qu'elle avait de plus intime, sa blessure fondatrice, son trauma directeur, comme ça, d'un coup, alors qu'elles ne se connaissaient que depuis deux heures.

— Je suis désolée, lâcha Ludivine.

Torrens la détaillait toujours de ses prunelles intenses.

— Vous devriez profiter du voyage pour dormir un peu, avec ce qui nous attend, pas sûr qu'on puisse se reposer avant longtemps...

Ludivine acquiesça, avant de revenir au paysage qui défilait, à toutes ces existences dont elle ne saurait jamais rien, et qui en retour se moquaient bien du fardeau qu'elle-même s'apprêtait à porter sur ses épaules.

Tant que le sale boulot était fait, le monde se fichait bien de savoir par qui et à quel prix.

*

Une terre froissée. Remuée par les siècles, comme si, ici, son sommeil était agité depuis l'aube des temps, à en soulever la couverture, à plisser les forêts, à dresser des monts de cauchemars qui dominaient la région. Une poignée de fermes reculées jetées par endroits au bout de routes tortueuses, entre d'étroits lacs à la surface noire. Quelque part dans l'est du pays, loin de tout.

L'hélicoptère franchit un col de conifères, et une petite ville esseulée apparut de l'autre côté, ramassée le long d'une plaine comprimée entre des collines escarpées et moutonneuses. Une rivière la fendait en deux et l'aéronef vint se caler sur son dessin sinueux pour la remonter en direction du nord, en périphérie.

À mesure qu'ils se rapprochaient de leur destination, leur altitude baissait. Une zone d'entrepôts laissa place à une carrière à l'abandon, puis les arbres se mirent de nouveau à coloniser l'espace. Ludivine distinguait, sur sa droite, parallèles à leur trajectoire, les vestiges d'une ligne de chemin de fer partiellement recouverte de mousse et de lierre, et plus loin une route. Une camionnette blanche, surmontée d'une antenne parabolique, siglée du logo d'une chaîne d'info en continu, fonçait sur le goudron. D'un coup de coude, Ludivine la désigna à sa supérieure, qui soupira. La meute était au courant, elle fonçait sur sa proie.

Le chevalement de la mine de Fulheim se dressa brusquement, derrière le drapé d'une montagne trapue. Un assemblage de poutrelles d'acier qui culminait à plus de soixante mètres de haut et qui, autrefois, servait à descendre les ascenseurs dans les profondes entrailles de la matrice. Une série de bâtiments tout en longueur, aux toits couleur rouille, s'étendaient autour, des masses de tôle impressionnantes, assez grandes pour abriter des paquebots. Trois immenses terrils semblables à des seins carbonisés sourdaient du flanc ouest, tandis qu'à l'est la rivière bordée d'un marécage de roseaux enfermait la mine. Forêt massive au nord et au sud. *On ne peut pas faire plus paumé comme coin*, se moqua Ludivine, qui ne put s'empêcher de frissonner.

— Et vous m'avez dit qu'il y a des jeunes qui viennent ici ? s'étonna-t-elle auprès de Torrens.

— Apparemment. Des adeptes d'urbex, l'exploration de sites abandonnés, des ados en mal de sensations fortes et, plus rarement, à cause de l'isolement, des junkies.

— Des problèmes d'insécurité connus ?

— Pas que je sache, nous demanderons aux collègues locaux.

L'hélicoptère vira brusquement.

Ludivine repéra alors l'activité entre le chevalement et ce qui devait être l'ancienne usine de traitement : des dizaines de véhicules, dont une partie de la gendarmerie, plusieurs grandes tentes blanches, et une horde d'individus en mouvement au milieu.

Elle repéra également que l'unique accès visible au site était un pont qui enjambait la rivière à partir d'un autre bois fendu par la route. Deux estafettes de la gendarmerie en barraient le passage. *Tant mieux.* Les journalistes seraient tenus à bonne distance.

Une minute plus tard, les pales de l'hélicoptère plaquaient l'herbe au sol tandis que les passagers se posaient dans le vacarme brûlant des turbines.

Un gendarme en uniforme, vissant d'une main son calot sur son crâne, accueillit Torrens et Ludivine.

— Maréchal des logis-chef Riess, se présenta-t-il en criant par-dessus le bruit. Je gère la logistique sur le site. Est-ce que vous avez besoin de…

— Emmenez-nous au poste de commandement, répliqua Torrens.

Ils marchèrent entre deux murs qui dépassaient les vingt mètres de haut, en direction de l'activité qu'avait repérée Ludivine. Il y avait de vieilles traverses de bois entassées d'un côté, des fûts en plastique empilés ; des débris industriels jonchaient le sol de plus en plus boueux à mesure qu'ils se rapprochaient du cœur de la mine. Ils débouchèrent sur l'esplanade centrale, au milieu des voitures et des fourgons des intervenants du premier cercle, et parmi les nombreux gendarmes qui circulaient ici Ludivine vit trois techniciens en identification criminelle, les TIC, en combinaison blanche ne laissant apparaître que leurs yeux. Les « lapins blancs » comme on les surnommait. Ils opéraient des allers-retours vers la structure sous le chevalement, une sorte de vaste hangar aveugle.

Le maréchal des logis-chef Riess les conduisit en face, dans un assemblage de préfabriqués vermoulus posés sur des parpaings, où avait été installé le poste de commandement provisoire.

Il régnait à l'intérieur une ambiance studieuse, presque anormalement calme au milieu de l'odeur humide de la moisissure des parois. Des projecteurs étaient montés pour assurer l'éclairage suffisant en cette morne journée de mars. Une demi-douzaine d'enquêteurs en civil étudiaient des documents ou échangeaient à voix basse, au milieu d'officiers supérieurs en uniforme. Des tables pliantes avaient été dressées dans l'urgence pour soutenir ordinateurs portables, imprimantes et plans étalés en tous sens. Ludivine reconnut le général de Juillast chargé du PJGN de Pontoise. Levant vers elle ses yeux d'un bleu translucide, il lui adressa une mimique de salut contrite, vu les circonstances.

— Cheffe Torrens, dit-il, lieutenante Vancker, j'aurais aimé une entrée en matière plus progressive.

Il parlait avec l'accent chantant du Sud-Ouest, presque réconfortant dans ce contexte. Ludivine n'était pas surprise de le trouver là. Formé au célèbre institut de criminologie de Lausanne, le général était un méticuleux, adepte du terrain, et dans une affaire aussi sensible que celle qui se profilait, il voulait vivre auprès de ses troupes. Sincère et passionné, loin des clichés politiciens qu'on se faisait parfois de certains officiers généraux.

— Capitaine ! interpella de Juillast. Nos deux perles du DSC sont là.

Tout le monde releva la tête dans le préfabriqué, et un homme en civil, la quarantaine, menton très large, nez aplati, cheveux blonds clairsemés et carrure de rugbyman, s'approcha, l'air contrarié.

— Capitaine Ferizzi, SR de Strasbourg. Pour l'instant, c'est moi qui coordonne l'investigation.

Ludivine devina dans ce « pour l'instant » son peu d'enthousiasme. Qu'imaginait-il ? Qu'elles allaient lui piquer le job ? C'était bien méconnaître le rôle du DSC, qui n'était qu'une aide, venait en appui, pas à la place. Ludivine le savait, certains enquêteurs considéraient le Département des sciences du comportement au mieux comme une vaste perte de temps et de moyens, au pire comme une arnaque. À leurs yeux, rien ne valait une bonne vieille investigation de terrain, et des preuves tangibles. L'étude des personnalités, les analyses de caractère, les relations émotionnelles et leur influence sur les faits demeuraient trop nébuleuses, à la limite de la divination, dans leurs esprits.

Ferizzi appuya son regard sur elle, manifestant sa surprise de trouver une « célébrité » de la SR de Paris à présent tombée si bas.

Ludivine ressentit une brutale bouffée de colère, elle eut envie de lui balancer comment ce genre de procédés lui avaient permis de boucler certaines des grandes affaires pour lesquelles elle était désormais connue dans la gendarmerie. Elle ouvrit la bouche mais Torrens, rompue à l'exercice, ne lui en laissa pas le temps.

— Faites-nous le topo, capitaine, les grandes lignes, comme si nous ne savions rien.

Sous la vigilance du général de Juillast, Ferizzi n'eut pas d'autre choix que de se soumettre, avec un semblant de bonne volonté.

— Un photographe amateur est venu ici, il y a deux jours, dimanche en début d'après-midi, pour faire des clichés. Il passe ici une ou deux fois par an pour ça. C'est là qu'il a remarqué une nouvelle fissure dans le béton qui obstrue normalement une galerie. Il s'y est glissé pour jeter un œil et il a vu les premiers corps. Il s'est barré aussi sec pour appeler le 17.

— Son nom ? demanda Torrens.

— Xavier Baert, fit un enquêteur non loin en ajustant ses lunettes à monture épaisse. Adjudant Bardane.

Ludivine et Torrens le saluèrent avant que cette dernière n'enchaîne :

— Il est encore sur site ?

Ferizzi secoua la tête.

— Non, on l'a gardé toute la journée d'hier et il est rentré chez lui le soir, mais c'est pas loin, vous pourrez le voir si vous voulez. Il était un peu secoué.

— On le serait à moins, lâcha Torrens.

Bardane désigna l'ordinateur portable ouvert devant lui.

— Et j'ai le PV de son audition si vous voulez.

— La fissure par laquelle ce Xavier Baert est passé, elle n'était pas là auparavant ?

— D'après le photographe, il n'y avait rien à son dernier passage, il y a quatre mois.

Torrens enchaîna :

— Les corps y sont entreposés depuis la fermeture de la mine ou il se pourrait qu'on les ait mis là récemment ?

— Les légistes vont nous dire ce qu'ils en pensent, répondit de Juillast, mais a priori on dirait vraiment qu'ils sont là depuis plusieurs décennies.

Ludivine laissait sa supérieure dérouler mais l'instinct du métier reprenait le dessus en elle, mille questions se bousculaient à ses lèvres. Elle s'obligea à procéder dans l'ordre.

— Depuis quand la scène est-elle gelée ?

Ferizzi marqua une courte pause avant de répondre, assez pour trahir les interrogations qu'il avait à son égard. Était-elle si bonne qu'on le prétendait ou avait-elle juste une très bonne étoile ?

— La BR[1] locale a débarqué juste après l'appel de Baert, dit-il. Ils sont allés voir ; c'était trop gros, alors c'est remonté par la chaîne de commandement jusqu'à nous, à la SR de Strasbourg. Nous sommes arrivés le dimanche soir. La BR avait déjà délimité toute la zone. Quand j'ai vu le nombre de corps, j'ai aussitôt appelé notre lieut'co pour qu'il rapplique.

— Les TIC sont là depuis dimanche soir ? s'enquit Torrens.

---

1. Brigade de recherche.

— Non, le lendemain matin. Il était tard, le site est reculé et ils sont rincés de boulot en ce moment. Ils ont commencé hier à la première heure.

De Juillast, qui observait en retrait, se permit d'ajouter :

— L'affaire est trop grosse, c'est aussitôt revenu à la DGGN, pour en informer le patron en personne. Et c'est là que le branle-bas de combat a été sonné.

Ludivine s'adressa à Ferizzi :

— Vous avez pu redescendre depuis ?

— Non, on laisse bosser les experts, mais ils devraient pas tarder à donner le feu vert pour qu'on y retourne, si on se déguise.

De Juillast compléta :

— Le patron m'a appelé pour que j'envoie toutes mes équipes en renfort. Le LABADN est arrivé cette nuit, ils sont déjà sur les prélèvements génétiques depuis ce matin.

Les corps sont ici depuis trop longtemps pour espérer sortir grand-chose sur le ou les auteurs des faits via les profils ADN, songea Ludivine. Il faudrait affiner les dates, mais si les crimes avaient été commis fin des années 1970, début 1980, il y avait peu de risques que le ou les coupables aient continué leurs sinistres activités jusqu'à dans les années 2000. Possible mais peu probable. Le fichier des empreintes génétiques avait seulement vingt ans d'existence, trop jeune pour contenir quelque chose d'aussi ancien, à moins d'un coup de bol énorme, critère sur lequel Ludivine ne comptait pas. Au mieux, l'ADN allait leur servir pour comparaison entre les victimes et des femmes portées disparues, en fouillant dans les archives de l'époque, et en opérant des rapprochements avec les familles encore vivantes.

Une femme en uniforme dans le fond du préfabriqué raccrocha le téléphone et déclara :

— Ils arrivent, mon général.

De Juillast approuva et eut un regard pour Ferizzi, qui soupira, agacé.

— Capitaine, allez les accueillir, vous allez les briefer, commanda l'officier.

— Bien, mon général, répondit sans enthousiasme le blond trapu en s'orientant vers une table pour rassembler des documents.

Le général pivota vers les deux femmes.

— La Direction générale veut être sur le coup, c'est beaucoup trop sensible, Beauvau est sur leur dos.

Torrens se fit cassante :

— Ça va être simple de piloter tout ça depuis Issy-les-Moulineaux !

— C'est pourquoi ils ont missionné la SR de Paris pour prendre les choses en main, ils les auront à disposition ainsi. En collaboration avec la SR de Strasbourg bien sûr.

Ferizzi étouffa à peine un grognement boudeur.

Le général se pencha vers Ludivine.

— Vous n'allez pas lâcher vos anciens camarades de sitôt.

Ludivine était stupéfaite. La SR de Paris. Son fief.

Le général de Juillast désigna ses deux protégées du DSC à Ferizzi.

— Capitaine, je les veux sur la ligne de front avec vous sur absolument tout. La direction veut qu'on sorte l'artillerie lourde, alors on utilise tous nos moyens. Compris ?

L'intéressé se contenta d'un hochement courtois, hiérarchique, mais il n'en pensait pas moins.

— Et de l'enthousiasme, diable ! s'agaça de Juillast.

— Pour une affaire vieille de quarante ans ? lâcha Ferizzi. Sauf votre respect, mon général, c'est pas comme s'il y avait urgence.

Ludivine n'avait jamais vu de Juillast perdre son sourire naturel et le pétillement dans son regard translucide. Pourtant, cette fois, tout son visage s'affaissa, et la braise se figea en glace dans ses yeux. Il pencha la tête pour mieux arrimer son regard à celui de son capitaine et répliqua d'un ton à couvrir les murs de givre :

— J'ai dix-sept femmes qui pourrissent sous nos pieds pour vous dire le contraire, autant de familles qui n'ont pas pu faire leur deuil, une institution entière sous les projecteurs des médias, et un gouvernement qui va s'assurer qu'on fait le boulot pour que tout le monde soit content, Ferizzi. Alors vous allez me faire l'hôte d'accueil pour la SR de Paris, puis la visite guidée, et si la vue de ces dix-sept corps en bas ne suffit pas à vous motiver, vous reviendrez me le dire, que je vous affecte à un rond-point qui sera peut-être à la hauteur de vos précieuses compétences.

Les mâchoires de Ferizzi roulèrent sous ses joues et il fut sauvé lorsqu'un homme frappa contre la porte ouverte. Il arborait la tenue de protection blanche des TIC, la capuche en arrière dévoilait son visage poupin et transpirant.

— C'est bon pour les premiers relevés, vous pouvez descendre maintenant.

Ferizzi passa devant les deux femmes du DSC et lâcha, amer :

— On dirait bien que vous allez avoir droit aux honneurs les premières.

7.

Le ciel était d'un gris uniforme, morne, plombant la luminosité. *Un filtre Instagram mal réglé, en mode « déprime »*, s'était dit Ludivine en sortant du préfabriqué.

L'adjudant Bardane tripotait nerveusement ses lunettes épaisses. Il conduisait Ludivine et Torrens en direction du chevalement immense qui les dominait de sa tour d'acier, et marchait d'une foulée rapide, sportive.

— Soixante-quatre mètres, déclara-t-il. Belle bête. Et ça descend jusqu'à sept cent cinquante et un mètres de profondeur.

— Là, sous nos pieds ? s'étonna Ludivine.

— C'est le puits Hector, le puits numéro 2 de la mine de Fulheim. Des centaines de galeries et de boyaux qui s'étendent sur plusieurs kilomètres dans toutes les directions, sur une douzaine de niveaux.

— Comme un immeuble quoi…, résuma Torrens.

— Non, plutôt comme une ville. Ce chevalement ce n'est même pas le sommet de l'iceberg, à peine la pointe. Ce qu'il annonce, c'est une citadelle creuse, juste en dessous, au silence seulement ponctué par le goutte-à-goutte de l'humidité. Un monstre de vide, aveugle depuis toujours.

— Vous connaissez le site ? s'étonna Torrens.

— Je suis le régional de l'étape, avoua l'adjudant. À défaut d'avoir fréquenté celle-ci, j'ai une petite habitude des mines abandonnées, vous êtes dans le bon secteur pour ça. Ici c'est le pays des friches industrielles.

— Pourquoi elle n'a pas été noyée comme les autres ? demanda Ludivine.

— Ça, c'est à lui qu'il faut demander, fit Bardane en désignant un barbu arborant une casquette usée des Yankees. C'est le responsable des mines qui nous a été envoyé.

L'homme en question était sportif. Ses pectoraux tiraient sur les boutons de sa chemise trop serrée. Il avait le regard d'un café corsé, jusqu'à la pointe d'écume sur le rebord. Barbe savamment taillée, entre le hipster et le bon père de famille qui s'autorise une singularité esthétique. Il n'avait pas quarante ans, estima Ludivine en lui serrant la main.

Sa poigne lui fit mal, comme s'il ne se rendait pas compte de sa force. *Ou qu'il se comporte en mâle alpha débile voulant asseoir son emprise...*

— Fred Vronsky, du Bureau de recherches géologiques et minières. Je m'attendais pas à ça.

— Personne ne s'attend jamais à ça, même quand on a l'habitude des crimes, le rassura Torrens.

— Ah non, je parlais de vous... Je veux dire, la gendarmerie aujourd'hui, c'est plus l'image du mec bedonnant en képi !

Son regard gourmand en disait long.

Lui commence très mal, pensa Ludivine, qui s'efforça de mettre de côté ses émotions. *Pas celles-là, pas maintenant. Juste le boulot. Concentrée.*

— Cette mine a seulement été bouchée ? enchaîna-t-elle. Pas comblée ?

— Oui, coffrage en béton. En gros on coule des dalles en tête de puits. Tout ce qu'il y a en dessous reste en l'état.

— C'est courant comme pratique ?

— Non, la plupart des mines ont été noyées lorsqu'il y avait une grande quantité d'eau à proximité, ou remblayées, au moins partiellement, souvent avec du schiste mélangé à du béton. Avec ça dans le bide, normalement elles ne bougent plus.

— Et pourquoi pas celle-là alors ?

— Tout dépend du site. Ici c'est solide, très profond, peu de risques d'éboulements, pas d'urbanisation à proximité donc pas d'urgence. Et il y a une nappe phréatique pas loin, on ne prend pas le risque de la contaminer avec du schiste. Et puis ça coûte très, très cher de remplir un lieu pareil, vous ne vous rendez pas compte de la taille de la bête. Si on est pas obligés, on évite. En général, ces mines-là finissent par se noyer toutes seules, l'eau s'infiltre et remonte naturellement dans les galeries. Apparemment ça n'a pas été le cas à Fulheim, ce bon gros Hector respire encore.

Torrens haussa les sourcils.

— C'est pas dangereux pour les curieux de laisser une mine praticable ?

— Pour être cash, c'est pas exactement notre priorité les rigolos qui veulent jouer avec leur vie. Enfin, si, on fait tout pour la sécurité des gens, mais la priorité, ce sont les conséquences d'un vaste gruyère juste sous des villes et des routes, c'est ça qu'on veut maîtriser. Toutes les mines sont fermées, avec des coffrages massifs. Si ensuite des inconscients décident de venir avec tout l'équipement pour percer le bouchon et se faufiler, c'est de la connerie, voilà.

— C'est compliqué d'ouvrir une brèche ?

— Dans les dalles ? Ah oui, c'est pas un truc que vous faites avec votre perceuse de bricoleur, hein ! Béton de plusieurs mètres d'épaisseur. Non, en réalité, les mecs passent par les côtés. Ils profitent des mouvements de terrain qui créent des débuts de contournement, et ils les creusent pour les agrandir. Ça reste rare, soyons pas non plus alarmistes. Heureusement, parce que, ensuite, ce sont des fosses de quasi un kilomètre ! C'est pour ça que je vous dis qu'il faut être inconscient.

Ludivine n'en revenait pas.

— Il y a des amateurs qui s'aventurent dans les souterrains comme ça ? demanda-t-elle.

Vronsky se caressa la barbe machinalement.

— Une poignée. Et encore, la plupart se contentent, avec intelligence, de rester sur la partie supérieure.

L'ingénieur prit le temps de contempler le chevalement au-dessus d'eux d'un air grave.

— Parce que descendre, ajouta-t-il sur un ton plus concerné, c'est jouer à pile ou face avec la mort. Déjà il faut du matériel et des compétences, pour se taper le rappel dans les puits. Plusieurs centaines de mètres de profondeur, vous vous rendez compte ? Ensuite, c'est un labyrinthe où il est facile de se perdre, pour toujours, sans communication possible avec l'extérieur, pas de réseau, rien, des ténèbres absolues, et tout peut s'écrouler d'un instant à l'autre avec les perturbations engendrées par des visiteurs soudains, le sol peut se dérober, les étais se briser... Des poches de gaz peuvent vous asphyxier, ou exploser. Et tout ça pour quoi ? Défiler dans des coursives obscures et humides sans fin, qui n'ont rien à offrir que toujours le même paysage morne et tortueux ?

— Charmant, lâcha Torrens.

Ludivine insista :

— Mais il y a, en France, des personnes qui le font ?

Vronsky soupira.

— Pas officiellement bien sûr... Cela dit, quelques dingues s'en vantent sur Internet parfois, oui.

— Bien allumés, ceux-là, commenta Torrens tandis qu'ils arrivaient devant le bâtiment monumental sous le chevalement.

À ses pieds, deux tentes blanches feulaient timidement dans la brise fraîche. L'une englobait tout l'arrière d'une camionnette de l'identification criminelle, et l'autre son flanc, dessinant ainsi un L. La structure en demi-cercle était assez haute et large pour abriter tout le matériel stérile installé sur des tables pliantes et les techniciens qui grouillaient à l'intérieur. Le fameux LABADN en plein labeur.

Un TIC en combinaison immaculée se posta devant le trio. N'émergeait de sa tenue que l'essentiel : joues roses, visage poupin mais regard franc et déterminé. Ludivine fixa un bref instant le gros grain de beauté qui flottait sur sa lèvre supérieure.

— C'est vous, les veinards ? Je suis le major Terpin, suivez-moi. J'espère que vous n'êtes pas claustros !

L'homme les guida à travers le hangar dans le chuintement continu de sa tenue, suivant un chemin méthodiquement jalonné de rubalises jaune et noir. Là encore, des projecteurs montés sur pieds illuminaient le passage au milieu de la poussière et des débris. Le plafond culminait à plus de vingt mètres, festonné de lourdes chaînes telles des lianes dégénérées. Ils enjambèrent des rails, dépassèrent une plateforme croulant sous les leviers et les volants des conduites rouillées, chacun de leurs pas résonnant dans l'immense hall.

Ludivine était surprise d'y percevoir encore l'odeur rance de la graisse qui avait dû maculer les câbles des ascenseurs, comme si celle-ci avait imprégné jusqu'au ciment. Elle s'imaginait sans peine le fracas des moteurs et le sifflement des poulies lorsque les cages commençaient leur interminable descente dans ces abîmes.

Les roues d'acier se dévoilèrent derrière une cloison de parpaings, hautes comme trois hommes, impressionnantes de puissance endormie. L'essentiel des mécanismes avait été démantelé et recyclé ailleurs depuis longtemps, laissant les empreintes des rivets mais surtout des espaces vides.

Les ascenseurs s'étaient volatilisés, remplacés par un cercle de béton de dix mètres de diamètre, qui arrivait à hauteur du genou. La fameuse dalle qui scellait l'entrée du puits à l'instar d'un énorme bouchon. Avec de telles proportions, Ludivine avait du mal à comprendre comment on avait pu se frayer un passage en dessous. Puis elle réalisa que juste sous ses pieds s'enfonçait un trou profond de presque huit cents mètres dont elle n'était séparée que par ce couvercle gris. Une chute éternelle. Elle en eut la chair de poule.

Terpin tapota du pied une caisse en plastique posée devant un projecteur.

— Allez, c'est l'heure du défilé de mode. Faites-vous plaisir, j'en ai pour tous les goûts. C'est la revue des « lapins blancs ».

Rompues à l'exercice, Torrens et Ludivine enfilèrent une combinaison blanche. Constatant que Vronsky n'en faisait pas autant et les regardait d'un œil pétillant avec les mains dans les poches, Torrens demanda :

— Vous êtes déjà descendu ?

— Non.

— Alors équipez-vous, ce serait bien qu'un ingénieur du BRGM s'assure qu'on est en sécurité. Il va y avoir un paquet de gendarmes qui vont bosser dans cette cavité, j'ai pas envie qu'elle nous tombe dessus.

— Moi, les macchabées, c'est pas trop mon…

Ludivine lui plaqua contre le ventre un sachet contenant le matériel.

— Considérez ça comme une réquisition.

Ils terminèrent par les surchaussures et les gants, puis le major Terpin leur fit signe de le suivre vers le fond du hall, jusqu'à une porte à double battant grande ouverte sur un escalier descendant. Une chaîne ancienne et son cadenas gisaient au sol, dans une flaque, brisés depuis longtemps.

— À partir de là, mettez vos masques, dit-il, on ne pollue pas la scène.

Masque FFP2 sur le nez, ils s'engagèrent vers le sous-sol, où les projecteurs, plus espacés, laissaient des poches d'ombre plus étendues, desquelles serpentaient quantité de canalisations couvertes de toiles d'araignées.

Un peu plus loin, Vronsky tapa contre une paroi qu'ils longeaient.

— Derrière, là, c'est le puits. Lui est bouché, inaccessible, mais nous tournons autour, ici c'est la zone technique qui l'encercle.

— Des accès entre cette zone et le puits ? demanda Ludivine.

— Normalement plus maintenant, c'était censé être sécurisé. Cela dit... on ne devrait même pas pouvoir descendre ici.

Terpin, lui, continuait son périple, puis s'arrêta devant un coffrage de béton qui avait autrefois emmuré une porte. Une ouverture rectangulaire, fraîchement pratiquée, permettait à un homme d'y passer. Vronsky grommela :

— En voilà un, d'accès au puits. Lui au moins était obstrué, avant qu'un rigolo ne vienne le percer.

Le TIC précisa :

— C'était une fissure quand on est arrivés, pas facile d'accès, fallait se contorsionner pour se faufiler, alors on a ouvert en grand. Tout est documenté, photos, film et prélèvements. On a découpé tout autour et emporté la brèche initiale au cas où.

— Où est-ce que ça mène ? voulut savoir Torrens.

— Probablement à un accès de maintenance pour les ascenseurs, informa Vronsky qui voulait montrer sa compétence.

Ludivine constata que le coffrage en béton devait faire un demi-mètre d'épaisseur à l'origine, assez pour décourager toute tentative.

— Vos explorateurs suicidaires, là, ils font ce genre de dégâts ? demanda-t-elle à l'ingénieur.

— Les plus motivés, oui. Sinon, ce qu'on remarque souvent, c'est l'usure avec le temps, les visiteurs grattent un peu chaque fois, et petit à petit ça crée des fragilités qui peuvent déboucher sur une fissure. Mais ici, je ne sais pas, cette mine n'était pas souvent contrôlée. Rien que l'accès au sous-sol aurait dû être condamné, et pas seulement avec une chaîne. Et puis les bâtiments rasés au passage, et ainsi de suite. Le temps, le budget... Si c'était si simple, l'administration française serait un modèle !

Terpin mit la main sur le haut du passage.

— Faites gaffe à la tête. Et regardez où vous posez les pieds, on a éclairé comme on pouvait, mais ça reste traître.

Torrens s'engagea la première et Ludivine la vit rapidement disparaître dans un autre escalier. La jeune femme s'apprêtait à en faire autant, lorsqu'elle remarqua que Terpin l'observait.

— Autre chose ? demanda-t-elle.

Le major hésitait. Puis il dit, plus bas :

— Cet endroit, en bas, vous savez à quoi ça me fait penser ? Aux contes de mon enfance. Pas les Disney, hein, ceux plutôt glauques avec des sorcières qui bouffent des gosses et des châtelains qui tuent leurs femmes. Vous savez, les histoires qui traumatisaient les mômes de ma génération. Ben... pour moi, là, c'est la tanière de l'ogre. J'espère qu'il est mort depuis longtemps, ce gars, parce que c'est un affamé, celui-là. Je crois pas que vous en ayez déjà vu des comme lui.

Dans son dos, Ludivine put entendre Vronsky déglutir bruyamment.

8.

Encore des marches.

Ludivine n'avait plus aucune notion de la profondeur à laquelle ils étaient descendus. Les projecteurs sur trépieds éclairaient le ciment cendré des murs et embrasaient les particules de poussière en suspension. Il faisait humide, une vague odeur de cave pénétrait à travers les masques qu'arboraient les quatre visiteurs en combinaison stérile.

Lucie Torrens ouvrait la marche, progressant avec attention, étudiant chaque paroi, du sol au plafond. Ludivine savait que sa supérieure s'imprégnait des lieux, le moindre détail pouvait compter. Tôt ou tard, elles devraient mentalement se projeter ici, avec le ou les coupables, s'imaginer chacun de leurs pas, pour tenter de percer les mystères de leur psyché, comprendre ce qu'ils avaient pu ressentir, pourquoi cet endroit. Brosser un portrait psychologique passait par là.

Le passage s'élargit alors sur une salle d'une dizaine de mètres de large, et au moins le double en longueur. Six projecteurs tentaient de l'éclairer sous une voûte qui, elle, se perdait dans la nuit éternelle.

Tels des vitraux traversés par le soleil au milieu d'une église troglodyte, songea Ludivine.

En voilà une drôle d'image.

La jeune femme nota aussitôt les cavaliers jaune et noir disposés au sol. Chacun marquait l'emplacement d'un corps étalé dans un coin, des formes avachies, sur le flanc, le dos ou le ventre. À distance, Ludivine put distinguer une main, un pied surgissant de sous une robe, ou un bout de mâchoire. Chaque fois, la peau était grise, parcheminée. Des êtres humains morts, oubliés ici, dans cette tombe sans nom, comme s'ils dormaient.

Un dortoir morbide.

Ludivine prit une profonde inspiration.

Elle perçut un léger courant d'air et le sentit passer entre ses jambes. Qu'y avait-il au bout, au-delà des limites des projecteurs ?

Au fond justement, un TIC agenouillé s'affairait au-dessus d'un corps. Il se redressa à leur arrivée et vint à leur rencontre. Seuls ses sourcils gris et ses yeux fatigués dévoilaient qu'il s'agissait d'un homme, plutôt fluet. Sa voix grave contrastait avec son physique.

— Docteur Bousquet. C'est moi qui opère les premières constatations.

Torrens fit les présentations et enchaîna :

— Qu'est-ce que vous pouvez nous dire ?

Les deux sourcils gris se soulevèrent, presque désespérés.

— Les conditions de préservation ont commencé à momifier les corps. C'est à la fois pratique pour certains aspects, contraignant pour d'autres. D'abord, j'ai des marques évidentes sur la gorge de plusieurs victimes. Je ne peux pas encore être catégorique, mais ça sent la strangulation si vous voulez déjà qu'on se mouille. Aucune n'est entravée.

— Il n'y a pas de décomposition ? demanda Ludivine.

— Si, mais comme je vous le disais, la plupart ont été momifiées par l'environnement, cela a eu un impact important sur le processus.

— Donc impossible de savoir si elles sont mortes en même temps ou sur un grand laps de temps ?

— Pour l'instant, non, je ne m'avancerais pas sur ce terrain. Laissez-moi les examiner minutieusement sur ma table d'autopsie et on verra si c'est plus clair de ce côté.

Le légiste poursuivit son bref exposé mais Ludivine se sentait happée par ces femmes devant elle. Elle se mit à marcher au milieu, entre les corps allongés. De la poussière maculait leurs vêtements. Aucun doute sur la mode, les coupes et les couleurs, tout datait de près de quarante ans à vue de nez.

Leur chair avait fondu avec le temps, les fluides s'étaient évaporés ou plus probablement avaient été bus par les insectes qui étaient parvenus à s'infiltrer jusqu'ici, mais étrangement, Ludivine pouvait encore distinguer leurs traits : un voile de peau sèche et grise plaqué sur des pommettes, des arcades ou des mentons d'os. Même leurs cheveux, secs et aplatis, luisaient faiblement sous l'éclairage. Quel âge avaient-elles ? La vingtaine ? La trentaine peut-être, pas beaucoup plus, même si leur état actuel semblait leur donner mille ans au moins.

Une arborait encore son alliance ternie sur son annulaire décharné et pétrifié. Son mari l'attendait-il encore quelque part, si longtemps après ? *Non, bien sûr que non, il a refait sa vie, mais il y a ce poids sur son cœur depuis toujours, celui de ne pas savoir.*

— Maintenant tu vas savoir, murmura-t-elle pour elle-même.

Elle se tenait à distance, pas encore prête à venir scruter les détails de leur mort. Une vision d'ensemble.

Ludivine eut soudain envie de leur parler. De s'excuser pour avoir tant tardé à les découvrir, à prendre soin d'elles. Et de leur promettre réparation. Savoir ce qui leur était arrivé, contacter leurs familles, leur offrir un dernier sanctuaire respectueux.

Et trouver l'ordure qui leur avait fait ça.

Pas trop vite. On peut encore avoir des surprises… *De quel genre ?* chercha-t-elle aussitôt à contre-attaquer. *Suicide collectif ?* Cela semblait très peu probable.

La mine avait été fermée en 1974, les corps n'y étaient pas à l'époque, ils auraient été trop près de la surface pour ne pas être découverts. Donc on était venu ouvrir une brèche dans le coffrage de béton qui masquait la porte jusque-là, on y avait abandonné ces femmes, avant de remonter, de refermer le tout avec du béton frais, et de mettre une chaîne et un cadenas neufs. Même pour une secte cela impliquait qu'au moins une personne savait et était ressortie.

Ludivine s'arrêta devant un tas de minuscules carcasses au centre de la pièce et se pencha au-dessus. Un petit monticule de cages thoraciques miniatures garnies de membranes cartilagineuses en forme de voiles, le tout amalgamé par ce qui ressemblait à du poil ou à des plumes moisies et desséchées par le temps.

Les oiseaux décapités mentionnés par Torrens.

Une bonne quinzaine au moins, estima Ludivine.

Délire mystique ? Où étaient les têtes ? Rompue au pire par son métier, Ludivine imagina soudain chacune de ces femmes en procession ici s'emparer d'un moineau ou d'un rossignol et lui mordre la tête à pleines dents pour la dévorer avant d'aller s'allonger dans son coin pour attendre la mort.

Ludivine secoua la tête. Trop d'imagination.

Elle était parvenue au fond de la pièce, juste après les derniers corps, là où la lumière s'arrêtait. Le courant d'air était plus marqué, jouant avec sa combinaison. Elle se tenait face à l'obscurité sifflante. Qu'y avait-il au-delà ? Un cul-de-sac ?

Ludivine eut alors le sentiment de *sentir* le vide tout autour d'elle. Une présence creuse, palpable par son immensité, par l'improbable dimension de son corps phénoménal. La mine se dressait autour, se révélait à elle. *Hector respire*, pensa l'enquêtrice.

— Je serais vous je n'avancerais pas davantage, fit Fred Vronsky derrière elle.

L'ingénieur s'approcha et sortit un tube de Cyalume de sa poche, qu'il craqua pour que le mélange fluorescent s'illumine d'un jaune vif. Il le lança devant eux et celui-ci éclaira une partie du puits, vaste, de la roche sombre, luisante. Et aussitôt le tube s'enfonça en silence dans le vide. Il chuta, encore et encore, sans fin, jusqu'à ne devenir plus qu'une lueur à peine perceptible dans le lointain, puis plus rien, englouti par les ténèbres.

Ludivine recula d'un pas. Elle se tenait sur le bord du puits. Ce qu'il y avait sur terre de plus proche des enfers.

— C'est par là que descendaient les ascenseurs autrefois, expliqua Vronsky. Nous sommes sur une plateforme d'entretien.

— Flippant.

— C'est pour ça que vous m'avez fait venir avec vous, non ?

Il se caressa la barbe machinalement et se heurta à son masque. Dans la pénombre, Ludivine devina son malaise.

— Ça va ? demanda-t-elle.

Il s'humecta les lèvres, nerveux.

— J'essaie de ne pas les regarder, fit-il en désignant d'un mouvement de la tête les corps derrière eux.

— Je comprends. Assurez-vous qu'Hector ne nous pose pas de problèmes ; nous allons nous occuper d'elles et tout ira bien.

Mais en cet instant, Ludivine n'en était pas certaine. Elle ne pouvait s'empêcher d'imaginer ces femmes qui se relevaient en une colonne de momies flétries et qui s'approchaient dans leur dos pour venir les pousser dans le vide.

Ludivine pouvait presque les entendre.

Le son de leurs vieilles dents en train de broyer les crânes des oiseaux. Elles mâchaient avec férocité.

De plus en plus près.

9.

Ils étaient dans le tombeau depuis plus de trois quarts d'heure.

Torrens et Ludivine examinaient les lieux, les positions des corps, et suivaient avec attention les relevés opérés par le légiste.

Fred Vronsky, lui, avait étudié les parois, les fissures, les traces d'humidité, et prenait des notes dans un calepin à spirale tout en s'efforçant de rester le plus loin possible des cadavres.

Le couloir d'entrée se mit à bruire du frottement des combinaisons qui approchaient, et cinq silhouettes débouchèrent, dont une, massive, engoncée dans sa tenue, que Ludivine reconnut immédiatement.

— Segnon, le salua-t-elle.

Le colosse d'ébène souriait avec les yeux.

— C'est plus fort que toi, fallait que tu trouves un moyen de nous coller, plaisanta-t-il avant même de regarder où ils se trouvaient.

Il était suivi de près par Guilhem Trinh, un ex-enquêteur financier qui avait habituellement le look d'un banquier. Ludivine sut tout de suite qui les accompagnait, un assemblage évident de compétences. Magali avec son éternelle frange, et Franck, le plus militaire de tous, avec sa brosse et sa moustache grise. Les meilleurs. Ses anciens partenaires.

Le cinquième fixait Ludivine sans aucune forme de douceur. Sa carrure de rugbyman tenait à peine dans sa combinaison : Ferizzi. Autre section de recherche, autre caractère.

— Le général nous a briefés, exposa Magali, on vient pour la visite guidée.

Ludivine s'écarta pour dévoiler la salle et ils firent le tour précautionneusement, chacun prenant le temps d'aviser l'état des corps, leur position, leur attitude. Tout serait bientôt documenté dans des « books ». Photos détaillées, plans, rapports. Comme s'ils y étaient. Mais chaque pandore ou chaque flic le savait, rien ne valait d'être sur place. Les sons, les odeurs, l'ambiance, tout cela ne pouvait se traduire dans des documents.

Dans un silence d'église, ils s'appropriaient la scène, cherchaient à l'enregistrer avec le plus de détails possible.

Tandis que Segnon et Magali se tenaient sur le bord du puits, une lampe braquée sur cet œil sans âme, Ludivine vint les rejoindre.

— Et s'il y en avait d'autres là, en bas ? fit Segnon.

— Pourquoi les séparer ? demanda Ludivine. Pourquoi en garder dix-sept ici et jeter dans le vide les autres ? Pas très logique.

— C'est surtout que ça nous arrangerait pas, commenta Magali, toujours pragmatique. Je sais pas comment on irait les récupérer.

Ludivine pivota vers les corps.

— Peut-être, mais ça m'étonnerait. Elles sont toutes disposées les unes à la suite des autres, le long d'une allée centrale imaginaire. On dirait plutôt la crypte d'une église. Il y a une volonté précise dans leur abandon ici.

Magali désigna leur ancienne collègue à Segnon.

— Ça y est, elle recommence, elle fait parler les morts, se moqua-t-elle sans méchanceté.

— On va quand même faire descendre un drone, annonça Segnon. Pour en avoir le cœur net.

Torrens ouvrait délicatement certains vêtements des victimes, inspectant les étiquettes en particulier, elle accompagnait toujours le légiste, qui devenait de plus en plus intrusif dans ses constatations, parcourant les membres momifiés de sa lampe, lorsque Ludivine devina qu'ils avaient trouvé quelque chose d'intéressant à leur manière d'accélérer les comparaisons entre cadavres.

— Du nouveau ? se renseigna-t-elle.

— Le doc vient de voir qu'aucune ne porte de sous-vêtements, répondit Torrens.

— De mieux en mieux.

Leurs voix résonnaient dans la cavité, puis le bref écho se perdait dans le puits.

— Je vais procéder à des prélèvements avant qu'on ne les déplace, expliqua le docteur Bousquet. L'absence de culotte, je vous fais pas de dessin sur ce que ça peut impliquer.

— Après si longtemps, on peut encore avoir de l'ADN exploitable ? s'étonna Franck.

— Compte tenu de l'état de préservation, oui, c'est possible, au moins un ADN partiel.

— Pas de sous-vêtements, ça commence à orienter sérieusement.

— Comment ça ? fit Franck.

— Folie mystique ou secte, c'est rarement sans culotte pour le grand final. Là on va tout droit vers du pervers.

— Vous avez vu le nombre ? C'est pas un seul mec qui a fait ça !

— Ça serait pas le premier.

Segnon s'approcha de Vronsky et désigna la cavité du menton.

— C'est bon, ça va pas nous tomber sur la tronche ?

L'ingénieur, concentré sur l'examen minutieux d'une paroi, se contenta d'un regard rapide. Ludivine n'en manquait rien.

— Un problème ? demanda-t-elle.

— Eh bien... non. Enfin, je sais pas trop.

Segnon se pencha vers lui, l'écrasant de son ombre massive, le privant de lumière.

— Bah allez-y, crachez le morceau ! Faut qu'on évacue ?

— Non, non... Mais... Ces murs. Vous avez remar-qué leur état ?

Ludivine posa ses doigts gantés sur la grotte grise, sans rien noter. Vronsky tapota du bout de son stylo dessus.

— La surface est plus claire, homogène, microtraces de frottement...

— Les instruments des mineurs pour la creuser ? supposa Segnon.

— Non, c'est beaucoup plus ténu. La différence de coloration est évidente. Je dirais plutôt... comme si on l'avait nettoyée. Il y a longtemps. Avec acharnement. Minutie.

Segnon et Ludivine se regardèrent, intrigués. Pour quelle raison lavait-on une pièce pareille ? Faire disparaître son ADN semblait peu probable puisque à l'époque il n'existait pas en matière d'enquête criminelle.

— Des graffitis ? tenta Segnon.

— Ou des traces de sang, affirma Ludivine.

Dans leur dos, d'une voix détachée mais déterminée, Ferizzi lança :

— On badigeonne de Bluestar. Comme ça, on saura. Et si c'est pas ça, faudra jouer aux devinettes sur ce qu'ils ont pu fabriquer ici.

Le Bluestar avait totalement remplacé les autres révélateurs à base de luminol, permettant d'extraire correctement l'ADN après vaporisation, plus réactif et moins nocif. Le produit magique. Capable de réagir à l'hémoglobine dans n'importe quel interstice, même après nettoyage, des décennies plus tard, il détectait le sang dilué au millième. Le pire ennemi du criminel cherchant à dissimuler ses actes.

Il fallut deux heures de plus pour que le major Terpin donne son aval pour l'opération. Les constatations préliminaires validées et l'environnement sécurisé, lui et un autre TIC couvrirent les murs de Bluestar, diffusant la bruine de produit à l'aide de pulvérisateurs dorsaux, et lorsqu'ils furent satisfaits, Terpin s'agenouilla devant le bloc d'alimentation des projecteurs.

Un des assistants du docteur Bousquet émergea au même moment de l'entrée, essoufflé par une descente rapide.

— On a les premiers résultats des prélèvements ADN, dit-il d'une traite. Profil féminin unique chaque fois, ça, c'est les victimes, mais on a un ADN masculin également. Détecté sur cinq filles déjà, toujours le même.

Torrens et Ludivine se comprirent d'un coup d'œil. Cette fois, le doute s'amenuisait sérieusement, même si aucune n'osa prononcer les mots « tueur en série ».

Ludivine observa les silhouettes rabougries étalées sur la longueur des lieux. Quel était son fantasme à lui ? Pourquoi ici ? Pourquoi cette mise en scène ? Que voulait-il dire ?

— Autre chose, ajouta l'assistant, on a détecté un troisième ADN sur une des filles. Il…

— Un deuxième homme ? s'enquit Magali.

— Eh bien… non. On ne sait pas exactement ce dont il s'agit.

— Comment ça ? s'agaça Ferizzi. C'est un mec ou c'est pas un mec ?

— C'est pas de l'ADN humain. On n'en sait pas plus pour l'instant.

Les enquêteurs s'étaient figés, songeant à ce que ça signifiait. Contamination indirecte ? Peut-être une piste à suivre, plus tard, pour remonter jusqu'au tueur.

Ferizzi tapa sur l'épaule de Terpin pour lui intimer de poursuivre et celui-ci ouvrit le capuchon qui protégeait le bouton de coupure des projecteurs.

— S'il y a eu des éclaboussures de sang, même si elles datent de l'époque des crimes, on devrait pouvoir les remarquer, fit-il à travers son épais masque.

Et il coupa le courant.

Les ténèbres jaillirent du puits central, engloutirent la plateforme, et un silence étrange entoura toute l'équipe présente. Le sifflement de l'air émergea dans la foulée, à l'instar d'une respiration froide et malade.

Les murs s'illuminèrent d'une lueur fantasmagorique. D'un bleu spectral, intense, quasi futuriste, qui pourtant allait révéler l'écriture du passé.

Du sang.

Partout. Absolument partout. Du sol au plafond. Bleuté sous l'effet du Bluestar, éclairé de l'intérieur. Vif. Presque vivant. Géométrique. Spirituel.

Des crucifix de toutes les tailles avaient été dessinés avec du sang, jusqu'à transformer les parois en un vaste tunnel chimiluminescent.

Les croix semblaient flotter dans le vide.

Et pendant un bref moment, Ludivine eut le sentiment d'être ailleurs elle aussi. En stase quelque part dans un néant religieux.

Temple de la mort.

10.

Les corneilles craillaient depuis le haut des structures minières, sous un plafond de nuages d'étain.

Entre les tourelles d'acier rouillé, les remparts de tôle des hangars et les murailles de béton des usines aux fenêtres creuses et noires, le paysage n'avait rien d'enchanteur.

Pour autant, aucun des gendarmes présents n'avait voulu retourner s'enfermer dans un préfabriqué ou sous une tente. Ils avaient besoin de respirer, au grand air. De *sécher* après avoir transpiré dans leurs combinaisons étanches.

Officiellement, Ferizzi dirigeait encore l'enquête, mais la dynamique entre les quatre membres de la SR de Paris prenait l'ascendant et ne contribuait pas à améliorer sa mauvaise humeur. Il écrasait nerveusement entre ses énormes mains sa tenue de protection enfin retirée.

— On commence par récupérer l'historique de la mine, dit-il. Le mec qui était avec nous en bas, il a ça ?

— Vronsky ? fit l'adjudant Bardane qui les avait rejoints. Je vais lui demander.

Segnon se hissa sur un bloc métallique pour s'y asseoir et déclarer :

— La BR locale va nous dresser la liste de tous les curieux qui passaient par là.

— Ce sera surtout des toxicos si la BR les a chopés, fit remarquer Magali.

— Peut-être qu'ils auront quelque chose à raconter.

Lucie Torrens et Ludivine restaient en retrait, observatrices.

Au loin, sous le chevalement, le ballet des lapins blancs et des légistes se poursuivait. Personne n'avait encore donné l'autorisation de sortir les cadavres. La singularité de leur découverte réclamait un maximum de précautions, et Torrens venait de demander au général de Juillast qu'on recule la levée des corps au dernier moment. Pour que le DSC puisse redescendre s'imprégner pleinement de l'atmosphère. Une fois les victimes récupérées, plus rien ne serait pareil. Les émotions qui se dégageaient de ce tombeau n'auraient plus la même intensité, le même effet révélateur de la psyché de l'auteur des faits.

Guilhem tirait sur sa cigarette électronique, s'entourant d'une bouffée odorante.

— Lulu ? T'as un avis sur ce qu'on vient de voir ? demanda-t-il.

Ludivine s'était avachie contre un mur, elle se redressa, gênée d'être sollicitée plutôt que sa supérieure. Le DSC ne fonctionnait pas ainsi. Pas sur le vif, sans prendre le temps d'analyser en détail tous les éléments. Ludivine n'avait pas encore suivi la formation de dix-huit mois qui l'attendait, mais elle avait une expertise du terrain, et théorique, après avoir lu tout ce qu'elle avait pu sur les méthodes du département. Et puis elle avait été l'élève informelle d'un des plus grands profileurs, Richard Mikelis[1].

— On te demande pas ton premier rapport officiel, hein, désamorça Segnon d'un clin d'œil, juste ton impression. Comme au bon vieux temps.

La jeune femme écarta une mèche de cheveux de son front encore humide de transpiration. D'un imperceptible mouvement du visage, Torrens lui fit signe de se lancer. Un bon moyen de la jauger sur le terrain, sans filet. Ludivine se racla la gorge.

— Hum… Comme vous, je n'écarte pas totalement l'hypothèse d'une secte, même si franchement y a rien qui va dans ce sens.

Segnon lui fit les gros yeux, pour qu'elle se montre plus directe.

— Si l'ADN masculin se confirme sur la plupart des victimes, continua-t-elle, il y a assez peu de doute sur la nature des faits et…

— Arrête, la coupa Segnon, pas les banalités qu'on a tous pigées ! Vas-y, donne ton avis. T'as *ressenti* quoi ?

Vous me bousculez, là, les gars. Ce n'était pas fairplay. Étaler ses premières impressions, sans pouvoir les étayer avec la victimologie, les rapports de la Scientifique, c'était plus que hasardeux.

Tous guettaient sa réponse.

— Il n'y a qu'un tueur, c'est l'acte d'un individu unique, se lança Ludivine après un nouveau regard crispé vers Torrens.

---

1. Voir *La Conjuration primitive*, même éditeur.

— Pourquoi ? demanda Guilhem. Ils pourraient être deux ou trois. Ce serait presque plus logique, vu le nombre de victimes.

— J'y crois pas, répliqua Ludivine aussitôt. C'est hyper original, la mise en scène, la disposition des corps. C'est pas un truc qui se partage. L'ADN masculin unique va dans ce sens, même s'il faudra attendre confirmation sur les autres. Et le lieu compte, pour lui. Ça n'a pas dû être simple d'y déposer les victimes, les unes après les autres, fallait être très motivé. C'était prendre un risque chaque fois plus grand. Pourtant il est revenu.

— Il a pu les larguer là en une seule fois, corrigea Ferizzi.

— Ça m'étonnerait, mais oui. En tout cas, ça nous indique qu'il avait un rituel fort, post mortem. Sinon il les aurait balancées n'importe où, dans une rivière ou une forêt.

Magali haussa les épaules.

— Les coller au fond d'une mine, ça peut juste être un moyen pour qu'on les retrouve jamais. Une planque pour ses cadavres, rien d'autre.

Ludivine secoua la tête.

— Dans ce cas il les aurait jetées dans le puits et c'était réglé. Il s'est donné un mal de chien pour les descendre, les disposer à intervalles réguliers, et il a peint toutes ces croix avec du sang autour. C'est une sorte de chapelle, pour lui.

— Pourquoi pas un moyen de se protéger de leurs fantômes ? proposa Segnon. Ou de demander pardon à Dieu s'il est croyant ?

— Possible... Le fait qu'il a nettoyé est intrigant. Pour que personne d'autre que lui ne puisse voir ce spectacle ? Ou parce que ces filles ne méritaient pas d'être enterrées là avec ces croix pour l'éternité ? Il a pris la peine de tout effacer, c'est important sur ce que ça raconte de lui...

Ludivine s'était mise à déambuler entre ses collègues, sans s'en rendre compte. Elle tirait machinalement sur le col de son pull, les neurones en ébullition.

— Il est égocentrique, comme tous les tueurs en série, ajouta-t-elle soudain, mais pas vaniteux.

Elle venait de prononcer les mots. *Tueur en série.* Pourtant personne ne tiqua.

— Vous pouvez décrypter la nuance ? demanda Ferizzi de son air contrarié.

— Tout tourne autour de lui, de son plaisir, de ses souffrances personnelles, ça, c'est le moteur du tueur en série. Mais celui-ci ne se situe pas au-dessus de la société, il s'en fout de ce qu'on va penser de lui, si vous préférez. Il ne va pas chercher à montrer sa toute-puissance, sa supériorité au monde. Beaucoup de tueurs aiment ça, qu'on parle d'eux, que le monde sache qu'ils existent. Ils se sentent dominants. Ça les excite, parfois ça les motive même encore plus. Lui, c'est un solitaire profond. Tout tourne autour de lui, pour lui, et le reste de la planète il s'en moque.

— C'était écrit dans son journal intime ? se moqua Ferizzi. J'ai dû passer à côté quand vous l'avez trouvé.

— Non, c'est écrit dans son mode opératoire. Il planque ses victimes. Il fait tout pour qu'on ne puisse pas les trouver, sans pour autant les détruire. Elles comptent pour lui. Ce sont des trophées, on ne jette pas le produit de la chasse quand elle est bonne. Mais lui ne veut pas les exposer, les partager. Ce n'est que pour lui.

Ferizzi souffla par les narines, tel un bœuf en colère. Ces deux nanas des Sciences du comportement ne servaient manifestement à rien et il ne se cachait pas pour le manifester.

— Du concret, je veux du tangible, lâcha-t-il. Et pardon, mais, moi, je n'écarte pas la possibilité d'un acte collectif, de plusieurs auteurs.

— Concrètement, on récupère la liste de tout le personnel qui a travaillé ici à l'époque, déclara Segnon, jusqu'à la fermeture en 1974. Qu'il soit seul ou pas, il y en a au moins un qui a su que cette plateforme souterraine existait, il connaissait probablement le secteur. Voire il y a bossé. Vous avez baptisé la cellule d'enquête ?

— « Charon », annonça Ferizzi en désignant Torrens du pouce. C'est son idée. Tueur unique ou groupe, « Charon », ça me va.

— Celui qui fait entrer dans le royaume des morts, souligna Guilhem en grimaçant.

C'était un nom comme un autre pour un monstre sans visage ; que ce soit un dragon ou une hydre.

Torrens, silencieuse jusqu'à présent, ajouta avec autorité :

— Dès qu'on aura identifié les victimes, il faudra dater la dernière disparue. À partir de là, on regardera quel ancien employé des mines a quitté le coin dans la foulée, a été incarcéré, ou est mort.

— Pour quoi faire ? demanda Ferizzi.

— Parce que le profil que vient de dresser la lieutenante Vancker, c'est celui d'un homme qui ne cessera
jamais de tuer par lui-même. S'il s'est arrêté, c'est qu'il
a été contraint ou qu'il a changé de région.

À ces mots, tous se regardèrent, accablés par le
poids de ce qu'ils impliquaient. Dix-sept corps. Dix-
sept femmes déjà. Plus personne ne croyait vraiment à
l'hypothèse d'un groupe d'assassins. Leur expérience
leur dictait que Ludivine avait au moins raison sur ce
point. C'était bien trop ancré dans une vision fantas-
mée particulière pour être le fruit de plusieurs cerveaux
pervers.

Guilhem cracha un nuage âcre dans ce qui ressemblait à un soupir résigné. C'était une vieille affaire.
Aucune chance que le tueur puisse encore sévir si longtemps après. Mais combien en avait-il emporté depuis ?
Au moins, il n'y avait plus d'urgence à le traquer. Il n'y
avait plus personne à sauver. Juste un nom, celui d'un
mort ou d'un vieillard, à sortir de l'ombre pour qu'il
paie. Au nom de ses victimes.

Au loin, les corneilles semblaient se moquer.

11.

La porte du pressing se refermait à peine que Chloé soupira.

— Ça, c'est fait, dit-elle en déposant les housses sur la plage arrière de sa voiture.

Une ligne de plus à barrer sur la liste interminable qu'elle dressait en permanence dans sa tête.

Le pain et le jambon pour les sandwichs des enfants demain, c'était fait aussi. Déposer le colis à la poste également. Faire le plein : *check !*

Les collants de Louise, merde ! Elle avait oublié. Tant pis, son pire meilleur ennemi ferait l'affaire. Amazon. Livraison le lendemain, elle était sauvée. Chloé avait aménagé une zone de tolérance dans ses valeurs. Faire bosser les commerçants locaux en priorité, s'accorder le recours au géant américain dans les urgences. Et les collants de Louise en étaient une. Elle ne pouvait penser à tout, être parfaite. Elle faisait son maximum, mais c'était sans fin, chaque journée qui passait ajoutait des lignes sur la liste, c'était un robinet ouvert. Penser à ci, faire ça, ne pas oublier de…

Putain de charge mentale.

Et pourtant Chloé en déployait de l'énergie pour ne rien rater, être partout, jouer chaque rôle à la perfection. Maman formidable, prévoyante, aimante et multitâche. Femme attentionnée, disponible et dévouée. Professionnelle investie, rigoureuse et travailleuse. Et est-ce que les autres se rendaient compte de tout ça ? Les enfants encore, elle ne pouvait pas leur reprocher une forme d'ingratitude propre à l'innocence de l'âge, mais Arnaud ? Réalisait-il l'ampleur de ce qu'elle accomplissait chaque semaine, pour faire tourner cette famille ? Dès qu'elle commençait à lui dresser le bilan de ses journées, il ronchonnait que c'était pareil pour lui, et avait cette manie insupportable de lui donner l'impression qu'elle passait pour une chieuse, une incompétente, pas fichue de gérer ce que « des millions de femmes » expédiaient naturellement dans leur routine. *Connard !* C'était généralement ce qui lui venait à l'esprit en premier. *Gros connard !*

Puis elle redescendait d'un cran. Ce n'était pas comme si elle avait épousé un tire-au-flanc, Arnaud n'arrêtait pas non plus, elle le savait, en fin de compte elle espérait juste un peu plus d'empathie, de soutien. Qu'il l'encourage et fasse preuve de gratitude plutôt que d'indifférence.

Lorsque Chloé lisait dans la presse féminine que la jeune génération voulait casser les modèles, tout remettre en cause dans les rôles de chacun, elle lui souhaitait bon courage ! Et l'enviait aussi un peu…

Assise derrière son volant, elle profita du rétroviseur pour vérifier son maquillage et sa mèche. Être impeccable, enchaîner avec le boulot. Les gars du labo se fichaient éperdument de savoir à quoi ressemblait sa vie, ils ne jugeaient que ses compétences et surtout gardaient un œil sur ses absences. Grossesses, congés maternité, gamins malades, Chloé n'était pas dupe : dans une entreprise très majoritairement masculine, on ne lui passait rien. Heureusement, son patron était un modèle de bienveillance, lui. En même temps, elle se savait plutôt essentielle dans l'entreprise. C'était elle qui supervisait le développement du logiciel FNAISO. Le prochain bond spectaculaire des enquêtes criminelles. Après la révélation des empreintes digitales et la révolution de l'ADN allait suivre l'omniscience des isotopes.

Cette fois, c'était au niveau atomique que ça se passait. L'eau qu'on buvait ou l'air chargé de pollens locaux, par exemple, imprégnaient un individu d'une signature bien particulière d'isotopes. En étudiant ses cheveux, il était possible de singulariser les isotopes, et en les comparant avec une cartographie des isotopes par région, de garantir qu'une personne avait passé un certain temps dans ce secteur. À terme, si les moyens suivaient, lorsque les territoires seraient totalement répertoriés, la précision deviendrait phénoménale. Untel avait vécu tant de semaines ici avant de se rendre là à cette période, puis là-bas les dix jours précédant le jour J. Le traçage parfait.

Son laboratoire était privé, et misait gros sur cette innovation. Chloé savait que les ingénieurs de la gendarmerie travaillaient déjà dessus, et c'était une course contre la montre pour parvenir à être les premiers, pour vendre leur technologie au service public avant que celui-ci ne l'ait développée en interne. Tout ça était politique et la dépassait. Ce que Chloé voulait, c'était se concentrer sur son job à elle, c'était déjà bien assez. Et elle touchait au but.

Il ne lui manquait que la démonstration. Le gros coup pour impressionner.

Chloé se concentra sur la route. Elle quitta le parking de la zone commerciale et vérifia l'heure. C'était bon, elle n'était pas à la bourre.

La liste des tâches se mit à se dérouler sous ses yeux, sans qu'elle ait rien demandé. Elle avait tout bouclé. Parfait.

Charge mentale allégée ! Youpi !

Pour combien de temps ?

Faut que je fasse un e-mail à l'université de Rouen pour qu'ils officialisent le partenariat avec leur base de données des isotopes. Et aussi que j'envoie un message à Arnaud pour le prévenir que je vais rentrer tard... Voilà, ça commençait déjà à se remplir de nouveau.

Chloé approchait d'un stop et elle ralentit. Elle n'avait jamais compris pourquoi la voirie avait collé un stop ici, entre un champ et une forêt. Que risquait-on de renverser ? Un chevreuil ?

Toujours à respecter les règles à la lettre, elle marqua l'arrêt totalement, si les flics jouaient à se planquer dans les fourrés ça ne serait pas pour elle. Son pied allait quitter la pédale de frein lorsque le choc la fit sursauter. Son cœur tripla de vitesse en un instant.

Elle sonda son environnement du regard, la panique s'estompa aussitôt lorsqu'elle comprit. On venait de lui rentrer dedans. Elle vit le 4 × 4 dans son rétroviseur, collé à son pare-chocs.

— Putain... c'est pas vrai !

Encore un abruti ou un vieux qui n'avait pas l'habitude qu'on respecte l'arrêt au stop. Elle n'avait vraiment pas besoin de ça.

Chloé entendit la portière claquer. Elle n'avait pas le choix, il fallait constater l'étendue des dégâts. *Pourvu que ça ne soit rien. Arnaud va encore faire la tronche sinon...*

Elle sortit de sa voiture, s'efforçant de ne pas avoir l'air trop exaspérée.

— Vous n'avez pas vu le panneau ? demanda-t-elle.

Le type approchait d'elle, casquette rabaissée sur le visage malgré la capuche de sweat qui lui recouvrait déjà la tête.

Chloé eut aussitôt la chair de poule. Son instinct de survie lui commanda de retourner dans sa voiture tout de suite. *Tout de suite !*

L'homme portait des gants en cuir, il tenait quelque chose, comme un flacon de spray. Et il fonçait sur elle.

Chloé s'immobilisa, puis voulut tourner les talons mais n'en eut pas le temps : il l'enlaça de ses bras puissants sans lui laisser le temps de crier, lui vaporisa une longue giclée à l'odeur d'orange amère et l'étouffa avec une masse de coton pour l'obliger à respirer ce qu'il venait de lui pulvériser au visage. La tête lui tourna aussitôt.

Chloé comprit qu'on la soulevait de terre. Qu'on l'emmenait en arrière. Vers le 4 × 4. Elle comprit qu'il cherchait à l'anesthésier, à *l'enlever.*

Elle agita les jambes, voulut se débattre, hurler, mais c'était une machine en face. Préparée, programmée. Tout était fluide et sans opposition possible. Chloé se sentait une petite fille dans les bras d'un colosse surentraîné.

Il serra et elle ressentit la douleur. Ce n'était pas un *simple* enlèvement. Il était bien trop habitué à chaque geste, trop prompt à annihiler la moindre forme de résistance. Un expert en la matière. Et cela ne pouvait signifier qu'une chose.

Ce n'était pas la première fois. Loin de là. Il avait répété encore et encore ces mouvements. Aucune humanité en lui, aucune empathie pour sa détresse.

La peur vidait Chloé de toute résistance.

Et lorsqu'elle n'eut d'autre choix que d'essayer d'avaler tout l'air possible, l'odeur qui enveloppait son visage la terrassa, fit vaciller son esprit, et Chloé sut.

Jamais elle ne reverrait ses enfants.

12.

La nuée grossissait comme une tumeur.

Un amas multicolore de camionnettes avec paraboles, de caméras, de micros et de projecteurs qui s'entassaient sur la rive est, retenus par deux estafettes de gendarmerie qui barraient le pont, générant une frustration grandissante.

La pression de l'information. Le besoin d'une société capricieuse qui ne supportait plus l'attente, la mise à l'écart, même lorsque nécessaire. Les chaînes d'info diffusaient en boucle les mêmes images de la mine de Fulheim, répétant à l'envi que la situation était grave, sans toutefois être en mesure d'en dire davantage. Le ton montait petit à petit, les coups de fil aux sources en interne, d'abord mielleux, puis quémandeurs, devenaient impérieux, exigeant un résultat.

Mais de Juillast tenait encore ses troupes d'une poigne de fer, et même à la DGGN ou à Beauvau, rien n'avait encore filtré, ce qui était plus miraculeux.

Ludivine avisait le troupeau médiatique au loin.

— Ça va être simple pour sortir ce soir, fit Segnon dans son dos. Ils bloquent la seule issue.

— Le général a fait monter des tentes pour ceux qui veulent dormir là.

— Ah, le fameux camping au cœur du charnier, l'institution ne recule devant aucun sacrifice !

Le colosse se rapprocha de son ex-collègue de la section de recherche.

— Le moral ? demanda-t-il. Tu tiens ?

Ludivine approuva d'un hochement.

— Et toi ?

— Je serai content de serrer Laëti et les enfants dans mes bras à mon retour, mais oui. C'est dingue comme on se blinde avec le temps. Ces pauvres filles…

L'hélicoptère, arborant le logo d'une chaîne de télévision, se rapprochait, son bourdonnement claquant au-dessus des forêts.

— Voilà la meute, dit Ludivine.

— Et avec Marc ? Ça devient sérieux, là. Vous avez des projets ?

— Qu'est-ce que tu racontes ?

Segnon avait l'œil pétillant, plein de malice.

— Ben, tu sais ! Des projets de couple, quoi. Je sais pas… une teuf, avec une pièce montée, des anneaux, tout ça…

Ludivine secoua la tête.

— Arrête.

— Ou alors…

Il dessina un demi-cercle devant son ventre avant d'insister :

— Le truc qui te défonce le corps et tes nuits mais qui t'apporte joie et sens pour le restant de tes jours… Tu vois…

D'un geste de la main, elle balaya l'hypothèse.

— Oh, fais pas cette tronche, c'est génial, les gosses, ça te pompe tellement ton énergie et ton temps qu'à force ils deviennent une part de toi, ça te rend immortel ! gloussa-t-il.

Un sifflement autoritaire les fit se retourner. Franck leur faisait signe de venir. Leur nouveau QG était prêt.

Segnon donna un coup de coude amical à son amie.

— T'inquiète, je vais pas te lâcher, annonça-t-il avec un large sourire.

— Putain, j'ai bien fait d'être mutée !

Mais au fond, il lui faisait du bien, ce grand nigaud avec ses insinuations. Il remettait de l'humanité là où il fallait, leur permettait de flotter dans cet océan froid et sans vie dans lequel ils s'enfonçaient progressivement.

Et ça ne fait que commencer. Bienvenue dans une enquête criminelle...

*

La pièce avait dû être un poste de commandement autrefois, en hauteur et ouverte d'une baie vitrée sur toute la longueur, qui permettait d'appréhender la mine dans son ensemble : la vue était globale. Un nid d'aigle donnant sur les hangars vétustes, les ateliers partiellement éventrés, les convoyeurs suspendus entre les bâtiments, les silos, les rails, et le chevalement au milieu, dominant.

Sauf que les vitres étaient grises de crasse, filtrant la moitié de la lumière du jour, densifiant les ombres. La salle sentait le renfermé et l'humidité. Quantité de vieux documents jaunis, en décomposition, tapissaient le lino patiné, et une nappe de poussière épaisse d'un centimètre recouvrait les tables. Trois lampes de garage étaient suspendues au plafond par leurs crochets et suffisaient à donner le minimum d'éclairage pour travailler.

C'était à présent la tanière de la cellule Charon. Reliée à un groupe électrogène, à l'extérieur, autonome. À l'écart.

Magali et l'adjudant Bardane terminaient d'accrocher des dizaines de feuilles sur les murs. Plans de la mine. Liste de leurs contacts sur place. Et surtout l'interminable listing, qui venait tout juste d'arriver, des employés passés par la mine des années 1950 jusqu'à sa fermeture en 1974. C'était fou l'accélération que pouvait provoquer le coup de fil d'un ministre à une administration ou même à une entreprise privée.

Dans un coin, une imprimante à peine branchée crachait d'autres pages de noms.

De son côté, Guilhem pianotait sur un ordinateur portable, récupérant des fichiers téléphoniques. Tous les numéros qui avaient borné sur le secteur depuis un an. Une fois les données entrées dans leur logiciel d'aide à l'enquête, Analyst's Notebook, il ajouterait ceux des années précédentes au fur et à mesure pour comparer les informations et effectuer des recoupements.

De Juillast avait décidé d'installer ses troupes sur place. Pas dans une salle des fêtes réquisitionnée, à plusieurs kilomètres du site, mais au cœur même de la tempête. Officiellement pour des raisons pratiques – éviter d'avoir à traverser l'attroupement médiatique chaque fois et perdre du temps en transport –, mais Ludivine le soupçonnait de vouloir garder ses forces sur le pont, dans le jus. Que personne ne se relâche.

Pour ce qui s'avérait être un *cold case*, les moyens et l'ambition déployés semblaient presque excessifs. *C'est de la communication*, avait songé Ludivine. La découverte de dix-sept cadavres allait faire la une pendant plusieurs jours, il fallait que la réponse politique et de la justice soit à la hauteur. Et puis la gendarmerie avait un coup à jouer. Résoudre une enquête pareille, si longtemps après, c'était un défi à relever. Prouver ses capacités malgré l'obstacle du temps. Que l'ordure derrière ces horreurs ne reste pas impunie. Un message autant qu'un devoir.

Ferizzi apparut devant Ludivine et Segnon.

— Ah, vous voilà. J'ai demandé à l'expert du BRGM…

— Vronsky, précisa Ludivine.

— … de nous faire un topo sur les vieilles mines de l'Est. On va comparer les listes de leur personnel avec la nôtre, voir s'il y en a qui sont passés d'une mine à l'autre. Et de là, replonger dans les disparitions des régions concernées. Juste pour vérifier votre théorie.

Il dardait ses prunelles colériques sur Ludivine.

Au moins il la prenait assez au sérieux pour ne pas balayer ses hypothèses. Pas des plus attachants, mais peut-être un bon limier, c'était déjà ça.

Segnon enchaîna :

— Je viens de demander l'historique des criminels sexuels et des hommes condamnés pour assassinat dans le secteur à l'époque où la mine était en activité. Pas sûr que ça donne grand-chose, mais ça coûte rien d'essayer.

— Si, du temps, ronchonna Ferizzi. Et avec la montagne de paperasse qu'on a à vérifier, on va en manquer.

Se tournant vers Ludivine, il demanda :

— Et votre cheffe, elle a disparu, elle aussi ?

Ludivine balbutia quelques excuses pour la forme. Elle n'avait aucune idée d'où était passée Lucie Torrens. Elle s'isola dans un coin et lui envoya un SMS, auquel sa supérieure répondit dans la foulée.

« Au pied des terrils. Rejoignez-moi. »

Ludivine avisa l'équipe qui s'activait en tous sens. Elle n'était plus de ce côté-là désormais. Alors elle reprit sa veste en jean qu'elle venait à peine de poser sur un siège, et sortit le plus discrètement possible.

*

Ludivine enjambait les rails rouillés qui filaient entre les bâtiments de la mine lorsqu'elle aperçut le général de Juillast sortir d'un préfabriqué en compagnie de quadras et de quinquas en costume sombre. Magistrats et préfet avec son équipe ? C'était fort probable. Plus son problème non plus désormais, elle laissait ça à la SR et aux officiers supérieurs. Elle accéléra pour s'éloigner.

Fred Vronsky, l'ingénieur du BRGM, mâchait un chewing-gum à l'écart ; il semblait avoir digéré son passage parmi les morts, tandis qu'il étudiait le contenu d'un classeur. Ludivine décida de l'éviter lui aussi, ce n'était pas le moment.

Elle pressa le pas vers l'ouest du site, dépassant l'interminable usine de traitement qui sifflait dans le vent frais de la fin mars comme un gigantesque poumon d'acier percé. Sa masse sinistre, délabrée, surplombait la jeune femme, presque une menace, avec les fragments de verre acérés tels des crocs à ses ouvertures brisées, ses panneaux de tôle branlants partiellement déboulonnés et rongés par le temps, des lames de guillotine prêtes à tomber.

La lumière de la fin d'après-midi plombait le paysage d'un voile triste, anémique, lorsque les terrils apparurent, bien charnus, massifs et dominant toute l'étroite vallée. Trois crassiers sur lesquels la nature avait repris ses droits, des arbustes et des touffes végétales sortaient de ces collines noires.

Lucie Torrens se tenait assise sur un rocher en contrebas.

— J'ai apprécié que vous osiez vous mouiller tout à l'heure, lui dit-elle d'entrée. Le DSC est un département souvent mal perçu, et nous sommes obligés de prendre un maximum de précautions dans tout ce que nous avançons, parfois au point de paralyser certains analystes. Je préfère qu'on se plante plutôt qu'on ne serve à rien.

— C'était assez générique, et très hypothétique.

— Mais intéressant pour l'enquête.

Ludivine désigna les terrils du menton.

— Vous êtes montée ?

Torrens fit « non » de la tête.

— Je réfléchis à cet endroit. À ce qu'il raconte de notre tueur.

— Tueur au singulier ? nota Ludivine. Vous êtes convaincue qu'il est seul ?

Un rictus plissa la bouche de la cheffe d'escadron.

— Vous avez raison, je vais un peu vite. Votre intuition ?

— Seul, approuva Ludivine. Je reste sur mon sentiment : très gros fantasme, difficile de le partager, à moins de trouver un dominé suiveur, ce qui pourrait expliquer le nombre de victimes sans qu'il se soit fait prendre. À deux c'est plus simple sur le moment. Et puis il a fallu les transporter jusqu'ici... Pourtant, intuitivement, je dirais qu'il était seul. Pour s'enfermer ainsi, en profondeur, loin des regards... Il ne veut pas être vu. Il ne partage pas. Et avec le temps, un complice, ça se retourne, ça aurait pu parler.

Torrens croisa les jambes devant elle et se pencha vers Ludivine.

— Balancez-moi tout ce que vous pensez. Sans filtre, même le banal, je veux un échange, un ping-pong entre nos impressions. On sort du protocole du DSC. Grossissez le trait si besoin, n'ayez pas peur d'aller trop loin, je veux votre feeling, quitte à surinterpréter, on corrigera avec le temps et les faits qui nous seront donnés.

Ludivine prit une profonde inspiration afin d'organiser ses idées, elle manquait clairement de données pour commencer le moindre profil cohérent.

— Là, sans rien savoir de plus, c'est assez...

— Je ne vous demande pas du concret, rien que du ressenti, toutes spéculations autorisées, lâchez-vous.

Ludivine était perdue. Soudain aspirée dans le gouffre de ses incertitudes, de son manque de confiance. Était-elle bien compétente pour ce job en fin de compte ? Sans aucun diplôme académique en psychologie ? Seulement de l'autoformation théorique et la pratique du terrain...

Rien que du ressenti ? Comme si c'était mon fort, de me connecter à mes émotions !

Ce n'était pas vrai. Ce n'était *plus* vrai.

Devinant son malaise, Torrens vint à sa rescousse.

— Je me lance : la symbolique du lieu de dépose. Il ne les a pas attirées ici, ça paraît improbable qu'autant de femmes aient pu se laisser convaincre, donc il a *choisi* de venir jusque-là avec ses victimes une fois à sa merci, peut-être déjà mortes. Ce n'est pas un lieu opportuniste, mais voulu. Un tueur traversé par des motivations aussi puissantes, si nourri de ses fantasmes, ne vient pas à un endroit au hasard pour tuer ou au moins abandonner les corps de ses proies. Pas à dix-sept reprises. Le lieu est un territoire. Il signifie quelque chose pour lui.

— D'autant plus qu'il l'a sacralisé, ou au moins se l'est approprié en dessinant les croix, qu'il a effacées par la suite. Et on peut écarter l'aspect « pratique » car ça ne l'est pas. Pas assez perdu, pas du tout adapté en termes d'accessibilité…

Torrens pointa son doigt vers Ludivine pour souligner qu'elle avait raison.

— Donc la cavité en elle-même est importante. Pourquoi ce choix ? C'est difficile pour y aller, il a fallu qu'il trouve un moyen de descendre.

— Et, bien que le lieu soit isolé, il aurait été plus prudent d'aller s'enfoncer dans une forêt, moins de risques de tomber sur des visiteurs.

Lucie Torrens approuva à grand renfort de hochements de tête.

— On en revient encore à la même chose : c'est cet endroit précis qu'il voulait. Dont il avait besoin. Qui compte à ses yeux, dit-elle.

— Il connaissait la mine, donc : c'est un type du coin ou qui y a bossé.

— Symboliquement, le lieu de dépose des corps, qu'est-ce qu'on en tire ? insista Torrens.

Ludivine se prenait au jeu, ses doutes s'effaçaient à mesure qu'elle s'oubliait et s'immergeait dans ce que son instinct et son expérience faisaient remonter.

— Sous terre, obscurité, loin de la société…, énuméra-t-elle.

D'un moulinet de l'index, Torrens engloba les terrils et la mine.

— C'est *dans* la terre. La matrice du monde. Une cavité tiède, source de la vie, ventre nourricier… Vous me suivez ?

— Le ventre de la mère ? On pousse aussi loin dès maintenant ?

— Pourquoi pas ? Je vous l'ai dit : pour l'instant, on déroule tout ce qui nous vient, peu importe. Il y a ce que le tueur a voulu, et il y a ce que son inconscient, la dimension primale de ses fantasmes, lui a commandé sans qu'il s'en rende compte.

— Il place ses victimes dans le ventre maternel ? C'est pas impossible, la plupart des tueurs en série ont eu un problème majeur avec leur mère, mais en quoi est-ce que ça nous…

— Il cherchait à accomplir quelque chose. Avec ces filles, vis-à-vis de sa mère ou de ce qu'il a vécu avec elle ?

Torrens grimaça, pas convaincue elle-même par ses propos.

— C'est assez contradictoire, enchaîna Ludivine. Il les a violées apparemment. Mais ensuite il les dispose dans une sorte de prolongement utérin ? Pour les protéger ? Par culpabilité ?

Les billes noires de Lucie Torrens glissèrent droit sur Ludivine. Elles brûlaient brusquement d'une détermination effrayante.

— Il faut se mettre à sa place, annonça-t-elle. Faire le même parcours. D'après vous, il venait ici quand ?

— Dix-sept victimes sans se faire choper, c'est un prudent. Pour ne prendre aucun risque, il venait de nuit.

— Ce soir, vous et moi, nous redescendons dans son antre.

Ludivine étouffa un frisson. Elle savait que ce moment allait venir. Dès l'instant où elle avait compris la dimension psychologique forte des crimes, elle avait su qu'il lui faudrait faire le même voyage que lui. C'était évident, même si elle n'en avait pas envie. Se glisser dans la peau d'un pervers.

D'un monstre.

Sans le devenir soi-même.

Encore et toujours ce connard de Nietzsche...

Ludivine s'avança vers la base du terril central, le plus élevé.

— Vous allez grimper jusqu'en haut ? s'étonna Torrens.

Ludivine acquiesça.

— J'ai envie d'avoir une vue d'ensemble.

— Les journalistes vont adorer l'image, ironisa la cheffe. La belle et jeune profileuse au sommet d'un monstre de noirceur.

Ludivine haussa les sourcils. Elle n'avait pas vu ça sous cet angle, mais à bien y réfléchir, était-ce vraiment si imagé ?

13.

Hector murmurait quelque chose dans les ténèbres.

L'air tournoyait dans l'interminable puits avant de remonter, zézayant en s'infiltrant entre les fissures et dans les corridors aveugles. Un babil sans fin, presque inaudible, gazouillant, parfois à peine une rumeur, et soudain craquelant et sifflant avec énervement.

Ludivine pouvait l'entendre. Presque le comprendre. Ce vieux puits fatigué, oublié, tassé sur lui-même, gorgé d'humidité, d'oubli, portant sa mélancolie comme un fardeau nécessaire à sa survie, pour empêcher l'effondrement.

Là, sur le rebord du vide, la jeune femme se souvint de cet instant de vérité, dans une position similaire, quelques semaines auparavant, sur sa terrasse de bois, face à la mangrove et à cette forme noire qui la guettait en silence dans l'eau, pour savoir si elle était une battante où une candidate au cycle de la mort et de la vie renouvelée.

Ludivine pivota vers les projecteurs allumés. Torrens avait baissé leur intensité, juste ce qu'il fallait pour y voir clair, pas plus. Le tueur n'avait pas autant d'éclairage lorsqu'il venait. Les ombres coulaient du plafond et sourdaient de chaque anfractuosité. Le plus impressionnant était les croix. Partout, de toutes les tailles, des crucifix bleutés qui brillaient de leur lueur interne, comme encore habités par la vie, comme si le sang, malgré tout ce temps, se transcendait encore, éternellement porteur d'espoir. Le Bluestar faisait toujours effet dans cette cathédrale de la folie.

Elles étaient toutes là, ces dix-sept femmes qu'on avait tenté d'effacer pour toujours, d'arracher à la postérité en les cachant dans cette tombe.

— Pas effacées, non, corrigea Ludivine pour elle-même, sinon il les aurait jetées dans le puits. Juste retirées du monde, pour que lui seul puisse en profiter.

— Que dites-vous ? demanda Torrens accroupie plus loin entre deux corps.

Les deux femmes étaient seules. Il était tard dans la nuit, même si ici-bas cela ne faisait aucune différence, sinon le savoir, se rassurer de ne pouvoir être dérangées par personne.

Se rassurer ? Vraiment ? Ludivine eut un rictus amer. Elle s'était déjà bien glissée dans la peau du chasseur manifestement.

Il devait éprouver un sentiment de vide ici. Ou plutôt d'apaisement. Aucune pression sociale, aucun masque à porter, aucun rôle à feindre. Rien que lui et ses besoins. Ses désirs. La distance avec la civilisation certes, mais ce n'était pas tout. La difficulté d'accès ajoutait à l'impression de ne plus en faire partie. Caché. Loin sous la surface. Dans cette tanière perdue. Un moyen de se faire oublier.

Oui, il y a de ça. Être oublié. Protégé, même. Chaque pas qu'il a fait pour descendre, c'était un peu du vernis social qui se dissolvait, de poids en moins sur ses épaules. Ici il est lui-même. Plus léger, plus vrai. Parce que loin.

Comme un enfant qui se réfugie dans le fond de sa cabane, ou loin sous son lit.

Ludivine prit le temps de réfléchir à ce que cela signifiait.

Parce qu'il est lui-même ici, chaque action compte. Elle raconte ce qu'il est réellement. Pas de fard. Pas de mise en scène. Ce qu'il veut, il l'accomplit.

Elle marchait lentement parmi les morts. Leurs mains momifiées tendues vers elle, avec leurs articulations proéminentes sur des phalanges grises et sèches. Elles l'imploraient. Leurs lèvres retroussées par les décennies, dévoilant des dents ternes. Un cri silencieux. Et leurs orbites vides qui la scrutaient dans l'attente d'une réponse. Qu'était-il arrivé à leurs yeux, à toutes ces filles ?

Non, ce n'est pas lui, juste le temps qui les a avalés.

Le temps et les insectes plus probablement.

Elle nota tout de même que plusieurs avaient les paupières closes. Était-ce volontaire ou juste un hasard ?

Ludivine cessa sa déambulation devant Lucie Torrens, qui fixait les parois crayeuses.

— Pourquoi il a effacé toutes ces croix ? prononça la cheffe tout haut. Si c'est son sanctuaire, qu'il le dissimule, qu'il le garde précieusement, pourquoi faire disparaître ce qui le caractérise ?

— Pour le préserver des regards impurs ?

Torrens secoua la tête.

— Non, il s'est mis ici justement parce qu'il pensait que personne ne le découvrirait. C'est entre lui et ces filles.

— Il a tout nettoyé à la fin ? proposa Ludivine. Lorsqu'il a pensé en avoir terminé avec ce lieu ?

Torrens grimaça, toujours pas convaincue.

— Les psychopathes dans ce genre n'ont jamais cette impression de fin, ils ne sont jamais rassasiés. Rappelez-vous, Ludivine, pourquoi ils tuent ?

— Inconsciemment ? Pour se réparer. Consciemment parce que leurs pulsions déviantes l'exigent pour atteindre un plaisir ultime, du moins en avoir l'impression.

— Entre autres. Tant qu'ils ont du désir, ils tuent. À moins qu'il n'ait atteint un âge canonique, je doute que celui-ci déroge à la règle. Non, ou alors il a été *contraint* de fermer cet endroit. À moins que…

Torrens effleura le mur de ses doigts gainés de latex blanc.

— Et s'il l'avait fait *avant* ? suggéra-t-elle. S'il avait préparé cette pièce pour accueillir ses victimes, comme on bénit une terre pour la transformer en cimetière ? Puis il a tout effacé avant de revenir avec les corps, parce que ces filles ne méritaient pas de voir les croix, son rituel…

— Ça ne serait pas leur sang ? nota Ludivine. On va pouvoir le vérifier avec les prélèvements.

— Si c'est le cas, ça nous raconte quoi de lui ? Qu'il est méticuleux, obsessionnel. Il anticipe. Pas un tueur sous impulsion ? Donc ses pulsions ne commandent pas l'acte, du moins pas dans l'instantanéité. Il les maîtrise. Il tue sur le long terme, pour juguler ses fantasmes.

— Il ne commet pas d'erreurs idiotes parce qu'il prend le temps de tout penser en amont. Il répète ? Ça lui donne le sang-froid nécessaire pour gérer les imprévus lors de l'attaque.

Les deux femmes se regardèrent, partageant la même émotion glaçante, ici au milieu des cadavres qui témoignaient de son implacable efficacité.

— Charon est une machine à tuer, fit Torrens. Il ne commet pas d'erreur.

Elle commençait à l'incarner. Son surnom.

— C'est pour ça qu'il ne s'est jamais fait prendre, répliqua Ludivine.

Le tueur parfait. Prédateur ultime.

Torrens sortit un carnet de sa veste en cuir et entreprit de griffonner un plan rapide. Ludivine devinait la suite, elle allait y dessiner les corps et chercher à savoir si leur emplacement pouvait raconter quelque chose de plus. Ils n'avaient pas tous été disposés de la même manière, donc ce n'était pas non plus codifié, certains sur le dos, d'autres jetés là sur le flanc ou le ventre. On n'avait pas cherché à dissimuler leur visage, rien qui puisse laisser penser qu'on voulait les nier ou qu'on n'assumait pas de croiser leur regard, aucun signe de culpabilité. Ludivine laissait la suite à Torrens, probablement plus compétente qu'elle pour en tirer quelque chose de concret.

Elle s'éloigna de quelques mètres, songeuse, encore habitée par tout ce qu'elles venaient de se raconter. Et aussi par ce qu'elle avait vu depuis le sommet du terril. Cette friche industrielle immense parmi les collines et les forêts environnantes, comme une verrue de rouille au milieu de la nature. Pourquoi ici ? Sauf s'il avait un ancrage dans ce lieu, ça n'avait pas de sens. Il était forcément un habitué, un ancien du personnel ou au moins lié à eux, ça devenait une évidence.

Ludivine s'arrêta devant le tas de cartilages fragiles agglomérés à des plumes moisies. Ça aussi, c'était singulier. Pourquoi des oiseaux ? Et qu'avait-il fait des têtes ? Eux aussi avaient une signification forte, pour qu'il les apporte jusqu'ici dans son sanctuaire. Ludivine posa un genou à terre et enfila un gant à son tour avant de commencer le décompte. Les cages thoraciques pouvaient être dénombrées, il suffisait de soulever un peu les membranes pour s'y retrouver. Ludivine se concentrait sur son objectif, essayant de réprimer son dégoût, et surtout de faire abstraction du bruit de succion dès qu'elle décollait deux carcasses pour accéder à une troisième.

Il y en avait bien dix-sept.

Et aucune tête.

Les avait-il arrachées pour les lancer dans le puits en guise d'offrande pour chaque fille ? Ou bien mangées pour garder en lui une part de ses crimes comme Albert Dauquin l'avait fait avec les yeux de son frère ?

Tu vas trop loin. Reste sur les faits. Et la logique la plus élémentaire.

Restait une hypothèse simple.

Des trophées.

Chaque tête représentait une fille. Un moyen de se souvenir de chacune, de revivre sa mise à mort. Sans se compromettre avec un objet personnel qui aurait pu le relier aux victimes. Il était bien trop prudent pour prendre ce risque. Même s'il était encore vivant aujourd'hui, si longtemps après, on ne retrouverait rien, absolument rien chez lui pour le rattacher à ces filles. Il ne commettait pas ce genre d'erreur.

En revanche, en fouillant bien, on pourrait mettre la main sur une vieille boîte en fer contenant dix-sept petits crânes de piafs. Rien de plus. Et pourtant toute une portée symbolique forte pour lui. Une boîte éraflée, témoignant de manipulations régulières. Son trésor de guerre.

Probablement son bien le plus précieux, capable de l'enivrer pendant des heures.

Ludivine se redressa.

Elle devait resserrer son analyse sur des faits.

Un ADN masculin avait été trouvé sur les parties génitales de ces filles. Toujours le même.

OK, il les viole. Glauque mais pas très original. Qu'est-ce que ça me raconte ?

« Que c'est un connard de merde » lui vint en premier lieu.

Ludivine cilla. Elle normalement si clinique n'était pas habituée à ce que l'émotion la surprenne. Elle était en colère. *Pire que ça, oui !*

Elle fut tentée un instant d'étouffer son émotion, de ne rester que dans l'étude froide et professionnelle, mais se retint. Même si c'était douloureux, au fond, cette émotion lui faisait du bien. Elle la rassurait. Sur elle-même. Sur sa nature. La gamine devenue sportive, boxeuse, tireuse efficace, enquêtrice d'exception, restait humaine. Était *redevenue* humaine. Après un long passage à vide. À se blinder. À s'emmurer. Après tout ce qu'elle avait vécu, enduré, ça n'avait rien de surprenant. Mais elle savourait de s'être retrouvée. Même si les émotions cognaient à ses tempes et contre son ventre avec parfois bien plus d'emprise qu'elle ne l'aurait voulu.

Marc lui manquait. Elle aurait donné n'importe quoi pour pouvoir se pelotonner dans ses bras, là tout de suite, comme une pile sur un chargeur, avant d'y retourner. *Bientôt.*

Elle prit une profonde inspiration.

Un connard de merde, très bien. Et ensuite ?

Elle fit un tour sur elle-même.

Un sanctuaire donc. Des rituels forts.

Il les viole par déviance. Ici même ? Peut-être...

Ludivine repensa à sa conversation en fin d'après-midi avec Lucie Torrens. Cette pièce comme une cavité utérine. Une symbolique de la matrice du monde. De sa mère.

S'il les violait, pourquoi les déposer ensuite dans la représentation maternelle ? Ça n'avait pas de sens. Sauf si... Relation incestueuse ? Beaucoup de tueurs en série étaient passés par là, c'était assez plausible.

Il est guidé par ses pulsions sexuelles déviantes. Mais les contrôle. Il jouit sur la longueur, pas sur la nécessité. Les étapes de préparation doivent être aussi excitantes que de longs préliminaires, pour lui. Identifier sa proie. La suivre. Établir un plan. Le fantasmer encore et encore, jusqu'à avoir envisagé tous les scénarios possibles. Passer à l'acte. La montée d'adrénaline. Le contrôle sur la victime, la domination, pouvoir de vie et de mort, jouissance... Et déception. Car ça ne peut pas être à la hauteur de tout ce qu'il s'est imaginé pendant des semaines et des semaines. Quelques minutes de réalité ne peuvent rivaliser avec des mois de fantasmes. Frustration. Déception. Puis retour à l'imaginaire, pour espérer mieux, pour enfin y parvenir. Et recommencer. Encore et encore, et encore…

Ludivine faisait face à un corps desséché, allongé devant elle, la tête posée sur une pierre, paupières mi-closes sur des orbites obscures.

La gendarme déglutit péniblement. Elle s'en voulut de penser aussi crûment en présence de ces filles. Elle vint s'asseoir à côté, sur un rocher émoussé, et posa délicatement sa main gantée sur le bras froid.

— C'est pour vous que je fais ça, murmura-t-elle.

Dans son dos, Torrens lâcha d'une voix chargée d'émotion :

— Elles nous donnent tous les droits. Y compris celui de formaliser le pire.

Torrens sentait Ludivine. Elle éprouvait probablement le même trouble, bien que rompue à l'exercice. Cela plaisait à Ludivine de savoir sa supérieure si sensible, empathique avec elle aussi.

— Mais faut faire le job, ajouta la cheffe d'escadron.

Ludivine se releva.

— J'étais sur les viols et la symbolique du lieu.

— Et ? Vos conclusions ?

— Ça pourrait être une relation incestueuse avec sa mère qui a engendré sa déviance, sa haine des femmes. Il les viole pour nourrir ses pulsions, et il les tue pour tuer cette partie-là de sa mère qu'il déteste. Les enfouir ici, c'est les écarter du monde, donc de lui au quotidien, comme s'il pouvait chasser sa mère aussi, et ce qu'elle lui a fait. Il nourrit la partie de sa mère qui l'a trauma-tisé, pour qu'elle le laisse en paix. Les met à l'abri dans le ventre utérin, où son amour et sa détestation se rencontrent en permanence, sources de ce qu'il est, de sa nature de tueur.

Torrens hocha la tête.

— Pourquoi pas. Développez.

Ludivine embrassa du regard la cavité et ses croix luminescentes.

— Les crucifix, les oiseaux morts décapités, toutes les filles alignées, il a développé un fantasme extrêmement ritualisé, pour normaliser ses troubles. Une compulsion rassurante.

— Que représente l'oiseau dans tout ça ?

— Un trophée.

Torrens écarquilla les yeux.

— Pourquoi un oiseau dans ce cas ? Il l'a répété encore et encore. L'oiseau veut dire quelque chose pour lui.

— Là, je sèche.

— Vous pensez qu'il a emporté les têtes ?

— Oui, elles représentent ces filles qui...

Soudain toutes les données convergèrent dans l'esprit de Ludivine, et ses jambes se remplirent de coton. Sa respiration s'accéléra.

— Le troisième ADN, dit-elle tout bas.

Torrens se rapprocha d'elle, intriguée.

Ludivine se tourna vers la femme allongée et anonyme à qui elle venait de se confier.

— Je sais où sont les têtes des oiseaux, lâcha-t-elle dans le même souffle.

14.

Le docteur Gaspard Bousquet ne dormait plus.

Au fil des années, son incapacité à s'abandonner au sommeil avait pris le dessus. Il se couchait, pour le principe, mais ne faisait plus semblant. Il prenait son livre, son bloc de Post-it et son crayon à papier, et tirait la couverture comme un rideau sur le monde, pour signifier qu'à présent il n'était plus qu'à sa lecture et disponible pour rien d'autre. Il soulignait ses passages préférés, collait un post-it sur les pages qui méritaient d'y revenir, un jour, même s'il savait, au fond de lui, qu'avec les années qui défilaient la probabilité d'un tel jour s'amoindrissait. Sa bibliothèque se garnissait d'ouvrages surmontés d'épis jaunes qui ne serviraient à rien, sauf, peut-être après sa mort, à ce que ses neveux passent quelques heures à s'interroger sur la nature de ces marque-pages et, dans le meilleur des cas, s'aventurent à découvrir certains de ces fragments de littérature que Gaspard Bousquet voulait mettre en évidence. Ce serait son héritage. Les mots des autres.

Pour survivre, Gaspard procédait par micro-régénération. Il fermait les yeux quinze à vingt minutes ici ou là, et cela lui suffisait à tenir. Il avait perdu du poids en vieillissant, lui qui n'était déjà pas bien gras ; en dehors de cela, il se portait plutôt bien. Ses cheveux avaient blanchi, mais rien de follement exubérant pour un homme de cinquante-cinq ans, après tout, cela arrivait à des gens très bien, se disait-il. Avec l'âge, il ressemblait à Max von Sydow, lui répétait-on, sans qu'il sache bien de qui il s'agissait. Mais il le prenait comme un compliment.

À vrai dire, la seule chose qui le dérangeait, c'était son regard. Triste. Usé. Et ce n'était pas par le manque de sommeil, non, il en était convaincu. Pas plus que par tous ces mots sur lesquels ses rétines s'étaient traînées jusqu'à l'épuisement, certainement pas. Quoique ça se jouait à un peu d'air, comme il aimait à le dire à ses assistants. Ou plutôt, à un peu de « r ».

C'était à cause des morts.

À force de devoir poser le regard sur les rides des cadavres, ses yeux s'étaient appesantis du poids de la mort. C'était son diagnostic.

À minuit et demi, et malgré la journée éprouvante, Gaspard Bousquet était allongé sur le lit de camp qui lui avait été préparé dans une haute tente où son bureau de fortune avait été installé, au plus près du front, comme lui et de Juillast l'avaient voulu. Pour être sur place. Efficacité avant tout. Il arborait une de ces lampes si pratiques, faites de LED, et lisait un recueil de nouvelles, *Knockemstiff* par Donald Ray Pollock, une voix formidable de la nouvelle scène littéraire américaine, et ces récits poisseux d'une Amérique rurale si authentique, si viscéralement dérangeante, l'hypnotisaient, lorsque Lucie Torrens et Ludivine Vancker vinrent gratter à sa toile.

Elles n'eurent pas beaucoup à argumenter pour le sortir de son lit de camp, puis foncer vers le labo mobile.

À cette heure, la mine était encore plus impressionnante. Massive, aux contours flous, comme si un morceau de la nuit s'était détaché pour prendre racine ici, sur terre, vibrant et mystérieux. Au loin, à l'est, près du pont, deux silhouettes de gendarmes assuraient la sécurité du point d'entrée, et au-delà se devinait le halo des camions des journalistes, dont quelques projecteurs trahissaient le besoin d'information continue, même lorsqu'il ne se passait rien en apparence.

Bousquet se chargea de rassembler le matériel, pendant que Torrens réquisitionnait deux porteurs, qu'elle alla réveiller avec du café. Ludivine fut missionnée pour prévenir ses camarades de la SR de Paris. Elle espérait que Ferizzi serait logé dans un hôtel non loin, ou carrément rentré chez lui pour la nuit, elle n'avait pas envie de supporter sa mauvaise humeur. Pas maintenant. Elle parvint aux deux larges tentes montées derrière le bâtiment où avait été dressé leur QG, et s'apprêtait à cogner avec sa lampe sur un piquet latéral, lorsqu'elle perçut le gémissement. Une femme. Et manifestement, elle passait plutôt du bon temps.

Manquait plus que ça.

Ça ne pouvait être que Magali.

Oh, merde, pas Segnon. Ni Guilhem. Ludivine connaissait trop bien Laëtitia pour pouvoir encaisser cela sans broncher, et elle était allée au mariage de Guilhem l'été précédent. Elle savait aussi comment ça dérapait parfois dans ce métier. Trop de pression, besoin de réconfort, de tendresse, de se rassurer, de purge, de décrocher, pulsion de vie. Peu importe. Le dérapage était une composante de ce job. Mais certainement pas une obligation.

Agacée, elle décida d'interrompre les festivités et cogna le manche de sa lampe contre le piquet.

Les gémissements s'interrompirent aussitôt.

— Ah merci ! fit Segnon dans la tente d'à côté.

Un instant plus tard il en sortait, son puissant torse nu, une polaire à la main. Il se confondait presque avec la nuit.

— Putain, me dis pas que c'est Guilhem ! fit Ludivine tout bas en désignant le lieu des ébats.

— Non coupable, fit l'intéressé en suivant Segnon. C'est déjà pas facile de trouver le sommeil après une journée comme ça, mais là…

— Pardon ! fit la voix de Magali, encore essoufflée à travers la toile.

Il ne restait donc que Franck. Procédure de divorce en cours. Lui, ça allait, estima Ludivine, qui fit signe aux deux hommes de la suivre.

— J'espère que vous n'avez rien dans l'estomac. Venez.

Elle passa la main sur le voile de la tente au moment de repartir et ajouta à l'intention des deux qui restaient :

— Vous êtes tranquilles. Profitez !

Après tout, l'amour et la mort n'étaient jamais bien loin l'un de l'autre, mieux valait ne pas gaspiller ses chances avec le premier.

*

Le docteur Bousquet avait fait remonter un des corps, qui était à présent étendu sur une table du laboratoire

130

mobile. Un bras pivotant crachait sa lumière sur la pauvre fille qu'on venait tout juste d'extraire de la housse de transport. Ses vêtements collaient à ses membres atrophiés. Toute la graisse et les fluides avaient fondu depuis longtemps, ne laissant qu'une peau parcheminée sur des muscles séchés rivés à l'os.

Le col et les motifs de sa chemise, ainsi que ses chaussures, l'ancraient dans les années 1970, peut-être début 1980, Ludivine n'était pas sûre d'être assez compétente en mode pour le définir. Elle arborait une jupe plissée, la raison pour laquelle le docteur Bousquet l'avait sélectionnée elle plutôt qu'une autre. Moins de manipulations que pour celles avec un pantalon.

Dans des circonstances normales, Bousquet aurait placé le corps dans le scanner de l'immense salle d'autopsie à l'IRCGN de Pontoise. Histoire d'avoir une vue d'ensemble, avant même de l'ouvrir. S'il y avait le moindre projectile, il serait ainsi directement repéré, bien plus simple que de devoir s'en rendre compte de visu, surtout dans un corps dans cet état. Mais la situation était différente, la distance et le besoin de réponse rapide commandaient de faire avec les moyens du bord. Revenir aux méthodes traditionnelles.

Le légiste avait enfilé sa blouse et tout son attirail de protection. Il fit signe à Torrens, Ludivine, Segnon et Guilhem de reculer pour le laisser circuler autour de la table, et après plusieurs photographies pour le dossier, commença à soulever la jupe. Délicatement. Dévoilant les chevilles minuscules et grises, puis les mollets, ou plus exactement l'absence de mollets, tout avait flétri, seulement deux tiges de peau craquelée, jusqu'aux genoux cagneux. L'os ressortait particulièrement.

Guilhem recula pour s'asseoir sur un meuble à roulettes, pas à l'aise.

Bousquet s'arrêta dans son geste et s'empara d'une pince et d'un flacon. Arc-bouté au-dessus de la fille, il préleva plusieurs insectes morts, secs, perdus dans le tissu de la jupe et qu'il disposa dans le récipient. Puis il reprit la manœuvre, jusqu'à dévoiler son intimité dans la lumière blafarde du laboratoire.

Tous ou presque déglutirent à cette vision. Gênés. Pour elle. Et pour le souvenir qui venait de s'inscrire à jamais dans leur mémoire. Plus jamais ils ne l'oublieraient. Il reviendrait les titiller de temps en temps, restait à espérer que ça ne serait pas lors de leur propre vie sexuelle…

Les poils sombres gardaient étrangement une certaine vitalité, comme s'ils avaient été préservés par le vêtement. Le légiste ausculta attentivement l'appareil génital avant de secouer la tête.

— Non, je ne distingue rien. Mais vérifions.

Il s'empara d'un spéculum et baissa le bras mécanique pour y voir parfaitement. L'instrument ne s'enfonça pas. Le légiste s'y reprit à plusieurs fois, mais les lèvres étaient scellées par le temps et la momification. Il les badigeonna de lubrifiant et recommença à l'aide d'une tige.

Chaque seconde de cette manipulation, chaque son venait se graver dans les mémoires aussi. Rien de ce qui se passait là, sous leurs yeux, n'était banal. Au contraire, c'était définitif. Un traumatisme de plus dans la longue série de leurs traumas réguliers.

Je ne banalise rien. Je ne me blinde pas.

Ludivine grinçait des dents pour cette pauvre femme.

Le spéculum pénétra dans le corps avec un chuintement horrible qui lui fit serrer les poings. Puis le docteur Bousquet pressa la poignée pour écarter les parois du vagin dans un craquement de cuir lugubre. Sa tête recula aussitôt, lui-même surpris.

Il s'équipa de son appareil photo et se chargea de prendre plusieurs clichés au plus près, avec le flash.

À chaque illumination, les chairs devenues marron dévoilaient leur canyon cannelé jusqu'à un voile charbonneux qui ne permettait pas d'en discerner davantage.

Bousquet soupira puis, à l'aide d'une longue pince, entreprit d'extraire minutieusement la tête encore noire et duveteuse d'un oiseau.

Son bec, enduit de lubrifiant, luisait sous l'éclairage.

— J'ai bien peur que vous n'ayez raison, fit le légiste à l'adresse de Ludivine. Voici la source de notre troisième ADN dans ces pauvres femmes.

Ludivine croisa le regard de Torrens.

Elle savait ce qu'il voulait dire. Pourquoi un oiseau ? Que signifiait-il pour le tueur ? Cette réponse n'avait certainement rien d'anodin. Elle était la clé.

Vers sa psyché délirante. Vers son identité.

15.

L'écran de son smartphone projetait l'ombre de son visage sur la toile de tente. Ses mèches torsadées dodelinaient à chaque mouvement de ses doigts sur le petit clavier digital.

Ludivine était incapable de dormir.

Elle avait besoin de parler. Mais à deux heures du matin, Marc était du côté de Morphée. Pas grave. Elle lui racontait tout. Les faits. Ses émotions surtout. Les écrire était un peu comme en prendre conscience. Ses doutes, ses appréhensions. La terrible désillusion sur la vie et sa fugacité. La cruauté du monde. L'absence de sens, de ligne de bonté, d'équilibre divin ou cosmique, peu importe. Non, la vie n'était qu'une saleté de lutte pour la survie. Vous faisiez de votre mieux, mais si vous n'aviez pas de bol, vous croisiez la route du mauvais type, et c'était terminé. Aussi fugace et injuste que le sort d'un magnifique papillon qui n'a que quelques heures dont profiter et qui se prend dans la toile d'une araignée dès sa première envolée pour se faire dévorer vivant. *La nature est impitoyable. Ce sont les hommes qui s'attachent à lui donner un semblant de douceur, de cohérence, là où il n'y a rien de tout ça.*

Pourtant Ludivine avait envie d'y croire. Elle s'accrochait à l'espoir que son comportement avait une incidence positive sur son environnement. *Si le monde n'a aucune ligne de conduite, aucune moralité, je peux en mettre autour de moi, contribuer à en créer une.* N'était-ce pas là l'unique rôle des êtres humains par rapport au reste du règne animal ? Introduire ce sens qui n'existait pas sans eux ?

C'était un peu tout ça qu'elle débitait au travers des salves de SMS décousus, pour se vider la tête, se donner l'illusion de ne pas être seule.

Une réponse de Marc tomba pourtant :

« Je suis désolé de ne pas pouvoir te prendre dans mes bras. »

Exactement ce dont elle rêvait. Ludivine le rassura et lui demanda pourquoi il ne dormait pas.

« Je n'éteins jamais quand tu n'es pas là. Et dix-sept messages d'affilée, j'ai ouvert un œil ☺. »

Le chiffre fit tiquer Ludivine : dix-sept. Plus jamais elle ne pourrait le voir normalement. *Dix-sept femmes qui attendent d'être reconnues, d'être rendues à leurs familles.*

Elle s'excusa. Elle s'excusait toujours. Trop. Il répliqua :

« Arrête. Je suis content que tu me parles. Fier aussi, que tu affrontes tes émotions plutôt que de les enfouir. »

Ils échangèrent encore quelques mots puis il conclut :

« Elles sont loin, nos vacances, là. Et si on repartait ? Genre, pour toujours ? »

Ludivine demeura un instant sans rien répondre. Elle avait choisi cette affectation. Ce qu'elle affrontait, c'était son choix. Et même s'il plaisantait, il y avait une forme de vérité dans ce qu'il proposait. Se préserver, prendre du recul. Pour soi, pour leur couple. Pour... un avenir un jour ?

Non. Pas tout de suite. Ludivine avait une mission. Elle écrivit :

« J'ai dix-sept femmes qui comptent sur moi. Notre exil attendra. Merci d'être là quand j'en ai besoin. Tu me fais du bien. »

Puis, après une courte hésitation, elle ajouta :

« Je t'aime. »

*

Le bourdonnement de la machine à café envahissait la salle de la cellule Charon en même temps que ses arômes venaient remplacer l'odeur d'humidité. À travers la longue baie vitrée sale, l'aube fouettait la mine par le côté, nappes d'or et coulées d'azur flanquaient les hangars, usines, silos, ateliers et même le chevalement squelettique, tentaient de lui redonner un soupçon de couleur.

Tous les enquêteurs étaient sur le pont. Les quatre de la SR de Paris, l'adjudant Bardane et ses grandes lunettes, en tant que régional de l'étape, le major Terpin pour faire le lien entre les constatations scientifiques et les investigations, et Ferizzi pour coordonner le tout. Lucie Torrens et Ludivine servaient de soutien.

Tous s'affairaient d'un ordinateur à un listing, d'un rapport à un bloc de fadettes téléphoniques. Ferizzi avait distribué les rôles. Sauf pour les membres du DSC.

Elles, indépendantes, n'avaient qu'à prouver leur compétence, semblait signifier son indifférence.

Sauf que, pour aider, il leur fallait de la matière, s'agaçait Ludivine. Sans rien sur quoi travailler, ni rapport d'autopsie ni PV des scientifiques, pas plus que de victimologie potentielle, il leur était impossible d'établir le moindre profil. Elles étaient presque là trop tôt.

Au bout d'une heure, Torrens s'empara d'une page et fit signe à Ludivine de la suivre tandis qu'elle filait vers la sortie.

— J'ai envie d'entendre celui qui les a trouvées, dit-elle. Qu'il nous parle de cet endroit. Il a été le premier à entrer depuis Charon. Je veux son ressenti.

Dehors, les deux femmes se firent confier un véhicule banalisé par le maréchal des logis-chef Riess chargé de la logistique, et Torrens prit le volant. Elle lança son blouson à Ludivine.

— Mettez ça sur votre tête. Pour les journalistes.

— Moi ? Comme une suspecte ? Vous voulez leur faire croire qu'on a déjà quelqu'un ?

— Non, je veux éviter qu'ils vous reconnaissent. Après vos exploits des trois dernières années votre visage n'est plus inconnu. Pas envie qu'ils en fassent leurs gros titres.

Ludivine lui en sut gré lorsqu'elle entendit la meute crépiter à la sortie du pont, quasi collée aux vitres. Dès qu'elles eurent rejoint la route, Torrens enclencha sirène et gyrophare, puis écrasa l'accélérateur afin de distancer les premiers poursuivants, qu'elle sema un peu plus loin en pilant pour s'engager sur un chemin latéral, à l'abri du feuillage. Elles repartirent en sens inverse et roulèrent pendant une demi-heure, jusqu'à un petit village de maisons blanches et toits de tuiles marron, un lieu sans charme, plat, au milieu des forêts. Le GPS les guida à un vieux corps de ferme au bout d'ornières profondes. Trois bâtiments formaient un U. Là, un des voisins de Baert, un trentenaire adepte de musculation, chauve, casquette sur le crâne, leur ouvrit le portail et leur désigna le domicile de l'homme qu'elles voulaient rencontrer.

Xavier Baert leur ouvrit, l'air un peu penaud face à ces deux gendarmes en civil sur son perron. Les occupants des deux autres bâtiments, juste en face, se penchaient déjà à leurs fenêtres pour regarder qui étaient ces deux visiteuses plutôt jolies. *Les commérages iront bon train dès que nous serons reparties*, songea Ludivine tout en s'en moquant.

Bon mangeur et certainement adepte de bière, les dimensions horizontales de Baert le tassaient, le faisant paraître plus petit qu'il ne l'était réellement. Pas encore quarante ans, coupe courte digne d'un militaire, oreilles minuscules, le nez trop fin et les arcades trop saillantes pour être harmonieux avec le reste de ses traits, Baert n'avait, pour le moins, pas un physique très avenant. Il compensait par une poigne d'acier, constata Ludivine en serrant la main qu'il tendait vers elle. Après quelques mots d'explication, Baert leur proposa d'entrer chez lui, dans une pièce principale à peine meublée : canapé, table basse et télévision en face, c'était tout en dehors de la cheminée. Mais les murs, eux, étaient saturés de photos. Des troncs d'arbres, des blocs de pierre, des tas de pneus ou des rails vétustes. Baert avait le goût du détail et du gros plan.

— Vous y êtes descendues ? demanda-t-il en s'asseyant sur un tabouret qu'il rapporta de la cuisine. Vous avez vu ? Et vous arrivez à dormir ? Moi, j'ai fait des cauchemars toutes les nuits depuis dimanche. Je sais pas comment je vais faire pour oublier.

— Vous n'oublierez pas, répliqua Torrens, cash.

— C'est con, je picole pas, sinon...

— Monsieur Baert, c'est vous qui avez découvert ces corps, enchaîna Torrens, et j'aurais quelques précisions à vous demander.

— Je... Je vais avoir des ennuis ?

Ludivine restait en retrait, observatrice.

— Pourquoi ? tiqua Torrens. Vous avez quelque chose à vous reprocher ?

— Bah... Je sais que c'est pas très autorisé d'aller là-bas. C'est pour mes photos, vous savez, j'en...

— Vous y allez souvent ?

— À la mine de Fulheim ? Non, pas trop. Enfin, peut-être une fois ou deux par an, ça dépend des années. Parfois j'y pense plus, ou j'ai pas le temps.

Il parlait avec un accent un peu traînant, aux intonations marquées, les « r » se prenant dans le fond de sa gorge. Il était du coin ou de pas très loin, peut-être un peu plus au nord, estima Ludivine.

— Pour vos photos ? insista Torrens.

— C'est ça. J'aime bien les endroits un peu... comment je vais dire... cassés ? Originals, quoi.

Personne n'osa le corriger.

— C'est votre métier, photographe ?

— Ah, non. J'aimerais bien. Mais ça gagne pas, les photos. Je fais ça pour moi, quoi. Je suis coach sportif.

— Vous avez de la clientèle dans le coin ?

Il baissa les yeux, se frottant les mains.

— Pas trop. Je fais des petits boulots aussi, pour tenir.

Maintenant qu'elle l'avait un peu cerné, Torrens poursuivit :

— Qu'est-ce que vous pouvez me dire sur la mine ? Il y en a beaucoup des gens comme vous qui s'y baladent ?

Xavier Baert fit la moue pour réfléchir.

— Bof, pas vraiment je dirais. C'est quand même paumé. Le pont est pas en super état, les gens ils doivent croire qu'il va tomber, et puis c'est une mine abandonnée, quoi, y a rien à voir.

— Vous n'y avez jamais croisé personne ?

— Non, je crois pas.

— Vous savez ou vous ne croyez pas ? C'est pas la même chose.

— Non, non, j'ai jamais vu personne là-bas.

— Et dimanche, vous avez noté quelque chose de différent par rapport à vos visites précédentes ?

— Ben oui, la fissure dans le béton !

— Mais avant ça ?

— Euh… non.

Ludivine nota comme il se grattait l'intérieur de la main. Un peu nerveux. Beaucoup de témoins l'étaient en présence des forces de l'ordre, surtout s'ils craignaient d'être inquiétés, même si le délit était mineur par rapport à l'affaire et sans importance. Fureter dans une mine interdite au public, par exemple.

— Cette fissure, elle n'était pas là la dernière fois ?

— Non. Je suis sûr.

— Vous en avez fait des photos qu'on pourrait voir ?

— Du mur ? Ah non. J'ai plutôt les grands entrepôts avec les chaînes qui pendent, les blocs de rouille, ce genre de trucs. La matière, c'est ça qui m'intéresse en photo. Mais quand j'ai vu la fissure, j'ai cru que ça pourrait être cool d'aller jeter un œil, histoire de voir ce qu'y a après. Et… pour le coup, j'aurais p'têt' dû être moins con si vous voyez ce que je veux dire.

— Vous avez remarqué quelque chose, même d'anodin, sur place ? La trace d'un passage avant vous ? Des détritus, des mégots, des fleurs, n'importe quoi…

— Euh. Non. Je crois pas. Enfin, pardon, non : je m'en souviens pas. C'est crade là-bas, donc ouais, y a des tas de trucs, mais rien de particulier.

— Le site n'a pas évolué depuis tout le temps que vous le fréquentez ?

— C'est-à-dire ? C'est en vrac, y se passe rien.

Torrens faisait fuser les questions, comme si elle savait où elle allait, alors Ludivine préférait ne pas intervenir du tout, ce qui n'échappa pas à l'apprenti photographe, qui se mit à la regarder étrangement, se demandant ce qu'elle faisait là, cette petite blonde qui le toisait avec intérêt.

— Vous, vous le connaissez comment, ce site ? s'enquit Torrens.

Il haussa les épaules.

— Tout le monde par ici le connaît, c'est une drôle de question.

— Mais vous m'avez dit que rares sont ceux qui s'y rendent.

— OK, et alors ? Moi, j'ai une raison, c'est tout.

— Elle a une réputation particulière, cette mine ?

— Genre truc hanté et tout ça ? Nan ! Heureusement que non.

— Pas un lieu pour, disons, je sais pas, les rendez-vous entre amants ? Pour des échanges homosexuels, pour de la drogue, ce genre de choses que certains font en cachette, vous voyez ?

L'homme se frotta encore plus nerveusement l'intérieur de la main. *Bingo*, songea Ludivine. Lucie venait de taper là où ça le démangeait. *Homo qui n'assume pas*, devina la jeune femme.

— Je crois pas, se contenta-t-il de répondre.

L'homme n'avait pas grand-chose à raconter, elles perdaient leur temps.

— Vous avez beaucoup de photos de Fulheim ? Vous pourriez nous les envoyer ?

— Euh… Oui, si vous voulez.

Torrens lui tendit sa carte de visite en se levant.

— Par e-mail, ce sera plus pratique pour nous.

Elles avaient fait le tour, c'était une impasse.

Ludivine, prise d'un soudain doute, se tourna vers lui et demanda :

— Monsieur Baert, vous n'avez pas pris de photos de ce que vous avez vu à l'intérieur ? Vous savez, les corps…

Le costaud la fixa d'un regard froid, comme si elle l'insultait de ses premiers mots.

— Vous me prenez pour qui ?

— Juste pour vérifier.

Il secoua la tête.

— Qui ferait un truc pareil ? Et puis… vous êtes descendues, vous les avez vues, pas vrai ? Vous savez que c'est quelque chose qu'on photographie là-dedans, dit-il en tapotant sur sa tempe. Même si on préférerait pas. Alors en vrai…

Ludivine acquiesça. Son téléphone vibra. Elle jeta un œil et tendit le message de Segnon à sa supérieure :

« On en a identifié une. »

16.

Le QG vibrait des conversations de tous les enquêteurs. Au téléphone, en visioconférence ou entre eux...
Le général de Juillast était présent, en plein brief avec
Ferizzi et un homme en costume que Ludivine supposa
être le procureur.

Segnon entraîna Ludivine et Torrens un peu à l'écart
et leur tendit la photo imprimée sur papier d'une femme.
Le cliché n'était pas récent, jauni, et le look confirmait
l'époque. La fille avait entre vingt-cinq et trente ans,
brune, plutôt jolie, souriante, avec d'immenses yeux
verts.

— Octobre 1981, confirma-t-il. Louise Longeant.
Elle vivait à vingt kilomètres d'ici quand elle s'est
volatilisée.

— Comment vous l'avez identifiée si vite ? demanda
Ludivine.

— C'est Magali et ses contacts chez Interpol.
Ce matin l'équipe de Bousquet nous a transmis les profils génétiques des victimes, ils ont bossé rapidement.
Magali a envoyé ça chez Interpol, pour comparaison
avec le fichier I-Familia.

Ludivine connaissait ce programme, fraîchement lancé par Interpol pour comparer l'ADN de corps non identifiés avec l'ADN familial des gens qui souhaitaient retrouver un proche. Même si la disparition datait de plusieurs décennies. Segnon enchaîna :

— Le frère de Louise et ses parents n'ont jamais baissé les bras. Dès qu'I-Familia s'est créé, ils se sont portés volontaires pour enregistrer leur ADN familial dans la base de données. Ça vient de matcher. Et ça s'accélère pour les autres. On a récupéré les avis de disparition des années 1970 jusqu'à aujourd'hui dans toute la région de l'Est. On va se focaliser sur les femmes, on commence par comparer les descriptions des vêtements qu'elles portaient avec ceux de celles qui sont en bas, et s'il y a des ressemblances, on ira auprès des familles effectuer des prélèvements ADN. On aura le soutien des brigades locales pour aller vite sur place. Bousquet nous a garanti qu'avec le LABADN et GendSAG, il a le matériel pour nous produire des résultats en deux heures.

Torrens eut un regard vers de Juillast au loin.

— Quand le général veut que ça avance…

Ludivine n'était pas dupe. Elle savait que c'était la pression politique et médiatique qui fournissait les moyens la plupart du temps, surtout dans une affaire ancienne comme celle-ci où le sentiment d'urgence était très peu présent. Mais faute d'une autre grosse actualité, elle faisait la une depuis la veille.

— OK, fit Torrens, quel topo sur notre victime numéro un ?

— Pour l'instant on est encore en train de rassembler les infos, mais déjà on sait qu'elle a disparu après le boulot. Ses collègues l'ont vue partir vers dix-sept heures, et son mari ne l'a jamais vue arriver.

— Quel job ? demanda Ludivine.

— Instit. Trois kilomètres entre l'école et son domicile, elle était à vélo. Celui-ci n'a jamais été retrouvé. Apparemment les gendarmes de l'époque ont noté du sang sur la route, mais aucun prélèvement n'a été effectué.

— Une idée de sa personnalité ? voulut savoir Torrens.

— Pas encore, on va rassembler tout ça. Des enquêteurs seront bientôt dépêchés auprès de la famille.

— Des croyances religieuses ou mystiques fortes ? Des fréquentations particulières ?

— Je vous dis : on a le strict minimum pour l'instant, on...

Un sifflement retentit dans la salle et Magali leva le bras.

— J'en ai une autre ! aboya-t-elle.

Tous se précipitèrent autour d'elle et la gendarme pointa du doigt l'écran de son ordinateur. Une ancienne fiche de disparue scannée, avec la photo d'une femme au milieu. Magali posa à côté de l'écran le cliché imprimé d'une des victimes déposées au fond de la mine. Les couleurs étaient un peu passées, mais les vêtements collaient parfaitement. Ils avaient de la chance.

— On expédie des collègues chez la famille pour récupérer leur ADN, ordonna de Juillast de sa voix chantante. Pas d'emballement et encore moins d'annonce tant que la science ne confirme pas.

Tous retournèrent à leur activité, à l'exception du général qui posa sa main sur l'épaule de Magali.

— Bon boulot, adjudant, dit-il plus bas pour lui confirmer que lui n'avait aucun doute.

La méthode et les moyens humains permirent d'enchaîner toute la journée. Des femmes enlevées, signalées aux autorités de l'époque, enregistrées dans les fichiers, numérisés depuis, parfois avec un maximum de détails. Huit étaient déjà identifiées en début d'après-midi, pas officiellement faute de comparaison d'ADN, et trois autres tombèrent avant le soir. Le tueur n'était jamais allé bien loin, il avait opéré dans un rayon de deux cents kilomètres au maximum. Entre 1979 et 1990 pour ce qui était déjà établi.

Avec le renfort des brigades locales, l'ADN des proches des disparues était recueilli dans la foulée et traité dès son arrivée sur place, dans le labo mobile, à la mine de Fulheim.

Tous travaillaient sans relâche, engloutis par la nécessité d'avancer, par la dynamique du groupe, par les résultats qui s'accumulaient. Ces filles réduites à l'état de momies, enfermées dans leur tombe sinistre, reprenaient un semblant d'existence, de dignité. Désormais, pour plus de la majorité, elles avaient un nom. Restait à le prouver scientifiquement.

La nuit se posa sur la mine sans qu'ils s'en aperçoivent et c'est la fatigue qui les rattrapa. Franck s'étira en grognant.

— Je vais retourner à ma banquette de bagnole, moi, soupira-t-il.

Ludivine fronça les sourcils.

— Tu as dormi dans une voiture la nuit dernière ?

— Je déteste les tentes.

Ludivine fit pivoter son siège vers Magali. Si Franck n'avait pas couché dans la tente avec elle, alors avec qui est-ce qu'elle avait… ?

Laisse tomber, pas tes oignons. À la place, elle scruta son portable pour voir si Marc lui avait écrit. Rien. Il devait bosser aussi. Il était sur une enquête administrative ; DGSI oblige, Ludivine n'en savait pas beaucoup plus, sinon que c'étaient des montagnes de paperasse à décortiquer. Il profitait de son absence pour avancer.

Ludivine tomba comme une pierre, d'un sommeil sans rêves. Juste un battement de paupières et déjà l'aurore réchauffait la toile. Un matin difficile, las. Besoin d'une vraie salle de bains, d'un vrai petit déj… *De fringues propres, bordel !*

Elle surprit Torrens au téléphone, en train de parler d'un ton mielleux à sa fille. Ils en étaient tous réduits à cela : se rattacher à ceux qu'ils aimaient à distance. Pour se rassurer. Se ressourcer.

Ludivine s'équipa d'un pantalon de treillis bleu marine qu'elle récupéra auprès d'un collègue, et ils retournèrent à leur QG de fortune.

Les noms tombaient au fur et à mesure des confirmations ADN que leur transmettait le major Terpin. Louise Longeant. Françoise Lavaux. Christine Obraniak. Anne-Marie Stavoski. Jeanne Ronsard. Michèle Hosgard. Christiane Martin…

Autant de noms qui venaient s'inscrire sous des photos d'époque scotchées au mur. Et la liste s'allongeait d'heure en heure. Toutes jeunes. Toutes jolies.

Toutes mortes, surgit dans l'esprit de Ludivine, les observant, accablée.

Terpin entra dans la salle et se dirigea vers elle et Torrens.

— Je viens d'avoir la réponse aux prélèvements sur les murs : le sang qui a servi à dessiner les croix, c'est animal, pas humain.

Les deux femmes échangèrent un regard entendu. Pas celui des victimes donc. Ça allait dans le sens de ce que la cheffe d'escadron avait théorisé. Un moyen de ritualiser le tombeau. S'il l'avait fait avant d'y amener les filles, c'était le signe qu'il préparait attentivement ses actes. Un patient. Un minutieux. Très dur à appréhender car il commettait peu d'erreurs. Si c'était après, c'était qu'il en avait fini avec le lieu. Pour passer à un autre ? D'autres crimes, ailleurs ? *Assurément. Le tueur en série ne s'arrête pas.* À moins qu'il n'ait eu une mission. Et qu'il n'ait fini par l'accomplir. Mais ça ne collait pas avec quatre-vingt-dix-neuf pour cent des profils de psychopathes. *Ils ne s'arrêtent pas d'eux-mêmes,* insistait Ludivine *in petto.*

Vers midi, Ludivine mangeait un sandwich assise sur un vieux dérouleur de câble renversé, lorsque le docteur Bousquet sortit d'un préfabriqué. En l'apercevant il vint vers elle.

— Le général vient de donner son autorisation, on va les remonter. Les dix-sept. Et les transférer à Pontoise pour autopsie. On poussera les murs. J'attends les caissons pour maintenir leur état, ralentir la dégradation des corps à l'air libre. Et sinon, j'ai opéré des prélèvements sur toutes, et je vous confirme que j'ai l'ADN du même homme dans presque chaque fille.

— Presque ?

— C'est plus dû au temps et aux conditions de préservation qu'à son absence, si vous voulez mon avis. Considérez qu'il les a toutes violées. C'est une évidence pour moi, même si dans le dossier, par écrit, je mettrai toutes les formulations de prudence.

— Et ce qu'on a trouvé l'autre nuit ?

Bousquet prit une inspiration fatiguée.

— J'ai de l'ADN non humain dans les dix-sept, oui. Je pense qu'on y trouvera la même tête d'oiseau, lâcha-t-il d'un ton abattu. J'en ai vu des bizarreries dans ma carrière, mais ça… C'est le record. Un vrai tordu. Vous pensez qu'il est mort ?

— La première victime date de novembre 1979, la dernière de mars 1990, pour l'instant. Un tueur en série, surtout s'il est aussi attentif et organisé que lui, ne commence pas avant au moins vingt-cinq ans, le temps que les fantasmes mûrissent, l'obsèdent, jusqu'à ce qu'il ne puisse faire autrement que de tuer pour les libérer. Ça lui donnerait dans les soixante piges au moins, voire beaucoup plus. Alors mort, je sais pas, mais inactif, oui, là j'ai assez peu de doutes.

— Pourquoi ? Je croyais qu'ils ne savaient pas s'arrêter, ces gars ?

— Justement, vu la série qu'il a commise ici, il aura été incapable de s'interrompre par lui-même. C'est impossible. Il est allé trop loin, il a dû éprouver trop de plaisir et de frustration mêlés pour s'arrêter. Là, oui, soit il est mort, soit il est en prison pour autre chose. Mais s'il avait continué pendant si longtemps, on l'aurait su. Aucun tueur, aussi machiavélique qu'il soit, ne peut tenir un rythme pareil sans se faire repérer. Déjà, ce qu'on a trouvé ici, c'est unique. D'où les moyens déployés.

Bousquet approuva la démonstration d'un hochement.

— J'espère qu'on va le trouver, ce salopard, dit-il.

Le maréchal des logis-chef Riess s'approcha et tendit une clé de voiture à Ludivine.

— J'ai ce que vous vouliez.

Ludivine les salua, vissa une casquette « Gendarmerie » le plus bas possible sur son front pour cacher au mieux son visage et quitta la mine à bord de la petite Peugeot banalisée pour filer vers Mulhouse, la grande ville la plus proche. Elle s'accordait une heure maximum. Une heure pour remplir un sac de fringues propres, et une trousse de toilette digne de ce nom.

Déambuler au milieu de la foule lui fut étrange. Après trois jours parmi les gendarmes et les cadavres, dans une mine désaffectée, Ludivine n'était plus socialisée. Plus assez en tout cas pour que ça ne la perturbe pas. Ces hommes et ces femmes filant à leur train-train quotidien, les couleurs, les achats, l'hyperconsommation, les rires et l'indifférence dans la rue. Rien de bien neuf, mais c'était fou la vitesse à laquelle son cerveau se refermait.

Elle paya et fila vers Fulheim, presque honteuse d'avoir le droit de souffler parmi les civils, parmi les vivants.

À peine garée devant le bâtiment qui abritait leur QG, elle nota la silhouette de Segnon en train de galoper à grands pas vers l'entrée, l'air soucieux. Derrière, Magali fonçait, son téléphone à la main. Il venait de se passer quelque chose.

Ludivine ne prit pas le temps d'aller se changer comme elle en rêvait et avala les marches deux par deux pour pénétrer dans la grande salle.

Ferizzi faisait face aux enquêteurs, semblant encore plus contrarié que d'habitude.

— Je sais pas si c'est une bonne nouvelle, annonça-t-il, mais on a l'ADN masculin retrouvé dans les filles. Il est dans nos fichiers.

Plusieurs gendarmes lâchèrent un grognement de satisfaction. Il ne faisait aucun doute que ce type était Charon, le violeur des filles et certainement leur tueur.

Ferizzi modéra l'enthousiasme d'un geste de la main.

— Ne dites pas qu'il est mort, s'agaça Segnon.

— Non, répondit Ferizzi. Mais on a pas son nom.

Stupeur. Puis frustration.

— Pourquoi il est dans nos bases de données alors ? fit Guilhem.

— Parce que son ADN a été retrouvé dans les cadavres de deux femmes qui ont été violées et tuées ces deux derniers mois.

Ludivine dut s'asseoir pour encaisser.

Elle arrivait à peine à le croire. Après si longtemps...

L'ordure était toujours active.

17.

Les turbines se mirent à rugir et une partie des passagers se crispèrent tandis que l'appareil s'élançait un peu brutalement sur le tarmac.

Ludivine n'était pas hyper à son aise en avion. Peu lui importaient les statistiques sur la sécurité, c'était juste viscéral. Un tube d'acier lancé à huit cents kilomètres-heure, à près de dix kilomètres de haut, par moins cinquante degrés, le tout ne tenant qu'à deux minuscules réacteurs, Ludivine trouvait cette idée très prétentieuse pour de si fragiles petits sacs de chair et de sang qui partiraient en fumée et en cristaux s'il arrivait le moindre aléa.

Les ailes s'agitèrent et l'appareil s'arracha du sol dans un vrombissement discontinu. Le souffle de la cabine, les circonstances générales, tout ça lui rappelait un autre vol, quelques années en arrière, et une conversation en compagnie du plus grand criminologue qu'elle ait jamais connu, Richard Mikelis. Lui avait une conviction terrible : il pouvait exister une dynamique collective de la violence dont les psychopathes étaient l'incarnation, les marqueurs. L'expertise de Mikelis aurait été utile dans leur affaire. *Tu peux oublier, il ne redescendra plus de sa montagne, c'est fini.* Il avait choisi son camp. Celui de sa famille, loin des abysses. *Mais tu peux compter sur ce qu'il t'a enseigné.*

Elles avaient une heure avant d'atterrir à Lyon-Saint-Exupéry, puis le second vol pour leur destination finale, Bordeaux, décollerait une demi-heure plus tard. Torrens sortait déjà la pochette cartonnée de sa sacoche en cuir. Tout ce qui leur avait été envoyé par la section de recherche de Bordeaux-Bouliac à propos des deux dernières victimes connues de Charon. C'était le général de Juillast en personne qui avait missionné les deux membres du DSC pour dresser une victimologie précise, établir le profil psychologique de l'auteur des faits par l'analyse de ses actes. Ludivine et Torrens n'avaient eu que la fin d'après-midi et la soirée pour colliger un maximum d'informations, une courte nuit de repos, et leur vol décollait à l'aube de Strasbourg.

Lucie ouvrit la tablette de Ludivine et déposa dessus la photo de Claire Estageau, infirmière, brune, vingt-huit ans. *Elle est belle*, se dit aussitôt Ludivine en la détaillant. Les deux grains de beauté à la jonction de sa bouche et de sa joue attiraient aussitôt le regard.

— Elle a disparu entre le 4 et le 5 mars dernier, récapitula Torrens. Elle a quitté l'hôpital où elle travaillait assez tard le 4, et personne ne l'a revue ensuite. Son téléphone borne sur le trajet jusque chez elle, même si le chauffeur de bus ne se souvient plus s'il l'a vue cette nuit-là, et ensuite son téléphone reste chez elle jusqu'au matin du 5. À neuf heures, il se déplace et borne un peu plus loin, avant de se couper. Ça correspondrait à un terrain vague à moins de deux kilomètres de chez elle. Les collègues de la SR de Bordeaux qui sont sur l'affaire pensent que c'est là qu'elle a fait la mauvaise rencontre.

— Qu'est-ce qu'elle fichait sur un terrain vague ?

— Personne ne sait. Son conjoint ne comprend pas non plus.

— Des témoins qui l'ont croisée ce matin-là ?

— Non. Apparemment elle était plutôt discrète, donc elle peut être passée sans se faire remarquer. Dans son agenda, elle avait un rendez-vous chez un dentiste à onze heures trente, mais c'était dans la direction opposée au terrain vague, et à seulement un quart d'heure, donc rien à voir.

— Sportive ?

— Les enquêteurs se sont posé la même question : son mec affirme que non, jamais elle ne serait sortie pour courir ou faire du vélo, pas son genre.

— La téléphonie ?

— Dépiautée, ni SMS ni appels suspects. Son mec dormait à l'hôtel à La Rochelle, il lui a écrit en se couchant, tard, et plusieurs témoins confirment qu'il était bien présent au petit déj de l'hôtel, donc ça ne peut pas être lui directement. Il est rentré en fin de matinée et, inquiet de ne pas la trouver ni de parvenir à la joindre, il a prévenu les flics en milieu d'après-midi.

Ludivine attrapa une feuille qui synthétisait ce que les enquêteurs avaient sur Thierry Ahouar, le compagnon. Aucun antécédent judiciaire. Rien en psychiatrie. Stable professionnellement et entourage rassurant. Monsieur Tout-le-monde.

— Ils allaient se marier en août, fit Ludivine avec une pointe de dépit.

— Et les proches confirment que c'était un couple solide. Aucune dispute connue, pas du genre à hausser la voix, encore moins à se taper dessus. Tout le monde est catégorique.

— Il a accepté de donner son ADN ? s'enquit Ludivine.

— Oui, ce n'est pas le sien qui a été retrouvé dans le corps de son amie.

— Donc Thierry Ahouar n'est pas Charon.

Ludivine soupira. Ça aurait été trop beau.

— On a retrouvé le corps combien de temps après ? demanda-t-elle.

Torrens se plongea dans ses documents pour ressortir la date.

— Le 10 mars. Cinq jours après la disparition. D'après le légiste, elle est morte aux environs du 6.

— Il l'a gardée vivante ?

— Sauf erreur du toubib, ça semble le cas. Au moins vingt-quatre heures. Peut-être un peu plus. L'analyse du sang a détecté des particules en nombre, le labo pense qu'elle a été droguée avec un mélange de propofol et de fentanyl. Bien dosé, c'est foudroyant.

— Une piste pour remonter jusqu'à lui, nota Ludivine.

— La SR de Bordeaux le croit également, mais je pense qu'ils perdent leur temps. Ne serait-ce qu'avec le Darknet, il a pu s'en procurer facilement, il lui a suffi d'installer TOR sur un ordinateur, de se balader sur les marchés noirs du Web pour se faire livrer à une boîte postale, et c'est intraçable, même pour nous. À la portée d'un gamin. Ma fille ne touchera jamais à Internet de toute son existence.

Ludivine pouffa.

— Elle n'aura pas dix ans qu'elle s'en servira mieux que vous.

Torrens fronça le nez en guise de dégoût.

L'avion s'était stabilisé à son altitude de croisière. Ludivine souffla profondément.

— Vous avez peur en avion ?

— Juste pas naturel. On serait né avec des ailes sinon.

— Vous allez ramener l'humanité à l'âge de pierre si on poursuit ce raisonnement.

Ludivine haussa les épaules.

— Vous avez le rapport d'autopsie ?

Torrens la fixait.

— Quoi ? demanda Ludivine.

Torrens eut un petit sourire en coin, puis secoua la tête en lui faisant passer une pochette intitulée « Autopsies ».

— Non, rien. Tenez, mais accrochez-vous. Il a évolué dans son mode opératoire.

— Les oiseaux ?

— Non, c'est fini. Ça, c'était dans les années 1980. Ouvrez.

Ludivine s'exécuta et la première photo lui en raconta beaucoup, avant même la liasse de pages agrafées qui détaillaient tout.

Claire Estageau était une prune trop mûre. Sa peau sombre sur le point d'éclater sous la pression de ses chairs gonflées. Le visage bleu, tuméfié jusqu'à l'absurde. Ses cheveux à la couleur douteuse, imbibés de sang.

— Le légiste a constaté quatorze fractures rien que sur la face avant. Tout est brisé. Nez, pommettes, mâchoires, arcades, il l'a massacrée.

— Vivante, lâcha Ludivine du bout des lèvres en constatant que l'organisme avait eu le temps de réagir, de marquer. Son agonie a duré plusieurs heures.

— Ça confirme la théorie de la séquestration.

Torrens se pencha vers sa collègue et tourna les pages du rapport d'autopsie, passant sur les photos du cadavre ouvert sous les projecteurs de la table, une cosse de peau fendue sur la longueur, dont l'intérieur vermillon luisait ; du rouge partout. Elle posa son index sur un paragraphe.

— Il a été relevé des traces d'adhésif sur son front, ses sourcils et ses joues.

— Il lui scotchait les yeux ?

— Probablement. Reste une question…

— Est-ce que c'était pour l'aveugler ou la forcer à le regarder ?

— Exact. Et je vous fais pas de dessin, c'est déterminant. D'après le rapport préliminaire, elle avait les paupières ouvertes lorsqu'elle a été retrouvée, mais ça ne veut rien dire, surtout s'il l'a gardée plusieurs heures.

Ludivine faisait défiler les photos discrètement entre ses doigts, prenant soin que les autres passagers ne puissent pas voir ce qu'elle-même examinait. Elle s'arrêta sur un cliché de la gorge meurtrie de Claire Estageau. Gros plan sur une bande horizontale, inégale, violette, presque noire, qui s'enfonçait d'un bon demi-centimètre de profondeur dans le derme. La ligne de mort. Un lien qui avait enserré son cou et s'était refermé de plus en plus fort. Chaque kilo de pression supplémentaire faisant grossir les battements de cœur de Claire dans sa gorge, privant son cerveau d'oxygène, sa conscience d'espoir. La peur avait dû croître en même temps. La tension dans ses muscles, tentative désespérée de fuite, de libération. Panique. Suffocation. Tête qui va exploser. Trachée qui s'enfonce petit à petit, le filet d'air se tarit. Terreur absolue. Ombres qui grandissent à mesure que le cerveau étouffe, la vision se rétrécit, sensation que la mort se penche sur vous. Convulsions mécaniques. Les vaisseaux explosent dans les yeux. Les dernières secondes de vie, comprendre que c'est fini. Sentir les pétillements décisifs de la vie qui s'étiolent. Une ultime secousse. La vision se fige. L'esprit fonctionne encore un court instant, juste assez pour saisir que plus rien dans l'organisme n'obéit, la pensée prisonnière d'un sarcophage de chair et de liquides qui, pour la première fois, ne sont plus en mouvement, sensation finale de pesanteur. L'obscurité qui croît.

Fini.

Ludivine souffla, comme pour chasser d'elle cette impression d'être brièvement morte avec Claire Estageau.

Puis elle remarqua la boule violacée presque au centre du sillon. Une marque plus large, de la taille d'une pièce de vingt centimes.

Ludivine tapota dessus avec son ongle.

— Les paupières ouvertes, dit-elle froidement.

— Pardon ?

Prenant soin de se pencher vers Torrens pour pouvoir parler tout bas malgré la rumeur des réacteurs, Ludivine précisa sa pensée :

— Le scotch, c'était pour lui garder les paupières ouvertes. Elle n'a pas le choix, il est sur elle, et il serre de plus en plus, l'obligeant à le regarder pendant qu'il la tue. Le rond là au milieu, c'est l'empreinte du nœud du lien. Donc il tirait par-devant. Il était face à elle. Le scotch, c'était pour l'empêcher de fermer les yeux.

Torrens approuva.

— Conclusion : il assume ses crimes. Après ce qu'il a fait dans l'Est, il y a trente ans, c'est cohérent. Aucune culpabilité. Au contraire même, tuer est le moteur. L'acte lui-même. Tuer n'est pas une nécessité juste pour les faire taire. Il veut les voir mourir et qu'elles le sachent. Un pervers complet. Il les viole en même temps.

— Il jouit pendant qu'elles rendent leur dernier souffle, conclut Ludivine d'une voix cassée par le dégoût. Et il ne met pas de tête d'oiseau cette fois ?

— Non. Mais il s'acharne. Nombreuses lésions sur les parois du vagin. Les viols sont brutaux. Et le légiste a été malin, il a effectué des prélèvements : traces de Javel dans le sexe. Sur les deux victimes.

— Charon les... nettoie ? Pourtant il y a du sperme...

— Ça signifie qu'il les lave à la Javel *avant*.

Ludivine fronçait les sourcils.

— Elles sont indignes de lui ? Il doit les préparer pour les prendre ?

Torrens dodelina de la tête, habitée par une autre théorie.

— Dans les années 1980, le sanctuaire qu'il préparait pour accueillir ses victimes, c'était la cave sous la mine, avec les crucifix qu'il peignait. Désormais, il n'en a plus besoin. Car le sanctuaire, ce sont les filles directement.

Il les prépare, elles, pour le recevoir. Il gagne du temps. Et surtout, il est mobile, il n'a plus à les emmener là où il a besoin, il peut les prendre où il veut.

Ludivine fit la moue, pas totalement convaincue.

— Et la victime précédente ? demanda-t-elle. Elle vivait dans le même secteur ?

— À moins d'une heure l'une de l'autre. Les corps ont été jetés en forêt, à vingt bornes de distance. Sans rituel apparent. Cette fois, c'est la fille qui l'intéresse, le lieu de dépose semble anodin.

— Il a modifié son mode opératoire. Son fantasme a évolué, ou il l'a corrigé parce qu'il y a vu une faiblesse ?

Torrens passa au second dossier, nommé au marqueur « Anne Khari ». Elle lui tendit la photo. Ludivine fut immédiatement capturée par l'intensité du regard. Vif. Clair. *Audacieux*. Pommettes rebondies, son sourire déployait une myriade de fines rides. *La trentaine à peine, mais marquée par la vie, par… le sport.* Ses épaules étaient nues sur la photo, vigoureuses. On devinait une femme sèche physiquement, solide.

Ludivine posa les deux clichés côte à côte.

— Brunes toutes les deux, nota-t-elle. Jolies. Globalement dans la même tranche d'âge. Blanches. Une est un tout petit peu ronde, l'autre tout le contraire. Mais il y a une tonalité comparable entre elles.

— Ça pourrait être un critère de sélection, confirma Torrens en faisant tourner les pages qu'elle tenait entre les mains. Mais pour le coup, Anne Khari est une fonceuse. Indépendante. Elle court des semi-marathons, multiplie les randonnées, est inscrite en salle de fitness, décrite comme une gentille mais pas naïve… c'est pas, a priori, une proie facile. Vous voyez où je veux en venir ?

— Si Charon a dans la soixantaine, il prend de gros risques avec elle. Il faut pouvoir la maîtriser.

— Partons du principe que, puisqu'il tue depuis près de quarante ans, c'est toute son existence, il ne vit que pour ça. Donc il a le physique pour.

— Il s'entretient. Beaucoup même. Un ascète ?

— Possible. Son physique est un outil pour ce qu'il fait en tout cas, il ne peut pas l'avoir négligé. Au-delà, il a une telle expertise qu'il doit *sentir* ses proies : si elles le repèrent, si elles se méfient trop, le bon ou le mauvais moment.

Ludivine embraya :

— Et il doit savoir comment procéder. Ses gestes sont sûrs. Sa méthode parfaite. Si ça dérape, il a un plan B, voire C. Jamais pris au dépourvu. Sinon il aurait déjà commis trop d'erreurs, on l'aurait chopé. Son ADN ne ressort jamais entre 1990 et cette année ?

— Non.

Ludivine fit claquer sa langue.

— Ça colle pas. Trop long. Il planquait ses victimes à l'époque, mais les dernières, il veut qu'on les trouve. Plusieurs décennies… Il était à l'étranger ? Ou en taule pour une très longue peine ?

— S'il avait plongé pour un crime, on aurait son ADN dans nos bases de données, sauf si… Je vais demander à vos amis de la SR de Paris de nous sortir la liste de tous les criminels sexuels et les assassins qui ont été incarcérés dans ce laps de temps, ça nous fera déjà une base de travail. Normalement ils devraient être dans le fichier génétique s'ils ont été jugés, mais on ne va pas se mentir, il y a eu pas mal de ratés sur les anciens détenus, on ne peut pas tout miser sur l'ADN.

Ludivine approuva. Depuis la création du FNAEG[1], quantité de criminels s'étaient vu prélever leur ADN en prison, mais sur le nombre, il y avait eu quelques oublis, et une quantité non négligeable de prélèvements mal effectués dont on ne pouvait se rendre compte qu'en ciblant individuellement et en refaisant une comparaison génétique. Donc l'erreur était hélas possible, et statistiquement encore trop importante pour ne pas en tenir compte. Et puis, Charon était un malin. *Au point d'avoir grugé le système ?* Ludivine savait qu'à l'époque des premiers prélèvements, des individus étaient parvenus à fausser les résultats en embrassant juste avant, pour que la salive d'un autre soit en grande quantité dans leur bouche et ainsi que ça soit l'ADN majoritaire, donc pas le leur, qui soit référencé. La plupart avaient engendré une nouvelle salve de récoltes, mais d'autres étaient ainsi passés au travers. Charon était-il à ce point calculateur ? *Pas impossible*, confirma Ludivine. *Même tout à fait probable vu son machiavélisme.*

Trop absorbées par leurs déductions, les deux gendarmes n'avaient pas prêté attention à l'hôtesse qui venait d'apparaître, avec son chariot à boissons. Celle-ci renversa le verre de soda qu'elle tenait à la main et se rattrapa in extremis au dossier du fauteuil le plus proche.

Elle venait de voir la photo posée sur la tablette de Ludivine. Claire Estageau, nue sur une table d'autopsie, la gorge barrée par un trait obscur.

Crue. Vraie. Quasi palpable.

La mort.

---

1. Fichier national automatisé des empreintes génétiques.

18.

L'homme parlait posément, la voix tenue, le regard franc. Mais lorsqu'il se courbait vers la table basse pour saisir sa tasse, ses doigts tremblants trahissaient sa nervosité intérieure, sa fébrilité. *A-t-il dormi ces trois dernières semaines ?* s'interrogea Ludivine. Depuis que des gendarmes avaient sonné à sa porte pour lui annoncer que celle qu'il s'apprêtait à épouser venait d'être retrouvée, morte, jetée dans le fossé d'une forêt, comme un vulgaire sac d'ordures.

Thierry Ahouar, quarante ans, toison hirsute, joues avachies, menton rond, peau luisante, avala une gorgée de café, hésita, puis en prit une deuxième.

— Je ne sais pas ce que je peux vous dire de plus, conclut-il de sa voix lourde.

Torrens avait déjà noirci plusieurs pages de son carnet de notes ; de plus, le dictaphone de son téléphone enregistrait toute la conversation depuis presque deux heures.

Ahouar avait commencé à répéter ce qu'il avait déjà raconté aux enquêteurs de la SR de Bordeaux-Bouliac, avant que Lucie Torrens ne l'interrompe pour lui expliquer qu'elles étaient moins intéressées par les faits, qui étaient déjà détaillés dans les procès-verbaux, que par la personnalité de Claire. Ce que la cheffe d'escadron n'avait pas précisé, c'était la raison de son intérêt. Dresser une victimologie détaillée. Comprendre Claire Estageau, c'était comprendre son assassin. Les tueurs en série comme Charon, aussi méticuleux, aussi profondément ancrés dans leurs fantasmes, mais également très pragmatiques pour ne pas se faire prendre, se reflétaient en partie dans le choix de leurs victimes.

Thierry Ahouar avait répondu sans rechigner à toutes les questions et ce qu'il en ressortait en premier lieu, c'était son admiration pour elle. Et la distance qu'il mettait entre sa mort et ses émotions. Tôt ou tard, il allait se la prendre en pleine face. Ludivine savait de quoi elle parlait. Ça le briserait en morceaux.

— Donc elle ne sortait pas ? insista Torrens. Pas un verre entre collègues, pas de cours de danse ou autres ?

— Non. Elle travaille… travaillait beaucoup, et le reste du temps elle était casanière, à lire ou à regarder son iPad.

Il eut alors un rire sec, mécanique, presque cruel. Ludivine pencha la tête, intriguée, attendant la suite.

— C'est dégueulasse, la vie, fit-il. Je réalise que… Vous savez ce qu'elle adorait ? Les émissions sur les crimes. Les histoires vraies, pas les films, hein ! Elle était incollable sur tous les faits divers, surtout les plus tordus… Je…

Il secoua la tête, incapable de mettre plus de mots sur ce qu'il ressentait ou qu'il refusait d'aller explorer dans son cœur trop fragile pour affronter le tsunami qui l'attendait s'il fouillait davantage.

— Vous savez qu'ils n'ont pas voulu la changer en brune ? dit-il après avoir reposé sa tasse. Avant de la mettre en terre, j'aurais aimé qu'elle redevienne comme je l'ai toujours connue. Ils ont pas voulu.

— Je suis désolée, fit Ludivine en se montrant compatissante.

— Pourquoi ? Elle était comment ?

— Claire venait de se teindre en blond. Mais je l'ai à peine vue comme ça. Pour moi, Claire, elle était brune. C'est comme ça que j'aurais voulu qu'ils l'enterrent.

Les deux femmes se jetèrent un regard entendu. Aucune n'avait tilté sur la couleur des cheveux. Les photos d'autopsie montraient une tignasse rougie par le sang, mais elles auraient dû noter la teinture. Elles étaient allées trop vite. Ludivine n'était pas sûre de bien savoir quoi faire de cette information, mais elle l'enregistra dans un coin de sa tête pour le cas où.

— Elle s'est teinte combien de temps avant sa disparition, vous vous souvenez ?

— C'était tout récent. Peut-être quatre ou cinq jours avant.

Elles posèrent encore quelques questions, offrirent toutes leurs condoléances à Thierry Ahouar, et lorsqu'elles furent dans la cage d'escalier de l'immeuble, Torrens sortit le dossier pour y chercher frénétiquement une page en particulier. Elle l'extirpa pour la consulter avec Ludivine, et lut la phrase :

« Trouvé dans les cheveux de la victime un fil synthétique noir de 39 cm de long. »

— Merde, lâcha Ludivine. Il lui a mis une perruque.

— Charon n'est pas du genre à sauter sur sa proie sans avoir pris le temps de la repérer, de la surveiller.

Il doit tout savoir d'elle avant d'agir, pour ne pas commettre d'erreur. Il y a passé des jours, probablement des semaines même.

Ludivine voyait enfin où sa supérieure avait voulu en venir.

— Et donc elle était brune quand il l'a choisie. La perruque, c'était pour qu'elle redevienne comme il l'avait voulue. Faites voir le rapport d'autopsie d'Anne Khari…

Ludivine s'arrêta sur les photos. La même lacération sinistre dans la gorge. Les mêmes traces d'adhésif dans les sourcils, mais pour elle, presque aucun coup porté au visage. Rien à voir avec l'acharnement qui avait ravagé Claire.

— Anne était comme il la voulait, pas Claire, comprit Ludivine. Il l'a frappée pour ça. Pour lui faire payer ce changement. Elle a presque tout fait rater. C'est un colérique. Il se contrôle jusqu'à un certain point, probablement imperturbable en public, mais dans l'intimité, s'il se lâche, c'est une bête. Tout remonte, tout ressort.

Torrens approuva mais elle referma le dossier en entendant une porte s'ouvrir dans les étages.

Les deux gendarmes se mirent alors à déambuler dans la cage d'escalier, dans le hall, jusqu'aux caves, pour prendre le pouls du bâtiment. Elles finirent dehors, sur le petit parking, entre les buissons. Aucune caméra. C'était un lotissement milieu de gamme, limite vétuste. Charon était venu ici, sur ce parking, ça ne faisait aucun doute. Parfait pour observer, pour guetter, pour attendre.

Pourtant, la multitude de fenêtres, les personnes âgées qui se connaissaient toutes et se saluaient par leurs noms n'en faisaient pas un lieu très facile d'accès. Charon n'était pas entré. Il n'avait pas pris ce risque. *Il a frappé à l'extérieur,* songea Ludivine.

Comment l'a-t-il attirée dehors, près de ce terrain vague ? Elle n'avait aucune raison connue d'y aller ce matin-là... Aucun appel entrant ou SMS pour la faire venir. Elle y avait déjà rendez-vous ?

Elles décidèrent de se rendre sur place avec la voiture prêtée par la section d'appui judiciaire. Torrens conduisait. C'était un territoire aride en bord de route, hérissé de taillis denses, de buttes derrière lesquelles se cacher, et surtout de détritus qui prouvaient qu'il y avait du passage. En pleine matinée, si près d'une rue fréquentée, même si Charon avait pu s'abriter, il y avait un manque d'intimité qui ne collait pas avec l'image que Ludivine commençait à se faire de lui.

— Vous pensez la même chose que moi ? demanda Torrens.

— C'est pas ici qu'il a agi.

On y avait retrouvé le téléphone de Claire, rien de plus.

— Il a jeté le portable par la fenêtre en passant, expliqua la cheffe. Claire a été enlevée ailleurs.

— Entre son appartement et ici, je ne vois aucun endroit idéal, c'est passant, des témoins auraient vu l'agression, et ça ne lui ressemble pas. Non, il a été beaucoup plus prudent que ça.

— Dans l'immeuble ? Pendant la nuit.

— Risqué tout de même. Faut être sûr de soi, s'il n'est pas parfait, si elle a le temps de crier, c'est foutu.

— Il est sûr de lui. Il a l'expérience. C'est une machine. Et il ne laisse rien au hasard je vous rappelle. Il a le culot de faire ça dans l'immeuble.

Depuis l'habitacle de sa voiture garée sur le bas-côté du terrain vague, Ludivine voyait défiler les véhicules devant eux. Elle cogitait à tout va.

— Dans *son* appart, dit-elle. S'introduire chez elle, c'est déjà commencer le viol, faire monter son excitation à lui.

— Aucune trace d'effraction notée par les TIC, pas d'ADN de Charon relevé dans l'habitation non plus.

— Même pas dans ses draps ?

Torrens fouillait les rapports, elle fit « non » de la tête. Puis soudain elle s'arrêta et se rapprocha d'une photo de la chambre.

— Où sont les draps ? demanda-t-elle en tendant le cliché à Ludivine.

Une balise jaune marquée du chiffre 8 en noir était disposée sur le matelas à nu.

Coup d'accélérateur et de volant, et en un crissement de pneus elles fonçaient de nouveau chez Claire et Thierry Ahouar. Celui-ci leur ouvrit, surpris.

Torrens lui montra la photo.

— C'est vous qui aviez retiré les draps avant que nos équipes ne débarquent ?

— Euh… non. Non, je me souviens d'avoir vu le lit comme ça, mais j'ai juste pensé que c'était Claire qui… Elle fait souvent ça quand elle change les draps, elle les retire mais ne met pas les autres tout de suite, ça aère le matelas je crois. Enfin c'est ce qu'elle dit. Disait, pardon.

— Et ces draps sales, vous les avez trouvés ensuite ? insista Ludivine.

Ahouar eut alors l'air contrarié.

— Je... je me rappelle pas lesquels c'étaient avant que je parte, mais... à vrai dire, non, je crois pas. En fait, maintenant que vous le dites, j'ai pas vu de draps sales, c'est vrai.

Ludivine sentit un filet glacé lui couler le long de l'échine.

Charon était venu dans l'appartement.

Et il avait emporté Claire, et la preuve de son passage.

Restait une question. Comment avait-il fait pour sortir de l'immeuble avec sa victime sans prendre le risque d'être vu, même au cœur de la nuit ? Charon était bien trop prudent pour tenter le diable. Non, il avait un mode opératoire très précis. Qui ne laissait aucune chance à personne.

Pas même aux enquêteurs. Cela faisait bien trop longtemps que ça durait pour espérer une erreur de sa part. C'était à Torrens et à Ludivine de se montrer plus fortes que lui.

Juste un peu de temps. C'est tout ce dont nous avons besoin. Un peu de temps pour disséquer ta méthode.

Ludivine en était convaincue, si parfait fût-il, Charon se dévoilait un peu à travers chacun de ses crimes. Elles allaient le comprendre, le cerner. Jusqu'à découvrir ses failles. Alors elles s'y engouffreraient.

Juste encore un peu de temps.

19.

La Corniche était un sanctuaire du chic et de la détente cosy posé sur le toit du bassin d'Arcachon. Entre les embruns de la mer qu'elle dominait et les effluves des pinèdes, l'immense terrasse de sable avait tout du balcon sur le paradis.

Sauf que les anges qui la fréquentaient étaient beaucoup trop branchés, élégants – et presque prétentieux – pour Ludivine, qui n'était jamais très à l'aise dans ce milieu. Une faune Ralph Lauren en chino blanc, montre dispendieuse au poignet, sourire parfait et accolades entendues entre deux verres. Ce n'était pas son monde, même si elle était partagée entre envie et rejet. Une forme d'insouciance et de luxe à laquelle il était difficile de ne pas vouloir s'identifier, comme la promesse illusoire d'un bonheur plus facile.

Un vendredi du tout début avril, le lieu était clairsemé, essentiellement colonisé par des habitués qui dévisageaient ces deux femmes pas tout à fait dans le ton, ni dans leurs tenues trop banales ni dans leurs attitudes trop strictes. Lars Khari, le père d'Anne, la deuxième victime récente de Charon, leur avait donné rendez-vous ici, et aucune des deux gendarmes ne s'était attendue à ce décor. Elles se firent conduire jusqu'à sa table, tout au fond des installations, par-delà les lames de teck, dans le sable, jusqu'aux transats les plus éloignés possible, cernés d'épis d'oyats qui dansaient dans la brise tiède de l'après-midi.

L'homme n'était pas loin de la soixantaine, coquet avec son jean délavé et son pull Lacoste parfaitement disposé sur sa chemise de lin immaculée, le vieux beau dans toute sa splendeur. Il avait ôté ses mocassins pour enfoncer ses pieds dans le sable et guettait l'horizon, le visage fermé. Il se leva pour les saluer, retira ses lunettes de soleil et dévoila ses yeux d'un bleu blessé profond qui griffa le cœur de Ludivine instantanément. L'ourlet rouge en dessous trahissait les affres qu'il traversait.

Il ne traverse rien, se corrigea Ludivine aussitôt. *Il s'y enfonce. Il n'en ressortira jamais.*

L'homme avait perdu sa fille, son lien le plus absolu avec la vie, la joie.

Il les invita à s'asseoir et commanda d'un claquement de doigts de l'eau pour les rafraîchir. Prévenant et impérieux.

En face, l'océan s'étirait sans fin, plaque de cobalt liquide sous une nappe de nuages bouffis et lents. Mais le regard était surtout attiré sur le côté par l'immense dune du Pilat, majestueuse montagne dorée, semblable au dos d'un monstre endormi depuis des siècles.

Le contraste entre l'environnement et la tension dans ce qu'ils avaient à se raconter était saisissant. Malaisant, estima Ludivine.

— Je suis prêt à tout pour que vous coinciez celui qui a fait ça à Anne, annonça Lars Khari. Je vous donne toutes les autorisations dont vous auriez besoin, et je me plierai à toutes vos demandes.

Il avait la voix éraillée, sans que Ludivine sache si c'était naturel ou le résultat de son état actuel.

Lucie Torrens et Ludivine se présentèrent plus en détail et exposèrent la raison de leur venue. Mieux connaître Anne. Sa personnalité.

— Une battante. Une féroce, dit le père en guise de réponse. Elle ne se sera pas laissé faire, j'en suis certain. Elle lui a donné du fil à retordre. Je n'ai pas pu accéder au rapport de vos confrères, mais je suis sûr qu'elle a lutté. Le fumier en a bavé.

Ludivine espérait qu'il n'aurait jamais accès à l'autopsie. Il était des détails qu'un père ne devait pas savoir. *Comme les griffures en demi-cercle à l'intérieur de ses mains.* Preuve qu'Anne avait souffert le martyre, jusqu'à serrer si fort les poings qu'elle s'était enfoncé les ongles dans les paumes. Encore et encore. Mais Ludivine savait aussi que s'il y avait un procès, ce serait le genre de détail qui serait exposé à tous, y compris aux familles.

— Nous avons cru comprendre qu'Anne était sportive...

— Oui, très. Depuis toute petite. Une hyperactive, toujours ce besoin de bouger, de faire quelque chose. Quand venait le week-end, elle nous sautait dessus pour savoir ce qu'on avait prévu, et si elle n'avait pas sa dose d'activité, je peux vous dire qu'elle nous le faisait payer !

L'évocation lui arracha un sourire qui déploya toutes les rides de son visage bruni par le soleil, creusées par le chagrin.

— Méfiante aussi, il me semble ? tenta Ludivine.

— Pas naïve, je dirais. Anne savait que le monde est dur, rempli d'arrivistes, de chasseurs et de profiteurs. Elle savait les éviter ou les écarter.

— Est-ce qu'elle avait une forme de routine ?

— En dehors de son boulot ? J'imagine, oui, par nécessité, les courses, ses activités habituelles, sportives notamment. Mais Anne était du genre à se lasser vite, elle changeait régulièrement. Elle sortait un peu le soir, avec des collègues, elle savait profiter.

— Célibataire ? s'enquit Torrens.

— Oui.

Tout était sous-entendu dans ce simple mot. Le ton, le regard, le souffle. Lars le regrettait. Sa précieuse fille n'était jamais parvenue à se poser, à trouver le bon.

— Anne était ingénieure agricole, se souvint Torrens, elle avait de bonnes relations avec ses équipes ?

— Elle ne s'est jamais plainte d'elles en tout cas.

— Des lieux qu'elle fréquentait régulièrement, en dehors de son travail ? demanda Ludivine.

Lars haussa les épaules.

— Sa salle de sport, les chemins où elle allait courir, quelques bars entre amis, rien de particulier, je crois.

— Centre commercial ? Boutiques, restaurants réguliers ?

— Non. Elle était plutôt adepte des achats Internet. Vous savez, Amazon, Vinted, Etsy, ce genre de trucs. Elle en recevait et en renvoyait tout le temps.

Ce n'était pas de là qu'était venu le danger. L'anonymat des transactions et le fait de tout faire depuis chez soi, sans avoir à sortir, étaient au contraire une protection. Anne Khari avait disparu en pleine journée, entre l'heure du déjeuner où elle avait appelé une amie et le milieu d'après-midi où son téléphone avait été coupé et jeté en bord de route, à trois kilomètres de chez elle. Les enquêteurs de la SR penchaient pour la logique et le tristement habituel : Anne Khari était sortie faire du sport, et s'était fait enlever à ce moment, en bordure de forêt. Sauf qu'aucun témoin ne l'avait vue sortir et, plus problématique encore : ses chaussures de course ou de fitness étaient encore chez elle. Impossible, en revanche, d'établir avec précision quels vêtements elle portait au moment de sa disparition. Son corps était nu lorsqu'il avait été retrouvé et ses proches incapables d'établir ce qui pouvait manquer dans ses penderies.

— J'ai accès à ses e-mails, précisa le père avant de prendre une profonde inspiration pour se donner la force de tenir. Nous étions vraiment proches, elle m'avait donné ses codes pour qu'on se rende des services parfois. Et vous pensez bien que j'ai regardé s'il y avait eu des échanges, disons… douteux, avec un homme. Mais rien.

Quel enfer cela a dû être pour lui, imagina Ludivine. Devoir se replonger dans toute la vie virtuelle de sa fille, savoir que tous ces échanges demeureraient à jamais figés, sans réponse… Chaque e-mail sonnant comme un rappel implacable de sa perte.

Torrens hocha la tête, pensive.

— Vous avez fourni ces accès aux gendarmes qui vous ont interrogé la première fois ? s'enquit-elle.

Ils ont des moyens d'aller vérifier, dans le disque dur notamment, ce qui a été détruit…

— Oui, bien sûr. Aux dernières nouvelles, ils m'ont dit n'avoir rien trouvé.

Ils continuèrent leur échange pendant un long moment, jusqu'à ce que le soleil apparaisse sous la ligne des nuages et vienne poser sur eux un filtre chaud. Anne Khari se dévoilait peu à peu. Et tout dans le récit de son père confortait le portrait que les enquêtrices en avaient déjà. Femme forte, solide, dynamique. Lucide. Ouverte mais prudente. À la vie bien réglée, mais qui ne s'interdisait jamais le changement, la surprise.

La proie la plus difficile possible pour un tueur. Méfiante, capable de voir venir, de dire non, de se battre. Dure à cerner, à approcher, encore plus à dominer. Généralement, ce profil de victime était rare, et exclusivement observé lors de crimes d'opportunité. Le mauvais endroit au mauvais moment. Prise par surprise, en position de faiblesse. Le grand classique était le cas de la joggeuse. Concentrée sur son effort, moins attentive, fatiguée, isolée en bord de route. C'était pour cela que la SR de Bordeaux privilégiait cette hypothèse, même si rien ne semblait converger dans ce sens.

Mais Ludivine et Lucie le savaient, Charon n'avait pas pris Anne juste parce qu'elle était disponible quand il passait. Il l'avait sélectionnée elle, pour ce qu'elle était. C'était sa méthode. Il était bien trop organisé et dominateur pour se laisser imposer ses victimes par le hasard. Subir, c'était perdre le contrôle, prendre le risque de faire confiance à la vie. Charon n'était pas comme ça. Jamais. Il ne laissait rien à la chance. Il devait tout maîtriser, du début à la fin, pour s'assurer que rien ne lui échapperait. Qu'il ne commettrait pas d'erreur. C'était la seule explication à son improbable longévité.

Il avait pris le temps de l'observer, de dresser son emploi du temps, d'apprendre à la connaître, cela ne faisait aucun doute pour les deux gendarmes. Minutieux, il attendait son heure. Il voulait une fille qui correspondait à son fantasme, il était capable de s'introduire chez elle, en tout cas il l'avait fait chez Claire Estageau. Un méticuleux.

Qu'il ait pu choisir une personnalité aussi forte qu'Anne Khari montrait à quel point il était sophistiqué, sûr de lui. Le niveau de difficulté que créait la proie trahissait le niveau de compétence et d'affirmation de soi du tueur.

Dans ce cas présent, c'était presque de la prétention.

Charon avait visé très haut.

Et il a réussi.

Lars Khari finit par se lever, son visage affaissé par l'éprouvante séance. Devoir évoquer sa fille, ce qu'elle était, tout ce qu'il avait perdu pour toujours, avait tiré ses traits, l'avait vidé de ce qu'il restait de sa superbe deux heures plus tôt. Ludivine prit la main qu'il lui tendait et la garda dans la sienne un peu plus longtemps qu'il n'aurait fallu. Elle le fixait avec tendresse, compassion. Elle aurait presque voulu le prendre dans ses bras, comme ce père qu'elle n'avait plus. Le soutenir physiquement. Il le perçut et la remercia d'un geste du menton, puis s'éclipsa entre les parasols refermés.

— Je déteste cette partie du job, lâcha Ludivine en se rasseyant.

Torrens, plus concentrée et professionnelle, enchaîna :

— Claire et Anne, c'est le jour et la nuit. Le critère commun, c'est la couleur de cheveux, avant que Claire ne se teigne. Il enlève Anne le 10 décembre, son corps est retrouvé le 17, et d'après le rapport, elle avait été tuée la veille. Il l'a donc gardée six jours avec lui. Alors que pour Claire, disparition dans la nuit du 4 au 5 mars, tuée aux environs du 6, son corps a séjourné ensuite un moment dans les bois, comme en témoigne la dégradation liée aux insectes et autres animaux.

— Il l'a gardée seulement vingt-quatre heures. Et, enragé, il s'est acharné sur son visage, compléta Ludivine qui suivait le raisonnement de sa cheffe. Pour lui faire payer d'avoir touché à ses cheveux ? D'avoir foutu en l'air son fantasme ? Même avec une perruque brune, ça n'était pas pareil. Parce qu'il *savait* au fond de lui que ce n'était plus une brune. C'est possible.

— Ça conforte notre sentiment qu'il agit seul. Le fantasme chez lui est primordial, s'il n'est pas respecté, il devient dingue. On cherche un homme d'au moins soixante ans, probablement blanc vu que toutes les victimes le sont, mais c'est à prendre avec des pincettes. Il s'entretient, voire il est très sportif. Un maniaque, qui ne laisse rien passer. Le désordre doit l'énerver. Violeur en série, casier dans ce sens ? À surveiller. Possiblement incarcéré entre les années 1990 et aujourd'hui. Il a vécu dans la région de Fulheim autrefois, et semble connaître le secteur de Bordeaux à présent. Le profil commence à se réduire.

Ludivine fit la moue.

— Sauf que les filles des années 1980 n'étaient pas toutes brunes.

— C'était il y a longtemps. Il a pu affiner son obsession.

Ludivine acquiesça mollement. Toutes exerçaient des professions différentes, variées, il n'y avait aucun lien de ce côté. Pas plus que dans leurs personnalités, qui allaient de la femme effacée, timide, à la conquérante enthousiaste qui s'affirmait. Lucie Torrens devait avoir raison, le seul critère qui collait avec les deux dernières, c'était la couleur de leurs cheveux lorsqu'il les avait repérées.

Les deux gendarmes finirent par se remettre en route vers leur hôtel, un établissement sans saveur près de la rocade. Le lendemain, il leur restait à aller sur les lieux où les corps avaient été retrouvés, ensuite elles iraient voir les membres de la SR de Bordeaux-Bouliac.

Elles s'entendirent pour se contenter d'un sandwich qu'elles prirent chacune dans leur chambre, pour se reposer, souffler un peu. Ludivine appela Marc et ils se parlèrent une demi-heure pour se raconter ce qu'ils pouvaient. Il lui manquait. La chaleur de sa présence, la nuit, avec elle. Son odeur aussi. *Son corps.* Elle avait envie de lui, là, maintenant. Pour se sentir vivre, pour échapper au sordide, pour s'épuiser. L'accueillir en elle, c'était se prolonger, s'entremêler, ne plus être solitaire.

— Je sais pas comment tu faisais pour vivre dans cette grande maison seule, lui dit-il de sa voix posée. Quand tu es là, tout est chaleureux, prend du sens, mais là… Les pièces me paraissent immenses, c'est vide.

Ludivine avait insisté pour que Marc s'installe chez elle et y reste, y compris lors de ses absences. Ça devenait petit à petit *chez eux*.

— J'ai trop de personnalité, répondit-elle, j'occupe l'espace, ça doit être ça.

— Je sais que tu seras amenée à bouger avec ton nouveau job, va falloir que je m'habitue. Ou que je prenne un chat.

— Merde. L'homme qui parle d'adopter un animal.

— C'est pathétique ?

— Non, c'est chou. Mais je m'interroge juste : est-ce l'antichambre de la maternité ou au contraire un substitut, pour ne plus avoir à se rendre sur ce terrain ?

— Ouch.

— Oui, je sais, je parle gosses, pardon. Trop de pression. Pour toi comme pour moi.

— C'est pas ça le problème.

— Ah. C'est quoi alors ?

— Tu as dit : « C'est chou. » Personne de ta génération n'utilise cette expression. Tu viens de prendre trente ans d'un coup. Je suis désolé.

Ils rirent ensemble et changèrent de sujet, ils n'étaient pas prêts, ni l'un ni l'autre, à aller plus loin ce soir sur celui-ci.

Lorsqu'elle raccrocha, Ludivine rêvait d'un bain, mais la chambre ne comportait qu'une douche.

Ses cheveux n'étaient pas secs qu'elle était sur son lit, le dossier de l'enquête étalé sur la couette. C'était plus fort qu'elle.

Elle relisait chaque procès-verbal, chaque synthèse, chaque analyse, chaque rapport. Elle n'espérait pas faire la découverte qui changerait tout, ça fonctionnait rarement comme ça, mais juste s'imprégner complètement des faits. Des données. Qu'elles soient toutes en elle, prêtes à servir, à répondre à la moindre des questions qui pourraient surgir avec le temps. Elle finit par en sourire. À défaut de son mec, elle se remplissait avec son job. *J'aurais préféré accueillir l'amour plutôt que la mort*, ironisa-t-elle en enchaînant sur les feuillets suivants.

Et puis ça faisait travailler son inconscient. Pendant la nuit, il gambergerait sur tout ça, il tisserait peut-être des connexions qui lui avaient échappé. Ça ne pouvait pas lui faire de mal.

En es-tu sûre ? Juste avant de dormir, toutes ces photos, ces phrases horribles, ces schémas grotesques.

Par acquit de conscience, Ludivine compara les dates d'enlèvement avec les phases de la lune, on ne savait jamais. Mais aucune pleine lune ou singularité de ce côté-là. Ce n'était pas un illuminé sataniste ou autre fanatique de cet ordre. Elle ne s'attendait pas à trouver quoi que ce soit dans le genre, pas avec Charon. La plupart de ces profils-là avaient des tendances schizophréniques, parfois jusqu'à l'hallucination, au moins auditive. Des criminels désorganisés bien souvent. Lui était un maniaque. Au détail près. Rigoureux. Pas un dépressif suicidaire qui tuait pour tenir non plus. Au contraire, un narcissique qui obligeait ses victimes à le regarder *lui*, pendant qu'il les tuait lentement. Cette autosatisfaction l'avait comblé pendant longtemps. Puis il y avait eu l'interruption.

Et si, à la place de la case prison, c'était juste qu'on n'avait pas encore découvert son charnier suivant ?

Le premier était important. Il l'avait aimé. Sanctuarisé. Pourquoi en aurait-il changé ?

Par prudence. Il avait fait son temps. Continuer d'y aller régulièrement aurait été prendre un immense risque, de plus en plus sérieux à force.

180

Ludivine avait vu passer un e-mail sur la boîte groupée de la cellule d'enquête le midi même. Les experts de l'IRCGN avaient déjà avancé dans l'étude des preuves relevées à la mine de Fulheim. Notamment sur la brèche dans le béton, celle qui avait permis au photographe de descendre, et de tomber sur les corps. L'étude de la coupe mettait en évidence plusieurs couches de ciment superposées, pas toutes de l'exacte même composition, laissant entendre d'époques différentes. La datation par luminescence stimulée optiquement n'était pas assez précise pour obtenir une échelle fiable, surtout sur des matières modernes, il fallait encore approfondir les analyses, mais le premier constat était limpide aux yeux de Ludivine : le tueur était venu plusieurs fois, probablement sur plusieurs années, dans les années 1980, et chaque fois, il perçait au même endroit, avant de refaire un enduit derrière son passage. Il en fallait de la motivation pour venir, encore et encore, pendant une dizaine d'années, fracasser le béton, entrer, descendre un corps, puis refermer soigneusement derrière soi. Certes, le site était totalement abandonné, et on pouvait supposer qu'il s'enfermait avec une chaîne et un cadenas dans le sous-sol pour s'assurer que personne ne le surprenne, mais c'était la preuve que le lieu était important à ses yeux.

Crucial. En changer n'avait pas dû être facile. Seulement par nécessité absolue.

Il avait une maîtrise de lui-même qui dépassait celle de la plupart des psychopathes de son genre. Il ne se laissait pas détruire par ses compulsions.

Ludivine savait que la cellule bossait aussi sur la chaîne et le cadenas brisés trouvés au pied de la porte conduisant au sous-sol. Numéros de série, site de distribution, idéalement retrouver *le* magasin qui les avait vendus et remonter à l'acheteur par le biais des données enregistrées. Carte bleue ? *Non, il est bien plus compétent que ça. Si c'est lui qui les a laissés là, ce qui n'est pas sûr, il les aura piqués quelque part, ou achetés en liquide dans une vieille droguerie pas informatisée.*

Charon ne commettait pas d'erreurs de base.

À bien y réfléchir, Ludivine ne pensait pas qu'il avait un autre charnier dissimulé ailleurs. Il y avait eu un tel changement entre les victimes des années 1980 et les deux récentes, qu'il lui avait fallu mûrir ses fantasmes. Les affiner. Devoir se replonger longuement dans ses souvenirs de mise à mort pour y puiser de la satisfaction. Et lentement, y voir tout ce qui n'allait plus. Ce qui pouvait changer. Faire bouger les lignes. Un tout petit peu…

Avant, il cachait ses victimes. Il n'avait pas besoin d'exister dans le regard du monde, celui de ces filles lui suffisait. Maintenant il les balance dans le fossé d'une forêt, en sachant très bien qu'on les retrouvera tôt ou tard. Il ne veut plus les garder pour lui. Les revoir. Qu'est-ce qui a changé pour en arriver là ?

Ludivine se redressa sur son matelas, les neurones en suractivité.

Ne plus les planquer, c'est vouloir les montrer, c'est…

— Il communique, dit-elle tout haut. Il veut nous parler. Nous dire qu'il existe.

Ludivine était convaincue par ses déductions.

L'anonymat a fait son temps. Désormais, son ego a tellement pris de place, à force de tuer sans jamais se faire prendre, que l'acte ne suffit plus pour le rassasier pleinement, il veut qu'on sache ce qu'il fait. Il nous le montre.

Et si on le laissait faire, tôt ou tard il allait pousser davantage encore la mise en scène. Pour marquer les esprits. Pour choquer. *Pour faire peur.* Car la peur est une forme de pouvoir.

Il faut orienter les médias pour qu'ils ne parlent pas d'un tueur unique mais de groupe, ou ne pas relier les crimes, le pousser à s'indigner, à ce qu'il veuille forcer la reconnaissance, ça l'obligera à se découvrir...

Cela passerait par un nouveau cadavre. Ludivine connaissait cette politique cynique qui s'emparait parfois des enquêteurs. Lorsqu'ils étaient à court de piste, démunis, et qu'ils en venaient à souhaiter un nouveau mort pour nourrir leur espoir d'enfin en tirer une information utile. C'était le pire dans une enquête criminelle, accepter sa défaite et se résoudre à laisser la main au meurtrier. Le genre de pensée qui vous fracassait.

Ludivine se remit à lire, pendant plus d'une heure, accrochée à ses dossiers, l'esprit affûté comme une lame de rasoir à force de concentration. Elle ferait une nuit terrible, pleine de cauchemars, elle le savait, mais à cet instant elle s'en moquait. Chaque ligne comptait. Rien ne lui échappait plus. L'ensemble s'assemblait sous son crâne, elle mémorisait, se souvenir de tout, tout connaître.

Elle parcourait un PV de l'enquête de voisinage concernant l'assassinat de Claire Estageau lorsqu'un élément l'interpella.

Ses yeux passèrent dessus comme si c'était anodin, un détail parmi une multitude d'autres, sans grande importance.

Puis elle se crispa et revint en arrière pour relire la phrase. Encore quelques heures plus tôt, celle-ci n'avait aucun sens particulier. Mais sous l'éclairage de tout ce qu'elle et Lucie venaient de se raconter et d'entendre, chaque mot vibrait d'une portance nouvelle.

Juste de l'encre noire sur papier blanc. Et pourtant son cœur venait de tressauter. Son souffle s'était accéléré.

L'enfoiré...

Ludivine savait comment il faisait.

20.

L'*Été* des *Quatre Saisons* de Vivaldi cognait et crissait contre les murs et les fenêtres tant le son qui sortait des haut-parleurs de la chaîne était fort.

La symphonie se propageait dans toute la maison, des flots de cordes qui tournaient telles des vagues déchaînées et inondaient chaque pièce. Une joie pressante. Impérieuse. L'explosion ordonnée de la nature qui martelait son inexorable répétition et son insubmersible autorité sur tout le reste. Et soudain, cette échappée en soliste, presque une folie, qui joue son cri d'espoir, de ralliement, mais qui ne peut masquer sa profonde mélancolie avant d'être rattrapée et ravalée par la lame de fond.

La pièce de musique ressemblait un peu à la maison elle-même. Solide et unie en surface, dissonante et désespérée en dessous.

Deux assiettes qui séchaient sur le rebord de l'évier frémissaient l'une contre l'autre au gré des ondes. Juste à côté, une porte entrouverte donnait sur le garage fermé, pas celui qui abritait les voitures (celles-ci dormaient en face, dans la grange), mais les établis garnis d'outils en tout genre, parfaitement disposés sur des panneaux de bois où leurs contours avaient été marqués au feutre pour qu'on s'assure bien de les ranger à leur place, et surtout pas à une autre. Au fond du garage, il y avait une armoire sans pieds, posée à même le béton froid. Les battants de cette armoire s'ouvraient sur des blouses et des bleus sales dont les cintres avaient été rabattus de part et d'autre pour libérer le passage. Car au fond, la plaque qui devait normalement composer l'arrière du meuble avait coulissé et révélait une ouverture dans la maçonnerie du garage. Un accès vers une pièce aveugle, autrefois enfilade de locaux techniques, désormais tanière cliquetante et lumineuse en son centre.

Plusieurs dizaines d'horloges anciennes et de pendules murales en constituaient la décoration, égrenant leur lancinant tic-tac parfaitement synchronisé. Sauf que toutes avançaient dans le sens inverse des aiguilles de cadrans traditionnels. Chaque mécanisme avait été démonté puis remonté pour permettre à l'heure de reculer. Celles munies de l'indicateur des secondes se remarquaient en premier, celui-ci courant pour rattraper le temps.

Du plafond pendaient quarante-deux câbles électriques qui se terminaient par une tête de poupée retournée illuminée de l'intérieur par une ampoule jaune. Il y en avait de toutes les tailles. À peine plus grosses qu'un poing, ou plus massives qu'un ballon de foot. Toutes avaient des yeux de verre enfoncés à la place de leurs paupières de plastique, maintenus par du scotch sur les sourcils et les joues. Les yeux avaient tous la même taille, quelle que soit celle de la tête de poupée, donnant aux plus petites un air de manga étrange avec leur regard immense. Leurs bouches étaient systématiquement étirées vers le bas au cutter pour leur imposer un air triste. Effrayé et effrayant.

Une table en acier rivée dans le sol par de gros boulons brillait sous cet éclairage chassieux. Elle était un peu basse pour qu'on puisse y manger, destinant son usage à autre chose. Des étriers gynécologiques sertis de larges menottes confirmaient la destination plus sordide.

Presque au centre, sous une plaque de contreplaqué, la musique de Vivaldi, à présent lointaine, se heurtait au gros bouchon de plastique d'une ancienne fosse septique désormais hors d'usage. Profonde de trois mètres, large de deux sur quatre, elle formait un bac parfaitement étanche, enfoui sous la maison, dans la terre. À l'image d'une tombe oubliée.

Seule la gaine de la VMC qui avait été ajoutée pour transpercer le bouchon trahissait le nouvel usage de la fosse. L'air y circulait.

Lorsque la musique s'arrêta d'un coup, sous la dalle de ciment, blottie dans un coin de la cuve, Chloé perçut la fin des vibrations. Elle resserra ses jambes contre elle et se colla le plus fort possible contre la paroi de plastique.

Elle se mit à trembler. Des spasmes de terreur.

Elle savait ce que cela signifiait désormais.

21.

Lucie Torrens fit passer la bouchée de croissant caoutchouteux du petit déjeuner de l'hôtel avec une gorgée de thé, et laissa le reste dans son assiette.

Ludivine entra dans la salle d'un pas déterminé, ses boucles blondes s'envolant dans l'élan, et se jeta sur la chaise face à sa supérieure plus qu'elle ne s'assit.

— Qu'est-ce qui vous arrive ? s'étonna Torrens.

Ludivine posa sous les yeux de celle-ci une page arrachée au dossier.

— Enquête de voisinage chez Claire Estageau, récita Ludivine sans même lire, deux personnes dans son immeuble parlent d'un livreur, vers neuf heures trente, qui chargeait un gros carton, comme une machine à laver, sur un diable. Il était tout seul.

— Et ?

— C'est lui. C'est comme ça qu'il fait. Claire était dans le carton. Probablement inconsciente.

Torrens afficha une moue sceptique.

— C'est un peu rapide comme raccourci, vous pouvez étayer ?

— Les deux témoins affirment qu'il est reparti avec le gros carton très lourd. Aucun ne l'a vu arriver, comme s'il était là depuis la nuit. Et un type seul pour une livraison de ce genre ?

— Mouais. Réduction des coûts, tout ça. Pour l'instant je ne vous suis pas.

Ludivine fixa sa supérieure et continua :

— Anne Khari était adepte d'e-shopping. Livraisons en tout genre, son père l'a confirmé. Si Charon l'a observée assez longtemps, ce dont je ne doute pas, il l'a remarqué. Il n'a plus qu'à se faire passer pour un livreur, il y en a partout désormais, personne ne fait attention à eux avec leurs camionnettes toutes pareilles. Il sonne, Anne a l'habitude, elle ne se doute de rien, si elle commande beaucoup, elle ne sait même plus ce qui doit arriver ni quand. Et puis les livreurs changent tout le temps, ne pas en reconnaître un ne la rend pas plus méfiante. Il n'a plus qu'à se jeter sur elle et refermer la porte, il est dedans et, compte tenu de sa maîtrise, c'est terminé pour elle.

Torrens recula sur son siège, dubitative mais pas complètement fermée.

— Et il y a un moyen de le prouver, conclut Ludivine.

Cette fois Lucie Torrens pointa son index vers sa collègue, elle avait anticipé et n'eut pas besoin de l'explication. Là, c'était concret, elle la suivait, au moins pour s'assurer que ce n'était pas qu'une déduction fantasque.

De retour dans le petit immeuble où vivait Claire Estageau, les deux gendarmes commencèrent méthodiquement par les appartements du rez-de-chaussée.

Toujours la même procédure : présentation et interrogations. Les propriétaires ou locataires avaient-ils un agenda à jour ? Pouvaient-ils consulter leurs e-mails ? Vérifier leurs bons de commande éventuels, leur courrier si nécessaire ? La question se répétait pour chacun : avaient-ils une livraison prévue le 5 mars ? Par sécurité, les deux enquêtrices du DSC faisaient vérifier autour de cette date, insistaient, surtout avec les personnes plus âgées. Il s'agissait de ne pas passer à côté de l'information. Par chance, la plupart des occupants étaient chez eux, et lorsque personne ne répondait, elles notaient le numéro de la porte pour y revenir un peu plus tard. On était un samedi, peu travaillaient.

La même routine, palier après palier. La même patience, de la persévérance face à l'air circonspect au début, de la méfiance souvent, puis les gens se prenaient au jeu, fouillaient dans leur téléphone ou leur ordinateur pour s'assurer que leur mémoire ne leur jouait pas des tours. Les coups de sonnette se multipliaient, les heures défilaient. Entre deux témoins, Lucie et Ludivine retentaient leur chance là où personne n'avait répondu auparavant. Une à une, les habitations se livraient. Les voisins se connaissaient pour une partie, passant un coup de fil pour faire revenir les absents qui n'étaient jamais bien loin. En quelques heures seulement, tous furent passés au crible : plus efficaces et vernies qu'elles ne l'avaient espéré, les gendarmes firent le tour du voisinage.

En milieu d'après-midi elles sortirent du hall, galvanisées.

Personne, dans aucun des douze appartements, n'avait de livraison ou d'enlèvement de gros électroménager ou autre colis encombrant prévu le 5 mars.

L'hypothèse que l'homme aperçu ait commis une erreur et se soit trompé d'adresse semblait peu probable. Il avait descendu au moins deux étages d'après une voisine, avec son énorme carton manifestement lourd, sur un diable qu'il tirait précautionneusement.

C'était lui. C'était Charon.

Un livreur. Rien de plus banal, anodin.

Invisible.

À tel point qu'aucune des deux femmes qui affirmaient l'avoir remarqué ne pouvait établir un portrait, même grossier, de l'homme. Ni l'âge ni la couleur des cheveux. Une affirmait qu'il avait une casquette noire, l'autre la capuche de son sweat remontée sur son crâne. Une parlait d'une barbe, l'autre d'une écharpe. Les deux s'accordaient sur une taille moyenne. Assez costaud. Un livreur en somme…

Les deux enquêtrices marchaient en direction de leur voiture, Ludivine au téléphone avec Segnon qui était resté à Fulheim.

— Fais passer une note partout sur le territoire, on cherche un livreur louche, dans le profil que je t'ai envoyé hier de préférence. La moindre tentative d'agression, le moindre comportement inquiétant signalé, on doit le savoir. Il a frappé deux fois depuis décembre, s'il poursuit sur son rythme, on a deux mois à peine avant qu'il ne recommence.

Segnon soupira dans le combiné.

— Lulu, possible que ce soit déjà le cas. On vient de nous rapporter une disparition, en banlieue de Bordeaux. Une femme qui allait au boulot. Jamais réapparue.

— Merde. Quel âge ? Brune ?

— Trente-sept. Oui.

Ludivine se figea aussitôt.

— C'était quand ?

— Mardi.

Cinq jours. Cent vingt heures d'enfer absolu. Mais il restait une chance. Si cette fille correspondait en tout point aux critères de Charon, il la garderait vivante le plus longtemps possible. *Jusqu'à ce qu'il la casse à force de jouer avec elle.*

— Il y a encore un espoir. Envoie-moi tout ce que tu as, dit-elle d'une voix vide. On va sur place.

22.

Chloé Maignan posait fièrement, dans sa robe bustier blanche. La photo avait été prise le jour de l'anniversaire de son mari. C'était lui-même qui l'avait expliqué à Ludivine lorsqu'elle avait saisi le cadre pour observer la disparue. Celle-ci approchait de la quarantaine, le coin de ses yeux le trahissait. Pas sa taille, toujours aussi fine. Chloé se donnait un mal de chien pour la maintenir ainsi, Arnaud l'avait dit fièrement, comme si les efforts de son épouse étaient un peu les siens, ce que Ludivine avait trouvé grotesque, avant de se reprendre. Il était dans l'émotion.

Chloé avait un regard franc, le menton levé avec assurance. Des cheveux bruns qui lui tombaient à hauteur de nuque. Une belle femme. Moderne, avec son maquillage léger et ses boucles d'oreilles plus nombreuses d'un côté que de l'autre.

Mariée depuis treize années, mère de deux enfants, elle travaillait dans une entreprise privée de Pessac, près de l'université de Bordeaux, et vivait dans un petit pavillon de Léognan, dans la proche banlieue, un secteur plutôt champêtre.

Arnaud Maignan, lui, avait moins bien vieilli. Il avait perdu ses cheveux à mesure qu'il prenait du ventre, ou inversement. Ses cernes proclamaient son état d'angoisse, mais Ludivine soupçonnait l'homme d'avoir naturellement cet air harassé.

Il avait répondu à chaque question, jamais avare de détails, les mains nouées, incapable de taire les mouvements nerveux de sa jambe. Dans la cuisine, sa mère s'occupait des enfants. Toute la maison étouffait, l'air y était chargé, vicié par l'inquiétude qui s'exhalait de chaque occupant. Arnaud ne comprenait pas pourquoi il n'y avait pas au moins un flic avec eux en permanence. Pour le cas où il recevrait un appel, une demande de rançon. Il s'était imaginé qu'on ne les lâcherait pas, que le quartier serait bouclé, et pourtant rien. En apparence, ils étaient seuls.

Ludivine savait que les téléphones étaient probablement sur écoute, et qu'un bureau entier d'enquêteurs, au minimum, œuvrait sur la disparition de sa femme. Les constatations avaient déjà été effectuées sur place, les pièces et les voitures passées au crible. Laisser une présence ici avec eux, juste pour rassurer, n'aurait été que soustraire une force supplémentaire là où elle était nécessaire, et avec des budgets toujours plus serrés, la justice n'avait plus les moyens de donner dans le sentiment.

Chloé s'était volatilisée depuis cinq jours. Le mardi soir, n'ayant pas de nouvelles d'elle, Arnaud avait prévenu les gendarmes du secteur, qui avaient pris l'appel au sérieux. Ils avaient vérifié dans la foulée auprès de l'employeur de Chloé, qui avait déclaré ne pas l'avoir vue de la journée alors qu'elle avait des échéances importantes. Les gendarmes avaient aussitôt lancé des patrouilles sur la route entre son domicile et son travail. Sa voiture avait été retrouvée dans des fourrés, non loin, à l'orée d'une forêt. Aucune trace suspecte à l'intérieur. Mais la présence de son sac à main avait terminé de mobiliser les forces de la région tout entière.

Phare arrière gauche embouti, impact sur le pare-chocs. La BR avait bien bossé : ils avaient localisé un stop, en plein milieu de la campagne, avec des débris du phare. C'était là qu'il avait frappé. Il avait tendu sa toile, attendant le bon moment pour jaillir de son trou. Le coup de l'accident, avait compris Ludivine. Imparable. Juste ce qu'il fallait de choc pour obliger la conductrice à sortir de son véhicule, et elle devenait une proie facile. Moins d'une minute et elle était à l'arrière d'un autre véhicule, soumise, peut-être déjà inconsciente. Il avait été plus rapide qu'une araignée enrobant son repas dans un cocon bien serré. Impossible de s'enfuir. Plus qu'à attendre d'être dévorée.

Chez les Maignan, Ludivine avait détaillé les photos de famille aimantées sur le frigo. Du bonheur et des rires plaqués sur l'inox comme une revendication. Une en particulier avait attiré son attention. On y voyait Arnaud, déjà cerné, tenant sa femme dans ses bras, qui elle-même tenait sa fille, qui tenait, tout en bas, la petite dernière. Tous arboraient une expression heureuse, on percevait l'union de l'instant. Ludivine était convaincue que c'était un souvenir vif pour eux, un de ces moments rares où tout le monde est au diapason, en communion, et assurément une des photos préférées de Chloé. Cette photo était déclinée en deux petites reproductions sur le côté, et la gendarme en prit un exemplaire.

Louise, la benjamine de la famille, avait fixé Ludivine de ses yeux immenses et dorés. Puis ses prunelles étaient descendues sur sa taille. Elles avaient capturé la présence de son arme à la ceinture, sur le côté. Juste sous sa veste en jean.

— Tu vas *tuer* le vilain qui a fait prisonnière ma maman ? lui avait-elle demandé de sa voix fluette.

Ludivine n'avait su quoi répondre, déstabilisée par le regard, l'innocence et la détermination de la fillette. Elle n'avait pas l'habitude des enfants, elle ne savait pas y faire. À part ceux de Segnon, elle n'en fréquentait pas. Sa première réaction fut de changer de posture pour dissimuler l'arme. Elle avait eu envie de prendre la petite contre elle, de la rassurer physiquement, de la respirer même. Elle s'était contentée d'un sourire de compassion avant de ressortir.

Torrens avait gardé la photo de Chloé vue dans le salon.

À peine dehors, Lucie enchaînait :

— C'est lui. C'est Charon.

Ludivine était du même avis. Le physique de la victime, les circonstances, le cercle géographique. Il accélérait, seulement un mois depuis la précédente.

Parce que cette dernière n'était pas à la hauteur. Claire avait teint ses cheveux. Il s'est acharné sur son visage pour le lui faire payer. Elle a gâché son plaisir, son fantasme. Il avait besoin de vite repartir en chasse.

— Profil entre les deux précédentes.

— Quoi ? fit Ludivine qui n'y était pas.

— Chloé Maignan, c'est une active, lucide, probablement prudente, mais pas non plus renfermée. Du genre à savoir se défendre, à ne pas se laisser duper facilement, mais qui, bien approchée, peut être bernée par sa politesse ou sa gentillesse. En termes de prise de risque pour le tueur, elle se situe entre Claire Estageau et Anne Khari.

Ludivine acquiesça, laissant Lucie poursuivre.

— Le mari a des horaires qui changent, les enfants sont souvent à la maison avec la belle-mère de Chloé, c'était trop compliqué pour Charon de venir chez elle. Il n'a pas pu jouer le livreur, d'où le coup de la voiture.

Elle est encore vivante. Après le fiasco et la déception de la précédente, il va vouloir profiter de celle-ci. Faire durer.

— C'est quoi, cette tête, Ludivine ?

Ludivine ne pouvait se détacher de la photo de Chloé. Son air joyeux. Sûre d'elle. Conquérante. Le monde à sa portée. Féminine et fière. Dans quel état était-elle à présent ? Elles devaient la retrouver. Et vite.

— Ludivine ?

Celle-ci se reprit et hocha la tête.

— Pardon. Oui, il a dû changer son mode opératoire.

— Pas totalement. Il l'a forcément surveillée pour savoir quand et où frapper. Un mois seulement après Claire, ça signifie qu'il a eu du temps pour s'y consacrer. Il ne travaille pas. En tout cas pas en ce moment.

Ludivine approuva, Torrens avait raison : repérer sa nouvelle proie exigeait d'y passer une partie de ses journées, au moins. Errer, chercher, attendre que tous les critères correspondent, en sélectionner une, la prendre en filature, se faire repérer, abandonner pour ne pas éveiller l'attention, changer de secteur, recommencer, jusqu'à tomber sur la bonne. Ensuite, il fallait tout mettre en œuvre pour la traquer, prudemment.

Jour après jour. Décortiquer son quotidien, ses habitudes, ses faiblesses. Appréhender son environnement, choisir le bon endroit, le bon moment.

Il ne pouvait concilier ça avec un boulot en seulement un mois.

« Au chômage ou en congé depuis plusieurs semaines » venait de s'ajouter à son profil. *Ou à la retraite*... Il ne fallait pas négliger cet aspect. *Le papy du crime.* C'en était presque ridicule. Sauf que celui-ci avait une condition physique à faire baver certains jeunes, une expérience sans pareille et une discipline forgée avec l'âge, au point de le rendre implacable. Il y avait des sexagénaires qu'il valait mieux ne pas croiser.

Lucie ouvrit sa portière.

— S'il a fait du repérage aussi rapidement, il n'a peut-être pas été aussi prudent que d'habitude, dit-elle. On va refaire les trajets de Chloé. J'ai pris en note toutes ses habitudes.

Ludivine avait un sérieux doute.

— On cherche quoi ? demanda-t-elle.

— Des caméras de surveillance.

*

La Peugeot 208 filait, presque silencieuse sur la départementale. Ludivine remercia son interlocuteur, le lieutenant-colonel de Rochant, directeur d'enquête sur la disparition de Chloé Maignan à la section de recherche de Bordeaux-Bouliac, et raccrocha.

— Ils pensent que c'est lié à son boulot, exposa-t-elle. Chloé travaillait sur un projet sensible, une base de données des isotopes pour les services judiciaires.

— Ils n'ont pas pris l'hypothèse Charon au sérieux ?

— « C'est une hypothèse à ce stade, rien de plus », a-t-il dit.

— Tu m'étonnes ! Ça signifierait qu'il perdrait l'enquête au profit de la cellule que de Juillast a montée, le juge d'instruction voudra tout rassembler.

Lucie fit crisser le volant en serrant les mains dessus, agacée.

— Tant pis, ça ne nous empêche pas de poursuivre, nous, ajouta-t-elle.

Elles savaient que Chloé Maignan prenait tous les jours ou presque le même itinéraire entre son domicile et son travail. Charon l'avait suivie à ce moment, c'était une évidence. C'était ainsi qu'il avait repéré le stop perdu en pleine campagne.

Les kilomètres défilaient.

Elles étudiaient chaque portion de la route, en essayant de penser comme lui. N'y avait-il pas un autre endroit où il aurait pu frapper ? Dans ce cas, pourquoi au stop ? Qu'est-ce que ça leur apprenait sur sa psychologie ?

Elles sondaient les façades aussi, à la recherche de banques, celles-ci étant riches en caméras de surveillance, mais aucune ne se profilait. Rien que des maisons mornes, des jardins ternes, de petits bois étiques (trop clairsemés pour servir de cachette), des vignes basses, et encore d'autres enfilades de bâtiments hétéroclites.

Magali appela pour savoir ce qu'elles pensaient de la disparition de Chloé Maignan.

— C'est lui, confirma Ludivine. C'est clair que c'est Charon. Pas un banal accident qui dégénère. C'est le coup de l'accident bidon dans un lieu désert, c'est prémédité et sophistiqué. On est allées là où la voiture de la victime a été abandonnée ensuite, c'est juste à côté, il ne s'est pas éloigné beaucoup de son propre véhicule, mais c'est assez planqué pour qu'on ne la remarque pas tout de suite. Suffisamment pour gagner quelques heures, le temps pour lui de quitter le secteur et de se mettre au chaud avec sa proie. Tout est calculé.

Magali soupira dans le combiné, accablée.

— Je transmets et on voit ce qu'ils décident au-dessus, conclut-elle.

— Vous avez la liste des types sortis de taule ? insista Ludivine.

— Yep. On a épinglé vos recommandations sur le tableau. On a commencé par les mecs de plus de cinquante-cinq ans, on privilégie les longues peines, on tape dans les Blancs en priorité, sans écarter tous les autres, on vérifie en premier ceux qui ont des condamnations pour agressions sexuelles ou viols. Le plus long, c'est de trouver leurs adresses dans les années 1970 et 1980, on mettra sur le dessus de la pile ceux qui vivaient pas loin de la mine.

— Et qui désormais sont installés dans la région de Bordeaux, ajouta Ludivine. Tu peux aussi affiner : ceux qui ne bossent pas ou plus depuis au moins un mois. Avec ça, on ne devrait pas avoir beaucoup de candidats à la fin.

— Espérons, souffla Magali. On a également le nez dans les listes du personnel de l'époque, on a gardé l'ingénieur, là, Vronsky, pour qu'il nous aide à faire le tri dans les profils techniques. On planche sur la téléphonie de la région, on cherche d'éventuels témoins récents ou de l'époque, sans parler de toutes les équipes qui interrogent les familles des victimes identifiées, pour dresser une arborescence des fréquentations de leur vivant, voir si on recoupe un nom. Bref, c'est l'enfer. On fait au plus vite mais c'est un...

Ludivine tapa le bout de son doigt contre le pare-brise.

— Là ! À droite !

Une station essence. Moderne. Cela signifiait *bien équipée*.

Elle s'excusa auprès de Magali et raccrocha. Les deux gendarmes se présentèrent à la caisse, cartes bleues barrées des bandes tricolores.

— Vous disposez de combien de caméras ? demanda Lucie.

L'employé était un jeune homme à la face gibbeuse d'acné.

— Euh... Trois, je crois.

— Et vous conservez les enregistrements combien de temps ?

— Bah, il me semble que c'est un mois.

Lucie rangea sa carte en dévoilant, faussement maladroite, son arme à la ceinture, pour appuyer sa fonction.

— La SR de Bordeaux va vous adresser une réquisition judiciaire, en attendant, vous nous montrez ça ?

*

La nuit était tombée sur la petite station-service. Lucie et Ludivine avaient, encore une fois, dîné d'un sandwich industriel acheté sur place, et faisaient défiler les images en accéléré. Un mois de films à décortiquer, c'était fastidieux. Idéalement, il aurait fallu qu'elles disposent des fadettes téléphoniques de Chloé Maignan avec ses bornages, pour avoir une idée plus précise des jours et des heures de passage sur le secteur, mais elles n'avaient pas ça sous la main. Certes, les enquêteurs de la SR de Bordeaux avaient promis de leur envoyer dès lundi matin, mais elles n'avaient pas ce temps.

Chloé n'a pas ce temps, avait songé Ludivine lorsqu'elle piquait du nez, hypnotisée par la monotonie de la tâche.

Elles surmultipliaient la vitesse de lecture pour les horaires tardifs, au point où il devenait presque impossible de reconnaître la moindre voiture, et s'attardaient en priorité sur les matins et les fins de journée, lorsque la Nissan Juke rouge et noir de Chloé pouvait passer. Lucie l'avait repérée sur une bande, trois semaines plus tôt, à s'arrêter faire le plein vers neuf heures moins le quart le matin. C'était déjà bon signe, même si elles n'en avaient rien tiré de concret. Au moins Chloé venait bien ici, sur la route de son boulot.

La voir marcher, dans son jean moulant, en talons, pull mauve, si vivante, si… « normale », avait remué les entrailles de Ludivine, qui pensait à ce qu'elle devait endurer en ce moment. Comment la vie de cette femme avait-elle pu autant basculer en si peu de temps ? Juste parce qu'elle avait attiré le regard d'un monstre. Tout avait volé le temps d'un impact sur son pare-chocs, sans qu'elle puisse rien y faire.

Torrens bâillait et éclusait les canettes de Coca Zero pour tenir. Ludivine avait la bougeotte. Elle n'avait plus eu sa dose de sport depuis trop longtemps. Elle avait besoin de se dépenser, de transpirer, de se vider la tête.

Dans le réduit obscur où elles examinaient les enregistrements des caméras, il n'y avait que le ronron des appareils et celui, étouffé et de plus en plus rare, des clients qui entraient et ressortaient de la station de l'autre côté de la porte fermée.

Sur l'écran, les jours se suivaient. Le ballet de véhicules aussi. Le timecode aidait les deux femmes à suivre la chronologie. Ludivine commençait à sentir venir l'issue de ce marathon télévisuel. Une perte de temps. Des heures à s'épuiser les rétines. Mais il était toujours plus facile de le regretter ensuite que de ne rien tenter. Elles n'avaient pas le choix. Devaient explorer toutes les pistes imaginables.

À vingt-deux heures, le gérant régional débarqua pour s'entretenir avec elles, trop bien habillé pour les circonstances. Il était inquiet de savoir s'il devait prévenir les avocats de la marque. Elles le rassurèrent sur la nature de la procédure et le cadre légal dans lequel elles exerçaient, et surtout sur l'image de la compagnie qui ne serait en rien entachée. Il s'agissait seulement de vérifier ce qui avait été enregistré pendant un mois. Le gérant discuta secrètement avec son employé, qui accepta de rester jusqu'à ce qu'elles aient terminé, soudain très motivé, la prime nocturne venant de tomber. Le cadre repartit à son dîner interrompu.

Elles purent retourner s'enfermer dans leur cagibi, et les bandes défilèrent de nouveau, interminables.

Il ne leur restait plus que dix jours sur trente à avaler. À ce rythme, elles en avaient pour encore une partie de la nuit.

Ludivine se leva.

— Je vais me reprendre un café, vous en voulez ?

Torrens secoua la tête, absorbée.

Lorsque Ludivine revint avec son gobelet brûlant aux arômes synthétiques d'arabica, Torrens était debout face aux écrans.

— Je l'ai ! lança-t-elle froidement.

— Quoi ?

— Chloé, vendredi dernier, quatre jours avant son enlèvement. Elle fait le plein en rentrant. Tenez, là !

La Nissan Juke colorée garée à côté de la pompe. Chloé en train de ranger le pistolet. Une estafette blanche garée en aval.

— Seule ? demanda Ludivine.

— J'ai l'impression, sous cet angle on ne voit pas bien l'habitacle, mais quand elle s'est garée, je n'ai vu aucune autre silhouette à l'intérieur.

L'angle de la caméra permettait de distinguer un bout de la rue en face, et le bas-côté.

— Quelqu'un derrière elle ?

— Il y a eu un 4 × 4, trente secondes après, mais je ne sais pas s'il a tourné pour s'engager dans la station aussi ou s'il a poursuivi.

— L'autre angle ?

La station était équipée de trois caméras, une intérieure et deux extérieures.

— Non, l'autre pointe sur la zone de gonflage des pneus et le côté du bâtiment, il est débile le mec qui a orienté cette cam, elle ne sert pas à grand-chose.

— Et l'estafette devant elle ?

— Déjà là quand Chloé s'est garée, c'est la nana ici.

Lucie désigna le troisième écran, l'intérieur de la boutique où une femme plus large que haute déambulait pesamment entre les armoires à boissons.

Sur le premier moniteur, Chloé attrapa son sac dans sa voiture et sortit du champ pour aller payer. Elle se montra peu après sur la vue intérieure de la boutique.

Les deux gendarmes soupirèrent. Elles n'avaient pas grand-chose à en tirer.

Une silhouette apparut par le bas. Assez massive, capuche rabattue sur la tête, dans ce qui ressemblait à un jogging sombre. Elle s'approcha des véhicules à l'arrêt, souleva un essuie-glace de la Nissan pour y glisser un tract obscur, zébré de jaune pour ce qu'elles purent en distinguer avec la définition approximative, puis ressortit du paysage par le côté. À aucun moment on ne pouvait distinguer son visage. L'individu portait des gants.

Lucie se pencha vers la console.

— Oh, merde…, dit-elle du bout des lèvres. C'est lui.

— J'aimerais bien m'enthousiasmer mais là c'est un peu léger pour accuser ce type, non ?

Lucie Torrens posa son ongle sur l'estafette.

— Il distribue des pubs uniquement sur les Nissan ? Il n'a rien mis sur l'estafette.

Ludivine fit la moue. C'était juste. Mais de là à en déduire que c'était Charon…

La femme à la démarche lourde s'invita à l'image pour monter dans l'estafette et démarrer avant que Chloé n'en fasse autant. La Nissan Juke avança et sortit enfin.

Le film défilait encore. Une trentaine de secondes.

Puis un 4 × 4 noir apparut par le bas. Il était manifestement garé dans la station, mais en retrait, dans un angle mort qui échappait à toute prise de vue.

— C'est le même que celui qui était derrière Chloé sur la route ? s'enquit Ludivine.

Torrens acquiesça, totalement envoûtée par ce qu'elle visionnait.

— C'est lui, j'en suis certaine.

Cette fois, Ludivine déglutit à son tour. Lucie avait raison. Le 4 × 4 était entré mais n'avait ni fait le plein ni acheté quoi que ce soit dans la boutique. Il s'était contenté d'attendre. Sagement dissimulé dans son coin.

Comme un chasseur guette sa proie.

23.

Deux gendarmes de la section de recherche de Bordeaux-Bouliac étaient avec Torrens et Ludivine dans la station-service, à présent fermée au public. Des gars de permanence, pas les plus à même de connaître le dossier de Chloé Maignan, encore moins ceux d'Anne Khari et de Claire Estageau. Ils n'étaient là que pour tirer les choses au clair, savoir qui prévenir, le degré d'urgence, et si procureur dans le cas de Maignan ou juge pour les deux autres devaient se transporter sur les lieux.

Les deux femmes du Département des sciences du comportement avaient eu le temps de noter un maximum d'informations et venaient d'essayer de joindre Segnon, Magali ou même Ferizzi pour les leur transmettre, mais aucun n'était joignable. Elles tentaient de briefer le plus clairement possible leurs deux collègues, insistant sur la nécessité de faire venir le lieutenant-colonel de Rochant, peu importait qu'on soit en plein milieu de la nuit. Le téléphone de Ludivine sonna, c'était Segnon qui rappelait.

— Raconte-moi.

Ludivine sortit de la boutique pour être plus tranquille loin du groupe. L'air frais lui fit du bien.

— On pense qu'on l'a en vidéo, exposa-t-elle. Lui est indiscernable, je peux seulement te dire, par rapport à la hauteur de la bagnole, qu'il doit faire entre un mètre soixante-quinze et un mètre quatre-vingt-cinq à peu près, costaud, mais rien de plus, son visage est invisible sur les vidéos et il portait des gants, je ne sais même pas de quelle couleur est sa peau.

— Tu as son véhicule à lui ?

— Dacia Duster noir.

— Et l'immatriculation ? Même s'il a pu mettre des plaques volées.

— La plaque est illisible, même au labo, avec agrandissement et extrapolation des données pour améliorer la netteté, on ne verra rien, c'est couvert de boue.

— Si en plus il est chanceux, ce connard…

— Rien à voir avec la chance, c'est volontaire. Charon est bien trop malin pour se trimbaler avec de fausses plaques, en cas de contrôle il serait aussitôt coincé et archivé. Non, il roule avec sa vraie immat, j'en suis sûre, mais c'est lui qui a mis la boue dessus. Tout le pare-chocs est dégueulasse, mais les pneus sont nickel. C'est du bidon. S'il se fait arrêter, il peut jouer au naïf, qu'il avait pas fait gaffe, qu'il va rentrer nettoyer ça tout de suite, et il passe au travers.

Segnon grogna dans le combiné, frustré.

— Je vais sortir tous les proprios de Duster noir…

— Élargis, le coupa Ludivine. Tous les Duster. Possible qu'il l'ait repeint lui-même.

— Tu crois qu'il est à ce point vicelard et prévoyant ?

— Aucun doute. Je viens de vérifier : la Dacia Duster est le 4 × 4 le plus vendu en France. C'est pas une coïncidence non plus. Il anticipe tout, je te dis. Quarante ans qu'il fait ça, un palmarès hors norme, jamais une erreur. Son existence entière est vouée à tuer. Et à ne pas se faire prendre. Il ne laisse aucun détail de côté. Je te parie qu'il a cherché une voiture hyper courante, pour se fondre dans la masse. Et potentiellement, il l'a même repeinte dans la foulée. Pour nous baiser.

Ludivine entendait Segnon taper sur un clavier. Pendant qu'il opérait, il précisa :

— On a presque terminé l'identification des victimes de Fulheim, il ne nous en reste plus que trois, les autres sont toutes confirmées via l'ADN des familles, sauf une, qui a été adoptée, mais on va toutes les rendre à leurs proches. La dernière a disparu en avril 1994, finalement.

Ludivine nota mentalement la date. De novembre 1979 à avril 1994, c'était la plage d'action de Charon. Longue. Régulière. Il n'avait aucune raison de s'arrêter subitement pour reprendre seulement maintenant.

— C'est bon, j'ai le résultat et... Putain ! lâcha Segnon. Y a près de cinq cent mille exemplaires vendus en France. Je vais affiner en ne prenant que ceux dans l'Est et à Bordeaux.

— Tu penses bien qu'il aura immatriculé son véhicule dans une autre région que celles où il a chassé.

— Alors, c'est mort. Un demi-million de suspects possibles, c'est plié.

— Non, y a encore un truc qu'on peut tenter, mais j'ai besoin que tu me trouves de Juillast.

— Il pionce, le général.

— Tu le réveilles, j'ai besoin de quelque chose que seul un trois étoiles peut m'obtenir un samedi en pleine nuit.

*

La porte métallique du garage grinça en se levant. La lumière orange d'un lampadaire lointain se faufila à l'intérieur, dévoilant les calandres de deux berlines allemandes.

Le gendarme qui avait ouvert recula pour laisser passer Lucie Torrens et Ludivine.

— Le général m'a dit de vous ouvrir mais il a pas précisé ce que je devais faire ensuite, dit le jeune brigadier.

Torrens était entrée et marchait entre les voitures, elle fit claquer ses doigts à l'intention de Ludivine.

— C'est bon, elle est là.

La Nissan Juke rouge et noir dormait dans le fond. Elle avait été passée au crible par les TIC et conservait plusieurs marques de poudre noire sur les portières. Un scellé était accroché à la poignée droite et un carton pendait au rétroviseur intérieur.

— Vous gardez où les clés ? demanda Ludivine.

Le brigadier s'empressa d'aller chercher ce qu'elle lui demandait.

Les deux femmes s'équipèrent de leurs gants jetables avant d'ouvrir la Nissan.

Sur la vidéo, Chloé avait redémarré sans se rendre compte qu'il y avait un tract sous son essuie-glace. Toute la question était de savoir ce qu'elle en avait fait ensuite. Peu probable qu'il se soit envolé tout seul.

À la poubelle en rentrant ? Auquel cas c'était terminé. À la première heure, demain matin, Ludivine comptait débarquer chez les Maignan pour retourner leur maison à la recherche de ce papier. Mais s'il y avait une petite chance que Chloé soit comme elle...

La voiture était loin d'être d'une grande propreté. Elle sentait un peu les produits chimiques qui venaient d'être employés pour relever les empreintes ou les traces éventuelles de sang, mais il y avait encore des saletés partout, miettes, terre séchée...

Au téléphone, lorsque de Juillast avait rappelé, il avait été formel : il n'y avait pas encore de scellés enregistrés sortant de la voiture de Chloé Maignan. Cela pouvait signifier deux choses : soit il n'y avait absolument rien à l'intérieur, soit...

— C'est vide, dit Lucie.

Vide-poches latéraux, boîte à gants ou tapis de sol, il n'y avait rien. Pas un mouchoir, pas un jouet d'enfant, rien. Bien qu'active, et mère de deux petits, Chloé n'était pas une femme bordélique, apparemment.

Ludivine passa à la banquette arrière pour le même résultat. Torrens la siffla depuis le coffre du véhicule et, en la rejoignant, Ludivine ne put s'empêcher de se sentir complice de cette femme qu'elle n'avait pourtant jamais rencontrée.

Finalement, Chloé était comme elle. Parfois dépassée et incapable de ranger sa bagnole : dans le coffre, sagement alignés dans l'attente d'être archivés, une demi-douzaine de sacs en plastique avec étiquettes pré-remplies contenaient tout ce que les TIC avaient trouvé dans le Juke avant de l'inspecter. Trognons de pomme gâtés, emballages de gâteaux en tout genre, bâtons de sucette, petites voitures, raclette à givre, et quantité de papiers plus ou moins froissés ou roulés en boule.

Les deux gendarmes du DSC se jetèrent sur ces derniers et prirent soin de les déplier délicatement, les tenant du bout des doigts par les bords, pour ne pas risquer d'effacer quoi que ce soit.

Ce fut Lucie Torrens qui le trouva. Un rectangle noir zébré d'éclairs jaunes qui ressemblait parfaitement à ce qu'elles avaient pu distinguer sur la vidéo.

Elles avaient enfin de la chance.

Sa première erreur, pensa Ludivine. *Peut-être la seule en quarante ans de crimes.*

Elle s'empressa de photographier le tract et de l'envoyer à Segnon.

C'était une pub pour un dératiseur – « Élimine parasites en tout genre ». Un dessin grossier de guêpes dans un coin, et la photo d'un gros rat au milieu, au-dessus d'un numéro de téléphone.

Et d'un nom.

Hector Lecouvre.

24.

Segnon appelait moins de dix minutes plus tard.

— Le numéro de Siret qui est sur le côté du tract, il est bidon, dit-il. C'est un faux.

— Et le nom ?

— On creuse, pour l'instant rien dans le TAJ[1] sous cette orthographe. Pour le téléphone, apparemment le numéro était fonctionnel, mais c'est plus le cas. On doit vérifier, mais ça sent le burner à plein nez.

Un burner était de ces téléphones sans grande valeur, prépayés, souvent utilisés dans les milieux de la drogue pour pouvoir communiquer avant de les jeter. Si c'était le cas de celui-ci, Ludivine ne se faisait aucune illusion : Charon l'avait acheté en liquide, dans une boutique sans caméra et avec suffisamment de trafic pour que les vendeurs ne puissent pas se souvenir de tous leurs clients. C'était évident. Un classique pour tout criminel aguerri.

Ludivine le remercia et raccrocha. Elle fit le signe « non » à sa collègue, qui grimaça, frustrée, sur le bord de l'explosion.

---

1. Traitement d'antécédents judiciaires.

— L'historique des appels nous donnera peut-être quelques biscuits, annonça Ludivine sans trop y croire elle-même.

— On verra. En tout cas, si le numéro n'est pas un faux, c'est qu'il voulait s'en servir.

Elle leva le tract devant elle.

— Il lui a mis ça sous le nez pour une raison.

La photo du rat dodu était juste sous les yeux de Ludivine.

— Et s'il s'était pointé en pleine nuit chez les Maignan pour y lâcher trois ou quatre rongeurs ? Histoire de les forcer à l'appeler ?

Torrens approuva énergiquement.

— Possible. Ce serait idéal pour lui, un moyen de faire du repérage. Si le dératiseur vous demande de vider les lieux et de le laisser vaporiser ses produits partout, toute la famille dégage illico, le laissant tranquille...

— Il peut fouiller, trouver les accès, qui sait, peut-être piquer une clé ?

— Ou constater que ça va être trop risqué, et se rabattre sur une autre stratégie pour enlever Chloé.

Torrens disposa le tract dans un sachet unique et le referma avec douceur.

— Il se fait passer pour un livreur, pour un dératiseur, ou provoque un accident pour approcher ses proies. C'est un créatif, résuma Ludivine. Quand il jette son dévolu sur une femme, rien ne peut plus l'empêcher de la prendre. Il trouvera forcément une faille pour entrer dans sa vie.

— L'expérience, c'est une chose, mais cette adaptabilité est une preuve d'intelligence. Haut QI possible.

Ludivine savait que la majorité des tueurs en série étaient de pauvres types, rarement brillants du point de vue matière grise. Ils savaient s'y prendre pour tuer, développaient des capacités pour faire le mal, sans pour autant être particulièrement malins. Mais il y avait des exceptions, et bien souvent celles-là étaient remarquables. Pas juste d'une perspicacité moyenne, mais carrément d'un quotient intellectuel très élevé. Ted Bundy était réputé pour avoir plus de 130 de QI. Ed Kemper 140. Et Ted Kaczynski 167. Ludivine connaissait ces chiffres par cœur tant ils l'avaient marquée. Ces types faisaient partie des un à deux pour cent en tête de la population mondiale sur le plan de l'intelligence pure.

— Demain, à la première heure, on retourne questionner Arnaud Maignan, trancha Lucie Torrens en massant ses traits tirés par la fatigue. Si Charon est venu chez eux, il était probablement présent, sinon Chloé aurait été attaquée. Lui ou les enfants. S'ils se souviennent d'un dératiseur, on aura une description physique. Peut-être même un portrait-robot.

Torrens héla le brigadier qui les attendait à l'entrée et lui tendit le sachet plastique :

— Vous foncez au plateau technique de la CIC[1] de Gironde et vous leur donnez ça de la part du général de Juillast. Ils sauront quoi en faire.

Même s'il semblait improbable que Charon ait pu y laisser ses empreintes, ou même son ADN, ils ne pouvaient passer à côté : au moins vérifier.

Le garçon parut très impressionné par ce qu'il tenait entre les mains. Il fit signe qu'il comprenait et Ludivine

---

1. Cellule d'identification criminelle.

sut qu'il allait accomplir sa mission comme s'il s'agissait de protéger le président de la République en personne.

Torrens tira sur sa manche pour aviser l'heure.

— Il est trois heures du mat'. Si on se dépêche, on peut avoir quatre heures de sommeil avant de repartir.

Ludivine dansait d'une jambe à l'autre, incapable de tenir en place. Malgré la fatigue, elle avait du mal à envisager de dormir.

Torrens le devina. Elle posa un index sur sa tempe.

— Notre compétence vient de là, dit-elle, de notre capacité à raisonner, et pour ça il faut être en état, ne l'oubliez pas. Alors vous allez fermer les yeux, c'est un bon conseil. Et même un ordre.

25.

Assis à sa table de travail, Segnon fixait l'écran de son ordinateur portable.

Le calme autour de lui était reposant. L'obscurité également. Le QG de la cellule d'enquête était plongé dans la pénombre. Tous ses membres avaient fini par quitter les lieux, un à un, à mesure que l'aiguille avançait du côté droit de la pendule. Ils dormaient, non loin, quelque part dans les allées de la mine, sous une tente. Même de Juillast était retourné se reposer pour affronter la horde de politiciens qu'il allait devoir gérer ce dimanche.

Face à Segnon, la photo du tract envoyée par Ludivine et qu'il avait importée sur son ordinateur luisait de l'intérieur. Il doutait de pouvoir retrouver l'imprimeur, s'il y en avait un. Qualité du papier, grammage, composition exacte, voire, idéalement, filigrane pouvaient l'y aider, le labo lui transmettrait les détails lorsqu'ils auraient analysé le document. Mais cette mauvaise pub ressemblait plutôt à une impression maison. Faite avec une imprimante banale. Et même s'il parvenait à remonter jusqu'au modèle, ce qui n'était pas gagné, il s'en vendait des dizaines de milliers, et rien n'indiquait que c'était celle de Charon, il pouvait très bien en avoir utilisé une ailleurs, chez quelqu'un ou dans une entreprise, en douce.

Il tourna la tête vers la longue baie vitrée qui dominait le site, puis se leva pour s'en approcher. Une pâle lueur bleutée émanait de la vitre, celle de la nuit, timide, comme si, ici, elle n'osait se montrer ou éclairer cet endroit sinistre.

Des formes gigantesques se devinaient dehors. Les hangars immenses, les masses des usines, le chevalement squelettique et, au-delà, les terrils, semblables à des montagnes de ténèbres.

Dire que Charon aimait venir là pendant la nuit. Dans cette atmosphère funeste, un cadavre à l'arrière de sa voiture… Comment le descendait-il ? Il avait forcément des outils pour percer les couches de béton. Une brouette ou un petit chariot ? Quel taré !

Segnon prit une longue inspiration, qu'il bloqua un instant avant de se relâcher lentement. Il avait un coup de blues. Sensation de vide en lui, d'énergie perdue.

Les gosses lui manquaient. Laëti aussi. Juste leurs corps chauds contre lui. Leur odeur. La vie qui irradiait d'eux comme du lait sur le feu, débordant de partout en faisant du bruit. Dieu que c'était bon, et que c'était loin à présent !

Ce n'était pas le moment, penser à eux allait le plomber davantage, il devait se focaliser sur la raison de sa présence entre ces murs vétustes… Donc Charon roulait en Dacia Duster noir. Il se faisait passer pour un livreur ou un dératiseur selon ses besoins. Et combien d'autres impostures pour entrer chez ses victimes ? Technicien devant intervenir sur le réseau Internet ou électrique ? Installateur d'alarme ? Flic ? Le type ne manquait pas d'aplomb, ça on pouvait le lui accorder.

Segnon passa sa grosse main sur sa nuque. Il sentait les tensions de ses muscles tirer un peu partout, mais il était incapable d'aller s'allonger. Plus maintenant, c'était trop tard. Il s'étira, bras tendus vers le plafond jusqu'à faire craquer ses vertèbres.

Il devait traquer Hector Lecouvre.

Quel nom merdique ! Hector Le…

Le visage de Segnon se congestionna tout d'un coup, traversé par une illumination. Bordel ! Hector !

Le chevalement se dressait face à lui, presque invisible dans la nuit.

L'antenne du puits. Son ossature.

Le puits Hector.

Segnon se précipita à son ordinateur et se connecta à Internet pour entreprendre quelques recherches. Il n'eut pas à taper bien longtemps avant de trouver ce qu'il cherchait.

Il secoua la tête.

Quel enfoiré !

Restait à savoir ce qui les attendait là-bas.

26.

Trois heures.

C'était la part d'obéissance de Ludivine aux ordres de sa responsable.

Elle s'était réveillée groggy, incapable de se rappeler où elle était ni ce qu'elle devait faire. La chambre d'hôtel, fade et sans singularité, tournait autour d'elle tandis que son réveil sonnait et qu'elle éprouvait toutes les peines du monde à remettre du sens dans ses pensées. S'asseoir l'aida un peu. Se rafraîchir le visage, encore davantage. Elle avait la nausée tant elle était fatiguée. Elle poussa sur le robinet pour qu'il crache à pleine puissance et s'inonda la tête d'eau froide pour revenir à elle.

Ce n'est qu'une fois assise sur la lunette des toilettes qu'elle vit le message de Segnon. Cette fois, tout se repositionna correctement.

Il lui parlait d'Hector Lecouvre.

Elle posa une main sur son front. Comment étaient-elles passées à côté de ça ? L'épuisement. Voilà comment. À force de foncer, d'avoir le nez dans le guidon, sans prendre de recul, l'évidence leur était passée au-dessus.

Hector Lecouvre.

Ludivine sauta sous la douche, à peine tiède pour se raffermir, s'habilla à la hâte et vint toquer à la porte de Lucie, qui ne répondit pas. Elle la trouva dans la salle du petit déjeuner, penchée sur son thé fumant.

— Je sais, dit-elle aussitôt. On aurait dû y penser. Ils sont sur place ?

— Je ne sais pas, en tout cas si c'est le cas, ils ne sont pas encore descendus, Segnon m'aurait prévenue.

Hector Lecouvre.

Charon n'avait pas mis n'importe quel nom sur son tract pour s'introduire chez sa victime. Forcément. Il avait choisi. Il avait joué. Il se moquait du monde. Il se vantait. Ce n'était pas lui, et c'était pourtant tout lui.

Hector était le nom du puits à Fulheim. Ça n'était pas une coïncidence. Sa première tanière. Son musée. Alors Segnon, en comprenant, avait opéré une simple vérification : existait-il un autre puits de mine quelque part s'appelant Lecouvre.

Et c'était le cas. À quatre cents kilomètres au nord-ouest de Fulheim. La mine du Gistrois, dans les Ardennes françaises. Un site fermé depuis presque un siècle, perdu dans la forêt, et dont le puits principal était Lecouvre. Profondeur : à peine cent quarante mètres. Mine de mercure.

Torrens posa sa main sur celle de Ludivine pour calmer son impatience.

— Nous avons le temps. Ils vont devoir procéder à toutes sortes de vérifications et d'opérations techniques avant d'ouvrir et de descendre. Notre job à nous, c'est d'aller voir Arnaud Maignan pour établir un portrait-robot de Charon.

Ludivine acquiesça. Elle ne parvenait pas à savoir si elle voulait foncer à la mine du Gistrois pour s'assurer qu'il n'y avait pas d'autre sanctuaire de Charon, ou juste pour retrouver son ancienne équipe. Mais cela pouvait attendre. D'ici là elles seraient plus utiles autrement.

Arnaud Maignan leur ouvrit, encore plus livide qu'il ne l'était la veille, enveloppé d'une robe de chambre en éponge sur son pyjama froissé. Ils s'installèrent dans la cuisine et parlèrent tout bas, pour que les enfants, dans le salon, ne puissent pas les entendre. L'écho des dessins animés de la télé résonnait jusqu'à eux, donnant à leur conversation une dimension surréaliste, entre la crudité et la violence d'un côté, et l'absurde enfantin de l'autre.

Arnaud était catégorique : ils n'avaient fait venir aucun dératiseur à la maison. Même en son absence. Chloé le lui aurait forcément signalé, une ligne parmi ses interminables listes de charge mentale qu'elle dressait tout le temps. En revanche, le mois dernier, il avait bien entendu des bestioles rôder la nuit dans le vide sanitaire de la maison, mais ça n'avait duré que deux ou trois jours avant qu'elles ne partent, aucun besoin de s'en charger. Le plan de Charon n'avait pas fonctionné.

Hélas.

Personne ne l'avait donc vu. Il demeurait une ombre parmi la foule.

Par sécurité, elles insistèrent sur la présence d'un technicien quelconque ces dernières semaines, du démarchage à domicile, mais là non plus, Arnaud n'avait rien à signaler.

Il était encore tôt, ce dimanche matin, lorsqu'elles ressortirent de la maison. Lucie s'installa côté passager pour que Ludivine conduise, et elle réserva leurs billets d'avion pour Lille. Elles avaient le temps de passer sur les lieux où avaient été abandonnés les corps d'Anne et de Claire.

Elles roulèrent en silence. Concentrées et fatiguées.

Les deux sites étaient semblables. En bordure de forêt, proches d'une route assez passante pour qu'on y soit totalement anonyme, pas trop non plus pour ne pas risquer d'être dérangé souvent. Charon s'était garé dans un virage, protégé par la végétation, que personne ne puisse le voir mais que lui soit en mesure d'entendre un moteur approcher. Il avait pu sortir le corps de son coffre, le jeter dans le fossé pour Anne, et derrière des buissons pour Claire, avant de repartir. Rapide et efficace.

Torrens se tenait droite, le dossier à la main pour y vérifier les photos des victimes, s'assurer de l'endroit exact où elles avaient été déposées, reconnaître les détails du paysage et reconstituer mentalement ce qui s'était produit.

Tels qu'ils étaient, les cadavres ne se remarquaient pas tout de suite, il fallait regarder. Indétectables pour les automobilistes de passage. Mais un promeneur, lui, pouvait les apercevoir. Parfait pour que Charon puisse disparaître dans la nature tout en s'assurant qu'on découvrirait ses exploits tôt ou tard. Indéniablement, il le voulait, dire au monde qu'il existait. « Regardez ces filles, c'est *moi*, c'est *mon* œuvre ! »

— Il s'est arrêté très exactement ici, dit Torrens sur le site d'Anne Khari, en désignant sur le bas-côté une plage de bitume prévue pour y garer un véhicule sans qu'il empiète totalement sur la route.

C'était à dix mètres en amont du lieu de dépose.

— Possible.

— Non, sûr. Car ailleurs il y a de la terre, ça aurait pu laisser les traces de ses pneus et nous permettre d'identifier le type de véhicule. Là, sur le bitume, aucun risque. Il y aura forcément pensé, Charon est comme ça.

Ludivine approuva. Torrens était rodée à l'exercice, elle avait à lui apprendre.

Elles rendirent la voiture en fin de matinée à l'aéroport de Bordeaux-Mérignac à un gendarme venu la récupérer. Elles marchaient vers le hall d'embarquement lorsque le docteur Bousquet se manifesta sur le téléphone de Ludivine.

— Je viens d'envoyer mes constatations à vos camarades, qui me semblent très occupés ce matin, et j'ai pensé que ce serait bien que vous le sachiez aussi, je ne suis pas certain que l'information remonte jusqu'à vous compte tenu de la frénésie ambiante.

— Vous m'inquiétez, docteur, un problème ?

— C'est à propos des femmes de la mine. Nous avons commencé les autopsies et… nous avons relevé une particularité. Très franchement, sur la première, je suis passé à côté, il lui manquait une trop grande partie de la matière organique de l'œil pour remarquer ça.

— Je pensais qu'après autant de temps, elle n'en avait même plus du tout !

— Vous seriez surprise de ce qu'on trouve parfois. Là les conditions étaient plutôt bonnes pour ralentir ou arrêter une grande partie de la décomposition – la destruction extérieure –, seule l'autolyse a opéré – la destruction du corps par lui-même. Et, contrairement aux idées reçues, l'œil est un des organes qui se conservent le mieux finalement, dans les bonnes circonstances. Cédric, l'histopathologiste avec qui je travaille à l'IRCGN, m'expliquait que, dans quatre-vingt-treize pour cent des momies dont les yeux n'avaient pas été prélevés lors de l'embaumement, on les retrouvait bien présents plusieurs millénaires plus tard. Certes, pas dans un état irréprochable, entendons-nous, ils s'affaissent, s'assèchent, et peuvent former une sorte de magm...

— Docteur, je ne vois pas où vous voulez en venir.

Bousquet marqua un temps d'arrêt, vexé, ou pour essayer de synthétiser sa pensée. Puis il reprit sur le même ton clinique :

— Sur une des filles qui avaient les paupières closes, j'ai noté une infime marque de coupure, très fine, type rasoir ou scalpel. Ça a éveillé ma curiosité alors j'ai regardé dans la cavité orbitaire et... il restait assez de substance pour que Cédric se penche sur le sujet. En temps normal, je n'aurais pas poussé si loin, mais la trace de scalpel si près de l'œil, je ne sais pas, ça m'a intrigué. Cédric a travaillé sur des momies chiliennes l'année dernière, dans le cadre d'une expertise conjointe, il y a mis en pratique une technique qui permet de réhydrater l'œil, de lui redonner assez de consistance pour pouvoir l'étudier au microscope dans des lamelles de paraffine, ce qu'il a fait ici, avec notre fille à la paupière coupée. Ce qu'il a trouvé... Je... J'ai vérifié avec les autres, et seulement trois ont encore assez de matière pour confirmer, les quatorze autres c'est impossible, c'était sec ou vide.

— De quoi vous parlez, doc ?

— De leurs yeux, lieutenante ! De leurs yeux. Je pense pouvoir affirmer qu'elles… On leur a prélevé le cristallin, avec l'iris et probablement la cornée, car on a détecté trop peu de cellules de stroma cornéen.

Ludivine s'immobilisa dans le hall.

— À toutes ?

— Encore une fois, je n'ai pu le vérifier que sur trois, mais ça semble logique de penser que c'est le cas pour les autres, même si je ne peux pas l'écrire dans mon rapport.

— Les yeux…, balbutia Ludivine.

— C'est votre boulot de trouver pourquoi, mais j'ai tout de même vérifié si les greffes de cornée étaient possibles à l'époque, et j'ai été surpris : c'est une pratique plutôt ancienne, tout à fait d'actualité lorsque ces filles ont été tuées. Mais pourquoi prendre le cristallin ? On n'a toujours utilisé que des implants artificiels pour celui-ci. J'ai pas d'explication.

Ludivine mit un moment à digérer l'information après avoir raccroché. Les yeux, ce n'était pas n'importe quelle partie du corps. Ceux-là mêmes que Charon obligeait ses victimes à maintenir ouverts pour qu'elles le voient les tuer. Pourquoi les leur découpait-il ensuite ?

Ludivine ne croyait pas une seconde à un mobile crapuleux, comme la revente d'organes. Ça ne ressemblait pas du tout à Charon. Il ne s'intéressait même pas à leur sac à main.

Ne ferme aucune porte, tu ne sais pas.

Faire confiance à son instinct. C'était important aussi. Car lui synthétisait tout, y compris ce que consciemment elle ne parvenait pas encore à appréhender dans son ensemble. L'instinct, dans ce job, c'était la somme de l'expérience, du savoir-faire et de la faculté d'analyse pure de l'esprit, sans aucun parasite.

Si ce n'était pas pour la revendre, pourquoi avait-il découpé une partie de leur regard alors ?

Des trophées ? Il garde pour lui l'image que la fille a eue de lui au moment de mourir ?

Il y avait une croyance populaire qui affirmait que l'œil conservait l'empreinte de la dernière chose qu'il avait capturée avant de s'éteindre. Était-ce l'idée de Charon ?

La connaissance ? Maintenant elles savent qui il est réellement, mais il ne veut pas laisser cette « preuve » derrière lui ? Assez peu convaincant.

Ludivine restitua à Lucie tout ce qu'elle venait d'apprendre du docteur Bousquet, et elles attendirent leur embarquement sans plus rien se dire, chacune dans ses déductions.

La symbolique de l'œil était très forte. Riche. Trop même, pour établir tout de suite un lien psychologique avec le reste.

L'œil oudjat, œil sacré d'Égypte ?

Rien n'allait dans ce sens sur les scènes de crime. L'unique référence religieuse, c'étaient les crucifix peints sur les parois de la grotte, on était loin de l'Ankh. Ce n'était pas ça.

Les yeux font la transition entre l'abstrait et le concret. Ils sont les traducteurs de la lumière, du monde, pour l'esprit. Et ensuite ? En quoi c'était pertinent ? *Charon prend ce qui le lie à ses proies ?*

Ludivine se mordait l'intérieur des joues.

La pupille, reflet de l'âme.

Il leur prend leur âme ? *En les tuant, il s'approprie ce qu'elles sont et veut le matérialiser ?* Cela lui donna une idée par ricochet. Les yeux, témoins de la mort.

Elle n'osait pas trop y croire, mais décida de vérifier sur Internet et alluma son smartphone. Elle tapa quelques mots clés, fit défiler des pages qu'elle survolait pour ne s'arrêter que sur les passages les plus intéressants.

La mort et les yeux. La mort et les oiseaux. Les têtes d'oiseaux en particulier.

Elle basculait de site en site, abandonnant de plus en plus rapidement lorsqu'elle constatait que ça n'avait aucun lien possible avec ce qu'elle cherchait.

Ni Ludivine ni Torrens ne prêtèrent attention à l'annonce de leur embarquement, trop absorbées.

Ludivine était sur le point de capituler lorsqu'elle le vit.

L'Homme du puits.

Viril et menaçant.

Sinistre. Tout-puissant.

La mort à tête d'oiseau.

27.

Son histoire avait dix-huit mille ans et demeurait trouble. Encore sujette à multiples interprétations.

« L'Homme du puits » était un dessin, dans les grottes de Lascaux. La plus vieille représentation de la mort connue, la première fois qu'un individu osait la montrer dans l'histoire de l'humanité, l'immortaliser en quelque sorte.

Étrange, cette figure humanoïde raide, allongée, avait une tête d'oiseau, son bec bien reconnaissable. Un tracé noir, précis. Était-ce parce que la mort était associée aux oiseaux dans l'esprit du dessinateur ? Une croyance de l'époque ?

À cela s'ajoutait un trait, droit, comme planté dans le bonhomme. L'arme qui venait de le tuer ? Ou bien son sexe en érection malgré son état ? Était-ce un shaman en pleine transe extatique, comme l'avaient envisagé des spécialistes plus récemment ?

Ce qui était certain, pour Ludivine, c'était que toutes les obsessions de Charon se cristallisaient dans ce dessin.

La première image de la mort. La jouissance en même temps. L'être humain-oiseau, du moins sa tête, crochue et hybride.

Un ou deux éléments en commun avec Charon auraient pu être une coïncidence, mais que tout s'y retrouve, ça n'en était plus une.

— Il est obsédé par l'image de la mort, dit-elle tout haut. Il a cherché la première fois qu'elle est entrée dans l'histoire des hommes, et il est tombé sur ça. Et ça lui a parlé. La jouissance et la mort entremêlées, le faciès de volatile. Et les yeux, il les prend parce qu'il veut garder ce qu'ils capturent au moment de quitter la vie. C'est un curieux mortifère, un obsédé mortuaire.

— Il n'a pas touché aux yeux d'Anne Khari ni de Claire Estageau, releva Torrens, qui avait besoin d'être convaincue.

— L'Homme du puits, c'est probablement une figure de son enfance, une photo qu'il a vue et qui l'a hanté, qui a alimenté ses fantasmes pour les guider, parce qu'elle allait dans le sens de ses obsessions. Que quarante ans plus tard ça ait bougé ne m'étonnerait pas. L'essentiel perdure : il a besoin de tuer, il est fasciné par ce qu'il fait, l'acte même. C'est pour ça qu'il les tue par-devant, il veut voir la vie se dissoudre, la mort jaillir et se propager en elles. Depuis qu'il est gamin, il a entremêlé ces deux notions, mourir et jouir, elles sont interconnectées.

Ludivine connaissait les grandes lignes de la fabrication d'un tueur en série de ce type. Il y avait de bonnes probabilités pour qu'il ait été soumis et dominé par des parents autoritaires, voire violents. Frustré, terrorisé, meurtri, il avait associé les coups et l'amour.

À un âge où son propre corps se développait et ses pulsions naissaient, il vivait dans une relation terrifiante au modèle affectif. Pour peu qu'il y ait eu des abus sexuels là-dessus, et toute sa psyché partait dans la mauvaise direction, orientait ses fantasmes dans une association destructrice. Il s'était réfugié dans sa tête, dans ses pensées. Jusqu'à s'enfermer en partie dedans, fuyant la réalité si brutale.

À force de recevoir autant de cruauté, il avait eu besoin de vider ses soupapes à lui, de passer ses propres nerfs, trop de pression accumulée, et il l'avait fait sur ce qu'il trouvait de plus fragile que lui : des animaux. Les soumettre l'avait rassuré, puis lui avait donné une impression de toute-puissance qui lui échappait le reste du temps où il n'était qu'une victime. Il se vengeait sur eux. De plus en plus fort. Cette démarche, cette purge, l'équilibrait, et elle lui avait donné du plaisir à une période où ses hormones envahissaient son organisme. Il associait lentement, mais définitivement, l'excitation à la domination, à la violence. À la souffrance de l'autre.

Pour se protéger, il enfouissait ses émotions de plus en plus profondément en lui, pour survivre à ce qu'il subissait dans la cellule familiale, quelle qu'elle soit, jusqu'à ce qu'il n'en éprouve plus, ou presque. Et que son empathie se fibrose, jusqu'à s'étioler. Tout se concentrait sur sa propre survie, ses émotions à lui, atrophiées, perverties, le reste du monde ne comptant plus.

Adulte, il était le produit de ces transformations. Aucun ressenti pour autrui, le sexe et la domination intriqués, un immense besoin de reconnaissance mais une incapacité à aller la chercher socialement, professionnellement. Et un monde de fantasmes gigantesques qui bouillonnent sous son crâne en permanence. Ce jus infâme s'était mis à couler dans ses veines, le gangrenant toujours un peu plus, année après année. Jusqu'à ce qu'il passe à l'acte pour la première fois.

Voilà qui était Charon.

Le dessin de l'Homme du puits était certainement ce qu'il y avait de plus juste et pur à ses yeux. Une œuvre d'art parfaite car vraie dans le moindre de ses traits. L'oiseau devait avoir une symbolique très personnelle, son père ou sa mère en avait un dans une cage lorsqu'il était gosse, ou il rêvait en les regardant par la fenêtre de sa chambre ?

Il posait des pièges pour en capturer. C'étaient des oiseaux qu'il torturait pour se sentir vivant. Et il finissait par leur arracher la tête.

Ludivine se leva pour respirer plus fort.

Tout ça relevait de la supposition, même si les grands principes ne devaient pas être loin de la réalité.

Mais elle en gardait une conviction.

Charon est obsédé par la mort.

Et il avait cherché à l'approcher par tous les moyens.

Une voix crépita dans les haut-parleurs de la salle et la fit sursauter : « Dernier appel pour les passagers Torrens et Vancker à la porte 5. »

*

À peine posées sur le tarmac de l'aéroport de Lille, Lucie et Ludivine allumèrent leur téléphone pour appeler la cellule Charon.

La plupart de ses membres étaient en train d'arriver dans les Ardennes, mais l'adjudant Bardane était resté de permanence à leur QG improvisé de Fulheim.

Il nota tout ce qu'elles lui demandèrent. Obtenir les listes de tous les hommes qui avaient travaillé pour des pompes funèbres de la région à l'époque des enlèvements, les pompiers, les ambulanciers, les employés de morgue, les thanatopracteurs et leurs assistants surtout, elles pensaient que Charon était probablement peu qualifié, bien que très intelligent, il n'était pas apte à suivre des études longues, trop asocial et incapable de se soumettre à un système. On cherchait en priorité une petite main, un aide ou un employé en bas de l'échelle dans ces milieux.

Une fois encore, les deux femmes du DSC savaient que la chance d'en tirer quelque chose de concret était infime, mais elles ne pouvaient prendre le risque de passer à côté. C'était leur rôle, explorer les pistes parallèles, dresser des liens osés et voir où ils pouvaient les mener.

Et parce qu'elle voulait se rassurer, Ludivine demanda qu'on vérifie si Lascaux avait une base de données de ses visiteurs, des abonnés à une newsletter ou quelque chose de similaire. Si l'Homme du puits incarnait autant de principes directeurs de ce qu'était Charon, il était possible qu'il s'en soit rapproché à un moment. D'autant que Lascaux II, la reproduction visitable de la grotte originale, avait ouvert en 1983, en pleine période d'activité de Charon. Il ne pouvait pas ne pas l'avoir entendu. À l'époque, il ne fallait pas compter sur un archivage des noms des visiteurs, mais peut-être qu'il y était retourné depuis, une sorte de pèlerinage.

Et aujourd'hui les réservations se faisaient en grande partie sur Internet, donc en laissant une trace numérique. Sur ce point, si paranoïaque et méfiant fût-il, allait-il jusqu'à se méfier de tout ? Alors même qu'il n'avait aucune raison de suspecter qu'on puisse remonter à lui par ce biais ?

À la sortie de l'aéroport, Ludivine eut l'impression d'un éternel recommencement. Récupération de voiture. GPS. Paysages. Silence. Réflexion.

Les deux femmes n'échangèrent que très peu de mots durant le trajet, trop préoccupées et fatiguées. Elles firent une courte halte sur une aire d'autoroute pour manger sans appétit une salade sous vide. Depuis combien de temps n'avaient-elles pas fait un vrai repas ?

Les voies d'autoroute se rétrécissaient de plus en plus tandis qu'elles se rapprochaient. Elles finirent sur un ruban étroit d'asphalte qui s'étirait paresseusement entre la cime des arbres, longeant par moments la Meuse, argentée et inébranlable comme les larmes d'un miroir, avant de grimper sur le dos d'une colline épaisse sur laquelle courait la route. Elles y étaient presque.

— L'environnement est semblable à celui de Fulheim, nota Torrens. Boisé. Isolé. Avec du relief. Il y a de la personnalité dans ce décor.

Ludivine était d'accord. Du ciel bleu, un bon état d'esprit, et on pouvait trouver l'endroit ravissant, authentique et sauvage. De la grisaille, ou la nuit, et un vent sifflant le transformaient en un lieu glauque, perdu. Aujourd'hui était entre les deux, mais les circonstances faisaient pencher vers le second.

Elles arrivèrent à Aubrives, petite commune très calme grise et brune, qu'elles traversèrent pour aller chercher un pont, un peu plus loin, et franchir la Meuse. Au loin, sur leur gauche, deux hautes cheminées des réacteurs d'une centrale nucléaire émergeaient de la forêt, diffusant leur épaisse fumée blanche dans l'atmosphère. C'était en soi surréaliste comme mélange, l'impression d'être loin de tout, au cœur de la nature, et cette présence si spectaculaire qui se découvrait d'un coup, comme une proclamation de la supériorité des hommes sur leur écosystème. Ou de leur prétention et de leur folie.

Encore quelques boucles, un chemin cahoteux, et elles surent qu'elles y étaient en tombant sur une vieille grille rouillée surveillée par une Peugeot Partner de la gendarmerie. La mine du Gistrois.

Elles se présentèrent et purent garer leur voiture sur un terre-plein couvert de boue sèche et de mauvaises herbes, au milieu d'une demi-douzaine d'autres véhicules. Franck, de la SR de Paris, vint les accueillir. Ludivine fut surprise de constater qu'il était accompagné de Fred Vronsky, l'ingénieur du Bureau des recherches géologiques et minières, même si cela avait du sens : il leur fallait une expertise, ne serait-ce que pour valider l'entrée sur le site, la sécurité des équipes.

— Ils sont en bas, annonça Franck.

— C'était ouvert ? s'étonna Torrens.

Vronsky secoua la tête.

— Mine fermée en 1933. On est directement allés voir le puits numéro 1, Lecouvre, et il y avait du ciment plus récent dans un mur de briques. Quelqu'un était venu depuis et il a refermé ensuite. J'ai réussi à faire envoyer un collègue à nos bureaux d'Orléans ce matin pour vérifier, et a priori c'est pas nous. Le site est clos et n'a reçu aucune inspection depuis. C'est une zone barricadée en surface, sans danger immédiat, aucune habitation à proximité, loin, très loin sous le dessous de la pile des priorités du BRGM.

— La mine n'est pas noyée ? demanda Ludivine.

— En effet, comme à Fulheim. Mine de mercure en plus, risque de pollution, etc. Vous connaissez la chanson maintenant, dit-il, presque souriant malgré les circonstances.

Ludivine regardait autour d'elle. Des arbres, le chant des oiseaux, une brise discrète qui agitait quelques branches. Aucun bâtiment. Juste des rochers çà et là parmi les fougères, et ce qui ressemblait à un chemin, par lequel étaient arrivés les deux hommes.

— Il n'y a pas de structures ? s'enquit-elle.

— Plus rien, non, confirma Vronsky. Ce n'était pas une mine comme Fulheim, ici les deux puits ne descendent pas en dessous de cent cinquante mètres et les galeries ne s'étendent que sur quelques kilomètres en cumulé ; juste une petite production locale, dans une terre plutôt pingre, le filon s'est tari progressivement à la fin du XIXe siècle. Ils ont survécu difficilement par la suite et les conséquences de la crise de 1929 les ont achevés. Les infrastructures ont été certainement démantelées à ce moment-là pour être revendues, et le reste détruit avec le temps. Vous verrez, il n'y a plus grand-chose.

Le ciment plus récent dans le mur de briques inquiétait Ludivine. Ça, c'était très ressemblant à ce qu'aurait pu faire Charon. Tous espéraient que ce n'était qu'une coïncidence, que Lecouvre ne serait pas un nouveau charnier. Mais au fond d'elle, Ludivine le sentait venir.

C'était évident. *Il ne fait rien sans raison. Certainement pas lorsqu'il invente son nom de chasseur.* Allaient-ils découvrir la preuve qu'ils s'étaient fourvoyés en l'imaginant en prison depuis les années 1990 ? Son nouveau sanctuaire pour cette période-là ?

— Les mineurs vivaient sur place ? interrogea Torrens.

— Pas que je sache, répondit l'ingénieur en caressant sa barbe. Je pense qu'ils étaient dans les bleds autour. Encore une fois, c'était du gisement de bricoleurs, hein, ils n'étaient pas des centaines à bosser là.

— Venez, les invita Franck en prenant la direction du chemin qui serpentait entre rochers et sapins.

Ludivine remarqua qu'il y avait beaucoup de fins cailloux rougeâtres sur le sol, entre les herbes, trace de l'activité locale d'autrefois.

À une centaine de mètres, une clairière jaunâtre s'étalait, garnie de deux rectangles gris, anciennes fondations des bâtiments qui s'étaient tenus là. En face, deux cavités étayées par des poutres, encore bien solides malgré le temps, s'enfonçaient dans la pente de la colline. Fred Vronsky désigna les ouvertures.

— D'après ce qu'on m'a communiqué ce matin, il y avait trois accès pour Lecouvre, mais apparemment il y en a un qui n'a pas survécu.

— C'est *safe* ? demanda Ludivine. Vous y êtes allé ?

— Pas longtemps, et pas très loin, mais ce que j'ai vu m'a paru rassurant. Vos collègues m'ont dit qu'ils préféraient que je remonte, ils voulaient qu'on y soit le moins nombreux possible pour « ne pas polluer la scène ». Je leur ai dit qu'avec le mercure c'était mieux de ne pas rester trop longtemps quand même.

Torrens pivota vers Franck.

— Ils n'ont encore rien trouvé ?

Le gendarme à la coupe en brosse fit « non » du menton.

Ils attendirent là, dans le soleil timide de l'après-midi, pendant plus d'une heure, avant que l'imposante silhouette de Segnon ne réapparaisse, un masque FFP2 à la main. Il était en sueur. Magali suivait, sa frange écrasée sur son front humide.

Leurs regards noirs suffirent à Ludivine pour avoir confirmation.

Segnon sortit une bouteille d'eau d'une glacière à leurs pieds et en avala la moitié avant de reprendre son souffle, en observant la frondaison qui les entourait. Puis, il fixa Ludivine.

— C'est encore pire qu'à Fulheim, dit-il sans émotion.

28.

Quelque chose clochait, Ludivine le sentit très vite.

Elle marchait au milieu des corps desséchés qui se succédaient, allongés dans des renfoncements lugubres, posés dans des niches comme dans un hypogée sépulcral pour certains, ou entassés sans respect au fond d'une fosse pour les autres. Sa lampe éclairait les murs gris et bordeaux, les étais, le sol poudreux, et découvrait des os, une main rachitique tendue, une chaussure renversée avec ce qui subsistait d'un pied à l'intérieur, amas fuligineux, un fragment d'étoffe déchirée, un crâne aux mâchoires luisantes...

La nécropole était à plus de quarante mètres de profondeur, et elle débutait à l'entrée d'une galerie délimitée par un chevron sur lequel était gravé un huit, marque ancienne, à n'en pas douter. Contrairement à Fulheim, où les dépouilles étaient toutes regroupées dans la même salle, ici elles s'étalaient sur de longues distances. Ludivine en perdit le compte après vingt-six et un bon quart d'heure d'exploration de la galerie 8. Et ce n'était pas fini.

Plusieurs restes n'avaient plus de tête. D'autres avaient la cage thoracique ouverte, leurs côtes saillantes, comme une carcasse de baleine échouée. Des portions de la boîte crânienne avaient été prélevées à une demi-douzaine d'entre eux. Ludivine ne savait plus où donner du regard, les morts surgissaient de partout, chaque coude, chaque couloir, chaque dégagement était propice à en abriter un.

Elle était déstabilisée. Ne comprenait pas la logique, la cohérence avec les autres crimes de Charon. Mais le nombre… Comment se pouvait-il qu'un monstre pareil puisse sévir à ce point en France sans être arrêté ? Ce n'était pas possible. Combien étaient-elles au bout du compte ? Une grosse trentaine rien qu'ici ? *Au moins…*

Et puis l'évidence lui sauta aux yeux. À force de se concentrer sur là où elle posait les pieds, sur son environnement obscur, sur le pinceau lumineux de sa lampe, sur sa respiration chaude à travers le masque de protection, à force de voir défiler tous ces squelettes dans l'humidité des sous-sols, Ludivine était sidérée. Elle voyait sans enregistrer, sans décrypter. Et maintenant qu'elle le réalisait, elle prit le temps nécessaire pour se ressaisir, mettre de la distance. Enfin elle comprit ce qui la dérangeait.

Les corps étaient beaucoup plus anciens que ceux de Fulheim. De plusieurs décennies. Il faudrait l'expertise de l'IRCGN pour le certifier, mais Ludivine le sentait. La quantité de poussière les recouvrant, l'état de décomposition, terminée depuis longtemps à l'exception du squelette. *Leurs fringues. Elles sont vieilles…* Pour ceux qui en portaient encore, ce qui n'était pas le cas de la majorité, leurs tenues ressemblaient à des vêtements datant de la guerre au moins. Des années 1920 même ? *Non, c'est impossible.*

Il y avait aussi des bérets, un chapeau en feutre type *fedora* troué, des pantalons aux coupes bouffantes, ou très courts... Ludivine n'était pas capable de préciser le sexe grâce aux os du bassin, mais en se fiant à la mode, elle avait l'impression que certains cadavres étaient ceux d'hommes.

Puis elle parvint à un réservoir tari délimité par une petite margelle, un cercle de cinq mètres de diamètre avec une rigole d'où avait dû s'échapper de l'eau autrefois. Six squelettes d'enfants gisaient à l'intérieur, les bras le long du corps.

Ludivine prit une minute pour respirer, pour encaisser. Elle eut une pensée pour ces gamins de tous âges, son cœur se resserra dans sa poitrine, puis elle se força à rester concentrée sur ses déductions, de l'analyse plus que de l'émotion, ce n'était pas le moment pour celle-ci. Pas encore.

Plus rien n'allait dans le profil qu'ils avaient dressé. Des femmes, et maintenant des hommes, des enfants.

Ça n'est pas lui. Pas ici. C'est trop ancien de toute manière.

Le faisceau de sa lampe capturait quantité de particules en suspension avant de se poser sur les os bistre. Elle découpait des lames d'or dans la substance même de la terreur. Voilà ce qu'elle pensait, un peu secouée, un peu perdue par l'accumulation.

— Ludivine, par ici ! aboya Torrens tout au fond de la galerie.

Ludivine se guida au halo clair qui émanait d'une salle plus large et haute et elle ralentit en y pénétrant.

La large carrure du capitaine Ferizzi se tenait à côté de Lucie Torrens. Tous deux éclairaient les étagères arrimées aux parois, les tonneaux, les tables rustiques et le tableau noir à craie monté sur pieds, qui formaient une sorte de salle d'étude. Près de Ludivine, trois caisses se succédaient dans la pénombre, remplies de chemisiers, de vestes, de gaines d'un autre temps, de chandails... Plusieurs auréoles brunes, quasi noires, racontaient une histoire macabre. Deux caisses en bois étaient fermées avec de la cire.

Torrens désigna de sa Maglite une chaîne scellée dans le mur. Elle faisait moins de deux mètres de long et s'achevait par une boucle en fer assez large pour y retenir un bras ou une cheville.

— Qu'est-ce que c'est que cet endroit ? lâcha Ludivine du bout des lèvres.

Il y avait plusieurs lampes à pétrole disposées à intervalles réguliers, éteintes depuis certainement très longtemps. Sur ce qui était une paillasse à la surface carrelée, Ludivine remarqua un microscope en acier brossé, des loupes, une pochette de scalpel ouverte, et quantité de boîtes de Petri ainsi que des flacons apparemment vides. Tout datait, respirait le siècle passé.

— Un laboratoire clandestin, annonça Ferizzi.

— Pas sûr que « laboratoire » soit le terme approprié, corrigea Torrens en invitant Ludivine à la rejoindre.

Elle lui montra une table en bois piqueté. Les pieds étaient boulonnés dans le sol. Puis elle éclaira les quatre angles du meuble : des bracelets de cuir craquelé rivetés à de courtes chaînes permettaient d'y accrocher une personne par tous les membres. Bras et jambes écartés.

Ludivine serra les dents en imaginant à quoi cette table avait pu servir, après les cadavres qu'elle venait d'apercevoir.

— Depuis quand est-ce que c'est là ? demanda-t-elle.

Ferizzi braqua son faisceau vers un papier froissé abandonné sur un bout d'étagère.

— Bon de commande pour du chloroforme en date du 16 avril 1935.

— 1935 ? répéta Ludivine. Merde. Et le nom ?

— Il n'y en a pas. Seulement le magasin, à Charleville-Mézières. On vérifiera, mais presque un siècle après, peu de chances qu'il existe encore, et quand bien même, pour ce qui est des registres de commandes détaillés, on peut oublier, sauf miracle...

Du chloroforme. C'était intéressant. Contrairement à ce qu'on pouvait voir dans les films, il était quasi impossible d'endormir sur le coup quelqu'un avec du coton imbibé de chloroforme, à moins de parvenir à le maintenir au moins cinq minutes sur le nez et la bouche, et de l'imprégner constamment tant le gaz était volatil. Bref, impensable avec une personne qui se débattait. C'était un mythe, une légende urbaine tenace alimentée par les scénaristes d'Hollywood. Donc le chloroforme avait eu un autre usage. Anesthésique peut-être, mais avec du temps, dans des circonstances plus maîtrisées. Dans l'idée d'une intervention chirurgicale ? *Ou pour pouvoir faire ce qu'il voulait avec ses victimes...*

Ludivine regarda la table et ses entraves. Là c'était plausible.

Qui avait fait ça ? Dans quel but ?

Charon était hors sujet. *Alors pourquoi utilise-t-il le nom de ce puits ? Comment en a-t-il eu connaissance ?*

— Même si Charon a la soixantaine, réfléchit Ludivine tout haut, il n'a pas pu connaître cet endroit en activité, il l'a vu comme nous le découvrons.

— Qu'est-ce que vous en savez ? la contra Ferizzi. Il y a peut-être des macchabées là-bas qui datent des années 1970.

Ludivine n'y croyait pas mais elle haussa les épaules. Il était inutile de se lancer dans un débat stérile. Ils n'en savaient rien.

Torrens s'était écartée et faisait face, au fond de la salle, à un rectangle de pierre taillée.

— On dirait un autel, dit-elle.

— Vous y voyez une connotation mystique ?

— La matière, la disposition.

Il trônait au bout, centré dans la largeur. De là elles pouvaient embrasser l'ensemble de la salle.

— Des expérimentations ?

— Possible, lâcha Torrens. Un dingue de plus.

— J'ai vu l'état des corps, il n'y a plus grand-chose. Cette fois, je doute qu'on puisse étudier leurs yeux pour savoir s'il en a prélevé une partie.

— Vous pensez que c'est lui qui a appris à Charon ?

— Ça expliquerait que celui-ci utilise le nom de son puits. Un hommage. Les deux fascinés par la mort.

— Vous imaginez la différence d'âge entre eux ? Peu probable.

Ludivine se mordit l'intérieur des lèvres. Ce n'était pas faux. La filiation semblait compliquée. Mais pas impossible.

— Et vous n'avez pas vu le clou du spectacle, déclara Torrens.

La cheffe d'escadron se dirigea vers un angle saillant et disparut derrière. Il y avait un passage, invisible avec l'effet d'optique de la roche et dans le peu de luminosité dont ils disposaient. Ludivine lui emboîta le pas dans un couloir étroit où l'air était encore plus chargé d'humidité. Il donnait sur une pièce munie d'un fauteuil rembourré à côté d'un lit de camp vétuste. Lieu de repos. Au-delà, le passage se poursuivait en serpentant, distribuant huit portes en bois, solides. Torrens en ouvrit une, et Ludivine fut étonnée par son épaisseur. On l'avait doublée et isolée d'une épaisse couche de molleton au milieu. Les bords de la porte aussi étaient garnis d'une bande similaire, souple, pour parfaitement épouser les contours irréguliers du chambranle minéral.

— Pour que le son ne passe pas, comprit-elle.

L'intérieur était une cellule. Lit pliant, seau en bois, chaîne enchâssée dans la roche. Détériorés. Obsolètes.

— Personne ne pouvait entendre, dit Lucie d'un air triste.

— C'est... étrange, non ? Compte tenu de la profondeur, même sans porte, ils pouvaient hurler autant qu'ils voulaient, ça n'aurait rien changé. Et ces cachots ne fonctionnaient pas lorsque la mine était en activité, c'est impossible, alors... pourquoi se donner autant de mal pour les assourdir ?

— En effet, admit Torrens, mais ça veut dire qu'il les gardait auprès de lui un certain temps, qu'il restait là également. C'était pour son propre confort. Il ne voulait pas entendre leurs supplications. J'ai... l'impression qu'il a passé beaucoup de temps ici. Il voulait être au calme. Avec ses victimes à disposition.

Ludivine se mit les mains dans les cheveux et les rabattit en arrière. Elle imaginait ce qui avait pu se produire ici-bas. Elle secoua la tête. Accablée.

Elles retournaient dans ce qui ressemblait à un laboratoire lorsque le frottement de jambes dans une combinaison stérile les fit pivoter en même temps vers l'entrée.

Trois silhouettes immaculées firent irruption, complètement protégées et portant de lourdes caisses. Les techniciens en identification criminelle.

— On prend le relais ! déclara le premier.

Ferizzi fit signe aux deux femmes de sortir.

Torrens s'arrêta devant le premier TIC et désigna les couloirs jonchés de squelettes.

— Une fois les relevés effectués, faites des prélèvements préliminaires un peu partout, je vais faire venir le bus du LABADN ici en urgence. Je veux des résultats rapides. On a besoin d'avancer vite.

— Ah, c'est pas moi qui décide, pour ça, va falloir passer par...

— C'est un ordre du général de Juillast, lança Torrens au culot. Ces morts-là ont assez attendu.

29.

Chloé brûlait de l'intérieur.

Une douleur vive, pulsatile, qui irradiait jusqu'au milieu du ventre.

Le reste de son corps, entièrement nu, n'était qu'ecchymoses, mais elle ne le sentait presque plus, sinon par son incapacité à pouvoir rester dans la même position très longtemps. La cuve était un sarcophage étouffant, immonde, et un instrument de torture en soi, physique et mental ; il était impossible de s'y allonger correctement, aucune surface réellement plane, l'air y était moite et puant malgré un ersatz de VMC bricolée, l'obscurité absolue. Pourtant, Chloé y retournait à toute vitesse lorsqu'il le lui ordonnait, trop impatiente de se soustraire à lui. La cuve signifiait la fin des sévices. Un répit dont elle ne pouvait jamais appréhender l'étendue – de toute manière, elle avait perdu la mesure du temps.

Il la faisait remonter avec l'appât de l'instinct de survie.

La première fois que le couvercle de la cuve s'était ouvert, elle avait été traversée par une immense espérance un peu folle. Une échelle en corde était descendue, et elle l'avait gravie sans se faire prier, pour tomber face à lui. Les horloges qui tournaient à l'envers l'avaient vraiment effrayée, mais le pire, c'étaient toutes les têtes de poupées illuminées de l'intérieur.

La suite, rien que d'y repenser, la fit se blottir contre le plastique de la paroi. La table. Les étriers.

La deuxième fois, elle était remontée à tâtons, méfiante, ce qui l'avait énervé. Il avait été plus brutal encore.

La troisième, Chloé avait refusé l'échelle.

Il avait insisté, aboyant ses ordres comme un dément avant de s'éloigner. Il était revenu d'une démarche lourde avant de poser quelque chose d'encombrant sur le rebord. Un câble avait plongé vers elle, et il l'avait agité jusqu'à ce qu'il touche l'épaule de Chloé.

La décharge l'avait fait se cambrer. Il avait recommencé plusieurs fois, secouant le fil dans tous les sens tandis que Chloé cherchait désespérément à lui échapper en se plaquant au sol, en vain. Elle haletait, le cœur tressautant dangereusement jusque dans le fond de sa gorge, lorsqu'il avait refermé le couvercle de la cuve en lui affirmant que la prochaine fois qu'il lui dirait de monter, elle aurait intérêt à lui obéir sinon ce serait pire.

Il l'avait laissée mijoter longuement. Elle léchait les cloques de ses brûlures pour tenter d'en calmer les morsures, lorsqu'il était revenu. Une fois remontée, Chloé avait vu la grosse batterie de camion qui l'avait torturée, prête à resservir s'il le fallait.

Elle ne pouvait boire et manger que lorsqu'elle regagnait la surface.

C'était toujours la même chose.

D'abord lui. Ce qu'il voulait.

Ensuite elle pouvait se sustenter, entravée par une chaîne pendant qu'il se reposait dans un coin. Après elle avait droit à une douche dans un bac de camping bricolé dans un angle de la cave, dans la partie presque pas éclairée.

Puis il tendait la main vers le trou de la cuve, sans un mot, et elle y retournait, jambes serrées, bras autour de la poitrine, ce qui n'avait plus trop de sens après ce qu'il lui avait fait et puisqu'elle ne portait plus de vêtements depuis longtemps, mais c'était plus fort qu'elle. Le besoin de se serrer contre elle-même.

Il ne lui parlait presque pas. Seulement des injonctions. Il ne faisait même pas semblant pour mieux la manipuler, pour la rendre plus docile, non, il ne comptait que sur la terreur, la soumission. Avec lui, Chloé ne se sentait même plus humaine, juste un bout de chair. Mais l'était-il, lui, humain ?

Son regard était vide. Froid. Celui d'un grand Blanc en chasse.

Déglutir lui fit mal, elle caressa sa gorge meurtrie. C'était nouveau, ça. Lui passer une ceinture autour du cou. Il tirait dessus, de plus en plus. Jusqu'à ce qu'elle commence à geindre, à suffoquer. Dieu merci, il s'arrêtait vite, avant qu'elle ne perde connaissance, mais combien de temps tiendrait-elle à ce rythme ? Et s'il lui prenait soudain de ne pas relâcher ?

Chloé préféra ne pas y penser et déplia ses jambes.

Ses entrailles la firent gémir de douleur.

Mais pourquoi lui faisait-il ça ? C'était quoi, l'idée tordue derrière ces injections ? Elle reconnaissait l'odeur du produit. Avec une telle pression en plus, elle avait l'impression chaque fois que ça lui remontait jusque dans l'estomac, qu'elle allait vomir de la Javel à en crever ; sur le point de s'évanouir elle en avait les yeux qui se révulsaient de souffrance. C'était improbable qu'elle ne soit pas déjà tombée malade. De la Javel... Un poison ! Elle avait des nausées, des étourdissements, mais il lui était impossible de savoir si c'était à cause du détergent en elle, ou tout simplement à cause de ce qu'elle endurait depuis... Depuis combien de temps au juste ? Elle était incapable de calculer. Des jours, ça ne faisait aucun doute.

S'il n'y avait eu ses enfants, Chloé se serait déjà laissée mourir, elle en était convaincue. Elle aurait refusé de monter, et il l'aurait électrocutée sans fin, ou elle ne se serait plus alimentée du tout. Rien ne pouvait être pire que ce qu'il lui infligeait, au bout du compte.

Mais elle avait un infime espoir.

Précisément à cause de la Javel.

Et son obsession des lavements à grande eau, avec son immense seringue. Chloé n'y voyait qu'une explication : ne pas laisser son ADN en elle. Et dans ce cas, c'était bien qu'il comptait la remettre dehors un jour ou l'autre, non ? S'il voulait la tuer, il ne prendrait pas autant de précautions chaque fois, il ne l'aurait fait qu'à la toute dernière, avant de se débarrasser de son corps, non ?

Chloé s'arrimait à l'espoir de revoir ses enfants comme à une étoile dans la nuit noire. Et pour ça, elle était prête à tout endurer.

Il fallait tenir même si elle se sentait de plus en plus exténuée. Son organisme donnait des signes d'épuisement. Tachycardie, somnolence permanente, crises d'angoisse à répétition, gencives sèches, et depuis peu

Chloé se retrouvait avec des poignées de cheveux entre les doigts. C'était le stress, se rassurait-elle. Mais elle n'avait pas le droit de faillir. Malade ou éreintée, elle se faisait la promesse de s'accrocher à la vie, pour eux. Ils étaient sa boussole de survie. Il n'y avait que lorsque ce monstre était sur elle que Chloé refusait de polluer l'image de ses enfants, elle ne voulait pas la souiller avec le visage congestionné de cette ordure. Tous les tics qui apparaissaient à ce moment, ses paupières qui tremblaient, ses joues qui s'agitaient, sa bouche tordue de colère et de plaisir, l'écume aux commissures de ses lèvres, les tendons saillants de sa gorge… Et ce regard terrifiant.

Chloé balaya ces souvenirs d'un coup, il y avait une pensée qui méritait son attention. Deux bouilles d'amour.

Juste les revoir. Les sentir contre elle.

Elle renifla une larme, et le sifflement résonna dans la cuve.

30.

Deux équipes s'étaient succédé pendant la nuit, disposant groupe électrogène portatif, projecteurs, et fixant l'immense scène à coups de photos et de films, dessinant des schémas précis, mesurant au télémètre laser, marquant l'emplacement de chaque corps, chaque objet. Le site était trop vaste pour lancer des prélèvements particuliers, la moindre recherche d'empreinte ou de sang, il fallait d'abord que le procureur vienne sur place et donne son aval. Il y avait des arbitrages à faire. C'était un travail colossal, qui coûterait une fortune et prendrait un temps considérable.

Mais Lucie avait insisté. Elle avait coincé le TIC auquel elle s'était adressée dans la mine et lui avait passé de Juillast au téléphone. Elle s'était mouillée, et le général l'avait suivie. Exceptionnellement, les écouvillons GendSAG furent sortis de leurs pochettes stériles – c'étaient eux qui permettaient une analyse ADN en moins de deux heures s'ils disposaient du labo à proximité –, et le TIC regarda Torrens, qui était redescendue avec lui en tenue de lapin blanc, pour savoir ce qu'elle voulait tester. Elle avait désigné la caisse avec les vêtements, puis les manches des scalpels, le bon de commande du chloroforme et les poignées des lampes. Avant de partir, elle s'était arrêtée devant un corps étendu dans une niche. Avec l'aide du TIC, et après s'être assurée que la position initiale était parfaitement documentée par des clichés détaillés, elle remonta lentement la jupe de coton sur les jambes faméliques, presque complètement réduites à l'état d'ossements. Une fine couche grise et boucanée les emballait.

La femme ne portait pas de culotte. Torrens avala sa salive.

— Demandez au légiste de vérifier s'il n'y a pas une tête d'oiseau en elle. Et prenez l'ADN ici aussi.

Elle ne savait pas précisément ce qu'elle cherchait, sinon suivre une intuition. Qu'espérait-elle trouver sur les vêtements de ces malheureuses ? Un sperme vieux de plus de quatre-vingts ans ? Dans les tissus, il avait pu se conserver, désormais, grâce à leur niveau de précision, les analyses détectaient ce genre de traces, même après si longtemps, si elles s'étaient imprégnées dans les fibres. Et les taches ressemblaient à du sang certes, mais d'autres, bien plus claires, presque invisibles, pouvaient être la preuve qu'un pervers sexuel avait été à l'œuvre ici.

Mais ça n'expliquait pas les hommes et les enfants.

Lucie Torrens se tordait les doigts de nervosité en remontant. N'était-elle pas en train de laisser sa propre histoire orienter ses décisions ? Tous les dingues n'étaient pas des violeurs. Tout ne se rapportait pas à l'agression sexuelle. Il y avait d'autres pistes à explorer.

Dehors, l'aube avait réveillé les gendarmes qui étaient restés sur place, avaient somnolé sur les banquettes des voitures. Ludivine en faisait partie, incapable de quitter le site pour aller se mettre dans un hôtel local. Les membres de la section de recherche avaient opté pour un lit confortable, eux, à l'exception de Ferizzi, moins bougon qu'à son habitude, qui était allé acheter du café dans la ville la plus proche. Il en distribua des gobelets à chacun, s'excusant s'il n'était déjà plus très chaud.

Torrens trouva Ludivine assise sur une souche, face à l'entrée du puits Lecouvre. Des cernes profonds lui dessinaient un maquillage gothique. Ses cheveux blonds noués à la va-vite dans un maelström de boucles indisciplinées.

— Vous avez une sale gueule, lui fit remarquer Torrens.

Ludivine confirma d'un haussement de sourcils.

— Vous auriez dû dormir avec les autres, au chaud, insista la patronne du DSC.

— Faites ce que je dis, pas ce que je fais ? répliqua Ludivine, que la fatigue rendait moins docile.

— J'avais du boulot, m'assurer qu'ils ne perdent pas de temps. Écoutez, je comprends mieux que personne ce que vous ressentez. L'urgence. Devoir être efficace. Mais vous ne tiendrez pas le coup sans vous ménager un minimum. Ni sur cette enquête ni sur le long terme, vous comprenez ? Vous avez déjà vécu ça sur des affaires à la SR, je suis sûre. Mettez-vous en recul émotionnellement. Protégez-vous.

Ludivine gloussa. C'était bien là tout le dilemme.

— J'y arrive pas, avoua-t-elle alors. Ou, pour être honnête, je ne veux pas. Je pense à Chloé Maignan terrifiée quelque part, dont le dernier espoir est probablement que nous la trouvions avant qu'il ne soit trop tard. Comment se reposer quand cette femme endure un tel martyre ?

— Vous ne lui servirez à rien si vous flanchez.

Ludivine leva le menton, en guise de défi ou pour empêcher l'émotion de remonter, difficile à dire.

Lucie se pencha et mit la main sur son épaule.

— Faites la différence entre votre job et votre vie, dit-elle plus doucement. Sinon vous allez vous détruire.

— J'en n'étais pas loin, et ce qui m'a sorti la tête de l'eau, c'est justement d'arrêter de me blinder. D'accepter mes failles. De vivre avec, d'en faire une force.

Lucie la fixait. Elle approuva. Un point pour elle. Avant de tourner les talons, elle ajouta tout de même :

— Ne vous faites pas trop d'illusions, Ludivine, je ne veux pas que vous vous abîmiez. Après six jours, les chances de survie de Chloé sont minces.

— On sait qu'il veut les garder, en profiter le plus possible. Tant que son fantasme ne le dépassera pas, il ne serrera pas le lien sur la gorge jusqu'au bout.

Lucie Torrens eut un regard tendre et presque triste pour Ludivine.

— Vous ne sauverez pas toutes les Chloé du monde, dit-elle. Acceptez-le, pour ne pas vous perdre en route.

Ludivine se leva, mains dans les poches de sa veste en jean.

— Vous avez raison. Mais sauver celle-ci me suffira.

31.

Quarante-deux.

Essentiellement des femmes, mais le légiste était formel, il y avait aussi six hommes. Et autant d'enfants.

C'était le décompte complet de la nécropole du puits Lecouvre.

Dans la clairière, Ludivine se tourna vers Fred Vronsky, qui lustrait sa barbe avec un baume, impassible, comme si tout ça ne le touchait plus.

— Combien il y a de mines désaffectées en France ?

L'ingénieur grimaça, feignant de chercher dans sa mémoire, mais la réponse tomba dans la foulée :

— Il y a eu plus de trois mille concessions délivrées, avec pour chaque site plusieurs fosses, si c'est ce que vous voulez savoir.

Ludivine fit le calcul. À raison d'une moyenne de trois puits par site : pas loin de dix mille puits potentiels. Peut-être beaucoup plus. Et ils avaient trouvé deux charniers. En restait-il d'autres ailleurs ? *C'est hallucinant. Comment ont-ils pu frapper autant sans jamais se faire prendre ?*

Ludivine en eut le vertige.

Le dandy hipster se racla la gorge avant de se lancer :

— Dites, je me demandais, vos gus, là, ils doivent s'y connaître un peu en mines.

— Pourquoi vous dites ça ?

— Parce que les deux en ont choisi qui ne sont pas charbonnières, or c'est quand même les plus courantes, en tout cas les plus connues généralement.

— Quelle différence ça fait ?

— En matière de tranquillité, ça fait *toute* la différence. S'il y a eu exploitation de houille, il y a risque de coup de grisou. Donc mon bureau, le BRGM, doit contrôler un minimum, savoir où on en est des poches de gaz. Pour prévenir les explosions principalement, vous voyez ? C'est pas parce qu'il n'y a plus de fonçage que le grisou s'arrête pour autant. Il peut s'infiltrer, s'accumuler, remonter. On mesure ça, nous. Et les deux mines où vous avez des macchabées, elles n'exploitaient pas de houille, donc pas de grisou. Donc pas de contrôles aujourd'hui. Des zones mortes, dont tout le monde se fout. La première j'ai pensé que c'était un coup de bol, mais deux, je me suis dit...

— Vous vous êtes bien dit.

Ludivine le pressentait depuis le début, le lieu était important à Fulheim, parce que Charon le connaissait. Ce n'était pas seulement parce qu'il avait grandi dans le coin, il avait la culture de la mine, il y avait certainement travaillé. Ce que Vronsky expliquait confirmait que ce n'était pas juste un opportuniste de passage. Il savait comment tout ça fonctionnait.

— Il a fermé quand, déjà, le puits Hector ? demanda-t-elle.

— 1974.

C'était vieux. Très vieux même. Mais si Charon avait commencé à bosser à la mine tôt, vers quatorze ans, ce qui n'était pas totalement inconcevable à l'époque, et que ça n'avait duré que deux ou trois années avant le dépôt de bilan, il avait dans les soixante piges désormais. Dans les clous.

Lucie Torrens revint en raccrochant son téléphone. À son sourire, Ludivine devina qu'elle venait de parler à sa fille. Elles reprirent leurs déductions là où Ludivine en était et, réalisant que Fred Vronsky n'en perdait pas une miette, elles s'éloignèrent pour échapper à la curiosité malsaine de l'ingénieur, qui se rattrapa en admirant leurs fessiers. Un sacré numéro celui-là, mais Ludivine était au-dessus de ça ce matin.

La SR était dans les galeries, avec le procureur et quelques huiles de la direction générale qui avaient débarqué aux premières heures en constatant l'ampleur que prenait l'affaire.

— Vous avez vu le numéro gravé sur le chevron, à l'entrée du charnier ? demanda Torrens tandis qu'elles marchaient sur le sentier en pleine forêt.

— Le huit ?

— S'il est aussi attentif aux détails que l'est Charon, j'ai peine à croire que c'est un hasard. Il aurait pu prendre n'importe quel passage, mais c'est celui-là qu'il voulait.

Ludivine ne pigeait pas, elle s'arrêta et ouvrit les mains devant elle pour le signaler.

— La symbolique ! insista Torrens.

— Ah. Eh bien… Le huit, chez les Chinois, c'est la prospérité il me semble.

— Pardon, mais en 1935, je doute que la culture asiatique ait été très populaire dans le secteur, personne ne devait faire ce lien. Pensez dans le temps, dans les mœurs de l'époque, ici, dans ce coin reculé de France. Les basiques de la culture paysanne et ouvrière. La religion ! Chez les chrétiens, le huitième jour est celui de la résurrection, le chiffre de la renaissance par le baptême.

— Je l'ignorais.

— Vous y repenserez lorsque vous verrez les fonts baptismaux de forme octogonale la prochaine fois que vous entrerez dans une église, vous savez, la cuve pour l'eau bénite. Le huit, c'est le chiffre de l'immortalité ! Et si vous le mettez à l'horizontale, c'est l'éternité.

En d'autres circonstances, Ludivine se serait dit qu'elles allaient trop loin dans l'interprétation, à vouloir trouver un sens au moindre indice, mais elle savait aussi que les tueurs en série très organisés de ce type, surtout lorsqu'ils avaient à ce point la volonté de tout contrôler, procédaient rarement au hasard. Torrens avait probablement raison : il n'avait pas choisi la galerie 8 sans y prêter attention. C'était important pour lui. Une partie de son rituel.

— On n'est pas loin des obsessions de Charon, commenta-t-elle. Lui la mort, celui-ci la vie éternelle.

— Je me suis dit la même chose. J'ignore encore le lien tangible entre eux, mais ils ont clairement été connectés.

Ludivine se sentait nulle. Inculte face à sa supérieure. Elle fut prise d'une nouvelle bouffée de doute. *C'est la fatigue, arrête !*

— Vous saviez tout ça ? s'étonna-t-elle après quelques mètres, admirative. Je veux dire, vous connaissez la symbolique de tout ?

Torrens avait de nouveau son air félin, imparable. Elle toisa la forêt, impérieuse, puis s'immobilisa devant Ludivine. Soudain son sourire lui détendit les traits et Ludivine retrouva celle, plus chaleureuse, qu'elle connaissait.

— J'ai potassé sur mon téléphone pendant que le soleil se levait.

— Ça me rassure tellement ! lâcha Ludivine d'un trait.

La cheffe d'escadron reprit la marche et ajouta pour la narguer en s'éloignant :

— Mais au moins j'y ai pensé, moi !

Le général de Juillast débarqua en milieu de matinée et s'équipa d'une combinaison blanche pour descendre. Il prit les choses en main aussitôt, multipliant les allers-retours, discutant, en sueur, sous l'ombre des chênes, avec les magistrats présents, puis avec d'autres officiers généraux. Il héla Ferizzi pour s'entretenir avec lui, puis accueillit le bus du LABADN lorsqu'il arriva enfin, vers midi.

Ludivine et Torrens voyaient le ballet interminable des TIC, les messes basses entre enquêteurs et magistrats, mais ni Segnon, ni Franck, ni Magali ne prenaient la peine de venir les informer de ce qui se tramait. Tous étaient débordés.

Ludivine remarqua un légiste qui s'équipait d'une scie vibrante et comprit qu'il allait découper des os.

On en était donc là, à directement chercher l'ADN des squelettes. Pourquoi si rapidement sur place plutôt que d'attendre le confort et la sécurité d'une salle d'autopsie ?

En début d'après-midi, de Juillast vint voir les deux femmes. Ses beaux yeux délavés semblaient ternis par le stress. Même son accent parut moins chantant.

— Retournez au PC provisoire, à Fulheim, ordonna-t-il. Avancez sur les profils que vous avez demandés. Ici, il y a encore trop d'analyses à boucler avant que vous n'ayez la matière pour vous rendre utiles, je vous transmettrai les rapports dès qu'ils seront prêts.

— Qu'est-ce qu'il se trame, mon général ? demanda Torrens qui voyait bien qu'il y avait autre chose.

Le général avait perdu un peu de sa superbe au fil des derniers jours, particulièrement ces heures-ci. Elles purent lire son hésitation, avant qu'il ne se reprenne.

— J'envoie des prélèvements à Pontoise pour pousser l'expertise, pour l'instant on n'a aucune certitude, je préfère que vous vous concentriez sur ce qu'on a déjà plutôt que de vous embrouiller. Filez maintenant, nous n'avons pas de temps à perdre.

Ludivine et Lucie s'observèrent, aucune n'était dupe.

Il s'était passé quelque chose dans les profondeurs de Lecouvre. Quelque chose qui secouait tout l'état-major.

De Juillast leur offrit son sourire le plus factice. Faussement rassurant. Il ne tentait même pas d'être convaincant, seulement de leur dire poliment d'obéir.

De ne pas chercher à en savoir plus.

32.

La baie vitrée du poste de commandement à Fulheim était toujours aussi sale, couvrant le paysage de la mine d'un voile terreux tandis que la soirée tombait sur la région.

Ludivine constata que l'endroit ne lui avait pas manqué pendant son absence.

La grande salle était calme, seulement occupée par l'adjudant Bardane et le maréchal des logis-chef Riess qui assuraient la permanence, triant toutes les informations qui remontaient après les nombreuses demandes effectuées. Guilhem Trinh, l'ex-collègue de Ludivine à la SR de Paris, était également sur place, mais venait de quitter la mine pour aller se reposer à l'hôtel lorsque les filles du DSC arrivèrent.

— Vous n'allez pas dormir ? demanda Torrens.

Riess se leva.

— Je vais d'abord aller vous trouver de quoi dîner, dit-il en sortant.

Bardane, lui, se contenta de hausser les épaules et de désigner les piles de feuilles devant lui.

— Y a du travail et je suis là, alors autant le faire.

Torrens s'installa à côté de lui et Ludivine tira une chaise pour l'encadrer de l'autre.

— Briefez-nous.

Bardane émit une série de *poc* avec sa bouche, cherchant du regard par quoi commencer.

— Alors là, les dossiers bleus, ce sont les listings de tous les employés qui sont passés par la mine lorsqu'elle était active. On n'a pas la garantie que ce soit exhaustif, loin de là, surtout avant-guerre. La pile jaune, ce sont ceux qui y ont bossé les dix dernières années, avant la fermeture. Il y a une seconde chemise à l'intérieur pour ceux qu'on a pu retrouver, leurs adresses successives depuis, c'est en cours, et c'est ce qui nous prend le plus de temps, je vous le cache pas.

— Les pages agrafées, là ? demanda Torrens en désignant une série de trois tas fins.

— Les ex-employés qui ont un casier judiciaire. Triés par gravité. Dans les ordinateurs, on a entré tout ça dans Analyst's Notebook, plus la téléphonie des douze derniers mois, qu'on est en train d'organiser, tous les numéros qui ont borné sur le secteur jusqu'au jour de la découverte des corps. Ensuite, quand ce sera fini, on va recouper avec les numéros de tous les suspects qu'on aura sélectionnés parmi les noms qui sont sous vos yeux.

— Vous avez écarté ceux qui ont plus de soixante-dix ans ? interrogea Torrens. Même si Charon est un sportif, il y a des limites. Anne Khari l'était aussi, elle aurait pu se défendre face à un homme qui n'aurait pas été vif et extrêmement solide.

— On a surtout dégagé tous ceux qui sont morts, vous verrez, ils sont rayés au stylo dans les listings. Et ça fait un paquet.

Ludivine s'empara d'un marqueur qui traînait sur le bureau et écrivit en gros sur plusieurs pages blanches :

« La soixantaine env. Blanc ? Sportif. Licence de sports de combat ? Joggeur pour conserver l'endurance – repérer des proies ? Roule en Dacia Duster noir. Au chômage/retraite, ou en congé en mars ? Doit être maniaque. Rigoureux. Strict. A vécu région Fulheim, maintenant du côté de Bordeaux ? Passage par les Ardennes possible ! Casier judiciaire pour violences sexuelles ? Incarcéré années 1990 jusqu'à récemment ? Se fait passer pour un livreur ou un dératiseur, autres combines probables. »

C'était ce qu'elles avaient. Avec une marge d'erreur importante dans l'interprétation, comme dans tout profil.

Jean-Félix Bardane étira ses longs membres pendant que Ludivine scotchait les feuilles sur le mur en face.

— Ah oui, il y a les proprios de Dacia Duster, ajouta-t-il en la voyant faire. Là, on parle de cinq cent mille individus, ça ne va pas être possible pour notre logiciel… et nos petits cerveaux. On va devoir faire au coup par coup, dès qu'on veut contrôler un nom, on le passe au fichier pour vérifier s'il en a une.

Ludivine désigna les petits tas.

— Les longues peines, ça donne quoi ?

Bardane s'empara du dernier document.

— Sans verser dans le cliché stigmatisant, vous êtes dans une zone industrielle sinistrée : sous-emploi, misère, alcool et violence sont ici un peu plus représentés qu'ailleurs. Donc des condamnés, parmi tous les anciens mineurs, j'en ai un paquet à vous soumettre. Bien sûr, des peines supérieures à dix ans, nettement moins. Voilà, c'est eux. Une centaine sur les vingt-cinq dernières années. Et c'est en cours, hein, je vous l'ai dit, on est loin d'avoir recensé tout le monde.

Ludivine s'empara des feuillets, qu'elle commença à parcourir.

— À tout ça, vos potes de la SR ont ajouté les extaulards qui ont vécu ou qui sont encore dans le coin sans nécessairement fréquenter la mine, c'est le dossier violet là-bas. Ferizzi voulait aussi qu'on lui sorte tous les délinquants sexuels qui vivent dans la région, peu importe leur âge et leur passé. Pochette rose.

Sans lever les yeux de sa lecture, Ludivine secoua la tête pour souligner que ça ne l'intéressait pas. Elle était prête à parier que Charon avait travaillé dans le puits de Fulheim. *Tu pêches par excès de confiance maintenant ?* s'interpella-t-elle avant d'ignorer ses doutes. Elle n'avait pas le temps, il fallait opérer des choix, affirmer ses convictions et donc prendre des risques.

Torrens embraya.

— Dans les mineurs, vous en avez trouvé qui sont partis vivre dans le Bassin aquitain à un moment pendant les années 1990 ou jusqu'à maintenant ?

Bardane retira ses lunettes pour les nettoyer avec le bas de sa polaire de gendarme.

— Pardon, mais là encore, on creuse. C'est long de tous les localiser, de retrouver leurs parcours. On avance, on avance.

— Et donc ?

— J'en ai moins d'une dizaine pour l'instant, mais on n'a pas traité plus de vingt pour cent des noms à ce sujet.

Il fouilla pour mettre la main sur une série de noms sous le titre « Aquitaine ».

— Aucun ne roule en Duster ?

— Pas que je sache, j'ai pas vérifié, mais je suppose qu'ils l'ont fait.

— Qui ça ?

— Ben, Ferizzi, Segnon, les enquêteurs, quoi ! Moi je suis juste une petite main.

Torrens lui arracha le répertoire des mains.

— Je m'en occupe, ce serait trop con de passer à côté pour un quiproquo.

Riess revint leur apporter un plateau avec ce qu'il avait pu récupérer et les deux femmes mangèrent sans y prêter attention, plongées dans les déroulés d'identités.

Vers minuit, elles bâillaient à en pleurer. Le QG était plongé dans un clair-obscur, avec les lueurs des ordinateurs et des lampes de garage suspendues au-dessus d'eux, laissant de larges poches de nuit tout autour. Riess avait déserté depuis longtemps, mais Bardane poursuivait sa tâche d'assistant, passant au crible des fichiers informatiques les noms que Ludivine lui donnait.

Elle barra la dernière ligne qu'elle avait sous les yeux, fourbue, et s'enfonça dans son fauteuil. L'adjudant, lui, semblait prêt à digérer la suite, efficace comme une machine.

— Vous n'êtes pas claqué ? lui demanda Ludivine.

Il plissa les lèvres, ne sachant que répondre.

— Je tiens plus debout, lui avoua-t-elle. Vous n'avez pas une femme qui vous attend ?

— Non, j'ai pas ce plaisir.

— Ou un homme, pardon.

— Non, non. Juste mon grade, c'est déjà pas mal.

— C'est pas incompatible, vous savez.

— Oh, avec les mutations tout le temps, faut trouver la bonne, capable de suivre, de comprendre le boulot et le bonhomme surtout. Pas évident.

Ludivine lui désigna Torrens d'un coup de menton.

— Faites comme la cheffe, prenez dans le « contingent ».

Bardane dévoila ses petites dents brillantes, gêné. Ce n'était pas un sujet sur lequel il était très à l'aise.

Ludivine fit claquer ses paumes contre ses cuisses pour signaler qu'elle capitulait. Elle le sentait, tout s'embrouillait sous son crâne. Elle devait dormir, le minimum, pour retrouver de l'efficacité.

L'air frais du Haut-Rhin la réveilla un peu lorsqu'elle marcha en direction des tentes. Elle consulta son portable en chemin. Ils s'étaient échangé plusieurs messages avec Marc pendant la soirée. Ça commençait à vraiment être difficile, la distance entre eux. *Une semaine demain.* Elle fut aussitôt tentée de s'interdire de se plaindre, par respect pour ce que devait endurer Chloé, mais finalement s'autorisa un coup de blues. Elle en avait le droit. C'étaient ses émotions à elle, et elles ne l'empêchaient en rien de tout faire pour sauver la jeune mère de famille.

Ludivine savait qu'elle risquait de le réveiller mais elle envoya tout de même un SMS à Marc. Juste un cœur avec un bandage. Elle avait besoin d'échanger.

Son téléphone vibra lorsqu'elle écarta le pan de sa tente.

Il lui avait répondu avec un GIF. Le gros monstre bleu et sympa de Pixar, Sully, qui prenait une petite fille entre ses bras poilus pour lui faire un câlin.

Du reste, Ludivine ne se souvint pas. Elle tomba sur la couchette et s'endormit quasi instantanément.

33.

Gavée de café, de retour au QG, Ludivine écoutait Guilhem résumer ce sur quoi il venait de passer la matinée.

— Avec les conditions économiques dégradées et la désindustrialisation, les années 1980 et 1990 sont une horreur pour l'Alsace et la Lorraine. Des dizaines de milliers d'emplois perdus. Autant de familles qui doivent se recaser, partir aux quatre coins du pays pour retrouver du boulot, ou s'acharner sur place, avec le risque de sombrer lentement dans la misère. Ça veut dire qu'une large portion des types qui étaient sur le site de Fulheim, ils ont bougé. Retracer leur parcours est infernal.

— J'en doute pas, mais on n'a que ça. Je veux ceux qui ont migré, même provisoirement, du côté de Bordeaux.

Depuis la première heure, Ludivine et sa supérieure avaient dicté des ordres de priorité. On mettait sur le dessus de la pile les casiers judiciaires lourds. En premier lieu ceux qui entraient dans les grandes lignes du profil.

« Célibataire probable », avait ajouté Ludivine sur les feuilles scotchées au mur. C'était une question qu'elles n'avaient jamais abordée avec Torrens, savoir si Charon pouvait avoir une famille. Pour faire illusion, oui. Mais Ludivine avait rappelé que chasser était son obsession. Toute son existence tournait autour de ça. Une famille y aurait fait obstacle, ne l'aurait pas aidé en tout cas, voire pouvait représenter une source de danger sur le long terme pour lui. À moins de l'avoir endoctrinée ? Ludivine avait du mal à le croire, sur quarante ans de vie commune, ils auraient pu se brouiller, parler… Dangereux pour un homme aussi précautionneux que Charon. Prudent jusqu'à l'excès.

Il était bien plus efficace seul, et il n'avait que ça en tête.

Célibataire, donc.

Ludivine osait, prenait position. Le DSC ne pouvait travailler qu'au conditionnel en permanence, en usant de formules de précaution, il fallait se mouiller, l'essentiel de leur boulot consistait à analyser, interpréter, comprendre et projeter. Par définition, c'était donc complexe et aléatoire, soumis à un énorme facteur d'erreur. Ludivine appréciait la méthode Torrens : tout poser, et assumer des orientations, des choix. Elle y allait. N'hésitait pas à revenir en arrière, à changer d'avis au regard d'éléments nouveaux. Tout tenter pour essayer d'être utile, plutôt que de naviguer sur la réserve en permanence et de ne jamais oser. Le DSC devait fournir des hypothèses, quitte à se tromper.

Ludivine se reconcentra sur l'essentiel. Le profil du suspect.

Repérer des hommes entre cinquante-cinq et soixante-cinq ans pour commencer, ayant travaillé ici, avec des condamnations importantes, des séjours en prison entre 1994 et récemment, célibataires, et si possible qui vivaient ou étaient passés en Aquitaine ; et mettre les Blancs sur le dessus de la pile. Le reste des critères se vérifierait petit à petit. L'entonnoir était assez étroit, mais avaient-elles le choix pour aller au plus vite ? Une semaine depuis l'enlèvement de Chloé Maignan. *Déjà*, songeait Ludivine.

Rassembler ces informations et extraire les noms des interminables bases de données dont ils disposaient étaient harassant. Et contre toute attente, même avec ces filtres, il en restait un certain nombre. Mais heure après heure, Ludivine, Guilhem, Torrens, Bardane et même Riess affinaient, lentement. Il n'existait aucun logiciel centralisant les données nationales : pour protéger les libertés individuelles et garantir le respect des lois, la CNIL[1] l'interdisait. L'ensemble des informations que pouvaient rassembler les gendarmes étaient dispersées sur une trentaine de fichiers différents qu'il fallait donc consulter un à un. Le métier de pandore consistait en premier lieu à ne pas se perdre dans la jungle des acronymes permanents. Taper le nom de l'individu chaque fois, lire, synthétiser et enchaîner. Pour s'épargner des manipulations sans fin, les enquêteurs commençaient par interroger le TAJ, le Traitement d'antécédents judiciaires, la base. Si la personne avait eu affaire à la justice, elle s'y trouvait d'une manière ou d'une autre. Cela épurait une large partie des listes.

La journée se consumait dans cette archéologie judiciaire, lorsque l'adjudant Bardane, qui venait de passer deux heures devant son ordinateur ou dehors au

---

1. Commission nationale de l'informatique et des libertés.

téléphone, s'approcha de Ludivine, la guettant à travers ses lunettes aux verres toujours impeccables tant il les nettoyait tous les quarts d'heure. La jeune femme travaillait debout depuis un moment, ne supportant plus d'être assise, les jambes pleines de fourmis, le corps en dérangement.

— J'en ai un qui va vous intéresser, je crois. Regardez.

Il lui déposa une note qui commençait par un nom. Anthony Simanoszki.

— Il a soixante piges tout rond. A bossé ici entre 1972 et 1974. Et il est dans le fichier des auteurs d'infractions sexuelles ou violentes pour deux viols.

Ludivine prit la feuille.

— OK. On le met avec les autres.

— C'est pas tout, insista Bardane en tripotant la monture de ses lunettes. Il est sorti de prison il y a moins de six mois. Il a fait une demande pour que son nom soit effacé de nos fichiers sous prétexte que ça allait lui porter préjudice pour trouver du travail dans la sécurité.

— Un gros malin celui-là.

— En tout cas, qui a pris un avocat pour essayer de disparaître à nos yeux. S'il avait réussi, on serait passés à côté. Et j'ai mieux : il ne bosse plus qu'à mi-temps depuis Noël.

— Intéressant. Laissez-le sur le dessus de ma pile.

Bardane la fixait, préparant le coup de grâce.

— Il a vécu les quinze premières années de sa vie dans les Ardennes, à Ham-sur-Meuse, à deux kilomètres de la mine du Gistrois.

Cette fois Ludivine revint s'asseoir sur sa chaise pour mieux regarder la photo que l'adjudant Bardane avait imprimée. Une photo d'identité tout ce qu'il y avait d'administratif. Visage carré marqué par la prison, joues creuses, front haut, cheveux courts et gris, nez d'aigle, bouche pincée, presque sans lèvres. Rasé de près. L'air strict. Entretenu.

Un regard noir. Vide.

Ludivine avait soudain les mains moites.

— Il roule avec quoi ? demanda-t-elle.

— J'ai pas trouvé de Dacia Duster à son nom.

Merde. Mais ça ne voulait pas dire qu'il n'en avait aucune sous la main, un proche, une location…

— Il était en taule pour les viols ?

— Entre autres. En réalité sa plus grosse peine est pour meurtre.

— Quoi ? Qui ça ? On a les détails de comment ça s'est passé ?

— Il a tué une de ses filles, la plus jeune.

Ludivine tira sur la chaise d'à côté et invita Bardane à s'y poser.

— Raconte.

— J'ai pas eu la procédure au complet, hein. Mais de ce que j'ai déjà trouvé, Anthony Simanoszki a été jugé en 1996 pour le meurtre deux ans plus tôt de Myriam Simanoszki, sa benjamine.

— Il était incarcéré depuis quand ?

— Octobre 1994. Soit six mois après la dernière victime retrouvée ici, dans le puits Hector, ça colle parfaitement. Au procès, apparemment, sa famille a témoigné en sa faveur. Le type était apprécié, sérieux, travailleur. J'ai appelé un vieux gendarme du coin que je connaissais, vous savez, j'ai grandi pas loin, j'ai mes connexions. Et il se souvient de Simanoszki, il l'a connu. Il m'a dit qu'à la brigade, ils l'ont toujours eu dans le pif, pas clair, mais ils n'ont jamais rien pu lui reprocher concrètement quand il est sorti de prison la première fois. Un malin, pas franc. La mort de la fille n'a pas surpris mon contact, ils s'attendaient tous à ce qu'un jour on découvre un loup avec ce Simanoszki.

— Un premier séjour en prison vous dites ?

— Un viol, en 1986. Une fille qui a raconté qu'il l'avait serrée contre un mur, à une soirée, et qu'il avait abusé d'elle alors qu'elle était ivre. Il était brutal, et il l'avait étranglée pendant tout l'acte. Il n'avait aucun antécédent, a dit qu'il pensait qu'elle était consentante, que la main sur la gorge c'était un jeu sexuel entre eux, la fille a reconnu être bourrée, à l'époque ça a joué en faveur de Simanoszki, il a fait moins de deux ans en tout.

— Il y a en effet un trou entre 1986 et 1988 dans les victimes du puits Hector, confirma Ludivine qui avait du mal à contenir son excitation. Vous avez le mode opératoire pour le meurtre de sa fille ?

— Oui, enfin, c'est pas du tout un MO, c'est une dispute qui a mal tourné, un accident sordide. La fille et le père s'embrouillaient régulièrement, ça, tout le monde l'a confirmé, elle n'avait pas une adolescence très facile. Au procès, sa propre famille l'a quand même pas mal chargée. Dans le genre amour maternel, on doit trouver plus empathique, dit Bardane avec une dose de mépris qui surprit Ludivine.

— Elle était battue ?

— C'est pas ressorti de ce que j'ai lu ou entendu jusqu'à présent. J'ai parlé tout à l'heure avec un des gendarmes qui étaient sur l'affaire, un retraité aujourd'hui. Il m'a expliqué qu'un soir Anthony Simanoszki avait picolé, ce qui n'était pas dans ses habitudes, ça, tout le monde l'a certifié, y compris l'entourage moins direct du gars. Une dispute de plus a éclaté pour un prétexte futile, ils en sont venus aux mains, Simanoszki l'a jetée en arrière et Myriam s'est heurté la tête contre les chenets en fonte.

— Il a pris combien ?

— Vingt-deux ans.

— Vingt-deux ! s'exclama Ludivine, ce qui fit se retourner Torrens et Guilhem.

— Oui. C'était sa fille, il avait picolé, et il a fait une très mauvaise impression à la cour, au point que tous ont voulu le voir rester à l'ombre le plus longtemps possible. Le viol de 1986 a pesé contre lui, cette fois. La famille semblait trop unie autour de la figure paternelle, comme soumise, et tout le monde au procès a pensé exactement la même chose : la fille était abusée par le père mais tout le monde le couvrait. À l'époque on ne pouvait faire appel aux assises, c'était réglé.

— Il est sorti quand ?

— Avec les remises de peine, en 2009. Il lui a fallu six mois seulement avant de se faire prendre pour un nouveau viol.

— Ça, c'est étrange. Lui qui a été si bon de 1979 à 1994 pour enlever et tuer sans jamais laisser la moindre trace se fait choper si rapidement ensuite ?

— Dès qu'il sort de son rituel, déclara Torrens dans son dos.

Attirée par la conversation, la cheffe d'escadron se tenait debout, avec Guilhem.

— Lorsqu'il suit le processus qu'il a longuement mûri pour chasser, développa-t-elle, il est implacable, ne laisse rien au hasard. Mais dans la vie quotidienne, ses pulsions le rattrapent parfois, et avec le temps, comme tous les tueurs en série, il prend confiance, il se croit si bon, si brillant, qu'il fait des conneries. Ce sont les viols. La deuxième, il n'a rien prémédité, c'était une victime de passage, non ?

Bardane hocha la tête.

— On peut dire ça, je suppose, admit-il. Une jeune femme qui prenait un raccourci, elle est passée devant lui et, d'après Simanoszki, il a vu rouge. Cette fois il a mangé quinze ans. Remises de peine, tout ça, tout ça, il était dehors en octobre dernier.

Torrens et Ludivine se regardèrent.

Il avait mis à peine deux mois pour retrouver ses vieilles habitudes, pour choisir une proie et frapper. Anne Khari, en décembre.

— C'est lui, confirma Torrens.

— Sauf qu'il y a un problème de taille, souleva Guilhem. Viols et meurtre, son ADN a été pris en prison et il aurait dû émerger quand on a consulté le fichier, ça ne peut pas être lui, Charon.

Torrens agita son index frénétiquement devant elle.

— Vous voulez que je sorte les statistiques d'erreurs dans les prélèvements qui ont été effectués en taule ? Ne misons pas tout sur l'ADN, ça serait une connerie, et pas la première fois que ça arrive.

— Charon est tellement prévoyant et pervers, confirma Ludivine, qu'il a pu biaiser avec le système, la technique d'échange d'ADN par le baiser marchait pas mal à l'époque des premiers relevés génétiques en prison. Dans un monde parfait, tous les criminels auraient dû y repasser mais on sait très bien que ça n'a jamais été fait.

Torrens ne tenait plus en place.

— Les faits pointent dans sa direction.

Ludivine fronçait les sourcils. Elle venait de lire son adresse, en banlieue de Colmar.

— Il habite toujours dans le secteur ? demanda-t-elle à Bardane.

— Oui, apparemment. Son téléphone va nous indiquer s'il se balade vers Bordeaux.

— Il est trop astucieux pour l'emporter, fit Torrens, le téléphone bornera ici, ce sera l'alibi qu'il nous servira.

— Vous pensez qu'il s'aventure si loin de chez lui ? Rien ne semble le relier à l'Aquitaine, c'est risqué de chasser dans une zone qu'on ne connaît pas parfaitement.

— C'est aussi très pratique pour dire que ça ne peut pas être lui.

Ludivine agita la feuille sur laquelle Bardane avait noté les grandes lignes.

— Il a eu neuf gamins ? On est loin du solitaire qu'on pensait...

— Je te sens pas convaincue, dit Guilhem qui la connaissait bien.

Ludivine retint son souffle un instant pour réfléchir.

— Je sais pas. Il y a des éléments qui sont évidents mais d'autres... Pas d'attaches du tout sur le secteur des dernières femmes enlevées, pas de Dacia, il commet des bourdes énormes sur les viols, vit au milieu d'une famille nombreuse... C'est déroutant. Mais c'est vrai que sur tout le reste ça colle parfaitement, surtout les dates des incarcérations.

Torrens décela une lueur qu'elle ne connaissait pas encore dans les yeux bleus de Ludivine.

— Une autre idée ? interrogea-t-elle.

Ludivine hésitait. Les habitudes d'enquêtrice de la SR de Paris remontaient. Lucide sur son incapacité à se réfréner, elle se lança :

— Je voudrais aller jeter un œil, à distance. Juste le voir. Est-il sportif ? Son attitude.

— Ce n'est pas notre rôle au DSC.

— Compte tenu des circonstances, ce serait l'occasion de récupérer son ADN sur un mégot ou une canette, et de lancer une vérification dans son dos avec le profil de Charon. Là on serait fixés. Et en attendant, on garderait un œil sur lui. Imaginez que la DGGN ne veuille pas attendre de savoir si le profil génétique correspond et qu'ils le fassent arrêter, mais qu'on ne retrouve pas Chloé Maignan parce qu'il la retient ailleurs et qu'elle meure à cause de notre précipitation ?

Les billes de Torrens se remplirent d'obscurité, tout son faciès se retransforma en celui de la panthère que Ludivine avait vue à leur première rencontre. Elle n'aimait pas qu'on lui tienne tête. Mais l'intelligence de Lucie Torrens reprit le dessus sur le caractère, et la femme s'imposa sur l'animal. Ses traits s'adoucirent à mesure que la pertinence de l'argumentation de Ludivine dépassait son ego.

— Demandez à Riess qu'il vous fournisse le matériel, nous partons dans vingt minutes.

Ludivine lut une dernière fois le nom d'Anthony Simanoszki sur le document qu'elle tenait entre ses doigts.

C'était la vie de Chloé Maignan qu'elle avait l'impression de porter.

Si légère.

34.

Dissociation traumatique secondaire.

Chloé était une passagère en elle-même. Elle observait ce qui se passait sur son enveloppe, elle le subissait et le traitait comme des informations, non plus en tant que ressenti. Son esprit était à distance de son corps. Un hiatus de plus en plus large s'ouvrait entre eux, pour que tout ce qui n'était pas supportable puisse s'y déverser, peu lui importait où tout ça finirait, cet abysse était pratique. Mieux que pratique en réalité, une nécessité absolue de survie psychique. Pour que sa raison ne se déchire pas, ne se fragmente pas en un millier de morceaux impossibles à rassembler.

Mais en réalité, Chloé coulait. Lentement. Elle s'enfonçait dans l'horreur, et celle-ci était une matière noire et gluante, brûlante, elle consumait une partie de la jeune mère de famille, et ce qui demeurait était imprégné de cette poisse épaisse qui l'alourdissait chaque jour un peu plus, l'attirant vers le fond, loin de la lumière, toujours plus bas, dans les ténèbres.

Chloé ne comptait plus. Plus rien. Ni les heures et les jours pour garder une vague idée du temps écoulé, ni les fois où elle était remontée de la cuve, et surtout pas les assauts de l'Ordure. C'était son nom, l'Ordure. Il n'était que ça pour elle. Un déchet. Puisqu'il la traitait comme une chose, elle en faisait autant.

Sauf que lui avait pouvoir de vie et de mort sur elle. C'était lui qui lui permettait de sortir de son trou, lui qui la nourrissait, qui décidait s'il allait serrer encore plus fort le lien autour de sa gorge ou au contraire le lui enlever une fois ses affaires terminées. Il était son maître. Pas son dieu, ça, Chloé le refusait. Il pouvait la soumettre, l'humilier, la chosifier, tout ce qu'il voulait, mais l'emprise sur son âme, ça, jamais elle ne céderait. Maître, pas dieu.

Elle avait lu sur le syndrome de Stockholm, elle savait ce que c'était : l'otage finissant par éprouver de la sympathie pour son ravisseur. Ce n'était pas envisageable pour Chloé ici. Elle n'avait aucune forme de tolérance pour l'Ordure. D'abord parce qu'il aurait fallu qu'ils se parlent ! Lui ne s'adressait presque jamais à elle, seulement des ordres. Pire qu'à un chien. Il n'existait aucun lien entre eux, aucune forme, même rudimentaire, d'échange humain. Rien ne justifiait ce qu'il lui faisait subir.

Chloé avait, un temps, espéré pouvoir retourner la situation, elle avait cherché une faille, un moyen de se libérer, voire de l'attaquer si l'occasion se présentait. Mais l'Ordure était imprenable. C'était comme si tout était parfaitement pensé, prévu. *Répété*, s'était-elle même dit un jour. Chaque geste, la distance physique entre eux, l'ordre de ses actes. Il ne laissait rien traîner, tout était impeccable, pas un objet exploitable, pas une arme improvisée – même pour manger, elle devait le faire les doigts dans un Tupperware qu'il reprenait aussitôt. Et ce n'était pas faute d'y réfléchir, de scruter le moindre de ses déplacements, l'environnement, mais Chloé n'y débusqua aucun espoir.

Alors elle finit par se résoudre à attendre. Qu'il décide pour elle ce qu'il voudrait faire. La libérer ? Elle ne savait plus. Une infime partie d'elle voulait s'y accrocher, ce qu'il restait d'instinct de survie, de cohésion en elle, pour ne pas devenir totalement folle dès maintenant. Se savoir condamnée et devoir subir ces atrocités dans l'attente du couperet final, non, c'était impossible. Elle voulait encore y croire un peu. Elle le devait. Même si les souvenirs de ses enfants et de son mari lui paraissaient de plus en plus flous, lointains, comme si la souffrance avait le pouvoir de vider de sens ce qui lui était cher.

L'Ordure ouvrit le couvercle de la cuve et la lumière des têtes de poupées lui tomba dessus en même temps qu'un peu d'air plus frais.

L'échelle descendit et se positionna pour l'inviter à remonter.

Pour lui *ordonner* de le faire aurait été plus juste.

Chloé déplia ses membres douloureux, sans rien ressentir, et machinalement commença l'ascension. Elle ne se rendait même pas compte que tout son corps commençait à se crisper, ses muscles se tétanisaient, par mémoire traumatique, un peu plus à chaque barreau. D'ici à ce qu'elle s'allonge sur la table, elle ne serait plus qu'une coque rigide. Plus rien qu'une réaction générale. Cela finirait par déplaire à l'Ordure, qui la frapperait pour « attendrir la viande ». C'était ce qu'il avait murmuré la dernière fois. Des mots lâchés pour lui-même, c'était l'essentiel de ses rapports aux autres : l'Ordure se parlait à lui, jamais à elle, sauf pour qu'elle obéisse.

Lorsque Chloé fut debout sur le sol froid, au milieu des tic-tac lancinants de toutes les horloges montées à l'envers, l'Ordure tendit le doigt vers la table.

Mais cette fois, il ajouta quelque chose qu'il n'avait jamais dit auparavant. C'était encore un chuchotement qu'il s'adressait à lui-même, mais Chloé l'entendit.

— Allez, encore un peu… Un peu pour moi. Avant qu'elle ne soit immortelle.

35.

La bâtisse était parfaite.

Relativement isolée. Ancienne, avec des murs bien épais, une cour protégée par une haie impénétrable, et deux remises de bonne taille, assez vastes pour y cacher des voitures, ou y aménager une cellule insonorisée.

Torrens s'était garée à distance, dans un chemin latéral qui desservait un bois touffu, légèrement surélevé, et elles se repassaient les jumelles avec Ludivine. Une vieille 205 était garée devant le portail désaxé, mais aucun signe de vie n'émanait de chez Anthony Simanoszki, sinon la silhouette menaçante d'un berger allemand qui se promenait sur son territoire, aux aguets. Le chien était un problème. Pour s'approcher, même discrètement, et s'il fallait intervenir, il faudrait l'anticiper.

Ludivine commençait à se faire à l'idée que Simanoszki soit leur gars. Trop d'éléments correspondaient pour l'ignorer. Le parcours carcéral avec les pauses dans la série de crimes. Les viols... Jeune, il avait connu la mine de Fulheim. Et surtout son enfance au pied de l'autre mine, au Gistrois. Il avait pu fréquenter les deux puits. Hector et Lecouvre. Quelle probabilité y avait-il pour qu'un profil aussi similaire à celui de Charon existe dans la bonne tranche d'âge ?

Depuis trois heures qu'elles guettaient, Simanoszki n'était pas apparu, ni dehors ni aux fenêtres de leur côté, elles ne savaient même pas s'il était chez lui. Était-il à son travail ? Là-dessus, Torrens avait un gros doute. Durant le trajet, Ludivine s'était renseignée sur la nature du boulot en question pour découvrir qu'il s'agissait d'un job dans l'imprimerie d'un oncle, et qu'apparemment Simanoszki ne semblait pas y être très présent. De là à envisager que ce soit un emploi fantôme, une couverture offerte par l'oncle...

Sa femme était décédée depuis deux ans. Maladie. Apparemment Simanoszki vivait seul depuis sa sortie de prison.

Ludivine avait repéré la volière sur le côté de la maison. Un abri de bois et de grillage dans lequel une dizaine d'oiseaux noirs végétaient sur leurs perchoirs. Ni des espèces exotiques apparemment ni particulièrement jolis. Ludivine n'était pas experte, mais elle avait l'impression que c'étaient des merles tout ce qu'il y avait de plus banal. *Il faut envoyer les ossements des piafs trouvés dans la mine de Fulheim à des spécialistes, pour qu'ils déterminent s'il s'agit d'une espèce unique, et si oui laquelle.*

Mais au fond d'elle, Ludivine avait déjà le sentiment de le savoir. Ils étaient sous ses yeux, dans cet enclos.

Le chien tourna la gueule dans leur direction, droit vers les verres grossissants que Ludivine braquait sur lui, et le cœur de la jeune femme s'accéléra. Si elles se faisaient griller si bêtement, ce serait une catastrophe. Elles s'étaient pourtant garées le plus loin possible.

Mais l'animal pivota et se mit à renifler le sol nonchalamment.

Le portable de Ludivine vibra avec l'arrivée d'un message. C'était Segnon. Une heure plus tôt, elle lui avait demandé où ils en étaient justement là-bas. L'attitude du général l'avait inquiétée.

Elle ouvrit le SMS, curieuse.

« On avance, sauf que : erreur technique, il a fallu tout refaire. Te tiens au jus. Biz. »

Ludivine fronça les sourcils. Elle ne le sentait décidément pas. Même ce message ne ressemblait pas à Segnon. Tout refaire à cause d'une erreur ? Elle avait du mal à le croire, l'impression de se faire balader.

— Je sais pas ce qu'ils foutent au Gistrois mais c'est pas clair, commenta-t-elle en tendant les jumelles à sa supérieure.

— De Juillast n'était pas à l'aise.

— Pour qu'ils nous renvoient ici, sans qu'on puisse accéder aux infos, c'est qu'il y a quelque chose en bas, dans la galerie 8.

— Les légistes ont fait des allers-retours sans arrêt, ils cherchaient un truc.

— Il ne vous dira rien si vous l'appelez ?

— Le général ? Ah, pouffa Torrens avec ironie, vous ne l'avez pas encore assez pratiqué. Quand il est déterminé, vous pouvez oublier, il n'en fera qu'à sa tête. L'accent chantant, c'est bien pour endormir tout le monde. Il sait faire. Juste attendre, Ludivine, on n'a que ça.

Ce qu'elles faisaient. Une demi-heure de plus s'envola, dans le silence de l'habitacle. Ludivine envoyait des SMS à Marc, tout en gardant un œil sur la propriété au calme léthargique.

Une porte claqua au loin, elle releva le nez de son écran.

— Ça bouge, confirma Torrens. Maison principale, c'est lui.

Sans les jumelles, Ludivine vit seulement une silhouette assez large pousser le portail et monter dans la 205 d'un pas vif.

— Athlétique, nota Torrens.

— Il a regardé autour de lui en sortant ? Il est particulièrement méfiant ou prudent ?

— À peine un coup d'œil.

Torrens lui tendit les jumelles et démarra. Elles allaient devoir jouer serré pour ne pas le perdre tout en conservant une distance de sécurité importante. S'il roulait trop longtemps, elles seraient obligées de lâcher pour ne pas risquer qu'il les remarque. Tout, plutôt que d'éveiller ses soupçons. Mais connaître ses déplacements pouvait s'avérer crucial, surtout s'il ne détenait pas Chloé Maignan à son domicile.

Torrens laissa la 205 disparaître au bout de la route et accéléra un grand coup pour foncer vers le virage. La 205 beige filait au loin, et elles se glissèrent à sa traîne, Torrens prenant soin de mettre au moins un ou deux autres véhicules entre eux, pour se fondre dans le décor. Il roulait calmement.

Ludivine ne voulait pas se faire de film, mais elle espérait au fond d'elle qu'il les conduisait jusqu'à sa planque. Là où Chloé était retenue.

Un feu passa au rouge avant qu'elles n'aient franchi un carrefour et Torrens dut prendre le risque de foncer en dépassant un camion qui venait de s'arrêter devant elles. Elle s'inséra aussitôt dans le trafic clairsemé en espérant que Simanoszki n'avait pas remarqué loin derrière lui, dans son rétroviseur, l'embardée subite.

Il entrait dans un secteur beaucoup plus urbanisé, la banlieue concentrée de Colmar. Impatiente, Ludivine prit son téléphone pour parler à Guilhem :

— Alors, c'est quoi, la décision des patrons ? Ils veulent l'interpeller ?

— Je sais pas, ça discute et je ne suis pas dans la confidence. En attendant je retrace l'historique carcéral du bonhomme, je vous tiens au jus si je tombe sur un truc.

Elles étaient dans une petite rue en sens unique flanquée de voitures garées, lorsque la 205 se faufila sur une place et que Simanoszki sortit en claquant la portière. Cinquante mètres plus loin, Torrens s'arrêta pour que Ludivine puisse s'extraire à son tour.

— Vous restez à distance, c'est clair ? insista la cheffe d'escadron. Je vous dis dès que je suis en place.

Ludivine acquiesça et, les mains dans les poches de sa veste en jean, se lança à la poursuite discrète de Simanoszki.

L'homme avait effectivement la carrure d'un sportif. Ses années d'incarcération ne l'avaient pas empâté, au contraire, il faisait partie des détenus qui en avaient profité pour s'entraîner, se forger ou entretenir un corps dynamique.

Il entra dans un bar PMU et Ludivine décida d'en faire autant. Il n'y avait pas foule, et la télévision qui retransmettait les courses hippiques faisait plus de bruit que les clients rassemblés.

Simanoszki commanda son café et alla s'asseoir à une table, sans un signe ni un mot pour quiconque. S'il avait ses habitudes ici, alors c'était un discret. Il tenait un ticket devant lui et semblait déjà plongé dans une intense réflexion pour le remplir.

Ludivine se posta au bar et en profita pour l'observer.

Ses rides étaient profondes, certainement accentuées par la prison. Ses gestes sûrs, tout à l'économie. Il ne bougeait pas sans raison. Simanoszki était plongé dans sa bulle, entièrement absorbé à établir son pari. Puis il se redressa et ses yeux noirs reprirent contact avec le monde. Il analysait l'environnement, ignorant les hommes autour de lui, ils ne l'intéressaient pas. Le regard glissa vers la droite, vers Ludivine qui, aussitôt, baissa le menton pour scruter la tasse qui fumait sous son nez.

Il était sur elle. Ludivine pouvait presque sentir le poids de ses pupilles en train de la détailler. *Il ne m'a pas grillée. Il est juste en train de m'examiner. Je suis une femme, je suis une proie potentielle, il me jauge.*

C'était un sentiment extrêmement désagréable. Savoir qu'elle était passée au crible des critères de vie ou de mise à mort. Correspondait-elle au fantasme ? Non, très peu probable à cause de sa toison blonde. Mais si tout le reste collait ? Si le profil de son visage lui évoquait brusquement un souvenir d'enfance et qu'il produisait un flash en lui ? Allait-il la pister ensuite ?

Simanoszki ne la lâchait pas, Ludivine le devinait : toujours à l'étudier. L'imaginait-il nue ? Se voyait-il déjà sur elle en train de l'étrangler lentement ?

Elle décida que ça avait assez duré et, le plus naturellement possible, releva le menton et tourna la tête vers la salle.

Ils se virent. Elle, essayant de paraître surprise, lui glacial, sans vie, juste à la fixer sans ciller, dur, inquisiteur. Inflexible. Un moment de suspension dans l'œil du cyclone. Un tueur en série. Voilà ce qu'elle observait. Une véritable machine à tuer des femmes. Sans la moindre hésitation. Et il ne ployait pas. La défaisait-il ? *Non, il s'impose. Parce que je suis inférieure, à peine humaine pour lui. Un tas de chair destiné à le servir au mieux.*

Il n'y avait rien en lui qui aurait pu la faire tiquer sinon sa froideur. Aucune lueur maléfique, aucune fièvre malsaine. Rien que deux globes sombres et leur impassibilité. « Tueur en série » ne s'affichait nulle part. Un instinct peut-être. Qu'il ne fallait pas rester seule avec lui. Oui, c'était lisible dans le fond de l'œil, ce manque de vie, et cette insistance à vouloir entrer en elle par le regard…

Ludivine baissa la garde en premier, feignant la gêne, et retourna à sa tasse.

Il la toisait encore.

C'est bon, t'as eu ce que tu voulais, lâche-moi maintenant.

Elle était étrangement de plus en plus mal à l'aise. Combien de temps allait-il la scruter comme ça ?

Brusquement, Ludivine se fit une sueur froide. De quel côté était son arme ? *Non, non, c'est bon, il ne peut la détecter, il est à l'opposé.*

Le petit jeu avait assez duré, d'autant que son téléphone venait de vibrer dans sa poche. C'était certainement Torrens qui lui indiquait où elle était garée. Idéalement, Ludivine aurait voulu récupérer la tasse du suspect avec son ADN dessus pour la faire expertiser en urgence, mais c'était trop risqué.

Elle posa ses pièces sur le comptoir, remercia le cafetier, et sortit.

Sur sa nuque, elle devinait un pointeur implacable. Il était encore sur elle. Jusqu'à ce qu'elle disparaisse à l'angle du bâtiment, Simanoszki demeura rivé à sa peau. Ludivine se demandait ce qu'il pouvait bien penser en la voyant ainsi.

Puis après quelques pas, elle songea qu'il était préférable de ne pas le savoir.

Ludivine baissa le pare-soleil et s'enfonça dans son siège. Elles stationnaient un peu plus haut dans la rue.

— C'est lui, dit-elle.

Torrens pivota pour lui faire face.

— Il vous a vue ?

— J'ai plutôt l'impression qu'il est entré de force sous mes fringues et dans mon crâne.

Torrens plissa la bouche, signe qu'elle comprenait.

— On reste là à le surveiller jusqu'à ce que les ordres tombent, dit-elle.

— Mais s'il ne détient pas Chloé chez lui on…

— Soit elle est déjà morte, soit il va passer la voir tôt ou tard. Un chat qui a capturé une souris joue avec. Il va en avoir besoin. À nous d'être prudentes et attentives.

Ludivine se massait les cervicales. C'était idiot, mais elle avait envie d'une douche, froide, pour bien se nettoyer du regard que Simanoszki avait porté sur elle. Comme s'il l'avait souillée.

Torrens lui tendit une casquette et ajouta :

— S'il ressort, évitons qu'il remarque que vous êtes encore là.

Ludivine l'enfila et baissa la visière pour se cacher le plus possible, et elles attendirent de nouveau, en écoutant un filet de radio.

Cinq minutes plus tard, le flash de dix-huit heures s'ouvrit sur une nouvelle qui figea les deux femmes :

« On l'apprend à l'instant, dans l'affaire des corps retrouvés à la mine de Fulheim, un profil ADN serait en cours de comparaison avec un suspect potentiel. Nous ignorons si… »

— Merde ! aboya Torrens. Saloperies de journalistes ! Putain…

Elles eurent à peine le temps d'envisager ce qu'elles devaient faire que Simanoszki jaillissait du PMU et fonçait à sa voiture, d'un pas anormalement pressé.

— Ludivine, dans le bar, il y avait une télé ?

— Oui, mais qui diffusait les courses de chevaux…

Avec un bandeau d'information en dessous, comprit-elle.

Torrens tourna la clé pour démarrer.

— Il sait, conclut-elle.

Simanoszki roulait beaucoup plus vite qu'à l'aller. Et il rentrait chez lui, il n'y avait que peu de doute. Ludivine était en contact téléphonique avec Guilhem, qui lui-même avait alerté le Peloton de surveillance et d'intervention de la gendarmerie – le PSIG – le plus proche, ils n'avaient pas le temps d'attendre l'arrivée du GIGN.

— Le lâchez pas, implora Guilhem. Je veux pas qu'il se volatilise dans la nature.

— C'est pas ce qui m'inquiète le plus pour l'instant, répliqua Ludivine.

Elle était obsédée par l'idée qu'il se précipite pour « faire disparaître les preuves ». À commencer par Chloé.

Lorsqu'elles le virent griller un feu rouge, elles surent que ça n'était pas un concours de circonstances, mais qu'il était au courant et que c'était pour ça qu'il rentrait. Il avait une tâche à accomplir en urgence, avant que la flicaille ne débarque chez lui.

Sur le dernier kilomètre, Torrens décida de le quitter, pour contourner la maison et accéder au chemin de surveillance par l'autre côté, ne pas se retrouver à devoir rouler sur la même voie isolée que lui, où elle les aurait immédiatement repérées. Elle arrêta le véhicule à quelques encablures de la propriété et, avec les jumelles, Ludivine vit la 205 devant le portail. Simanoszki avait disparu.

— Il doit être à l'intérieur, déduisit Torrens.

— Et s'il la tue ?

— Ludivine, vous savez comme moi qu'on ne peut…

Ludivine, qui avait son téléphone sur les genoux en mode haut-parleur, interrompit sa supérieure pour demander :

— Guilhem, combien de temps avant l'arrivée du PSIG ?

— Une vingtaine de minutes.

Ludivine souffla, dents serrées.

— On les a pas, Lucie. Elle sera morte. Il ne s'est pas précipité pour rien.

La porte de la maison s'ouvrit et Simanoszki apparut, une barre de fer dans la main.

Ludivine sortit de la voiture, incapable de rester en place. Dans les jumelles, elle le vit serrer la barre entre ses paumes, comme s'il se préparait, s'affûtait avant de passer à l'action.

Puis il descendit les marches de l'escalier et commença à traverser la cour.

— Il va vers la grande remise, dit Ludivine. Elle doit être là. Il va finir le boulot, qu'elle ne puisse pas témoigner contre lui.

Cette fois, Ludivine lâcha les jumelles et, avant même de réfléchir à la suite, elle se précipitait vers la propriété.

Elle ne put entendre Guilhem dans la voiture, à travers le haut-parleur, qui annonçait :

— Vous n'allez pas le croire. Simanoszki a été contrôlé à trois reprises pour son ADN. Il ne peut pas y avoir de manipulation ou d'erreur sur trois prélèvements. Ce n'est pas lui. Simanoszki n'a pas le même ADN que Charon.

Mais pour Ludivine, il était trop tard. Elle courait.

36.

Ludivine se concentrait sur sa respiration. C'était la clé. Bien respirer, que le corps suive, et surtout que son cerveau soit alimenté en oxygène pour l'aider à prendre les bonnes décisions en un fragment de seconde s'il le fallait.

Elle approchait du portail. À travers la haie, il lui était quasi impossible de suivre Simanoszki, même si elle devinait une ombre. Il était presque arrivé à la remise du fond.

La chaîne du portail n'était pas refermée avec le cadenas, dans la précipitation il n'en avait pas pris le temps. Mais elle était tout de même enroulée sur plusieurs tours. Galvanisée par son élan et sûre de sa condition physique, Ludivine sauta sur le portail qui grinça, et, un pied sur un vantail, elle se hissa pour sauter par-dessus.

Elle atterrit dans la cour poussiéreuse, envahie de mauvaises herbes et de détritus mécaniques, et sortit son Sig Sauer, index le long du canon et non engagé sur la queue de détente, museau pointé à l'intermédiaire, entre le sol et devant elle, prête à agir sans risquer la bavure.

Elle respirait fort, focalisée sur son objectif. Une porte en bois derrière laquelle Simanoszki s'était engouffré. Ludivine avançait à petits pas pour s'assurer de sa stabilité, mais rapides pour ne pas perdre de temps.

Elle ne le vit pas approcher, mais elle l'entendit au dernier moment, lorsqu'il fut trop tard pour pivoter.

Le berger allemand la chargeait, crocs dehors, et s'apprêtait à lui sauter à la gorge, lorsque la détonation retentit et que l'impact le cueillit en plein abdomen, le faisant rouler au sol.

En retrait, haletante, Lucie Torrens tenait son arme fumante.

D'un signe de tête elle indiqua à Ludivine de continuer. Il était trop tard pour reculer.

L'animal gémissait, à moitié affalé sur un morceau de pneu. Pas le temps de s'en occuper, le coup de feu avait alerté Simanoszki de leur présence, et Ludivine se remit à courir jusqu'à la porte.

— Gendarmerie ! s'écria-t-elle en donnant un coup dans le battant pour l'écarter.

L'intérieur était sombre, le contraste avec l'extérieur ne lui permettait pas encore d'y voir grand-chose, mais Ludivine était tellement mue par la terreur d'arriver une poignée de secondes trop tard qu'elle entra. Qu'il sente que c'était fini, que tuer Chloé n'allait plus rien y changer.

L'odeur d'humidité assaillit ses narines, et elle aperçut des murs de pierre, des formes rectangulaires... *Des caisses en bois.* La perspective s'allongeait sur sa gauche. *La pièce va par là et...*

Il surgit d'un coup, la barre levée au-dessus de sa tête, et frappa puissamment. Ludivine eut tout juste le réflexe de reculer d'un pas, assez pour ne pas se faire fracasser le crâne, pas assez pour échapper au coup. Son arme encaissa le choc et s'arracha de ses mains pour finir quelque part, au loin, dans un tas de bûches.

Déjà la barre revenait à l'assaut par le bas. Cette fois Ludivine fit parler ses années d'entraînement. D'un mouvement des hanches, elle fondit sur son assaillant et attrapa la barre à la base pour lui laisser le moins d'amplitude possible.

Mais Simanoszki était costaud, il tira aussi sec en sens inverse. Ludivine allait lâcher, se retrouver à sa merci s'il était rapide. Et il l'était, un tueur avec quarante années d'habitude, d'expérience.

Il se pencha pour avoir plus de prise.

Ludivine plia le bras gauche et lui frappa la tempe avec son coude. Le plus fort qu'elle put, rotation du bassin, appui du genou, tout ce qu'elle avait pour amplifier le choc. Il y eut un *crac* assourdi, sans que la gendarme sache s'il émanait d'elle ou de son adversaire.

Ne voulant pas attendre la réaction de Simanoszki, Ludivine lui décocha un crochet du droit dans la foulée. Les doigts de la jeune femme s'écrasèrent contre les os carrés et solides du bonhomme.

Emportée par l'action et la peur, Ludivine ne voulait lui céder aucune marge, ne surtout pas lui permettre de reprendre le dessus. Avec lui, un seul direct bien placé pouvait suffire à assommer la gendarme, elle en était bien consciente.

Elle serra le poing gauche cette fois et cogna en visant la mâchoire. Une première fois mal ajustée, elle ne fit que l'effleurer, elle réarma immédiatement et recommença en criant, et cette fois ses phalanges s'enfoncèrent dans sa paume tandis qu'elle heurtait les dents et le menton de Simanoszki, qui partit à la renverse.

Elle l'accompagna dans son mouvement, parée à lui en remettre une bonne dose une fois au sol, jusqu'à ce qu'il ne bouge plus, lorsqu'une ombre tomba sur eux depuis l'entrée.

— Ludivine ! Recule ! aboya Torrens en pointant son arme vers Simanoszki qui s'effondrait de tout son long.

L'homme était K-O.

Ludivine respirait à pleins poumons, en garde, comme si elle attendait le round suivant. Simanoszki se mit à gémir.

Toutes les années que Ludivine avait passées à se blinder, à s'enfermer dans une armure insensible et à épuiser son corps pour en faire une arme venaient de servir à quelque chose.

Ludivine était vivante et le salaud crachait du rouge par la bouche.

Il releva douloureusement la tête vers elles, le regard trouble, et fit « non » en la secouant.

— Je suis foutu. Je suis mort, dit-il d'une voix rocailleuse et engluée par le sang.

37.

Les gyrophares bleus scintillaient dans le crépuscule, ajoutant une couche dramatique au paysage déjà morne de la propriété de Simanoszki.

Assise à l'arrière d'une camionnette de la gendarmerie, Ludivine appuyait une pochette de glace sur sa main gauche. Mais ni le froid ni la douleur latente ne parvenaient à atténuer la frustration qu'elle ressentait. L'envie de hurler. D'aller prendre Simanoszki par les épaules et de le secouer jusqu'à ce qu'il renifle sa propre matière cérébrale.

Pour qu'il dise où était Chloé.

Après avoir fouillé les bâtiments et le terrain pendant plus d'une heure, ils n'en avaient trouvé aucune trace. Pas de cellule. Pas de corps non plus. Rien.

Torrens fit coulisser la porte latérale et entra pour s'installer à ses côtés.

— Il ne dit rien ? demanda Ludivine.

— Pas un mot.

Ludivine renversa sa tête en arrière contre la vitre.

— Et ce n'est pas lui, Charon, l'ADN est catégorique, ajouta la cheffe d'escadron.

— Je sais, Guilhem vient de me le dire. Mais c'est un proche. Le labo dit qu'il est de la même famille, ça prouve qu'on ne s'est pas totalement plantés ! Il sait où est Chloé !

Guilhem lui avait lu ses notes au téléphone. « Charon et Simanoszki ont quasi 3 700 centimorgans de segments d'ADN partagés, soit cinquante pour cent du total. Ça signifie qu'ils sont de la même famille. Et pour que ce soit autant, c'est forcément un père et un fils. Ou deux frères. Ils sont proches, Lulu. Très proches. »

Chez lui, elles avaient trouvé un vieux modèle de téléphone portable, avec le minimum de technologie, intraçable en dehors des lieux où il avait borné, et Simanoszki ne l'emportait presque jamais, pour ce qu'elles devinaient. C'était malin de sa part. Et sa 205 n'avait pas de GPS intégré, aucun ordinateur de bord, donc aucune mémoire des lieux qu'elle avait desservis. L'enfoiré avait tout prévu.

Puisqu'il s'était rué dans la remise du fond, les équipes avaient mis le paquet sur cet endroit. La barre que Simanoszki tenait en main devait servir à tirer ou à faire levier sur quelque chose de lourd, et ils avaient tout retourné en songeant à cela, avant de dénicher une vieille trappe dissimulée sous un peu de terre. La barre servait à soulever l'anneau en acier, ouvrant sur un trou de la taille d'une petite valise. À l'intérieur, il y avait une boîte avec une arme, un Manurhin MR 73, le revolver utilisé par les forces de l'ordre autrefois, et environ soixante-dix cartouches.

Simanoszki s'était précipité pour s'équiper, dans l'attente de la police. Pour faire un carton ou se suicider ?

Les officiers supérieurs avaient déjà commencé à débarquer compte tenu de l'urgence, et Simanoszki avait disparu dans un des véhicules. Torrens et Ludivine n'avaient plus accès à lui.

— Le colonel a demandé que vous alliez faire un examen à l'hôpital, et qu'un médecin rédige un rapport complet.

— Je vais bien.

— C'est pour vous protéger, Ludivine, plus tard, lorsque les avocats vont mettre leur nez dans ce qu'on a fait, ce serait bien qu'on puisse prouver que vous avez reçu des coups, vous aussi. Usage proportionné de la force, tout ça, je vous fais pas de dessin.

Le portable de Ludivine sonna. C'était Guilhem. Elle le mit sur haut-parleur.

— On a retrouvé un Manurhin MR 73 chez lui, annonça Ludivine sans le laisser parler. Il existe une base de données avec les numéros de série des armes volées ou perdues par les flics et nous ?

— Bien sûr. C'était notamment l'arme du GIGN il y a quelque temps. Certains l'utilisent encore je crois. Si on peut récupérer le numéro de série, je regarderai. Mais je vous appelle pas pour ça.

Ludivine posa la pochette de glace sur sa nuque pour soulager ses tensions. Elle était nerveuse.

— On t'écoute, dit-elle.

— Tu sais combien de Simanoszki y a dans le Grand Est ? Dix-sept ! Ils ont proliféré, dis donc ! Et tous sont restés dans le coin on dirait bien. J'étais en train de lister les noms et de retrouver leurs adresses et… y a un lieu qui appartient à un des fils d'Anthony Simanoszki pas loin de là où vous êtes. J'ai voulu vérifier sur Google

Maps, vous savez, la vue satellite, et en zoomant on dirait… enfin c'est pas tout à fait une baraque.

— Comment ça ? fit Ludivine en se penchant.

— Plutôt une sorte de cabane.

Elle releva les yeux vers sa cheffe. À l'air déterminé que celle-ci affichait, Ludivine comprit que l'hôpital attendrait un peu.

— Envoie-nous l'adresse tout de suite, dit-elle en sortant de la camionnette.

38.

La voiture que conduisait Torrens dérapa dans les ornières du chemin que leur avait indiqué Guilhem. Elle avait conduit si vite qu'elles avaient distancé les deux véhicules de la gendarmerie qui devaient les rejoindre sur place.

Cette fois, ce fut Torrens qui sortit son arme et se précipita vers la grille qui encerclait le terrain de hautes herbes. Les phares leur ouvraient la voie, mais Ludivine fit surgir une petite lampe torche qu'elle tint sous le canon de son Sig Sauer.

Torrens tira un coup de feu dans la chaîne qui fermait le portail et fonça droit vers la cabane obscure qui se révélait à peine dans la nuit, derrière des buis.

D'un geste, elle invita Ludivine à passer par-derrière.

Celle-ci se posta sur le côté, avec vue sur l'envers du décor. Il y avait des briques posées parmi les herbes, noircies. Un rond de terre d'environ deux mètres de diamètre indiquait qu'on y brûlait souvent quelque chose, au point que la végétation n'avait pas le temps de repousser.

Torrens s'annonça pour la forme et entra dans la minuscule bâtisse. Ludivine respirait par la bouche, impatiente d'entendre de nouveau sa partenaire lui dire que tout allait bien, qu'elle avait trouvé Chloé, vivante.

Au loin, deux moteurs se rapprochaient en rugissant. La cavalerie arrivait.

Torrens réapparut, arme dans le holster, l'air abattu. Elle se contenta de secouer la tête.

Ludivine laissa sa rage s'exprimer et poussa un cri en frappant dans une vieille boîte de conserve rouillée qui traînait là.

— Mais vous devriez aller voir, déclara Torrens.

À ces mots, Ludivine imita sa supérieure et rangea son Sig Sauer, ne gardant que la lampe.

Elle entra doucement, vérifiant où elle posait les pieds.

Il y avait une seule pièce dans la cabane. À l'intérieur, outre un parfum un peu rance, flottaient des dizaines et des dizaines de minuscules crânes, suspendus depuis le plafond par du fil de pêche, comme en lévitation.

Des crânes d'oiseaux.

Alors Ludivine les vit toutes, quand elles s'attrapèrent dans le faisceau de sa lampe.

Les paires d'yeux fixées au mur du fond.

Plus d'une centaine. De toutes les couleurs. Des globes de verre, tous braqués sur elle, et qui, dans la pénombre, semblaient se déplacer avec Ludivine, où qu'elle aille.

Son obsession pour la mort. Pour l'âme et son reflet.

Des véhicules pilaient devant le terrain et des gyrophares bleus envahirent une partie de la cabane par la porte restée ouverte, conférant aux yeux de verre une lueur mouvante, spectrale, un semblant de vie.

Ludivine pivota et découvrit le dernier pan de mur.

Une affiche le recouvrait en grande partie.

Celle d'un dessin qu'elle connaissait.

Un corps d'homme, aux traits grossiers, noir, figé, comme mort, avec une tête d'oiseau.

L'Homme du puits de Lascaux.

La signature de Charon.

39.

Le trajet retour vers Fulheim parut interminable.

La nuit semblait bloquée, enrayée, et les mêmes façades défilaient encore et encore derrière la vitre de Ludivine. Les mêmes champs. Les mêmes stations essence sur la route départementale.

De Juillast avait ordonné qu'elles rentrent tout de suite au QG provisoire, à la mine. Il avait été sec, sans formule de compréhension, sans demander comment elles allaient, ce qui ne lui ressemblait pas.

— Il est inquiet, avait décrypté Torrens.

Et au-delà, il voulait s'assurer qu'elles obéissaient. Les extirper des mains des autres services, des autres gradés. De Juillast les protégeait. Dans son état, Ludivine ne savait plus si elle en avait besoin. Tout lui paraissait justifiable pour sauver Chloé Maignan. Anthony Simanoszki n'était pas mort, et pour ce qu'elles en découvraient, s'il n'était pas Charon, il en connaissait beaucoup sur son compte. Restait à le faire parler avant qu'il ne soit trop tard.

Il n'était pas minuit lorsqu'elles parvinrent au site. La meute de journalistes avait déjà décru des deux tiers.

Une semaine sans grande avancée médiatique était un temps bien trop long pour mobiliser toutes leurs forces sur place. L'espoir de révélations fracassantes dans les premières journées s'était évaporé avec les moins acharnés.

Elles se garèrent et Torrens désigna les tentes à Ludivine.

— Je vais notifier à Riess ou à Bardane que nous sommes rentrées, allez vous coucher, demain la journée sera longue.

Ludivine acquiesça, incapable de prévoir si elle allait partir à peine la tête posée sur l'oreiller de fortune, ou si au contraire l'adrénaline bouillonnait encore dans son organisme. Elle ne voulait surtout pas d'une nuit à cogiter.

Une ombre l'attendait juste devant sa tente.

Elle la reconnut aussitôt et se jeta dans ses bras. Ils restèrent ainsi un moment, sans un mot, juste à se serrer. À se comprendre.

— J'ai appris ce qui s'est passé, finit-il par dire. Je pouvais pas te laisser seule.

Elle ignorait par qui Marc avait eu l'information et comment il avait pu accéder à la zone, sinon grâce à son statut d'agent de la DGSI qui devait lui ouvrir à peu près toutes les portes, et à vrai dire, elle s'en moquait. Tout ce qui comptait, c'était sa chaleur, son odeur. Sa force. Elle se brancha à lui, et sentit ses batteries se recharger tout doucement. Assez ironiquement, c'était maintenant qu'elle voulait que la nuit s'enraie et s'éternise. Une nuit infinie, à deux. À flotter dans l'indifférence du monde. Repliés sur eux-mêmes. Protégés par leur union. Égoïstes et totalement ouverts sur l'autre, celui au bout de leur main et juste celui-là.

Plus tard, allongée dans ses bras sous le tissu diaphane de la tente, Ludivine lui demanda :

— Tu étais sérieux pour le chat ?

Marc mit son nez dans sa chevelure sauvage et la huma.

— Avec toi, je le suis tout le temps.

Marc avait obtenu d'emmener Ludivine, aux premières heures du jour, faire un bilan à l'hôpital de Mulhouse, tout près. Elle n'avait rien de cassé, juste quelques ecchymoses, mais s'en moquait. Elle éprouvait toutes les peines du monde à se détacher de son homme. Elle réalisait combien elle s'était sentie seule ces derniers jours, combien elle aimait qu'il rôde près d'elle. Elle le colla chaque fois que ce fut possible, arrimée à son bras, abritant ses doigts dans une de ses mains, le nez posé dans son cou. Elle se sentait vulnérable et protégée en même temps. Et lui prenait, il jouait son rôle et semblait se nourrir de cette démonstration d'amour. Chacun se ressourçait à l'autre à sa manière. Tendres, à l'opposé des blocs d'efficacité froide qu'ils pouvaient être sur le terrain.

— Tu repars quand ? lui demanda-t-elle tandis qu'ils patientaient, assis sur les sièges inconfortables d'un couloir.

— Après t'avoir raccompagnée, tout à l'heure.

L'idée de le perdre physiquement de nouveau tordit les entrailles de Ludivine. Elle décida de ne pas gâcher une seconde et se blottit contre lui.

Ludivine se tenait au courant via Guilhem des éventuelles avancées de l'enquête. Pour l'heure, ils stagnaient. Elle était partagée entre le besoin de faire durer le moment ici, loin de tout, et celui d'être dans l'action, de se sentir utile.

Elle ressortit de son portefeuille la petite photo de famille prise sur le frigo de Chloé Maignan. Leurs quatre visages radieux, portés par les promesses de l'avenir, luisaient sous les néons froids. Ludivine ne put se détacher de celui de Chloé. Si heureuse à ce moment-là.

Elle s'attachait beaucoup trop. Elle se projetait en Chloé, et ce n'était pas bon. Ni pour l'enquête ni pour elle.

Bien que ce soit un épisode que Ludivine préférait enfouir dans sa mémoire et n'exhumer que lorsque c'était absolument nécessaire, elle-même avait vécu un enlèvement[1]. La séquestration. La terreur. La soumission. La lutte à tout prix pour survivre. Ce n'était pas le même genre de pervers, ce n'était, dans le fond, pas comparable, pourtant elle imaginait sans peine ce que Chloé éprouvait à l'heure actuelle.

Je dois en faire une force, pas une faille. J'ai tout fait pour ne pas y repenser jusqu'à présent, mais si ça pouvait faire la différence ?

Marc devina ses sentiments et enroba sa compagne de son bras pour l'embrasser dans les cheveux. Juste lui signifier qu'il était là.

Ludivine se leva d'un bond.

---

1. Voir *L'Appel du néant*, même éditeur.

Sans attendre les résultats définitifs par écrit de ses examens, ils repartirent : l'hôpital ferait suivre au PJGN directement, pour rassurer de Juillast.

De retour à la mine, ils marchaient en direction du QG, Marc raccompagnant sa moitié avant de devoir filer lui-même à Paris. Il observa le chevalement au-dessus d'Hector.

— C'est là qu'elles étaient ?

Ludivine acquiesça.

— Les journalistes parlent d'une femme disparue qui pourrait être une nouvelle victime. Il y a une chance qu'elle soit encore vivante ? demanda-t-il.

Ludivine se mordit la lèvre inférieure.

— C'est une course qu'on est en train de perdre…

Marc l'attrapa par les épaules pour la serrer contre lui. Ils arrivaient en bas de l'ancien poste de commandement réaffecté. Marc ne fit rien pour dissimuler son air préoccupé. Il prit Ludivine par le menton.

— Quand vous retrouverez son corps, dit-il, je…

— On peut encore la sauver.

Il la regarda avec tendresse mais lucidité, l'air grave.

— J'espère. Mais je suis un pragmatique. Alors si ça arrive, je veux que tu prennes deux jours pour souffler. On partira ensemble. Tu ne seras plus à quarante-huit heures près, et tu en as besoin. C'est promis ?

Elle approuva, mâchoires serrées.

— Tu n'en penses pas un mot, lui dit-il avec un sourire fatigué. Je te connais. Mais je viendrai te chercher s'il le faut. Tu as promis.

Leur dernier baiser eut le goût de l'amertume. Celle de la séparation.

Le QG était étrangement calme. Torrens et Guilhem s'y trouvaient, ainsi que Riess. Une chape de plomb pesait sur leurs épaules lorsque Ludivine entra.

D'un mouvement de tête, elle interrogea sa cheffe.

— Non, il refuse de parler.

— Où est-il ? voulut savoir Ludivine.

— Dans les locaux de la SR de Strasbourg.

— Pas un mot ?

Guilhem précisa :

— Apparemment, il se comporte comme s'il avait peur de nous.

— Lui ? C'est un comble, ça.

— La seule chose qu'il a dite, c'est qu'il était foutu. Qu'on allait le tuer.

— S'il ne dit pas ce qu'il sait de Charon et où est Chloé Maignan, c'est possible, oui, répliqua Ludivine sans mesurer à quel point elle en était capable. Et nos enquêteurs, toujours dans Lecouvre au Gistrois ?

— Une partie est sur le retour, pour aller interroger Simanoszki, l'informa Guilhem, les autres poursuivent les constatations sur place.

— Et toujours aucune nouvelle à ce sujet ?

Torrens secoua la tête.

Le volet bordelais de l'enquête était dans les mains de la SR locale, en lien avec l'équipe de Paris-Strasbourg, mais rien n'avait avancé de ce côté-là. Ils n'avaient donc qu'une piste sérieuse et tangible, et elle était détenue en garde à vue.

— On va se lancer sur le parcours de vie de Simanoszki, je suppose ? demanda Ludivine.

Le parcours de vie était une étude complète de tout ce qui définissait un individu à travers le maximum de données possible. C'était un travail immense, fastidieux, long, qui s'opérait sous réquisition, pour obtenir la consultation de certains fichiers comme celui de la Sécu, les données bancaires... Tout y passait. Quel médecin avait été remboursé, quel jour et à quel endroit ? Quel médicament ? Quel psy ? Quelles dépenses, et où ? Sur Internet ou dans un magasin ? Quelles habitudes dans tel ou tel restaurant, payé par carte ou par chèque ? Des dettes ? Une taxe d'habitation quelque part ? Quels revenus officiels ? Quels fournisseurs d'accès, Internet, eau, gaz, électricité... C'était une biographie le plus détaillée possible, couplée aux données téléphoniques, de déplacements, sans oublier tous les contrôles qui avaient été effectués par des flics, y compris la moindre contravention, qui renseignait sur un lieu, un jour, une heure. Au bout du compte, le parcours de vie brossait un portrait assez précis d'une personne et pouvait remonter très loin en arrière.

— On va y venir, oui, admit Torrens. Riess, vous allez nous aider. Et où est Bardane ?

— Il a pris deux jours, ça faisait presque deux semaines qu'il n'avait pas fait une pause. Et bien qu'il joue le blasé, je crois qu'il n'a pas bien encaissé les... les corps en bas.

Ludivine en fut presque choquée. Comment osait-il s'accorder un répit compte tenu de l'urgence ? Elle se modéra aussitôt. Tout le monde n'était pas comme elle. Il avait le droit d'être retourné par les cadavres dans la mine. Le droit de vouloir se couper un bref moment de cette frénésie judiciaire obsédante. Le droit à sa sensibilité. C'était elle qui en faisait trop. Un enquêteur restait avant tout un être humain, il fallait ne pas perdre cela de vue, se ménager un minimum.

Torrens agita une feuille devant elle.

— Les analyses sont en cours, mais les premiers relevés confirment que c'est l'ADN d'Anthony Simanoszki qui est partout dans la cabane. Aucun autre jusqu'à présent.

Ludivine grimaça. Il y avait quelque chose qui clochait.

— Ils ont trouvé quoi exactement dedans ? interrogea-t-elle.

— En plus des squelettes d'oiseaux et des yeux de verre ? Pas mal de revues pornographiques assez extrêmes, du matériel de bondage, avec collier de serrage…

— De l'ADN dessus ?

— C'est en cours, mais si vous voulez mon avis, ce sera le sien. C'est là qu'il entretient ses fantasmes.

Ludivine leva les mains au ciel.

— Je pige pas ! Tout indique que c'est lui, Charon… sauf son ADN. Il a le profil parfait, il a vécu près des lieux, il est obsédé par la mort, par l'Homme du puits de Lascaux, exactement comme on s'y attendait, il a réagi comme s'il était coupable, et pourtant c'est pas lui ? Merde ! Le profil est quasi celui qu'on avait établi, s'énerva-t-elle. On ne pourrait pas faire plus proche !

Torrens la laissa redescendre, puis, posément, annonça :

— Parce qu'on s'est plantées dès le début sur l'essentiel. Il n'agit pas seul. Lui c'est l'obsession, l'autre c'est la dimension sexuelle.

— Deux tueurs ? répéta Ludivine qui n'y croyait pas. Je sais pas... Ces crimes sont intimes. Extrêmement personnels. J'ai peine à envisager qu'il veuille se dévoiler à un autre pendant ces instants si... uniques. C'est une exposition de ce qu'il a de plus traumatisé, de plus orgasmique aussi. La signature est tellement particulière, avec la purification du lieu dans Hector, puis la Javel avec les filles récentes. Il les lave, il ritualise énormément, c'est pas quelque chose qu'on partage...

— Sauf si le complice est son frère ou son fils, proposa Guilhem. Rappelez-vous le rapprochement ADN.

Torrens poursuivit :

— Simanoszki impulse la dynamique, pour que tout ressemble à son fantasme. L'autre vient et viole les filles. Peut-être même qu'il les tue pour qu'Anthony Simanoszki puisse observer la mort les envahir. C'est la même famille, donc ça passe.

Ludivine n'y arrivait pas.

— Mais justement, est-ce qu'on ne fait pas tout pour surtout ne pas se montrer totalement à nu devant sa famille ? N'est-ce pas bizarre ?

Torrens se leva pour aller devant le mur sur lequel étaient scotchées les fiches de toutes les victimes, celles trouvées ici, dans Hector, séparées de celles des trois victimes récentes. Un panneau, tout à gauche, surmonté du titre « Lecouvre », attendait encore les quarante-deux visages de la galerie 8.

Torrens se mit entre les deux dernières séries, une main sur celle d'Hector, l'autre vers Anne, Claire et Chloé.

— Ce qu'on a pris pour une évolution du fantasme pourrait être un changement d'individu, annonça-t-elle.

— C'est le même ADN, rappela Ludivine. Et il y a des similarités.

— Parce que le violeur est le même depuis.

— Donc pas un des fils de Simanoszki, conclut Guilhem, 1979 pour la première fille, Simanoszki n'avait pas encore de gosses. Reste un frère. Il en a... tenez-vous bien : six ! Dont deux sont morts. Anthony Simanoszki est le plus jeune de la fratrie.

— Un frère encore valide physiquement ? demanda Torrens.

— Je sais pas, faudrait vérifier, mais il en a deux qui ont moins de soixante-dix piges.

Ludivine secouait encore la tête.

— Une bande de vieux tueurs ? Ça devient ridicule... Et la dimension sexuelle, il ne la partage pas non plus, contre-argumenta-t-elle, les revues pornos et le matériel de bondage dans la cabane le confirment, surtout s'il y a l'ADN d'Anthony Simanoszki partout.

Ludivine vint s'asseoir à ce qui était devenu son bureau. Elle observait la mine, qu'ils surplombaient depuis la baie vitrée sale.

— Il y a des Simanoszki du côté de Bordeaux ? demanda-t-elle.

— A priori non, aucun.

Ludivine lâcha un soupir découragé. Huit jours que Chloé avait disparu. C'était déjà plus qu'Anne Khari. La probabilité qu'elle soit toujours en vie se réduisait d'heure en heure, ne tenait à presque rien : sa capacité de résistance, mais surtout à faire que Charon ne se lasse pas trop vite d'elle. Si brutale que puisse être cette pensée, Ludivine espérait de tout cœur que Chloé continuait de nourrir les fantasmes du monstre.

Des portières claquèrent en contrebas et elle se leva, pour découvrir ses anciens collègues de la SR de Paris qui rentraient.

Une minute plus tard, Segnon et Franck se profilaient dans l'encadrement de la porte, suivis par Fred Vronsky, l'ingénieur du Bureau des mines, qui déposa ses notes dans un coin et s'éclipsa aussitôt.

Le colosse d'ébène gonfla son immense poitrine pour se donner du courage.

— On a fait et refait les tests, annonça-t-il. De Juillast a mis tout l'IRCGN en branle pour les vérifier et il n'y a plus aucun doute.

Torrens et Ludivine se jetèrent un regard inquiet. Segnon enchaîna :

— Les victimes datent environ des années 1930. Il y a presque un siècle. On a retrouvé deux caisses fermées depuis l'époque, scellées, sorte de trésor de guerre. Dedans il y avait leurs sous-vêtements. La lampe Polilight a révélé que la plupart étaient souillées de traces, du liquide séminal quasi invisible à l'œil nu tant il était vieux. Tout le contenu date de l'époque. On a vérifié l'ADN sur les sous-vêtements. C'est le même chaque fois et...

— Et quel est le problème ? fit Guilhem.

Segnon croisa les bras sur son torse.

— C'est l'ADN de Charon.

40.

La logique s'était torsadée sur elle-même et s'étirait sans fin, à l'instar d'un brin d'ADN. Ludivine insista en regardant Segnon droit dans les yeux.

— Tu es en train de nous dire que Charon a un siècle ?

— Son ADN, oui. L'IRCGN a fait une batterie de tests sur les caisses, elles n'ont pas été ouvertes depuis très longtemps, probablement l'époque où les victimes ont été tuées. On doit tout affiner, mais c'est ce qui ressort.

Ludivine s'était levée pour réfléchir, absorber l'impact d'une telle révélation.

— Charon a laissé son ADN dans la mine du Gistrois dans les années 1930, résuma-t-elle. Puis dans celle de Fulheim entre 1979 et 1994, et à deux reprises depuis le mois de décembre dernier.

Elle s'arrêta pour les interroger du regard un par un.

— Comment vous m'expliquez ça ?

Segnon haussa les épaules.

— On ne ferme aucune option…

— Aucune ? Dont celle d'un tueur en série qui est en chasse depuis presque quatre-vingt-dix ans ?

Segnon lâcha un soupir las.

— Celle-ci est tout en bas de notre liste, avoua-t-il avant de se tourner vers Torrens. De Juillast veut que vous travailliez sur toutes les hypothèses, que vous nous soumettiez vos idées.

Lucie se renfrogna.

— Dans l'urgence, dit-elle, nous serions plus utiles pour vous apporter notre soutien dans l'interrogatoire de Simanoszki. Étude du comportement, leviers psychologiques possibles et...

— C'est un ordre du général. Désolé.

Avant que Segnon ne ressorte, Ludivine l'intercepta sur le seuil, Franck sentit qu'il était de trop et la salua avant de descendre.

— Tu m'expliques ?

— Je suis comme toi, Lulu. On navigue à vue. Plus personne ne comprend rien. Mais Simanoszki a les clés, c'est certain. On met le paquet sur lui.

— Il est verrouillé et a peur de nous.

— Pour l'instant, c'est tout ce que j'ai. Au Gistrois et ici, ce sont des scènes de crime antédiluviennes, et la SR de Bordeaux est sur le coup pour les deux dernières. La petite futée qui nous sort du cadre, normalement, c'est toi. Alors fais ton truc et trouve-nous une piste. On en a besoin.

Ludivine baissa la tête. Segnon se rendit compte de ce qu'il sous-entendait et s'excusa.

— Pardon. J'ai pas à te mettre ça sur les épaules. De toute façon plus personne ne se fait d'illusions pour Chloé Maignan, c'est déjà trop tard.

— T'inquiète. On est tous à cran. Mais pour Chloé, tant qu'on n'a pas son corps, je refuse qu'on la laisse tomber, tu m'entends ?

Segnon allait répondre, mais face à la fermeté de Ludivine, il sentit qu'il était préférable de se raviser. Elle demanda :

— Magali est restée là-bas ?

— Avec Ferizzi, ils enquêtent sur place.

— Plus ça avance, et plus on se dilue…

Segnon posa son index sur la tempe de Ludivine.

— Raison de plus pour que toi tu penses autrement. T'as toujours été notre poil à gratter.

Il s'engagea dans l'escalier.

La gendarme grinça des dents.

— J'aurais préféré quelque chose de plus…

La voix de Segnon résonna depuis le palier du dessous :

— Assume ce que tu es !

Un rideau de nuages charbonneux plombait l'après-midi, teintant le site de Fulheim d'une atmosphère morose. Dans le QG de fortune qui le surplombait, les lampes étaient allumées comme pour une journée d'hiver sans fin, sans couleur. Les quatre gendarmes qui occupaient l'espace trop grand pour eux s'étaient regroupés au centre. Torrens et son carré asymétrique, regard profond. Guilhem dont le pull vert contrastait avec l'ambiance terne, tripotant sans cesse sa cigarette électronique. Le maréchal des logis-chef Riess et son physique banal, le seul en uniforme, tombé là presque par hasard, pour assurer la logistique et la liaison entre les brigades et les différents services, buvant les paroles des autres. Et enfin Ludivine, ses boucles blondes nouées sur le côté, les jambes repliées sur le siège devant elle, dévorée par l'impatience.

Torrens se leva pour synthétiser ce qu'ils venaient de se raconter.

— Si on prend l'ensemble des crimes signés Charon, on a d'abord les années 1930. Le mode opératoire est brouillon, ça va dans tous les sens, femmes, hommes ou enfants, il se cherche. Puis les années 1980. Apparition du rituel codifié. Sanctuarisation du lieu. Uniquement des femmes. L'oiseau entre dans la signature, parce qu'il sait pourquoi il tue. L'obsession de la mort. De sa représentation : depuis le premier dessin de la mort par l'homme, celui de Lascaux, jusqu'au prélèvement des yeux pour y capturer le dernier regard, celui sur la mort. La tête d'oiseau comme une marque de son passage.

L'ombre de Torrens se découpait en contre-jour devant la baie vitrée, lui conférant une apparence étrange, entre réalité et ailleurs, sans traits ni relief, juste une silhouette, comme si elle avait perdu son identité.

— Puis viennent les crimes modernes, ajouta-t-elle. Ils sont plus centrés encore sur le tueur, la victime n'est que le déversoir de ses pulsions, il n'en fait rien ensuite. Il a dépassé sa fascination de la mort pour se focaliser sur son plaisir. Il garde sa proie le plus longtemps possible, pour se satisfaire. En revanche, elle est extrêmement ciblée, elle doit ressembler à son besoin, sans variation, on l'a vu avec le changement de couleur de cheveux qui a déclenché sa furie. Il y a une évolution sur les trois périodes.

— Il a grandi dans sa perversion comme le ferait un être humain normal avec sa personnalité, simplifia Ludivine. Par étapes.

Le maréchal des logis-chef Riess s'enfonça dans son siège.

— C'est le même depuis tout ce temps ? demanda-t-il, incrédule. Un tueur qui... traverse le temps ?

Torrens et Ludivine affichèrent le même air circonspect.

— Non, répondit Ludivine. Personne ne peut croire ça. Il reste donc une seule possibilité. Il s'agit de trois auteurs différents. Mais ils se suivent et avancent l'un après l'autre, alimentés par les pulsions du précédent. Il y a une transmission.

Torrens fit claquer ses mains devant elle pour repartir dans la bonne direction.

— L'hypothèse d'un tueur en série qui frappe depuis le début du xxᵉ siècle est improbable. On l'oublie. C'est pas Dracula qu'on traque. Donc la logique qui reste, c'est que l'ADN de Charon est déposé par plusieurs individus. On sait que Simanoszki est génétiquement un proche de Charon, à cinquante pour cent, donc connexion génétique directe, pas un cousin ni un oncle, c'est encore plus proche que ça. Et si on regarde nos trois tableaux de crimes, il est au milieu.

Elle vint se positionner devant le mur des victimes, face à celles de Fulheim. Elle écrivit « Anthony Simanoszki » au-dessus. Puis elle tendit la main vers le côté gauche, les victimes du Gistrois, le puits Lecouvre.

— Charon commence là, dans les années 1930. C'est lui, le point de départ. Puisqu'il a un profil génétique extrêmement proche de celui de Simanoszki, la logique temporelle voudrait que ce soit son père. Comment s'appelait le père d'Anthony Simanoszki, Guilhem ?

— Robert. Décédé en 1975.

— OK. Disons que c'est lui, Charon I. Son secteur, c'est le Gistrois. Le puits Lecouvre est son sanctuaire. Il a eu combien d'enfants ?

— Officiellement : onze ! Dont sept mecs. Anthony est le petit dernier.

Ludivine consulta ses notes pour vérifier un point.

— Et Anthony lui-même a eu neuf gosses, releva-t-elle. Ça semble important pour eux.

Le maréchal des logis-chef Riess osa une remarque :

— Pas ou peu d'éducation, pas de contraception et voilà.

— Sauf que Robert Simanoszki était médecin, rapporta Guilhem. Enfin, apparemment c'est ce qu'il disait, un diplôme obtenu en Pologne. Magali est allée parler avec des anciens du secteur du Gistrois, et si la plupart ne se souviennent pas de lui, il y a tout de même deux ou trois langues qui se délient. Un type bizarre, qu'on venait voir plutôt pour les trucs pas clairs. Les avortements en douce, par exemple. Avant qu'il ne quitte le secteur avec sa famille, à cause de sa réputation de plus en plus sulfureuse. Pour venir ici. Aucune mention spéciale de religion ou autre non plus.

Ludivine rebondit sur les arguments de son collègue.

— Robert Simanoszki n'était pas un ignare, pas plus qu'un adepte de la repopulation par conviction divine. Ils ont beaucoup d'enfants par choix.

Torrens continua :

— Donc, Robert Simanoszki, dit « Charon », est le premier tueur. On l'a vu, lui tue parfois des hommes, voire des enfants. Il touche à tout.

Ludivine enchaîna :

— Le chloroforme, ça devait lui servir pour anesthésier des personnes entravées, à sa merci. On sait que c'est quasi inefficace sinon, car il faut du temps, pouvoir insister, donc il s'en servait lorsque ses proies étaient allongées et attachées sur la table de son laboratoire des horreurs, celui qu'on a visité. Et puis il y a ses instruments, le microscope, les trépanations évidentes sur les crânes, les côtes manquantes... Robert Simanoszki faisait des expériences.

— Un grand pervers à la Mengele ? intervint Guilhem.

— Possible. En tout cas il avait des cellules capitonnées, il gardait ses victimes aussi longtemps qu'il en avait besoin, il les mutilait, et je pense que s'il y avait une dimension sexuelle plausible, indirecte, sa motivation était ailleurs, expérimentale, liée à sa perversion intellectuelle.

— Pourquoi ? demanda Riess. C'était juste un dingue qui voulait des jouets sexuels, non ?

— Je ne pense pas. Il y avait des hommes et même des enfants. Et si on ne peut exclure formellement les viols, son sperme a été retrouvé sur les sous-vêtements dans une caisse fermée. Il jouissait sur eux, mais sans contact, pas avec eux. Les avoir à sa merci devait l'exciter, mais ce n'était pas une attirance charnelle, plutôt de soumission, de pouvoir. Ensuite, il a conservé les corps autour de lui, dans sa galerie des horreurs. Comme une collection qu'il pouvait admirer, pour s'en délecter.

— Il y avait une dimension métaphysique chez lui, compléta Torrens. Ce n'était pas la galerie 8 par hasard. Le chiffre de la résurrection, de l'infini. On sait que son fils, Anthony, a été fasciné par la mort. Ça ne lui est pas venu par hasard. Je pense que ça date du père. Robert Simanoszki faisait des expériences sur la mort.

Lucie Torrens écrivit « Robert Simanoszki » sur le tableau du Gistrois, puis « Charon I », et poursuivit son exposé :

— Est-ce qu'Anthony Simanoszki a été volontairement exposé aux expériences paternelles dans l'idée d'en faire un détraqué aussi, genre fierté familiale ou rituel d'initiation ? Ou est-ce que son obsession pour la mort est le fruit d'une destruction psychique uniquement liée au contexte général dans lequel il a grandi ?

— Pour qu'il dispose du sperme de Charon, c'est que le père Robert a tout orchestré, rappela Ludivine.

— C'est cohérent. Allons sur cette option pour voir. Donc c'est Robert Simanoszki la source, lui qui a fait une multitude d'enfants pour les fracasser. Jusqu'à obtenir le résultat escompté avec Anthony. OK. Donc Anthony prend la relève. Son père meurt en 1975, il lutte contre ses pulsions, mais quatre ans plus tard ça le dépasse, ou alors c'est le temps qu'il lui a fallu pour se sentir prêt sans la main du père. Et il commet son premier meurtre. Ensuite, son parcours criminel, on le connaît. Il dérape, prend confiance, viols d'opportunité en sortant de son cadre, et il tue sa fille benjamine en 1994.

Silence. Tous réfléchissaient. Ludivine le rompit la première :

— Toute la famille était soudée derrière lui au procès, ils ont même donné une mauvaise image de la fille. Et si ce n'était pas un accident ? Si c'était pour la faire taire. Parce qu'elle allait parler. L'enquête a révélé qu'elle n'était pas soumise au père comme les autres. Anthony Simanoszki la tue parce qu'elle est sur le point d'aller tout balancer.

— La famille entière est au courant, fit Torrens en y songeant. Ils sont battus, probablement violés par Anthony, qui reproduit ce qu'il a subi lui-même, ils sont exposés à la mort… Il essaie de refabriquer ce qu'il est, de le transmettre. Un fils qui lui ressemblera. Pour perpétuer la tradition familiale.

Torrens bascula sur la droite, devant les noms d'Anne Khari, de Claire Estageau et de Chloé Maignan.

— Et son fils devient Charon III. C'est pour ça qu'il y a une évolution dans les crimes. Ce n'est pas le même tueur, mais c'est la même filiation, la même… « formation », les mêmes traumas.

Ils demeurèrent cois un moment, réalisant ce que cela impliquait. Une première dans l'histoire criminelle. Il y avait déjà eu des assassins qui entraînaient avec eux leurs enfants sur la voie de la perversion. Mais jamais à ce point, et jamais sur trois générations. Bien des tueurs en série avaient subi des violences durant leur enfance, et souvent même des criminels plus ordinaires. La « fabrication » du crime n'était pas une idée nouvelle, et elle avait une part de réalité. Un pervers privant son enfant d'amour, l'élevant sous les coups et dans la destruction psychique, pouvait créer un être qui finissait par lui ressembler et reproduire le comportement paternel. Même si ce n'était pas une constante ni une fatalité.

Dans le cas des Simanoszki, ils étaient parvenus à systématiser le processus. Une usine à pondre des psychopathes.

Ludivine prit son téléphone et appela Segnon, qui venait de quitter la mine en direction de Strasbourg pour aller interroger Anthony Simanoszki.

— C'est un de ses fils. Lui doit forcément savoir lequel, dit-elle.

— Dresse-moi la liste, avec tout ce que vous pouvez rassembler sur chacun. Je vais voir si je peux le faire craquer avec ça.

— S'il a peur de nous, qu'il pense qu'on va le tuer, c'est parce qu'il est déterminé à ne rien dire, Segnon. Je crois pas qu'une approche directe l'ouvrira. Contourne-le. Ne flatte pas son ego : il n'a jamais voulu exister aux yeux du monde, il planquait ses victimes ; il y sera insensible. En revanche, mets des tonnes de dossiers épais dans la pièce, fais-lui croire qu'on a déjà tout, qu'on sait tout. Qu'il ne sert presque à rien. S'il voit une occasion de reprendre un minimum de contrôle, il la saisira peut-être. Et dis-lui qu'on sait que c'est son fils qui chasse désormais. Que nos équipes sont en route pour l'intercepter. Et que ça pourrait mal se terminer. S'il a un soupçon d'empathie pour son fils, il peut nous dire quelque chose, et nous livrer le nom.

— C'est noté.

— Autre chose : conduis l'interrogatoire, toi. Tu vas l'impressionner avec ton physique. D'homme à homme, puissants. La figure masculine a eu une énorme importance dans son éducation. Il ne tue que des femmes qu'il doit chosifier, il ne les aime pas, elles ne sont que des outils à plaisir, il n'éprouve rien pour elles, donc prends un mec pour binôme, pas une nana. Sauf s'il est trop dans sa zone de confort, dans ce cas fais entrer une fille autoritaire, qui va le bousculer, avant toi de reprendre la main, en mode « entre nous, maintenant on se parle ».

— Tu vois, quand tu veux… Poil à gratter.

Ludivine n'était pas d'humeur à plaisanter, elle raccrocha.

Torrens était en train de tirer des traits sur les feuilles scotchées au mur, sous Anthony Simanoszki. Elle se retourna vers les autres.

— Je veux les noms, adresses et tout ce que vous pourrez trouver dans l'urgence sur ses cinq fils. L'un de ces types est notre homme. Si Chloé Maignan est encore en vie, et ce serait un miracle, elle est détenue par lui, alors on fonce. Allez hop, au boulot !

Ludivine se mit derrière son bureau et ouvrit l'ordinateur portable. Charon III ne cachait pas ses cadavres, lui. Au contraire, il les jetait pour s'en débarrasser, il allait au plus pratique. Si Chloé était tuée, on la retrouverait le jour même ou le lendemain, ça ne traînerait pas. *Elle est encore vivante. Et elle compte sur nous.*

Ça sonnait plus comme une litanie pour se convaincre.

Ludivine ne croyait pas aux miracles.

Mais pour sauver une vie, elle était prête à se convertir.

41.

La dissociation entre le corps et l'esprit avait été rapide. Et dans les premiers temps, ce qui demeurait de Chloé s'était liquéfié, avec l'envie de disparaître complètement, d'être avalé par les cellules et digéré, pour n'être plus qu'une enveloppe, sans âme, et surtout sans pensée. Et si elle avait cru, un moment, y être parvenue, elle se rendit compte qu'elle n'avait fait que se réfugier dans un néant personnel. Une sorte de poche de survie dans laquelle elle stagnait, ou plutôt dans laquelle elle *pourrissait*. C'était ce qu'elle avait fini par éprouver. Une longue et lente déliquescence de sa personnalité.

Elle comprit quelle en serait l'issue. La folie dans une coquille brisée. L'Ordure aurait réussi son coup. Avant même d'en venir à la tuer, il l'aurait diluée psychiquement et physiquement. L'annihilation totale d'un être de son vivant, jusqu'à lui donner la mort en guise de conclusion inéluctable, seulement pour permettre au cycle naturel de redistribuer son corps en carbone et oligoéléments.

Et cela avait réveillé un sursaut d'existence en Chloé. Était-ce de l'orgueil ? C'était une question qui la hantait dans les interminables phases où elle se blottissait au fond de la cuve, parmi les ténèbres. Était-elle en train de reprendre le dessus sur la démence grâce à l'orgueil ? C'était absolument stupide de s'interroger là-dessus, ne cessait-elle de se répéter, et pourtant, cela l'interpellait. Allait-elle passer ses derniers instants sur terre consciente, refusant de fusionner avec la facilité de l'abandon absolu parce qu'elle avait de l'amour-propre ? Ça ne ressemblait pas du tout aux questions existentielles que devait se poser un condamné à mort, selon elle. Chloé en éprouvait de la honte. Mais là encore, elle l'acceptait. Car même négative, c'était une émotion. Une preuve qu'elle ressentait encore. Qu'elle était en vie.

Et pour se structurer mentalement, Chloé avait imposé une discipline à sa tête. Des codes. Pour tenir. Devenus des rituels, comme des réflexes. Ils la rassuraient, maintenaient une cohésion intérieure.

Cela commençait par les réveils. Elle n'arrivait plus à dormir, mais elle somnolait régulièrement, très souvent même, cela l'inquiétait un peu. Chaque fois qu'elle rouvrait les yeux, pour aussitôt chasser ce sentiment terrible de ne plus savoir où elle était, de *croire* qu'elle était ailleurs, que ça n'était qu'un abominable cauchemar, son cœur se déchirant lorsqu'elle réalisait que c'était bien réel, elle s'était imposé, dès qu'elle soulevait les paupières, de penser à un souvenir heureux. C'était devenu automatique. Sortir de sa léthargie, deviner le sol irrégulier, inconfortable, éprouver les courbatures, et enclencher l'obligation, avant que les questions ne surviennent. Un souvenir heureux. Généralement c'était en rapport avec les enfants, et Arnaud bien sûr. Des vacances, des repas de famille, des anecdotes liées aux filles. Rituel numéro un.

Le numéro deux était le plus cruel. Il s'enclenchait dès que la trappe frottait et que l'échelle descendait. Ne plus rien éprouver. Couper le contact avec ses sens. Se détacher de sa chair. Considérer que ce qui suivrait ne serait qu'une accumulation d'informations nerveuses à mettre dans un coin du cortex, pour les enfermer bien loin, et solidement. Chaque barreau d'échelle qu'elle gravissait était une étape de plus vers cette désensibilisation. Ce n'était pas simple, parfois la douleur la ramenait à ses instincts connectifs, mais Chloé tenait bon sur la distance, même si elle haïssait l'exercice plus que tout ce qu'elle avait détesté dans sa vie. C'était infâme. Elle éprouvait du dégoût pour son corps dans ces moments, comme s'il fallait se convaincre qu'il ne lui appartenait pas vraiment.

Le rituel numéro trois était lié au deuxième. Contrôler sa pensée dans ces moments-là. Elle refusait de polluer les images de sa famille avec ce qu'il lui faisait subir. Pendant tout le temps que duraient les sévices, elle s'enfermait mentalement dans une pièce étanche, dans laquelle ni ses filles ni son mari n'étaient autorisés à pénétrer. Jamais. Ce serait son secret. Que jamais elle ne puisse associer leurs si beaux visages, si purs, à ces horreurs. L'Ordure ne pourrait pas souiller ça au moins. JA-MAIS. J-A-M-A-I-S !

Le reste du temps, elle s'autorisait à vagabonder dans sa mémoire, dans ses doutes, lucide sur le fait qu'elle ne pouvait pas être dans le contrôle permanent sans exploser.

À quoi lui servait tout ça finalement ? Juste à tenir un peu plus longtemps ? Mais pour quoi ? Chloé ne se faisait plus d'illusions, elle avait compris qu'il ne la laisserait pas repartir. Elle s'était accrochée naïvement à cet espoir parce qu'il lui en fallait un pour s'arrimer à quelque chose, mais à présent elle comprenait. Elle n'était rien pour lui. Un morceau de chair, pratique, qu'il maintenait en vie pour pouvoir en jouir le plus longtemps possible, mais dont il finirait tôt ou tard par se lasser, elle le pressentait. Sa passivité lorsqu'il était sur elle, l'impression d'être déjà morte, elle le voyait, cela l'agaçait. Il était paradoxal au fond. Désireux qu'elle soit soumise comme un mannequin, mais tout de même vivante à l'intérieur, et dans ses mouvements, uniquement pour accompagner ses désirs.

Et puis il y avait les étranglements. Il ne lui passait pas la sangle en cuir autour de la gorge chaque fois, uniquement lorsqu'il était énervé. Elle pouvait le deviner à l'avance désormais, rien qu'à sa façon de bouger. S'il était brusque, rapide, violent au moment de l'attacher à la table et aux étriers, elle savait qu'il sortirait la sangle. Elle devait alors lutter contre la terreur, contre le sentiment que c'étaient ses ultimes minutes terrestres. Parce qu'elle avait lu dans ses yeux qu'il se délectait de cette peur. Ça avait été un supplice la première fois : envisager qu'un être humain puisse éprouver de la joie, pire, une véritable déflagration de plaisir rien qu'en regardant une femme débordée par l'effroi, avait renvoyé Chloé à sa vulnérabilité totale. Elle n'était rien, il avait tout pouvoir sur elle et pouvait l'écraser à chaque seconde, à l'image d'un vulgaire moustique gênant.

Il buvait l'expression congestionnée de ses traits, l'explosion horrifiée de ses pupilles. C'était son nectar. Et plus elle avait peur, plus il allait et venait en elle, et plus elle voyait ses muscles se tendre, ses tendons saillir, l'écume sourdre des commissures de ses lèvres fines et sombres, presque bleues, et plus l'étau se resserrait autour de son cou à elle. Chloé se sentait partir, l'obscurité croître autour d'elle, ses poumons se flétrir, son cœur cogner dans sa gorge contre le lien, et une présence froide sortait de nulle part pour venir se poster tout près d'elle et lui caresser les cheveux en attendant que la vie l'ait quittée. La mort et son haleine glacée. Patiente. Sûre d'elle.

Mais l'Ordure s'arrêtait à temps. Haletant, crispé en elle, il desserrait brusquement la sangle, parce qu'il ne voulait pas casser son jouet. Pas encore. À deux reprises, cela avait failli mal tourner. Une fois parce qu'elle était tellement ailleurs qu'il s'en était énervé, il avait serré, serré, serré… tellement fort que brusquement tout avait sauté, les rituels et le détachement, elle avait convulsé, la porte de son bunker s'était fissurée, ses filles et son mari lui étaient apparus, ultime image d'adieu, elle avait été terrassée par la douleur, tandis que sa gorge émettait des sons crépitants et grotesques, et l'Ordure s'était rendu compte qu'il la perdait, il avait desserré pendant qu'il l'envahissait avec son plaisir. Chloé en avait tiré la leçon : ne jamais oublier de feindre d'être là.

La deuxième fois, c'était lui qui s'était déchaîné. Le sévice durait trop longtemps, et le filet d'air se tarissait de plus en plus dans sa trachée. Chloé avait sombré petit à petit. Elle s'était réveillée avec la pression des mains de l'Ordure entre ses seins et sur ses lèvres, en train de la ranimer. Lorsqu'elle avait ouvert les yeux, il n'avait pas manifesté la moindre émotion. Il s'était contenté de soupirer, comme un gamin qui réalise que son jouet préféré n'est finalement pas brisé. Il lui avait donné un verre d'eau et s'était reculé en lui désignant la trappe de la cuve pour qu'elle y retourne. Ce jour-là, via un sac plastique accroché à une ficelle, il lui avait fait descendre son repas plutôt que de la faire manger dans la cave aux poupées. Il y avait plus de nourriture que d'habitude, ce qu'elle avait interprété comme une forme d'excuse ou de remords, avant de se reprendre. Non, c'était uniquement pour s'assurer qu'elle recouvrerait des forces, pour la garder vivante encore un peu. Elle avait refusé d'y toucher.

Alors maintenant qu'elle avait un peu d'expérience dans l'innommable, Chloé et son fichu orgueil avaient su en tirer quelque chose. C'était l'unique élément sur lequel elle pouvait exercer un semblant de contrôle. La sensation, peut-être vaine, de retrouver un moyen de se battre pour sa survie.

Elle devait doser sa terreur et son expressivité. En faire une arme de jouissance. Amener l'Ordure au plaisir assez vite pour qu'il n'ait pas le temps de la tuer, mais pas trop brutalement pour qu'il ne serre pas trop fort non plus. Un équilibre odieux entre vie et mort, à cheval sur les fantasmes abjects du monstre et un savoir-faire dont Chloé ne pourrait jamais se remettre si elle sortait un jour vivante de cet enfer. Ce qui, présentement, semblait hautement improbable.

De l'orgueil, bon sang, de l'orgueil ! se sermonnait-elle avec un curieux détachement.

L'air était froid et humide autour d'elle. Comme ce qui coulait entre ses fesses, les pieds encore dans les étriers. Il ne l'avait pas encore passée au supplice de l'injection de Javel mais cela n'allait pas tarder. Elle se crispa à cette idée.

Les têtes des poupées illuminées de l'intérieur pendaient au-dessus de Chloé. La toisant. La narguaient-elles avec leur sourire élargi au cutter ? Le tic-tac lancinant de toutes les horloges revint à ses oreilles aussi. Celui-là, elle le haïssait. Obsédant. À se cogner la tête contre les murs. L'Ordure se cadençait dessus parfois, c'était horrible. Éternellement long. Brûlant.

C'était fini. Le rituel 3 pouvait s'interrompre provisoirement. Chloé consommait une énergie folle à maintenir les flux de pensées organisés, à ne pas se laisser submerger. Elle déverrouilla le sas mais laissa la porte de sa pièce secrète fermée. Tant qu'elle ne serait pas redescendue dans la cuve.

L'Ordure était là, assis sur un tabouret, nu et repu. Silencieux, comme toujours. Il n'avait dû lui dire qu'une dizaine de mots depuis qu'elle était arrivée ici, toujours les mêmes, des ordres. Et sinon, il refusait de lui répondre, voire la frappait les premiers temps lorsqu'elle insistait. Il la voulait taiseuse.

Chloé le trouvait étrange cette fois. Très pensif. Il fixait un petit frigidaire rangé dans un coin de la cave. Qu'est-ce qu'il lui prenait ? Soudain Chloé éprouva de l'angoisse. Elle détestait tout ce qui sortait de leur ordinaire, aussi sordide fût-il. Un changement pouvait impliquer une conséquence dramatique.

Elle hésita à lui adresser la parole mais se ravisa. Il haïssait tout ce qui la rendait humaine, elle le savait, ses tentatives n'avaient récolté que des coups.

Que faisait-il ?

Un son inattendu sortit de l'Ordure. Une voix inhabituellement fluette. Enfantine.

— Oh, comme les oiseaux doivent mourir l'hiver, murmurait l'Ordure.

Non, il *récitait. Une sorte de comptine de son enfance,* devina Chloé. Le rythme et le ton hésitants étaient encore ceux de l'Ordure lorsqu'il était petit. Quelque chose d'ancien et de fragile remontait à la surface du monstre.

— Pourtant, lorsque viendra le temps des violettes, nous ne trouverons pas leurs délicats squelettes, continua-t-il tout bas.

L'intensité avec laquelle il fixait la porte du petit frigo inquiétait Chloé. Ses prunelles brûlaient, un souvenir ou une pensée à la puissance incandescente.

— Dans le gazon d'avril où nous irons courir, est-ce que les oiseaux se cachent pour mourir ?

Il secoua la tête et la pencha, fixant ses pieds. Pour la première fois, et pourtant Chloé avait eu plus que l'occasion de le constater auparavant, elle réalisa qu'il était entièrement glabre. Pas un poil sur les jambes, ni le torse, pas plus qu'aux aisselles. Lisse.

Son ton changea, plus adulte, sec.

— Il va falloir le faire, dit-il, résigné. C'est la voie de l'immortel.

Une lumière rouge s'alluma dans l'esprit de Chloé. D'un rouge vermillon intense. La chair de poule la recouvrit.

La connexion avec ce qu'il avait déjà dit, une fois, la fit frémir. Il parlait si peu qu'elle retenait chaque mot. « Allez, encore un peu... Un peu pour moi. Avant qu'elle ne soit immortelle », il avait dit. Et Chloé n'était plus aveuglée par l'espoir, elle avait très bien saisi ce que cela signifiait.

Il remettait ça sur le tapis. Il *devait* le faire.

La tuer.

Il se leva, empoigna la bouteille de Javel et la grosse seringue sans aiguille et pompa le liquide malodorant avant de venir face à Chloé.

— J'aime ce que vous me faites, lança-t-elle en prenant soin de n'afficher ni assurance ni mépris.

Elle devait paraître soumise, à ses ordres.

Chloé se prépara à encaisser une claque, voire un coup de poing dans la cuisse, mais il n'en fit rien. Il y avait une brèche en lui, elle pouvait la sentir. Entre la mélancolie enfantine qui était remontée et ce qu'il vivait comme une contrainte, devoir se débarrasser d'elle, l'Ordure n'était plus aussi insensible qu'auparavant. Certes, ce n'était aucune forme d'empathie, il était uniquement centré sur *sa* peine, *son* mal-être, mais c'était enfin une faille.

— Je veux bien encore, ajouta-t-elle.

S'entendre dire ces mots, ce qu'ils impliquaient, lui creusa les entrailles, elle eut envie de vomir, mais s'efforça de n'en rien montrer.

Il leva la seringue et se positionna entre ses cuisses.

— Je suis à vous.

Cette fois, l'Ordure ne broncha pas et lui enfonça l'énorme seringue pour déverser son contenu avec une pression insupportable.

Une fois qu'il eut terminé, il la détacha, recula, et lui montra la trappe ouverte.

Il ne la regardait pas dans les yeux.

Chloé, le visage inondé de larmes, attrapa les montants de l'échelle.

Elle avait l'impression d'avoir gagné.

Lorsque le couvercle se referma, Chloé Maignan retourna à l'obscurité.

Son corps était un magma de souffrance.

Mais elle se mit à sourire.

Elle avait gagné un répit.

42.

Franck avait conduit pendant le trajet vers Strasbourg, permettant à Segnon de se replonger dans son ordinateur portable et de prendre des notes.

Un interrogatoire se préparait dans le détail. Et celui-ci s'annonçait compliqué. Les tueurs en série étaient rarement bavards, à moins d'être coincés, mis devant une telle accumulation de preuves qu'ils ne pouvaient plus se défiler. Certains gardaient le silence, là où d'autres transformaient ce qui était un échec en moyen de reprendre le pouvoir : communiquer des informations supplémentaires, au compte-gouttes, jouer avec les enquêteurs, ce que Segnon voulait à tout prix éviter. Ils n'avaient pas le temps.

Segnon devait mettre une stratégie en place. Il avait une connaissance parfaite du dossier Anthony Simanoszki. En particulier concernant les corps retrouvés dans le puits Hector, à Fulheim. Les premiers rapports d'autopsie étaient tombés et Segnon se souvenait des moindres détails. Les constatations sur place également, la disposition des corps. Les noms des victimes, les photos de celles-ci qui avaient été amassées après avoir été identifiées. Il relut les dates des disparitions présumées pour chacune, les lieux supposés des enlèvements. Mémorisant tout ce que les témoins et enquêteurs de l'époque avaient pu leur transmettre.

L'esprit de Segnon se goinfrait d'éléments précis qui s'interconnectaient dans son cerveau. Il pouvait presque le sentir palpiter de l'intérieur, sous son crâne.

Puis il profita des dix dernières minutes pour retourner aux principes fondamentaux. Se répéter les règles essentielles : maîtriser sa communication, ses émotions. Être capable d'empathie, même si Simanoszki n'en méritait aucune, ça pourrait être une clé de basculement, on ne savait jamais. Se montrer patient. Le laisser parler s'il était d'humeur bavarde, ne pas l'interrompre. Savoir quand poser des questions ouvertes et quand passer aux questions fermées. Lire Simanoszki à travers ses réactions. Gérer les silences.

Ça n'aurait rien d'une conversation, c'était un dialogue stratégique qu'il s'apprêtait à conduire. Avec un sociopathe, il était inutile d'espérer mener l'interrogatoire comme il l'aurait fait dans des circonstances normales. Segnon était formé aux neuf étapes de la méthode Reid, qui consistait à inverser le niveau d'angoisse entre les conséquences d'un aveu et celles de poursuivre dans le mensonge. Même si l'aveu était en réalité illusoire, fruit d'une manipulation psychologique fine des enquêteurs, sur le moment il se transformait en soulagement.

Tout un cheminement subtil mais qui ici n'aurait aucun impact, car en bon psychopathe, Simanoszki n'éprouvait aucune émotion à l'égard des autres, aucun remords, pas la moindre gêne à la tromperie, il se moquait des conséquences sociales et ne ressentait pas la culpabilité. Rien dans la manière dont il s'était construit ne reposait plus sur l'interaction émotionnelle, tout était autocentré, le reste du monde n'étant qu'un outil dans lequel puiser pour satisfaire son moteur égocentrique. Les leviers sur sa psyché étaient peu nombreux, et surtout très peu diversifiés.

Pousser Simanoszki à soulager sa conscience était vain, dire la vérité ne le libérerait de rien, car il ne percevait aucunement le mal qu'il avait fait aux autres comme quelque chose de négatif pour lui.

L'approche devait être différente.

Segnon ne pouvait pas jouer la carte de la clémence non plus, impossible de promettre la bienveillance du juge pour la suite compte tenu des crimes qui avaient été commis. Simanoszki savait que sa peine serait la prison à perpétuité, quoi qu'il dise ou fasse, même s'il leur livrait son fils sur un plateau, ça ne changerait rien pour lui, il n'avait rien à gagner. Encore un levier qui disparaissait.

Ils arrivèrent dans les locaux de la SR de Strasbourg à l'heure du dîner. Le général de Juillast était présent, il avait préparé le terrain avec le colonel qui dirigeait la section de recherche. La lieutenante Garibot, rouquine aux traits autoritaires et aux yeux bleus, qui travaillait avec Ferizzi, était chargée de donner à Segnon ce dont il avait besoin et de l'accompagner dans sa tâche.

— Il est prêt. On vous a préparé un bureau à l'étage, l'informa-t-elle, vous y serez tranquille pour l'interroger. On a viré tout ce qui pourrait le perturber, il y a un ordinateur pour enregistrer le PV, je m'en chargerai, je tape vite. Et je peux l'observer pendant ce temps. Vous menez la discussion, je suis celle qui ne dit pas un mot et étudie son langage corporel.

Segnon secoua la tête.

— Je ne veux pas un bureau, mais une pièce aménagée exprès. Pas de fenêtre, rien sur les murs, juste une table entre lui et moi, et des chaises.

— C'est que…

— Démerdez-vous. Vous avez une heure. Pendant ce temps, laissez-le encore mariner. Je veux qu'il cogite. Dans la salle, vous me mettez tous les dossiers que vous pouvez trouver, je veux qu'il y en ait une tonne, avec son nom dessus, et celui de ses fils, et des mines où les corps ont été trouvés. Qu'il ait le sentiment qu'on sait déjà tout. Qu'il ne sert plus à rien.

— Pour qu'il parle afin de reprendre le contrôle, comprit Garibot. C'est malin. OK, je m'en charge.

— En revanche, vous ne serez pas dans la pièce. Seulement Franck, mon collègue, moi, et trouvez un homme pour taper le PV. Je ne veux personne d'autre.

— Mais…

Segnon était en mode « déterminé », il ne se souciait ni de son image ni de soigner l'amour-propre d'autrui. Il perdait un peu Garibot à chaque ordre qu'il lui donnait, et c'était ce qu'il voulait. Qu'elle soit blessée dans son orgueil, qu'elle les voie, eux de la SR de Paris, comme des connards arrogants qui se croyaient plus capables que les gentils petits provinciaux.

— Dernière chose, vous me disposez les chaises à l'avance. Je veux être à côté de Franck, et Simanoszki en face, de l'autre côté de la table. Vous mettez son avocat derrière lui, en retrait, et au fond celui qui tapera le PV. Vous avez imprimé ce que je vous ai demandé ?

Elle hocha la tête, fermée comme une huître, et lui fourra dans les mains une pochette cartonnée assez épaisse.

Segnon alla s'isoler dans un coin et étudia les procès-verbaux de Simanoszki dans les affaires de viol et pour le meurtre de sa fille. Il voulait le sentir. Comment répondait-il ? Se livrait-il ou au contraire était-ce un taiseux ? Son débit. Son niveau de vocabulaire. Son assurance. Tout ce qu'il pouvait en sortir pour préparer son approche. Anticiper le genre de réponses qu'il donnerait, trouver comment les contourner.

Au bout d'une heure, le réveil de Segnon sonna sur son téléphone. Il n'avait pas pu tout avaler mais il en avait tiré une première conclusion : Simanoszki parlait de moins en moins au fil des heures, il pouvait s'ouvrir sur le début et disparaître au fil de l'audition.

Segnon retrouva Franck dans le couloir. Ils s'étaient réparti les rôles. Chacun savait ce qu'il avait à faire. Ils passèrent à la machine à café puis on les conduisit à une porte d'un rouge passé, et Segnon prit une dernière respiration avant de se plaquer un masque impassible sur le visage.

La salle était étroite, disposée comme Segnon l'avait demandé. Anthony Simanoszki s'était avachi sur le bureau devant lui. Il se redressa en avisant les deux enquêteurs entrer et s'installer. À eux deux, ils occupaient une large partie de l'espace face à lui. Deux costauds. Deux mâles alpha en apparence. Comme lui.

Le sténo était en uniforme, ce qui agaça Segnon d'emblée : il aurait dû penser à préciser qu'il ne voulait aucune marque d'autorité avec eux. Fort heureusement, il se tenait dans le dos du suspect, qui pourrait l'oublier au fil de l'interrogatoire.

L'avocat était un trentenaire, mal rasé, assis comme prévu en retrait de son client, un carnet sur les genoux. À son regard fuyant, épaules voûtées, Segnon fut aussitôt rassuré. Il n'allait pas poser de problème. Pas du genre à vouloir exister à tout prix ni à faire de ce moment une tribune pour la défense de son client. Le gars allait probablement se contenter d'écouter, et d'aviser Simanoszki seulement si c'était nécessaire. L'avocat était le paramètre qu'ils ne maîtrisaient pas et qui pouvait mettre toute une stratégie en l'air. Mais celui-ci jouait en leur faveur, Segnon le sentait. Peut-être même qu'il avait ordonné à Simanoszki de ne surtout rien dire, ce qui aurait été parfait. Personne n'ordonnait à Simanoszki ce qu'il devait faire. Certainement pas un avocat là pour le servir, lui. Si c'était le cas, le tueur allait prendre un malin plaisir à faire tout l'inverse.

Segnon posa le gobelet fumant devant Simanoszki.

— Café, sans sucre, annonça-t-il. Si vous voulez autre chose, ça doit être possible.

Simanoszki, tête carrée, cheveux gris, courts, faciès émacié, presque pas de bouche, toisa Segnon droit dans les yeux. Segnon vit la taille de ses mains et fut impressionné, même s'il n'en montra rien, lorsqu'elles firent disparaître le gobelet. L'homme avait les épaules larges. Un physique de bûcheron.

Il respirait par le nez, émettant un léger sifflement à chaque inspiration. Il n'y avait aucune émotion dans ses yeux. Rien que le reflet du plafonnier qui brillait tout en longueur, comme s'il s'était agi des pupilles d'un félin.

— Allons-y, dit-il froidement, plus vite vous poserez vos questions, plus vite je retournerai m'allonger.

43.

Segnon commença par les présentations de circonstance et fit décliner à Simanoszki son identité et tout ce qu'il voulait voir figurer dans le PV d'audition.

Simanoszki était déjà en garde à vue depuis la veille, il avait eu le temps de se fatiguer nerveusement, voire de se lasser, Segnon ne voulait pas prendre le risque de le perdre, alors il opta pour une entrée en matière directe. Il était inutile de faire semblant avec lui.

— Vous savez pourquoi vous êtes là ?

Simanoszki fit signe que non, pinçant le peu de lèvres qu'il avait.

— Fulheim, le puits Hector. Les filles.

Le tueur leva les yeux vers le colosse en face de lui.

En d'autres circonstances, Segnon aurait posé des questions ouvertes pendant plusieurs heures, pour le faire parler, le mettre en confiance, voir s'il n'y avait pas moyen de le confronter à des contradictions dans ses déclarations, plus tard. Mais l'attitude lasse de Simanoszki l'incita à foncer droit au but. Il ne disposait pas de beaucoup de temps avant que le sexagénaire ne finisse par l'enfermer dans une case et ne refuse de lui répondre. La première impression était essentielle.

Segnon enchaîna :

— Les croix peintes avec du sang animal sur les murs de la cave, ça, je n'avais jamais vu.

Il ouvrit la pochette qu'il avait apportée, sur une impression de l'Homme du puits des grottes de Lascaux.

— Fallait y penser, aux têtes d'oiseaux. On peut dire ce qu'on veut, vous êtes doué dans votre domaine.

Simanoszki ne broncha pas. Segnon ne s'attendait pas à autre chose. En disposant tous les documents qu'il avait demandés dans la salle et en laissant Simanoszki poireauter ici un bon moment, il lui avait donné le temps de réaliser qu'ils savaient beaucoup de choses. Tout ? En lui accordant cette information, Segnon s'épargnait un jeu interminable de questions-réponses floues, pendant lequel Simanoszki aurait tenté de savoir ce que les gendarmes avaient concrètement. Là au moins, il savait.

Segnon devait lui ouvrir une porte, montrer sans en avoir l'air où Simanoszki pouvait reprendre la main. Pour en arriver là, il devait continuer les affirmations. Plus aucune question. Il y avait eu la première, il avait refusé d'y répondre, à présent il devrait subir. Se sentir inutile dans le récit. Que Segnon s'approprie *son* histoire, le tenant à l'écart. Démuni. Dominé par le récit.

— Le truc des oiseaux, je pense que ça vous est venu quand vous étiez gosse, au Gistrois. En voyant ce que le paternel faisait dans sa galerie. J'y suis descendu. Impressionnant. Je sais pas quel impact ça aurait eu sur moi, petit. En tout cas, vous, ça a décuplé votre imagination.

Segnon prit son stylo et griffonna nonchalamment sur l'intérieur de la page cartonnée ouverte devant lui. Un huit horizontal.

— Le choix de la galerie : c'était un intellectuel, votre père. Tout devait avoir du sens. Exigeant, je pense. Voire sévère. On se comprend. Il vous a transmis plus que votre savoir-faire, celui que vous avez démontré dans le puits Hector. C'est lui, la fascination pour la mort.

De son stylo, Segnon gribouillait un œil, et sans savoir si c'était dû à son incompétence graphique ou à la situation qui influait sur lui, celui qu'il avait dessiné était glauque, un peu effrayant. Une bonne chose, se réjouit-il.

— Il paraît que l'âme se fige dans le regard au moment où on meurt. Je l'avoue, j'étais déçu de pas retrouver chez vous une boîte avec les cornées que vous avez prélevées. Mais notre légiste a dit que ça n'avait pas dû bien vieillir et que vous aviez certainement été contraint de les jeter. Quelle frustration ça doit être...

Segnon tapota de l'index sur sa pochette.

— Le déménagement, puis vous avez bossé à la mine de Fulheim pendant deux ans, de quoi ressasser votre plan, réfléchir au bon endroit. Votre père qui meurt en 1975, j'imagine le choc. Le mentor qui n'est plus là. Le bourreau, aussi, on ne va pas se mentir, vous et moi, nous savons très bien que ce n'était pas un tendre, le père Robert. Et je ne parle pas de ce qu'il a fait à ces gens dans le puits Lecouvre, je parle de vous, Anthony.

Aucun mouvement en face. Simanoszki restait de marbre. Mais attentif, nota Segnon. Il était en train de se demander où tout ça les conduisait. Se sentait-il agacé, frustré de ne pas corriger certains points ?

Déjà, il ne niait pas tout en bloc, c'était une première avancée. L'accumulation d'éléments à charge contre lui ne lui laissait aucune échappatoire. À défaut de se mettre à table, il lui était difficile de jouer les innocents sans paraître grotesque.

— Là, vous voyez, il y a débat entre mes collègues et moi. Eux pensent que les quatre années entre la mort de votre père et votre premier crime, c'est le temps qui vous a été nécessaire pour essayer de lutter contre son influence, mais que vous avez échoué. Que vous avez tué parce que c'est lui qui vous a formé pour ça, en quelque sorte, que vous êtes sous son influence, encore aujourd'hui. Mais moi, je ne suis pas d'accord. Pas du tout. Je pense que ces quatre années vous ont permis au contraire de vous émanciper. Sinon vous auriez tué juste après sa mort. Ces quatre ans, c'est votre accession à la maturité. La première fille, Michèle Hosgard, c'est votre affirmation. Votre cri d'existence. Oui, vous tuez, mais rien de comparable avec Robert, aucune influence directe. Tout vous appartient. Les croix sur les murs, les têtes d'oiseaux, tout ça le prouve, n'est-ce pas ?

Deuxième question. Après ce temps subi, si Anthony Simanoszki voulait reprendre le contrôle, il en avait l'occasion.

Il se contenta de reculer sur sa chaise.

Merde, songea Segnon. Mais patience, ils avaient la nuit entière.

Franck et lui attaquèrent ensuite avec l'énumération des victimes. Pour chacune, Franck prit soin de donner son nom, sa profession, de préciser si elle avait des enfants. Franck humanisait ces femmes, les traitait en victimes. Mais Segnon se contentait de les évoquer sans manifester le moindre intérêt humain, il voulait se montrer un peu semblable à Simanoszki, ne pas mettre les mortes entre eux deux, mais au contraire en faire un lien dans leur façon de les considérer comme une donnée et rien de plus. Cette fois, Segnon asséna ses affirmations pendant plus de quarante minutes, pour établir qu'ils savaient tout de ce qu'elles avaient subi, ressassant chaque ligne des rapports d'autopsie. Petit à petit, c'était comme s'il s'appropriait les crimes de Simanoszki, ne lui laissant aucun rôle dans tout cela, sinon celui d'écouter passivement.

Puis, lorsqu'il eut l'impression d'avoir épuisé le sujet, que Simanoszki était mûr, il entrouvrit la porte suivante. C'était la tactique. Pour chaque question à laquelle il refuserait de répondre s'ensuivrait un monologue de ses exploits duquel il serait en partie exclu. Segnon accaparait les faits. S'il voulait reprendre l'ascendant, Simanoszki devrait répondre à une des questions. Et celles-ci se faisaient rares, de plus en plus espacées, dans l'idée de le frustrer, de l'agacer qu'on ne le sollicite pas davantage, qu'il soit spectateur et non plus l'acteur principal de ses propres fantasmes.

— Je vous imagine le soir dans votre bagnole, en train de rouler tranquillement et de guetter. Ce doit être quelque chose, ce sentiment qui vous traverse alors. Le droit de vie ou de mort sur chacune de ces femmes que vous voyez là, dehors. Vous avez déjà tué plusieurs fois. Vous savez faire mieux que personne. Alors s'il vous prend l'envie d'en attraper une, elle n'aura aucune chance. Tenez, celle-là qui marche avec son sac en bandoulière. L'idée doit être bandante. Mais finalement non. Pas elle. Si seulement elle savait ! Elle a été dans votre œil pendant deux ou trois minutes, et durant ce temps, son existence n'a tenu qu'à votre désir. Et puis vous l'avez épargnée. Elle ne le saura jamais, qu'elle est passée si près de la mort. C'est fascinant quand on se dit ça. La vie ne tient à rien, juste à votre bon vouloir. À ce moment-là, ce jour-là, vous aviez le pouvoir. Je sais que vu d'ici, maintenant qu'on est tous les deux enfermés dans cette pièce et que vous êtes là, le cul sur la chaise, ça paraît loin, tout ça, presque improbable.

Simanoszki se racla la gorge mais ne parla pas. Fausse joie. Segnon marqua un temps pour le laisser réfléchir, puis il tapota de ses doigts joints la pochette cartonnée qu'il avait devant lui.

— Vient alors Fabienne, dit-il. Chronologiquement, c'est l'avant-dernière avant votre incarcération en 1994. Mais Fabienne, je vais vous dire pourquoi je l'ai retenue. C'est un malentendu. Autant les autres, je comprends le lien. Elles sont toutes jolies. Elles ont quelque chose, je suis d'accord. Mais Fabienne ? Sérieusement ? Non, elle, c'est votre erreur de parcours. Elle est pas à la hauteur. C'est un laideron. Limite, j'ai trouvé qu'elle était un peu plus cachée que les autres dans le puits, comme si vous aussi vous étiez d'accord : un peu honte de celle-ci. Vous avez agi par précipitation. Un égarement. Je me trompe ? Fabienne, c'est… un raté. Elle gâche un peu la série si on l'exclut pas, pas vrai ?

Simanoszki ne tiqua pas. Pas d'un sourcil. Il se contenta de remuer la langue dans sa bouche, agitant ses joues creuses. Aucun mot. Il clignait des paupières en regardant Segnon.

Cette fois, le colosse commençait à se sentir battu. Il se reprit aussi sec. Ils avaient le temps. Et encore beaucoup de billes à envoyer. Mais c'était de devoir se mettre à son niveau qui l'énervait, salir la mémoire de cette pauvre fille. D'avoir osé le penser pour pouvoir le dire. Il n'était pas fier. Il verrouilla tout ça bien profondément en lui et poursuivit sur la mort de la fille Simanoszki. Longuement. Le contexte familial. Puis il s'attaqua aux viols.

Là non plus, Simanoszki ne craqua pas. Les portes lui permettant de redevenir l'auteur du récit s'ouvraient rarement, toutefois il parvenait à se contenir. Passif. Simanoszki, lui, le dominant, ne cherchait pas à reprendre l'ascendant, le pouvoir.

Quatre heures qu'ils y étaient. L'effet tunnel se faisait sentir, enfermant Segnon dans un unique objectif. Il perdait de vue le reste, les rares gestes du suspect. Il se rassura en se disant que Franck était là pour ça. Ni Simanoszki ni l'avocat n'avaient demandé à faire de pause. Aussi attentistes l'un que l'autre.

Segnon s'attaqua à la dernière partie. Actuelle. Les fils. Il prit le temps d'énumérer chacun par son prénom.

— Anthony, je ne vais pas vous mentir, le GIGN va intervenir à l'aube chez votre gamin. C'est terminé pour lui aussi. Sauf qu'il a une fille chez lui. Et vous savez ce que ça signifie ? Que le GIGN ne prendra aucun risque. Je vous fais pas de dessin, hein ? La chance que ça se passe mal pour lui, elle est importante. Si vous voulez lui sauver la vie, c'est entre vos mains.

Segnon marqua une longue pause pour fixer Simanoszki. Qu'il digère. Qu'il envisage les conséquences. Que le peu d'empathie qui existait en lui, pour ses propres gamins, remonte.

Puis le gendarme insista :

— Dans moins de six heures, il sera peut-être mort. Sauf si vous décidez de lui parler. De le raisonner. Je peux faire en sorte que vous soyez sur place avec nous. Qu'en pensez-vous ?

Rien ne bougeait en Simanoszki, du moins rien ne transparaissait. Il se contenta d'attraper le gobelet de son café et l'écrasa entre ses doigts, sans lâcher Segnon du regard. Puis il le fit rouler sur la table entre eux.

Le message était clair.

Segnon capitula. Il se leva, imité par Franck.

— Vous aviez l'occasion de reprendre la main, Anthony. De décider pour nous. C'est votre fils qui va trinquer.

Sur quoi il sortit de la pièce et demanda que la lieutenante Garibot prenne la relève.

— Vous aurez peut-être plus de chance que moi, lui dit-il tandis qu'elle faisait signe à un autre enquêteur de la SR de Strasbourg de la rejoindre.

Elle toisa Segnon avec morgue. Lui, l'arrogant Parisien, avait échoué. Maintenant elle allait lui prouver ce dont *elle*, elle était capable.

Segnon et Franck allèrent se désaltérer dans la salle de repos de la SR et restèrent silencieux pendant deux heures. Ils avaient besoin de se recharger.

Segnon était content de ce qu'il avait lu dans l'air revanchard de Garibot. Il l'avait bien remontée, elle allait toiser Simanoszki. Lui en mettre plein la tête. Elle, une femme : cela allait l'agacer. Après le gendarme compréhensif, proche de lui, se faire malmener par une

« gonzesse », une « salope » – comme il n'allait pas manquer de le penser –, allait rendre Simanoszki fou de rage. Si elle avait été seule avec lui, sans son arme, s'imaginait-elle ce qu'il lui aurait fait ?

Segnon regarda sa montre.

— On va y aller, je voudrais pas que Simanoszki se braque et demande une pause maintenant.

Franck acquiesça.

— La rouquine, fit-il, elle va pas apprécier quand elle va réaliser que depuis le début tu t'es servi d'elle.

Segnon lui donna une tape sur l'épaule.

— Ça s'appelle l'expérience, c'est ce qu'elle va comprendre si elle est futée.

À la grande surprise de la lieutenante Garibot, ils entrèrent dans la salle d'interrogatoire, qui sentait la transpiration.

Segnon désigna sa pochette sur la table.

— Pardon, j'ai oublié ça.

Il passa du côté de Simanoszki pour reprendre son document, sans lui adresser le moindre regard.

Simanoszki lui attrapa le poignet.

— Dites à cette pute qu'elle n'est pas à l'abri. Ni ici ni ailleurs.

Échange de regards avec Garibot, surprise. D'un mouvement du menton, Segnon lui indiqua de sortir. Elle sembla réaliser qu'elle n'avait été qu'un outil stratégique et se leva, outrée.

Segnon tira la chaise, non plus pour être en face de Simanoszki, mais sur le côté à présent. Non plus dans un face-à-face, mais dans une posture complice, de proximité. Il laissa la grosse main de Simanoszki enserrer ses os du poignet. Le contact physique jouait en sa faveur. On se confie davantage à quelqu'un dont on se sent proche.

— Personne n'est à l'abri, ajouta Simanoszki froidement. Vous croyez que vous savez, mais c'est de la merde. S'il le veut, il peut venir jusqu'à moi et me fumer. Vous croyez que c'est mon fils que je dois secourir ?

Il eut un rictus amer, presque effrayé.

— Alors que c'est moi que vous devriez protéger.

Segnon sauta sur l'occasion.

— Parlez-nous et vous serez en sécurité. Il ne pourra plus rien vous faire, ce sera trop tard, vous aurez déjà tout raconté.

Le rictus d'Anthony Simanoszki s'effaça et Segnon crut lire enfin un soupçon d'émotion dans ses prunelles.

— Oh, si. Il viendra. Même ici, il en sera capable s'il le faut. Rien ne peut l'arrêter. Vous n'avez pas idée de ce qu'il est. Il le fera. Par vengeance. Parce qu'il adore ça. Il a déjà commencé.

Le tueur s'enfonça sur son siège.

— C'est tout ce que je vous dirai, lâcha-t-il du bout des lèvres. Il a un destin à accomplir. Vous ne pouvez pas comprendre. C'est trop tard. Il est immortel maintenant.

De la peur. Anthony Simanoszki éprouvait de la peur, Segnon pouvait la lire en lui. Tout comme il lut que l'homme venait de se refermer totalement.

44.

Une nuit pour tout savoir.

C'était ce que l'équipe pilotée par Lucie Torrens avait mis en place. Identifier chacun des fils d'Anthony Simanoszki, obtenir les adresses, et un maximum de renseignements pour les localiser. Les réquisitions judiciaires délivrées par le procureur leur ouvraient l'accès à la plupart des dossiers existants au nom des cinq fils Simanoszki, et petit à petit, le portrait de famille prenait forme.

L'objectif était simple : faire en sorte que les interpellations puissent avoir lieu dès l'horaire légal : six heures du matin. Ils n'allaient pas prendre le temps de surveiller chacun des cinq frères, de vérifier les informations sur le terrain, ou de s'assurer de trouver le meilleur moment pour pouvoir procéder aux arrestations en prenant le moins de risques possible. Ils ne pouvaient se permettre de laisser Chloé Maignan plus longtemps sans tout essayer pour la sauver. C'était la raison pour laquelle Torrens mettait la pression sur Ludivine, Guilhem et Nicolas Riess. Ils n'auraient pas droit à l'erreur.

Pendant ce temps, le GIGN dépêchait ses équipes depuis Versailles-Satory pour préparer les interventions. Compte tenu des circonstances, il avait été décidé en haut lieu qu'il fallait l'élite. Les colonnes de gros 4 × 4 noirs bardés d'équipements et d'hommes en tenue d'intervention étaient en train de traverser la France, direction le Grand Est.

Magali avait appelé en début de soirée. Depuis la mine du Gistrois, elle poursuivait sa propre enquête en compagnie du capitaine Ferizzi. Leur idée se concentrait sur la transmission de l'ADN.

Puisque Charon II et Charon III déposaient le sperme de Charon I dans leurs victimes, que ce soit en hommage ou pour un quelconque rituel fanatique ou ésotérique, il fallait donc que cet ADN ait pu traverser le temps.

La congélation était l'unique moyen. Les experts de l'IRCGN travaillaient à le prouver.

Or, en 1930, ce n'était pas un procédé particulièrement commun. Les foyers français ne s'étaient réellement équipés de congélateurs domestiques qu'à partir des années 1960. Magali et Ferizzi avaient donc mis le paquet sur les industriels. Quelles entreprises disposaient de pareilles salles de congélation à l'époque de Charon I, dans le secteur du Gistrois ?

Ils avaient trouvé. Elle s'appelait « Fraîche Allure ». Une entreprise de transport réfrigéré dans laquelle Robert Simanoszki avait investi pour moitié. Avec, bien entendu, des congélateurs industriels sur place, à Charleville-Mézières. C'était là qu'il avait entreposé ses précieux fluides. Pendant des décennies. Avant de revendre ses parts en 1966, pour venir s'installer à côté de Fulheim, mais à ce moment-là, ils n'avaient plus besoin de moyens aussi importants, il leur avait suffi d'acheter un congélateur domestique. En disposaient-ils de plusieurs pour répartir leur « stock » et ainsi ne pas tout perdre en cas de problème ? Reliés à un groupe électrogène pour ne jamais tomber en panne ? Cela avait dû être une obsession familiale.

Magali creusait cette piste, cherchant à en tirer le maximum.

Ferizzi avait missionné deux de ses enquêteurs de la SR de Strasbourg pour remonter la trace du Manurhin retrouvé chez Anthony Simanoszki, faire l'historique du revolver. Comment avait-il pu se le procurer ? Était-il impliqué dans d'autres crimes ? Le canon de chaque arme était unique, à l'instar de l'ADN des êtres humains, et il imprimait sur les projectiles qu'il tirait des stries caractéristiques qui pouvaient être comparées avec l'arme de référence. Si on avait retrouvé des balles tirées par ce Manurhin en particulier dans des affaires plus anciennes, ils n'allaient pas tarder à le savoir.

La cellule Charon ne pouvait se permettre de laisser la moindre porte fermée.

Ils commençaient à avoir une vision globale des Simanoszki, de leur démence. La fabrication de psychopathes.

Les cinq fils d'Anthony eurent droit à leur mur, dans le QG de la mine. Les noms s'étalaient au marqueur noir sur des feuilles.

Sam. Ezra. Jean. Faustin et Alan. Le père était en garde à vue, la mère décédée depuis deux ans, tout comme les grands-parents, Robert en tête, le mentor.

C'était Guilhem qui avait tilté et trouvé le lien entre les frères.

— C'est en checkant le prénom Ezra que j'ai pigé, avait-il expliqué. Ezra, c'est l'autre nom d'Azra, donc Azraël, l'ange de la mort. Le père a poussé le vice jusqu'à rappeler la présence de la mort dans la vie qu'il a donnée. Un malade. Vous aviez raison, c'est un obsédé du moindre détail.

— Un peu tiré par les cheveux, avait répliqué Torrens sans lever le nez de son ordinateur.

Guilhem avait alors enchaîné son exposé :

— Sam pour Samaël, l'ange diabolique dans la Bible, la mort lui est associée. Pour rester dans les références bibliques, Jean, c'est celui qui raconte l'apocalypse, donc la mort de tout et de tous. Et Faustin, le pacte de Faust avec le diable pour percer les secrets existentiels. C'est toujours tiré par les cheveux d'après vous ?

Torrens s'était redressée. Elle avait hoché la tête.

— Ce mec est taré, avait lâché Riess.

— Et le dernier ? voulut savoir Torrens.

— Alan, je ne suis pas sûr, je pense à Allan Kardec, l'inventeur du spiritisme, mais la différence d'ortho-graphe me fait douter, faut creuser.

— Non, laissez tomber, ça me va, vous avez vu juste. Ça ne fait que confirmer ce qu'on pensait de leur père, son obsession pour la mort. Maintenant, trouvez-moi ce qu'ils conduisent, toutes les adresses possibles, récentes et anciennes, des concubines, de leur boulot, je veux tout.

Et les détails tombèrent au fil des heures.

Il était une heure du matin lorsqu'ils se tournèrent tous vers le mur des cinq frères, dans un silence fatigué.

Les enquêteurs n'avaient pas encore pu établir de véritable parcours de vie en si peu de temps, mais avaient rassemblé les données essentielles. Professions, domiciles, permis de conduire, cartes grises… Et ils pensaient avoir localisé quatre des cinq frangins.

Restait Jean Simanoszki. L'insaisissable.

Par le biais d'une connaissance de Torrens, ils avaient pu obtenir des douanes une information intéressante : Jean Simanoszki avait quitté le territoire en 2003 pour l'Afrique. Un billet pour la République démocratique du Congo. Un voyage juste après la fin de la guerre locale. Depuis, son passeport n'avait jamais plus bipé à la police des frontières, laissant entendre qu'il n'était plus revenu sur le territoire français.

Lucie Torrens vint s'asseoir sur le coin d'un bureau.

— Voilà les cinq. C'est l'un d'entre eux.

— C'est quand même bizarre qu'il n'y en ait pas un avec un casier, s'étonna Guilhem. Vu leur famille…

— Anthony Simanoszki les a tenus à la baguette, intervint Ludivine. Et quand il était en taule, c'est probablement la mère qui a fait le boulot, ou le frère aîné. Il faudrait qu'on puisse aller interroger les voisins et les proches de la famille.

— On n'a pas le temps, coupa Torrens. Intervention dans moins de cinq heures. Si vous deviez en choisir un pour être Charon III ?

Ludivine fit signe qu'elle n'en savait rien. Ils manquaient cruellement de détails pour se prononcer. Une photo d'identité était imprimée pour chacun. Celle de Jean Simanoszki datait de ses seize ans, la seule qui figurait dans les fichiers récupérés.

Un de ces visages détenait Chloé Maignan et lui faisait subir les pires tourments. Ludivine étouffa un soupir qui remontait de loin.

Qu'avait-il vécu lui-même pour en arriver là ? À quoi avait ressemblé son enfance, avec un grand-père et un père tueurs en série fanatiques, ne pensant qu'à la mort ? Et leur mère ? Quel genre de personne était-elle ? Absente, laissant tout faire à Anthony, au point que Charon III la haïssait, elle et toutes les femmes en prolongement, pour avoir été incapable de l'aimer, de le protéger ? Ou perverse comme son mari ? À en rajouter une couche, à détruire ce qu'il restait d'humanité en Charon III ?

Le portable de Ludivine vibra. C'était Segnon. Anthony Simanoszki ne parlerait pas, il en était convaincu : il protégeait son fils, il sanctuarisait l'héritage familial.

Elle serra les dents de frustration et se mit à faire les cent pas pour se délier les jambes. Le sport lui manquait. Le sommeil aussi. Et son mec. *La vie me manque.* Elle s'interdit aussitôt d'y penser, ce n'était pas le moment.

— J'ai transmis les adresses possibles des quatre frères, avertit Torrens. Le GIGN va taper en même temps un peu partout, assisté par le PSIG si besoin. J'ai précisé que nous n'avions aucune présomption sur un des fils en particulier. Ce n'est pas maintenant que nous ferons la différence.

Ludivine s'était arrêtée devant la photo du jeune Jean Simanoszki.

— Lui, c'est le seul qu'on chopera pas, ajouta Torrens.

— C'est étrange, non ? demanda Ludivine. Un des fils qui s'est barré il y a longtemps et qui n'est jamais revenu en France depuis ? Pas une seule fois ? Même pas aux funérailles de sa mère ni à la libération de son père ?

— Il s'est faufilé pour revenir en douce ? proposa Riess sans y croire lui-même.

— Depuis les attentats de 2001, ça paraît difficile de passer à travers les mailles du filet, fit remarquer Guilhem.

Ludivine approuva mollement.

— Oui… Tu as raison. On a une coopération régulière sur place ?

Torrens l'examinait, l'œil brillant.

— Vous pensez à quoi, Ludivine ?

— Et si Jean était actif là-bas ?

— Un tueur en série français en RDC ? Nous ferons une note à ce sujet que je transmettrai. Mais n'en attendez pas un retour rapide.

Lucie Torrens éteignit la lampe sur son bureau.

— C'est tout ce qu'on peut faire pour cette nuit. Allez dormir. On attaque sur le terrain à la première heure.

Riess, qui se massait les tempes de fatigue, se redressa.

— Pourquoi ? C'est la SR qui prendra le relais des interrogatoires des quatre frères, non ?

— Exact. Mais ils vont avoir besoin d'un maximum de biscuits pour ne pas se faire mener en bateau. Si les fils sont aussi retors que le père, ils ne lâcheront rien sans un coup de pression. Ce sera à nous de fournir les collègues de la SR en informations solides. Demain, ce sera à nous de faire la différence.

Ludivine voyait les aiguilles d'une horloge dans laquelle ils avaient remis des piles. Elle se demanda comment elle pourrait dormir en sachant qu'ils n'étaient qu'à quelques heures des interpellations.

45.

6 h 37.

Torrens se tenait debout devant sa tente, fraîchement lavée – grâce à la douche de campagne installée plus loin –, Ludivine à ses côtés, lorsqu'elle reçut confirmation des arrestations. Ses cheveux gouttaient encore sur ses épaules.

Trois des quatre frères interpellés à leur domicile, comme prévu.

Le quatrième n'était pas chez lui.

Mais à 7 h 11, il était localisé par son téléphone chez une fille qu'il côtoyait régulièrement, et le GIGN n'eut aucune difficulté à l'embarquer à son tour. Les frères n'avaient opposé aucune résistance, cueillis au réveil, groggys par la rapidité de l'intervention. Les sœurs avaient été convoquées, dans un premier temps pour écouter ce qu'elles avaient à raconter de la famille.

La suite allait se passer dans les locaux de la SR de Strasbourg, avec Segnon et le reste des troupes. Magali, Ferizzi et même Guilhem étaient rappelés en urgence pour participer aux auditions. On sonnait le branle-bas de combat.

Mais ce qui obsédait Ludivine, ce qu'elle attendait nerveusement, ne tombait toujours pas, ni sur leur portable ni à la radio qu'ils écoutèrent ensuite dans une voiture de gendarmerie.

Segnon lui envoya une copie du PV d'audition d'Anthony Simanoszki, qu'elle avala pour s'occuper, pour éviter de tourner en boucle sur la pensée de Chloé. Elle ne fut pas surprise par le mutisme du tueur. Elle lut néanmoins entre les lignes la technique employée par Segnon et lui reconnut du mérite. Il avait été malin, même si ça n'avait pas payé. Les rares mots, sibyllins, de Simanoszki l'étonnèrent en revanche. Lui, effrayé par son fils ?

Mais il n'avait pas mordu à l'hameçon et ne l'avait pas désigné.

Il fallut patienter jusqu'à neuf heures passées pour que de Juillast envoie un SMS à Ludivine.

« Aucune trace de la disparue chez les suspects. Poursuivons investigations. »

Le cœur de Ludivine se resserra dans sa poitrine.

— C'est pas possible, lâcha-t-elle, effondrée.

Les portables des frères allaient être décortiqués par la SR ainsi que les GPS de leurs véhicules, leur géolocalisation, pour retracer dans l'urgence tous leurs déplacements, repérer un lieu où l'un se serait rendu plusieurs fois ces derniers jours. Mais quelque chose en Ludivine lui disait que ça ne servirait à rien. C'était vain. Charon III était plus prudent que ça.

Elle commençait à désespérer de jamais retrouver Chloé Maignan.

Vivante.

La famille Simanoszki avait vécu près de Fulheim, à Ungersheim, pendant plus de quarante ans. C'était là que Charon III avait grandi, là qu'il s'était fabriqué. Aussi Torrens décida-t-elle qu'elle et Ludivine devaient fouiller dans ce passé, sur place, faire remonter à la surface quelques souvenirs enfouis.

En début de matinée, elles purent accéder à l'école primaire où les enfants Simanoszki avaient été scolarisés, et de là commencèrent à retracer leur parcours. Identifier les anciens professeurs, les camarades de classe. Puis ceux du collège, ainsi que d'autres connaissances, pour aller les interroger sur le comportement des Simanoszki au quotidien.

Les gendarmes œuvraient normalement en binôme, jamais seuls, mais compte tenu de la quantité de pistes à suivre et de l'urgence de la situation, Torrens opta pour l'efficacité. Elle s'attribua l'histoire récente des frères Simanoszki, jobs et amis. Ludivine se chargea de l'enfance.

Une fois le point de départ repéré, il n'était pas très difficile de collecter les informations, il suffisait de tirer sur le fil. Beaucoup de protagonistes de l'époque résidaient encore dans le secteur. Parler à une enquêtrice affable, avec le sentiment de servir à quelque chose, n'était pas plus compliqué, surtout si cela impliquait un peu de commérages.

La première personne que Ludivine interrogea, le directeur de l'école primaire du temps des Simanoszki, ne se souvenait quasiment de rien. Ludivine l'expédia en dix minutes. La suivante, une professeure qui avait eu la plupart des frangins dans ses classes, en revanche, n'avait rien oublié.

— C'était une drôle de famille, précisa la vieille femme en tripotant son large serre-tête dans ses cheveux trop fins. Je ne peux pas dire que j'aie eu des problèmes avec eux, non, non. Mais il était évident que ce n'étaient pas des gens faciles. Je veux dire : même les filles avaient un regard torve. Vous voyez ?

— Un garçon en particulier se démarquait ? demanda Ludivine. Par sa violence, sa cruauté, ou au contraire son renfermement ?

— Non, je ne crois pas. Ils étaient un peu les mêmes. Oh, une bagarre de temps à autre, c'est vrai, et généralement, lorsqu'il y avait un incident sous le préau, c'était toujours un Simanoszki qui avait commencé. Mais il suffisait de convoquer la mère, et les enfants se tenaient à carreau pendant un bon mois ensuite. Ça ne devait pas plaisanter à la maison !

— Le père, vous l'avez vu parfois ?

— Non, il ne s'occupait pas de tout ça. Et puis... Il est allé en prison ensuite, après la mort de sa fille. Une tragédie, cette affaire.

— Vous la connaissiez, la fille en question ?

— Oh, oui. Je l'ai même eue en classe aussi. Et pour le coup, ce n'était pas une Simanoszki, elle !

Ludivine se redressa.

— Qu'est-ce que vous voulez dire ?

— Enfin, biologiquement si, je suppose, mais dans l'attitude. Pas aussi peste que ses sœurs, pas dans les cancans, dans les histoires. Une calme. Solitaire. Je vous le dis : le monde est bien cruel. Que ce soit elle que le père ait tuée... La plus... normale ?

Ludivine ne releva pas le terme. Mais cela confirmait ce qu'ils supposaient. Une fille insoumise qu'Anthony

Simanoszki avait fait taire avant qu'elle ne trahisse la famille. L'hypothèse lancée presque au hasard prenait de la consistance.

La vieille femme, trop heureuse d'avoir enfin une oreille attentive, ne s'arrêtait plus.

— Après, c'était la mère qui dirigeait son petit monde. Avec ses filles. Une femme à poigne. Autoritaire. Une fois, je l'ai vue demander à un de ses fistons de ramasser son sac qui s'était renversé. Le gosse n'a pas écouté, l'instant d'après il avait le visage sous sa semelle ! Une dure ! Aujourd'hui on signalerait tout de suite ce genre de famille. Mais à l'époque, c'était différent, on laissait chacun faire comme il l'entendait. Surtout dans les foyers très populaires, vous comprenez ? Il y avait une forme de tolérance. La violence pour les pauvres en quelque sorte…

Ludivine haussa les sourcils, accablée, mais elle préféra ne pas s'engager sur ce chemin. En revanche, c'était la deuxième fois que son interlocutrice mentionnait les filles.

— Les sœurs aussi, vous dites ?

— La mère et sa horde, oui. Les gamines, fallait pas les chercher, ou vous les trouviez aussi sec. Elles parlaient à leurs frères comme s'ils étaient des larbins quelquefois. Je me souviens d'avoir beaucoup bataillé avec ça, mais elles s'en moquaient. À la maison, c'était les filles les patronnes, donc elles reproduisaient la même chose dehors. Vicieuses avec ça.

— Comment ça ?

L'institutrice parut gênée et Ludivine dut insister pour la décoincer :

— J'en ai surpris une en train de procéder à des jeux pas du tout de leur âge, si vous voyez ce que je veux dire. Et le garçon impliqué n'était pas du genre à se comporter ainsi. Il m'a dit que c'était elle qui l'avait entraîné là-dedans. Une autre était carrément à se faire payer avec n'importe quoi, bonbons, argent de poche, en échange de ce que les garçons de l'école voulaient. Vicieuses, je vous dis. Je ne sais pas ce qu'elles sont devenues, mais ça partait mal !

Ludivine se souvint qu'ils avaient à peine traité le cas des filles d'Anthony Simanoszki. Quatre au départ, trois encore vivantes. Toutes résidant dans l'Est, non loin du domicile paternel. Leurs adresses avaient été communiquées à la SR et au GIGN pour préparer les interpellations du matin.

Charon III avait donc grandi au milieu de frères bagarreurs, dans une cellule familiale autoritaire, matriarcale sinon gynocratique. Une partie de sa haine des femmes pouvait provenir de là.

— Comment s'appelait ce poème déjà ?

— Pardon ? fit Ludivine.

— Non, j'essaie de me souvenir… Un des gamins Simanoszki était obsédé par la même poésie, il la récitait tout le temps. C'était d'ailleurs la seule chose qu'on pouvait lui faire apprendre, à celui-là. Non. Désolée, ça ne me revient pas.

Avant midi, Ludivine fit la connaissance d'un retraité qui avait été épicier dans le quartier où vivaient les Simanoszki, et qui se souvenait de cette famille atypique. Il la reçut chez lui, dans une maisonnette qui sentait le renfermé. Tout était figé dans le temps, probablement les années 1970, des photos jaunies sur les murs au papier peint gondolé, avec tous ses bibelots qui n'avaient plus été touchés depuis une éternité, devenus sacrés, l'habitation trahissait une absence. Une présence féminine partie il y a longtemps. Une certaine négligence avait pris le relais, et beaucoup de mélancolie imprégnait ces murs. Des boîtes de médicaments traînaient un peu partout. Le vieil homme avait le teint gris, et sa gorge était marquée par des cicatrices d'interventions médicales lourdes. Il émettait un sifflement régulier lorsqu'il parlait.

— Tout le temps dehors ceux-là ! Les marmots. À courir, à traîner avec les chiens, des crasseux. Ils se ressemblaient tous, impossible de les reconnaître. Une fois, y en a un qui m'a volé des sucettes, j'ai fait venir la mère, qui m'a présenté les cinq merdeux en me demandant lequel c'était. J'étais pas fichu de les différencier ! Elle leur a mis une tannée à tous pour la peine !

— Anthony Simanoszki, le père, vous vous en souvenez ?

— Un peu. Il a travaillé à la mine avant qu'elle ne ferme. Un taiseux. Mais j'aimais pas sa façon de regarder. Jamais droit dans l'œil, toujours de biais. Surtout avec les femmes… Je vais vous dire, ma fille, il l'a reluquée plusieurs fois, et je l'ai pris à part une fois, je lui ai dit qu'il faisait comme il voulait avec son mariage, mais que s'il approchait ma fille, je lui brisais les deux bras. Jamais eu de problème après ça.

— Il y a un des fils qui vous a marqué ? Un solitaire ou un violent ?

— Oh, ils l'étaient tous un peu. Ça respirait les coups chez eux, on pouvait le sentir. Pas des enfants épanouis, ça non. Mais même leur mère, elle a jamais eu l'air heureuse. Avant leur naissance déjà, elle avait l'air ailleurs. Une dépressive que je dirais. En même temps, elle était tout le temps enceinte ensuite. Ça devait l'occuper je pense, parce qu'elle les pondait coup sur coup. Ensuite, il a bien fallu élever tout ça.

L'ancien épicier buvait régulièrement de longues gorgées d'eau pour humidifier sa trachée sèche.

— Vous les avez revus récemment ? interrogea Ludivine. Ils revenaient dans le coin ?

— Pas vraiment, je crois pas. Eh, vous avez vu notre région, c'est pas Paris ici, y a pas grand-chose à faire, hein. Faut pas leur en vouloir s'ils sont partis. Cela dit, je crois qu'ils sont pas allés bien loin, hein. Paraît qu'ils traînent encore dans les environs parfois, mais j'ai pas prêté attention.

À le voir s'épuiser en parlant, boire sans cesse, et remonter sur lui la couverture de laine dans laquelle il s'emmitouflait, Ludivine songea que ce n'était pas l'odeur du renfermé qu'elle sentait chez lui, mais celle de la mort qui tapissait les lieux de sa présence, lentement, nidifiant patiemment, attendant son heure, qu'elle savait approcher.

Ludivine écourta la visite et enchaîna coup sur coup trois témoins sans intérêt, mais le dernier la renvoya à une adresse non loin, où vivait un garçon qui avait été copain avec un des frères Simanoszki pendant des années.

Sur le chemin, son portable sonna. C'était la professeure des écoles à qui elle avait laissé sa carte.

— Je savais que je le retrouverais ! triompha-t-elle. Le poème qu'un des gamins Simanoszki marmonnait tout le temps ! Je l'ai retrouvé. Je suis montée dans mon grenier, j'ai conservé un exemplaire de tous les livres que j'ai utilisés dans ma carrière. Personne n'y pense jamais, mais je peux vous certifier que ça en fait, du papier !

— C'était quel fils ?

— Oh, ça, ils se ressemblaient tellement ! Ma mémoire est bien infichue de vous répondre. Avec l'âge, vous comprenez, on mélange. Quoique déjà à l'époque, avec tous les élèves que j'ai eus, je ne…

— Et ce poème, écourta Ludivine qui ne voyait pas bien où cela la mènerait de toute manière, vous pouvez me le photographier et me l'envoyer à ce numéro ? Vous savez faire ça ?

— Sinon je peux vous le lire.

— Je préfère une photo. Je garde une trace, comme ça.

— C'est malin. Mais savez-vous si les oiseaux se cachent pour mourir ?

— Pardon ?

Une minute plus tard, le téléphone vibra. Ludivine afficha la photo du texte :

« Le soir, au coin du feu, j'ai pensé bien des fois,
à la mort d'un oiseau, quelque part, dans les bois,
pendant les tristes jours de l'hiver monotone
Les pauvres nids déserts, les nids qu'on abandonne,
Se balancent au vent sur le ciel gris de fer.
Oh ! comme les oiseaux doivent mourir l'hiver !
Pourtant lorsque viendra le temps des violettes,
Nous ne trouverons pas leurs délicats squelettes

Dans le gazon d'avril où nous irons courir.
Est-ce que les oiseaux se cachent pour mourir ? »

Elle y lut les obsessions d'Anthony Simanoszki et ses têtes de piafs morbides, qu'il avait transmises à ses rejetons. Mais ça ne les avançait guère plus.

Ludivine sonna chez Florian Raynard en début d'après-midi, peu optimiste sur ses chances de tomber sur lui à cette heure en semaine, bien qu'on lui ait rapporté qu'il était au chômage depuis un moment.

Un homme blond, la trentaine, boucle d'oreille d'un côté, la peau rouge comme s'il était allergique à l'air qu'il respirait, lui ouvrit. Il la fixa un moment de ses yeux globuleux lorsqu'elle afficha sa carte militaire de la gendarmerie. Il avait un physique tout en déséquilibre, mal proportionné, cou trop long, ovale du visage affaissé, paillasse en guise de toison, mains aux articulations saillantes. Un grand échalas mal dans sa peau.

— Je peux m'entretenir avec vous ? insista-t-elle.

Florian finit par accepter et la fit entrer dans sa petite maison bordélique. Il y en avait partout. Des prospectus à ne plus savoir qu'en faire, des CD, des jouets pour chien, des vêtements, de la vaisselle pas faite… C'était un dépotoir.

Florian la dirigea vers la table de la cuisine, rayée et tachée, et lui servit un café sans même lui demander si elle en voulait un.

— Ouais, je me souviens bien des Simanoszki. Faust en particulier. On était potes.

Même sa voix n'était pas bien balancée, zigzaguant entre le médium et des montées involontaires dans l'aigu.

— Faustin ? Il était comment ?

— Bah, un Simanoszki, quoi.

— C'est-à-dire ?

— Un peu chelou. Il sortait pas souvent avec nous, sa famille le laissait pas. Ses sœurs étaient des plaies. Des folles.

— J'ai entendu dire qu'elles n'étaient pas faciles, genre autoritaires avec leurs frères. C'est vrai ?

— Ah ouais, ça... La grande, là, c'était même une...

Il s'interrompit, réalisant qu'il allait être vulgaire.

— Elle faisait quoi ? insista Ludivine.

— Euh... Ben, c'était pas compliqué de lui passer dessus, quoi. Mais après, je vous raconte pas les emmerdes. Elle harcelait les gars. Heureusement, moi, j'ai jamais fait.

— Faustin, il était comment ? Il parlait beaucoup ?

— Non. Les frangins, ils causaient pas énormément de toute façon.

— Et avec les filles en général, ils se comportaient comment ? Ils draguaient ?

— Non. Trop timides. Faustin, je l'ai jamais vu approcher une meuf.

— Des cinq frères, c'était le plus en retrait ?

Florian fit la moue pour réfléchir et toisa son jardin en friche par la fenêtre pour réfléchir à la question.

— Ils étaient tous assez discrets. Jean peut-être plus encore.

— Vous l'avez bien connu, ce Jean ?

— On se croisait.

— Et il vous a fait quelle impression ?

— Je sais pas. Absent. Il passait son temps à regarder un magazine de surf.

— De surf ? De mer ou de montagne ?

— Dans les vagues. Mais attention, c'étaient pas des magazines différents, hein, c'était tout le temps le même. Genre, pendant au moins deux ans je l'ai vu avec son bouquin, là, assis dans un coin à rêver devant les pages toutes froissées.

— Il voulait en faire ? Du surf. Il en parlait ?

— Il causait presque jamais. Mais oui, je crois bien.

Ludivine n'avait jamais entendu parler des déferlantes de la République démocratique du Congo, mais ça méritait vérification.

Soudain elle se figea.

Lacanau. À côté de Bordeaux.

Là, il y avait un spot mondialement reconnu pour le surf.

— Ce Jean, vous savez ce qu'il est devenu ? demanda Ludivine sans autre précision, pour ne pas orienter la réponse.

— Il s'est tiré. En Afrique, je crois. Quand il a eu dix-huit piges, il s'est cassé. Il est plus revenu depuis. J'ai même entendu dire qu'il était mort là-bas.

— Ah oui ? Par qui ?

— Oh, juste des rumeurs, c'est tout. C'est sûrement des racontars. En même temps, je le comprends, vu sa famille, ça m'étonne pas qu'il revienne pas, s'il a trouvé un petit bout de paradis loin d'eux…

Ça n'est en effet pas sans logique, songea Ludivine.

— Et avec Faustin, qu'est-ce qui vous a séparés ?

— Bah, ses sœurs. Toujours à tout contrôler, ces morues. Elles aimaient pas qu'il traîne avec d'autres personnes que leur famille. Entre eux, ils disaient qu'avec autant de frères et de sœurs, ils n'avaient pas besoin d'amis extérieurs.

Tu m'étonnes. Pratique, pour contrôler ses enfants. Pour s'assurer qu'ils font ce pour quoi ils ont été éduqués.

Ludivine déposa sa carte sur la table de la cuisine, à côté de la tasse à laquelle elle n'avait pas touché. Elle n'en avait pas encore indiquant ses fonctions au sein du DSC, mais le numéro à la SR était celui de son portable professionnel qui la suivait partout, et son e-mail ne changerait pas.

— Si quoi que ce soit vous revient à propos de la famille Simanoszki, vous n'hésitez pas. Merci !

Dans la rue, Ludivine appela Lucie Torrens pour lui rapporter le fruit de ses investigations. Rien de tangible ni de nouveau.

La cheffe d'escadron n'avait pas été plus chanceuse.

— Ce Jean, insista Ludivine, je le sens pas. Et s'il avait refait sa vie sous un autre nom ?

— Vous pensez bien que j'ai vérifié, cette nuit, dans le *Journal officiel*. Aucune entrée à Simanoszki.

— Sauf que la publication au *JO* est récente. Avant le changement de loi de cette année, ça ne passait pas dans le *Journal officiel*.

Torrens demeura silencieuse dans le combiné. Ludivine insista :

— Lucie, le seul frère qui ne soit pas entre nos mains, c'est lui. Il était fan de surf. Qu'il s'installe du côté de Bordeaux a du sens. On peut au moins vérifier.

— OK, passez l'info aux collègues de la SR de Bordeaux, on ne sait jamais. Ce Jean Simanoszki est né près de l'autre mine, celle du Gistrois. Je vais sur place récupérer son état civil. S'il a fait une demande de changement d'identité, ce sera renseigné là-bas.

— Magali doit avoir des contacts sur place si vous voulez…

— Non, marre de me faire balader par des fichiers pas à jour. J'y vais. En fonçant j'y serai dans quatre heures. Je vais en profiter pour flairer le secteur. C'est là-bas que tout a commencé, je veux y passer du temps. Continuez ici, Ludivine. Assemblez les pièces du puzzle.

Ludivine voulut lui parler d'une autre intuition qu'elle avait eue en réfléchissant à tout ça. Quelque chose dans ce qu'avait dit Anthony Simanoszki l'intriguait de plus en plus, mais Torrens raccrocha, la laissant à ses doutes.

Cette fois, elle était vraiment seule.

46.

Ungersheim était une bourgade étalée sur une plaine cernée au loin de hautes collines boisées. Un village terne, avec une périphérie industrielle, et un cœur plus habité, constitué de vieilles maisons disparates.

Ludivine s'était assise sur un banc de ce qui servait de centre-ville, soit une demi-douzaine de commerces moribonds éparpillés autour d'une place en forme de haricot, et fréquentés par des habitués uniquement.

Au loin, elle vit le clocher de l'église, et sur la gauche, un château d'eau, en pleine ville, tout de briques rouges, à l'image des beffrois qu'on trouvait normalement plutôt dans le Nord. Deux tours qui tentaient d'émerger de la masse. *Un peu comme moi et Torrens au sein de cette enquête*, se dit Ludivine tout en trouvant l'image un peu puérile. Elles faisaient de leur mieux avec ce dont elles disposaient.

Et présentement, Ludivine digérait ce qu'elle avait entendu au fil de ses rencontres. Tout se rangeait naturellement dans des cases, son esprit, aguerri à ce genre d'exercice, procédait par réflexe.

C'était un instant de calme. Loin de l'agitation qui l'entourait quasiment sans discontinuer depuis dix jours. Elle pouvait laisser ses méninges vagabonder comme bon leur semblait, et considérait que c'était une bonne chose, pour pouvoir ensuite se concentrer de nouveau sur l'essentiel.

Sauf qu'elle revenait naturellement toujours à la même chose.

Les derniers mots d'Anthony Simanoszki dans le PV de son audition.

Ils résonnaient avec ceux qu'il avait lâchés au moment où elle l'avait arrêté. Il se disait foutu. Mort.

Sur le coup, elle n'y avait pas vraiment prêté attention. C'était une expression, une façon de dire que c'était terminé pour lui, qu'il allait pourrir derrière des barreaux pour le restant de ses jours, ce qui n'était pas faux.

Mais son insistance auprès de Segnon la perturbait. « Dites à cette pute qu'elle n'est pas à l'abri. Ni ici ni ailleurs. » Et il avait encore insisté par la suite : son fils pouvait venir jusqu'à lui, c'est-à-dire entre les murs de la section de recherche de Strasbourg. Il lui accordait une importance et un pouvoir démesurés. L'évidence aurait été de considérer qu'Anthony Simanoszki était effrayé par son fils et le plaçait désormais sur un piédestal, possiblement que les rôles s'étaient inversés depuis l'enfance du gamin, et que c'était à présent lui qui cognait sur son père.

Toutefois, il y avait autre chose qui traînait dans le fond de la pensée de Ludivine.

Et s'il fallait le prendre au premier degré ? S'il pensait *réellement* Charon III capable d'entrer dans les locaux de la gendarmerie pour venir le tuer ? C'était impensable pour quelqu'un qui connaissait les barrières de sécurité à franchir, et Simanoszki n'était pas naïf en la matière. Il avait bien vu que c'était impossible pour un civil.

Pour un civil...

Non. C'était idiot. Irréaliste.

Pourtant Ludivine se laissa lentement entraîner sur cette pente... Après tout, beaucoup de tueurs en série avaient la fascination de l'autorité. Et quelques-uns avaient fini par admettre qu'ils rêvaient d'être flics ou militaires. Pire, certains l'avaient été. Gerard Shaefer ou Anthony Sully aux États-Unis, John Christie au Royaume-Uni, Mikhaïl Popkov en Russie, Alain Lamare, Pierre Chanal ou François Vérove en France étaient des exemples connus. Et la liste était longue en réalité. Oui, leur attirance pour le pouvoir que conféraient l'uniforme ou les fonctions associées avait poussé certains psychopathes à entrer dans les forces de l'ordre. On pouvait supposer que la majorité d'entre eux se faisaient recaler dès les sélections, leurs déviances déjà apparentes, mais d'autres plus sournois, habiles manipulateurs, parvenaient à faire illusion et y faisaient carrière.

Était-il possible que Jean Simanoszki ait changé de nom et soit entré dans la gendarmerie pour que son propre père soit convaincu de n'être pas en sécurité une fois arrêté ?

L'implication suivante glaça le sang de Ludivine.

S'il était gendarme dans le secteur, cela signifiait qu'elle l'avait déjà croisé. La plupart avaient été mobilisés sur Fulheim. Et ce serait logique qu'il ait tout fait pour rester sur place, quitte à refuser les mutations et donc les promotions, juste pour garder un œil sur le sanctuaire familial. Sur sa famille. C'était donc un gars du coin et...

Ludivine secoua la tête lentement.

Non.

Elle refusait de céder à des synthèses grossières.

Pourtant un nom revenait sans cesse. Une figure qui cochait les cases du profil...

Un solitaire. Un sportif. Même si Ludivine s'était figuré un costaud, ça pouvait également être un physique de marathonien...

Un maniaque.

Ludivine refusait d'y croire.

Non, non, arrête ! C'est improbable. C'est même ridicule. Nous l'aurions reconnu !

Ils disposaient de la photo de Jean Simanoszki.

Quand il était adolescent ! Il a pu changer depuis...

Mais pas au point de ne pas lire les mêmes traits. Non.

Sauf s'il a poussé jusqu'à se faire opérer. Changer de gueule. Nouveau nez, nouvelles pommettes, menton affiné, mâchoires réduites... Avec de la détermination, tout était envisageable. Il serait méconnaissable.

La précision, la perversion, la détermination de Charon III prouvaient que rien ne l'arrêtait. Jusqu'à tout anticiper ? Vouloir être au cœur de l'enquête sur lui-même ? *Ce serait le summum du plaisir pour lui. Nous voir nous traîner, pouvoir jouer avec nous, avoir un temps d'avance permanent. Tout savoir, tout maîtriser de l'intérieur.*

Pourtant Ludivine ne cédait pas. Le nom rôdait à la surface, prêt à jaillir, mais d'une main elle s'efforçait tant bien que mal de le maintenir en dessous, incapable d'assumer une pareille accusation.

Le régional de l'étape.

Les courants de pensée étaient trop puissants. Ludivine capitula.

L'adjudant Jean-Félix Bardane. Lui qui se réclamait du cru. Lui qui nettoyait en permanence ses lunettes, ne supportant pas la moindre microtrace dessus. Une mutation qu'il avait pu accepter plus tôt dans sa carrière – ça, il fallait qu'elle le vérifie – aurait été Bordeaux et son secteur…

C'était lui qui avait géré toutes les recherches au QG. Il avait la main sur chaque document, il faisait le premier tri. En mesure d'éliminer ce qu'il voulait, ou au contraire de mettre sur le dessus ce qui l'arrangeait.

Les mots d'Anthony Simanoszki résonnaient depuis son procès-verbal : « Par vengeance. Parce qu'il adore ça. Il a déjà commencé », avait-il dit.

C'était Bardane qui avait sorti le nom d'Anthony Simanoszki des listings. Ni Torrens, ni Guilhem, ni elle-même, mais Bardane, adjudant dans la brigade locale, qui avait repéré le tueur en série au milieu de milliers de noms. Un regard affûté, un esprit acéré.

Ou juste un grand manipulateur qui joue. La vengeance ultime du gamin fracassé par son père. Il le trahit. Il le donne aux flics, en sachant que le poids de la tradition familiale sera si fort qu'Anthony Simanoszki ne le livrera pas, lui.

Cela faisait beaucoup.

Ludivine avait les jambes qui tremblaient.

Calme-toi. Tu t'emballes. Tu vas trop vite.

Bardane venait de prendre deux jours de repos. Pour se remettre de ce qu'il avait vu dans le puits.

Ou pour profiter une dernière fois, pleinement, de Chloé.

Elle envoya aussitôt un SMS à Riess en lui demandant l'adresse personnelle de Bardane. S'il était logé à la caserne du coin, il pouvait très bien avoir une résidence secondaire, une ferme ou un pavillon quelque part.

L'adresse s'afficha sur l'écran, suivie du message de Riess : « Vous voulez que je le fasse venir au QG ? »

Ludivine tapa à toute vitesse : « Non. Laissez-le. Juste pour savoir au cas où. »

Elle retourna à la 208 qui lui avait été fournie et démarra en indiquant l'adresse de Bardane dans le GPS. Elle voulait voir. Ludivine était incapable d'attendre que Torrens arrive au Gistrois pour lui donner le nouveau nom de Jean Simanoszki.

Lorsqu'il n'était pas à la caserne d'Ensisheim, Bardane vivait à la sortie de Bollwiller, un village non loin.

Elle vint se garer devant le pavillon gris, au toit de tuiles marron foncé. Une construction étroite, tout en longueur, flanquée d'un minuscule appentis en bois. Une Polo noire était garée devant.

Et tu t'attendais à quoi ? À trouver la Dacia Duster juste là ?

Non, mais il y avait un garage sur le côté de la maison, séparé.

Un rideau tangua à la fenêtre du premier étage. Il y avait quelqu'un.

Ludivine soupira. Le trajet pour venir jusqu'ici, bien que court, l'avait un peu fait redescendre.

Elle en faisait trop, à suspecter un de ses collègues. Ça devenait ridicule. Elle se montait la tête avec des suppositions faute de concret, de pistes tangibles. Par espoir, elle comblait le vide avec des raccourcis faciles et approximatifs. Ce n'était pas digne d'elle ni de ses nouvelles fonctions au DSC. Il était temps de rentrer au QG. Retourner à ce qui comptait.

C'est Chloé qui compte.

Ludivine posa la main sur la clé de contact, prête à la tourner.

Au lieu de quoi, elle l'arracha et sortit de son véhicule.

L'instant d'après, elle sonnait à la porte de Bardane.

47.

Ludivine pressa de nouveau le bouton pour insister.

À l'intérieur, la sonnette retentit plusieurs fois, audible depuis le perron.

Quelqu'un finit par arriver précipitamment et ouvrit.

Ludivine mit un bref instant pour reconnaître Jean-Félix Bardane, sans ses lunettes, en jogging, pas rasé de près comme à son habitude. Elle le détailla avec un peu trop d'insistance, cherchant les marques des opérations, des cicatrices dissimulées sous les oreilles, à la base des mâchoires.

— Lieutenante ? s'étonna-t-il. Qu'est-ce que… Une urgence ? Pourquoi vous n'avez pas appelé ?

Elle cessa son examen pour lui offrir un sourire aimable.

— Je vous dérange ?

— Euh. C'est que je… J'allais faire du sport.

— Je peux entrer ?

Ludivine s'efforçait de paraître aussi détendue que décidée, pour lui forcer la main. Bardane, ne trouvant pas de parade polie et instantanée, recula pour la laisser passer. Elle sentait bien qu'elle le dérangeait.

— J'ai un rendez-vous médical ensuite, alors je n'ai pas trop de temps, je suis désolé, annonça-t-il enfin.

Ludivine déambulait nonchalamment dans le salon attenant à l'entrée. Décoration minimaliste. Murs blancs, canapé immaculé, plaid à poils de la même teinte. Tout comme le tapis et la table basse. Il n'y avait que le parquet pour se démarquer.

— Rien de grave, j'espère ? demanda Ludivine.

— Non, non. Détartrage. Pas glamour, désolé.

— Vous allez bien ? J'ai cru comprendre que vous étiez un peu secoué.

Bardane paraissait plus jeune encore sans ses lunettes. Plus moderne également. Ludivine essaya de le comparer avec la photo de Jean Simanoszki adolescent. Est-ce que les deux pouvaient se superposer ? Peut-être…

Ses traits s'élargirent tandis qu'il faisait comprendre que la situation n'était pas simple :

— Vous avez l'habitude, vous, je suppose. Mais pour moi, c'était la première fois. Un tel charnier. Sur le coup, ça a été, puis les cauchemars ont commencé, et je me suis senti… je sais pas trop. Disons, entraîné vers le fond. D'un coup. Comme une chape de plomb qui me tomberait dessus. Qui teinterait tout de gris.

Pratique ou sincère ? Ludivine ne parvenait pas à lire en lui.

— Vous avez été efficace l'autre soir, avec nous, dit-elle. Sans vous, Simanoszki serait encore dehors. C'est vous qui l'avez repéré.

— Je me raccroche à ça.

Il y avait un voile dans son regard que Ludivine n'identifiait pas. Celui de l'homme effectivement miné par la noirceur dans laquelle il avait été plongé d'un coup ou autre chose de plus profond ? *Un abysse intérieur au fond duquel ses propres émotions ont été englouties, il y a longtemps...*

Ludivine était incapable de le cerner.

— Je voulais m'assurer que vous teniez le coup, dit-elle.

Bardane apprécia.

— C'est gentil. Merci.

Il ne lui proposait rien à boire, comme s'il ne voulait surtout pas la retenir.

Ludivine fixait les murs, écoutait la maison. Aussi absurde que cela puisse paraître, si Jean-Félix Bardane était en réalité Jean Simanoszki, cela signifiait que Chloé Maignan était ici, à l'instant présent. Quelque part dans cette bâtisse. La logique aurait été qu'elle soit séquestrée dans un lieu tranquille, isolé, comme l'appentis à l'extérieur. Mais celui-ci était un assemblage de planches fines, il y avait des voisins à proximité, jamais un pervers n'aurait pris le risque de détenir sa victime si longtemps ainsi, que ses hurlements soient audibles. L'autre option était le sous-sol. C'était une grande constante chez les psychopathes, et ça n'avait rien à voir avec le côté sordide voulu par les films du genre. C'était bien plus pragmatique, et aussi psychologique. Une cave était relativement pratique en termes d'isolation phonique, pour cacher quelqu'un, un endroit rarement visité par les autres, facilement aménageable sans attirer l'attention. En outre, c'était hélas un lieu où beaucoup de ces tueurs avaient été maltraités pendant leur enfance, lieu d'enfermement, de sévices incestueux ou punitifs ; ils reproduisaient leurs traumas en quelque sorte.

Ludivine n'avait repéré aucune lucarne en arrivant. Ce qui n'excluait pas l'existence d'une cave toutefois. Elle hésita. Le rideau qui avait bougé à son arrivée était à l'étage. C'était de là que Bardane provenait, un peu gêné lorsqu'elle avait insisté sur la sonnette.

Il la gardait dans une chambre ? Comme une épouse docile ? Ce n'était pas tout à fait ce à quoi elle s'était attendue, pour elle, Charon III chosifiait ses victimes, elles n'étaient pas dignes d'entrer dans sa chambre. Mais le profilage n'était que suppositions logiques, au conditionnel, et nécessitait de s'adapter en permanence. De rester ouvert.

— Je peux vous demander un café ? fit-elle, pleine de culot.

— Oui, bien entendu.

— Allongé, avec sucrette si vous avez, et une larme de lait.

De quoi l'occuper quelques instants.

— Oh et… je peux utiliser votre salle de bains ? ajouta Ludivine.

— Il y a des toilettes, dans le couloir, là.

— Non, je préférerais une salle de bains. Truc de fille. Pardon.

— Ah. Euh…

Il hésitait. Puis lâcha, un peu gêné :

— En haut de l'escalier, à gauche.

Ludivine serra les poings, victorieuse. S'il avait disposé d'une salle de bains au rez-de-chaussée, son plan serait tombé à plat.

Elle gravit les marches rapidement, avisa la porte à gauche comme il le lui avait indiqué, et trouva la salle de bains. Elle ouvrit l'eau du robinet et la laissa couler pour masquer d'éventuels grincements du parquet et s'intéressa à la porte en face. Si son sens de l'orientation n'était pas détraqué, c'était là qu'était la fenêtre avec le rideau. Elle posa la main délicatement sur la poignée, la paume moite. Elle s'en voulait déjà d'être aussi paranoïaque vis-à-vis de lui.

Mais c'était trop tard, elle était déjà allée trop loin pour renoncer maintenant.

La porte ne bougea pas : verrouillée.

Et quelque chose bougea à l'intérieur. *Quelqu'un*, corrigea-t-elle immédiatement.

Oh, bordel !

En bas, le bruit de la machine à café cessa. Elle n'entendait pas où était Bardane.

Elle se sentait prise au piège de ses convictions.

Il n'y avait pas mille options. Soit elle forçait le passage, soit elle renonçait.

Mais si Bardane était celui qu'elle le soupçonnait d'être, après la visite d'une gendarme, il n'allait plus prendre le risque de conserver sa proie chez lui. Pas après leurs échanges de regards. C'était un malin. Il allait se douter, comprendre. À l'instant où Ludivine quitterait la rue, elle signerait la mise à mort de Chloé.

Tu n'en sais rien ! C'est juste un pauvre collègue que tu harcèles !

Était-elle prête à jouer la vie d'une femme là-dessus ?

Elle revit mentalement la photo de famille de Chloé avec son mari et ses filles, celle du frigo. Celle qui était à présent dans son portefeuille.

Ludivine grimaça. Contre elle. Contre ses foutues idées fixes.

Elle recula.

Et d'un coup de pied rageur frappa de toutes ses forces au niveau de la serrure. Un mouvement de hanche adroit pour amplifier la puissance, comme elle l'avait si souvent répété aux entraînements de sports de combat.

Le bois craqua bruyamment, et quelqu'un à l'intérieur de la pièce sursauta tandis que Ludivine entrait en trombe, la main sur la crosse de son arme, prête à dégainer.

Un homme moustachu, en caleçon, était sur le lit, recroquevillé contre le mur, effrayé par l'intervention brutale de Ludivine.

Et elle comprit aussitôt, tandis que Bardane grimpait les marches quatre à quatre.

Elle renversa la tête en arrière, abattue et en colère contre elle-même.

Jean-Félix Bardane la toisait depuis le couloir, outré.

Elle avait merdé.

L'enquête l'aveuglait. C'était la décision de trop.

48.

Les longues chaînes pendaient du plafond du hangar sans un bruit. La poussière et l'odeur persistante de graisse industrielle envahissaient l'espace.

Ludivine était assise sur un plot en bois usé. Plus loin, sur sa droite, il y avait la porte qui conduisait au sous-sol, vers la cavité où tout avait commencé pour elle. Des rubalises en barraient l'accès désormais. La dalle de béton immense qui recouvrait l'entrée du puits Hector s'étalait juste devant elle.

Le général de Juillast se massait la nuque, dans son uniforme impeccable. Ses yeux translucides vagabondaient dans le décor en friche.

— Les mœurs de l'adjudant Bardane ne regardent que lui, Vancker, dit-il.

Il était si grave que même son accent semblait gommé par la pesanteur.

— Ça n'avait rien à voir avec ça, mon général.

Ludivine était restée sans rien dire ou presque pendant un moment, mais elle ne pouvait laisser entendre qu'elle était homophobe. C'était l'accusation de trop.

Il posa sur elle ses billes bleues. Fatiguées.

— C'est bien ce que j'espérais.

Il soupira. Pour la dixième fois au moins depuis qu'ils se parlaient.

— Qu'est-ce que nous allons faire de vous maintenant ? demanda-t-il. Vous savez, quand j'ai milité pour votre mutation chez moi, il y en a à la DGGN qui ont protesté. Ils pensaient que ce que vous avez vécu l'année dernière allait perturber votre sens de l'analyse. Comment rester neutre dans une affaire d'enlèvement, lorsqu'on a soi-même été séquestrée ? J'ai argué que ce serait justement votre force.

Il la fixait avec intensité.

— Est-ce que je me suis trompé, Ludivine ?

Elle repensa à la photo de Chloé Maignan et de sa famille, qu'elle avait dans son portefeuille. Elle ne l'avait pas prise pour s'en servir pour l'enquête, mais uniquement pour elle. Pour se prouver qu'elle prenait les choses à cœur. Qu'elle allait sauver cette femme. Et parce qu'elle tenait à la garder près d'elle. Un message. D'une femme à une autre. Par sororité.

D'une victime à une autre, s'avoua-t-elle.

Face à son silence, de Juillast se mordit les lèvres. Il posa sa main sur l'épaule de Ludivine.

— Si vous vous faites dévorer par votre enquête, non seulement vous ne nous servirez à rien, vous ne sauverez personne, mais pire, vous allez vous détruire, dit-il avec une certaine douceur.

Elle acquiesça.

— L'adjudant Bardane ne portera pas plainte, précisa le général. Il a le sens de la confraternité et de l'institution, il pense que ça serait contre-productif. Vous allez passer au travers, pour cette fois. Mais après l'épisode de l'arrestation d'Anthony Simanoszki, je me dis que vous perdez votre lucidité. Et je suis inquiet.

— Je suis désolée, mon général. Chaque heure qui passe me donne l'impression que nous ne faisons pas assez pour sauver Chloé Maignan. Je... Je n'ai pas été à la hauteur.

Il secoua vivement la main devant lui.

— Non, pas d'apitoiement, je déteste ça. Vos états de service sont les meilleurs de toutes les sections de recherche, je vous rappelle que vous avez le soutien de nos politiques les plus importants après ce que vous avez fait par le passé. Donc je ne veux pas de pleurni-cheries, ça ne vous ressemble pas. Vous avez merdé, voilà, c'est dit. Maintenant, le menton haut, et vous avancez !

Ludivine releva la tête pour le voir, surprise. Elle s'était attendue à une mise à pied immédiate.

— Vous l'avez dit, chaque heure compte, précisa-t-il. Je ne vous demande pas si vous voulez prendre la journée pour souffler.

Elle fronça les sourcils. Il la gardait sur l'enquête ?

— La cheffe d'escadron Torrens est très compétente, ajouta-t-il, mais nous faisons un travail d'équipe, et comme tout le monde, elle est plus efficace entourée des meilleurs.

Ludivine se leva, droite, comme pour présenter ses hommages.

— Filez ! dit-il. Nous reparlerons de tout ça plus tard. Pour l'instant, usez de cette cervelle qui nous a fait des miracles par le passé. C'est pour ça que vous êtes là !

Ludivine hocha la tête et prit la direction de la sortie sans demander son reste. Elle n'en revenait pas. Il l'interpella :

— La gendarmerie stricte et inflexible a fait son temps, lieutenante. Comment enquêter et servir l'humain si nous ne le sommes pas nous-mêmes entre nous ?

Elle approuva et lui rendit un sourire sincère.

Avant de quitter le hangar, elle jeta un dernier coup d'œil vers l'accès barré, tout au fond, en direction des sous-sols.

Ils avaient fermé la porte des enfers, mais le diable courait toujours, et son poison s'insinuait lentement dans leurs veines.

*

Ludivine filait vers le bâtiment qui abritait leur QG lorsqu'elle aperçut Fred Vronsky, l'ingénieur du Bureau des mines, en train de rouler ce qui ressemblait à un joint.

— C'est légal, déclara-t-il, le nez sur son attirail.

Ludivine nota que sa barbe était moins entretenue et luisante qu'à leur première rencontre. Lui aussi accusait le coup après neuf jours. Le quadra hipster virait doucement au clodo élégant.

— Vous êtes toujours là, vous ? demanda-t-elle.

— Tant que vos équipes seront sur place, il faut que le BRGM soit représenté. Pour la sécurité et s'il y a des questions techniques. Pas de bol, je suis le célibataire de permanence, donc à Orléans, ils estiment que je peux m'y coller encore un peu.

— Je suis désolée pour vous.

— Vous l'avez chopé, l'enculé qui a fait ça ? Les journalistes annoncent des arrestations importantes depuis ce midi.

— Je ne peux pas vous dire, lui répondit-elle avec clin d'œil.

Il leva la main en guise d'acquiescement.

— Je comprends. Et vous, vous n'en avez pas marre de camper ? Et puis on doit se faire un peu chier ici le soir...

— J'ai cru remarquer que vous ne dormiez pas sur le site. Hôtel ? Faites-moi rêver : douche chaude ? Attendez, comble du luxe : baignoire ?

Elle avait dit cela en riant, parce qu'elle avait besoin de souffler un instant. Mais le regard de Vronsky vrilla, et Ludivine s'en voulut aussitôt qu'il puisse mal l'interpréter.

— Ah, donc vous vous intéressez un peu à moi ? J'ai un pote qui vit à quinze bornes. C'est pas le palace mais mieux que votre camp, là. Ça vous dirait qu'on sorte prendre une bière après votre service ?

C'était parti ! Ludivine se reprocha de n'avoir pas été plus distante avec lui, puis se corrigea : non, elle avait le droit de plaisanter et d'avoir l'esprit léger sans que ça soit un signe de drague. C'était à lui de s'adapter aussi.

— Je suis militaire. Je suis toujours en service, répliqua-t-elle en reprenant sa marche.

Vronsky s'invita à ses côtés, sa cigarette pas encore formée entre les doigts.

— Oh, déconnez pas, vous vous amusez bien de temps en temps, non ?

— Fred ? C'est bien ça ? Écoutez, je ne suis pas là pour me faire plaisir.

Ludivine pressa le pas, espérant le faire renoncer, mais Vronsky s'accrochait. Il lécha le rebord du papier et d'un geste expert termina de répartir le tabac avant de rouler le tout.

— Alors vous croyez qu'on s'est retrouvés ici par hasard ? demanda-t-il. Vous, moi, rassemblés dans cette mine pourrie, juste... comme ça. Sans raison ?

— Oh, si, il y en a une, et elle est juste entre vous et moi : un psychopathe qui tue des femmes.

— OK. *Free sex* alors. Je vous propose de nous détendre, sans fioritures.

Cette fois Ludivine s'arrêta, stupéfaite, pour le regarder. Il n'avait pas l'air de plaisanter. Au contraire, il leva sa clope et dévoila ses dents, fier de sa proposition.

Ludivine n'en revenait pas. La traque d'un meurtrier, la bourde de sa carrière, sa hiérarchie sur le dos, et il fallait qu'elle se coltine en plus ce lourdaud ? Cette journée était donc interminable ?

Elle se contenta de secouer la tête et repartit, ne daignant pas répondre. Dans son dos, Vronsky gloussa, sans lui emboîter le pas cette fois.

— Merde alors, j'étais sûr que vous alliez dire oui ! s'écria-t-il. Faut jamais se retenir de dire ce qu'on pense, mademoiselle ! Toujours suivre son instinct !

Justement, en matière d'instinct, Ludivine venait de faire fort, elle avait donné. Elle l'ignora et poursuivit son chemin dignement jusqu'à ce qu'elle ait claqué la porte des ateliers sur elle.

*

Le maréchal des logis-chef Riess était seul dans le QG. Il continuait sa mission : trier les fichiers, réceptionner les documents qui arrivaient pour établir des dossiers solides sur chaque membre de la famille Simanoszki.

— Pas de news de Torrens ? s'enquit Ludivine en entrant.

— Non, rien.

Il gardait le nez sur l'écran de son ordinateur portable et Ludivine ne put s'empêcher de s'interroger. Était-ce par concentration ou parce qu'il savait ce qu'elle venait de faire à Bardane ? La nouvelle s'était-elle répandue ? De Juillast n'avait rien dit, ça, elle pouvait le certifier, mais l'adjudant ? Ne s'était-il pas vengé en racontant l'exploit de la grande enquêtrice Ludivine Vancker ?

Commence pas sur ce terrain. Assume. Et avance.

— Ça avance ? demanda-t-elle.

— Pas de révélations en tout cas. Des confirmations, des détails. J'ai consigné tout ce qui est arrivé depuis ce matin dans la pochette bleue, là, si vous voulez jeter un œil. C'est quoi, la suite ?

Ludivine fit claquer sa langue contre son palais. C'était une bonne question.

— On continue d'empiler des infos. Brique par brique, on construit la cellule qui va nous permettre d'enfermer cette pourriture.

— Pour ça, faudrait qu'on sache lequel c'est, fit Riess, plein de bon sens.

Ludivine se laissa tomber sur son siège, alluma machinalement son ordinateur, mais se contenta de poser les pieds sur le bureau, sans lire l'écran. Elle avait besoin de réfléchir. Digérer ce qu'elle avait recueilli à travers les témoignages de la journée.

L'anecdote de Jean Simanoszki tournant en boucle sur le même magazine de surf lui revenait sans cesse en mémoire. La région côtière près de Bordeaux était un territoire prisé par les surfeurs. Était-ce une coïncidence ?

T'es déjà allée sur ce terrain. Et alors ?

Ludivine réalisa qu'elle avait du mal à se faire confiance. L'épisode chez Bardane lui avait mis un sacré coup au moral. Vronsky avait beau dire qu'il fallait écouter son instinct – et celui de la jeune femme avait toujours été excellent –, à la sortie d'une telle humiliation, il était difficile d'y retourner avec assurance.

Reste sur du factuel dans ce cas.

Si elle ne pouvait écouter son flair, il lui restait les évidences, les déductions logiques.

Sauf qu'ils les avaient déjà retournées dans tous les sens. La cellule entière épluchait et décortiquait ces faits, pour tenter de repérer des liens, des incohérences, des failles.

Le ciel s'obscurcissait lentement au-dehors, de l'autre côté de la baie vitrée, et Ludivine constata qu'il était dix-huit heures passées. Depuis combien de temps n'avait-elle rien avalé ? Elle balaya l'idée de redescendre au mess de campagne installé sous une tente, trop de temps perdu.

Elle pivota vers le mur des tueurs. Le grand-père, Charon I. Tueur au Gistrois, son laboratoire sadique dans le puits Lecouvre. *Mort.*

Le père, Anthony Simanoszki, Charon II, ici même à Fulheim, puits Hector. *Arrêté.*

Et le fils, Charon III, dans la nature.

Ludivine se souvint des rapports d'autopsie qu'elle avait lus dans l'avion pour la première fois. Les déchirures multiples, dont certaines partiellement cicatrisées dans le vagin des filles. Il les violait. Plusieurs fois. Sur plusieurs jours, surtout pour Anne Khari. *Pervers sexuel.*

Capable de traquer et d'enlever des proies difficiles. *Sûr de lui. Méthodique.*

Elle tourna d'un quart de tour vers le mur suivant. Celui des frères Simanoszki. Cinq visages. Tous en cours d'interrogatoire. *Sauf Jean.*

« Dites à cette pute qu'elle n'est pas à l'abri. Ni ici ni ailleurs. »

Les mots d'Anthony Simanoszki s'imposaient de nouveau sans raison. Ludivine secoua la tête, ce n'était pas le moment.

Je n'étais pas là, ça ne s'adressait pas à moi mais à la lieutenante qui l'interrogeait.

Alors pourquoi y repensait-elle ? *La dernière fois, ça n'a pas été très fructueux...*

Elle se remobilisa sur les photos des cinq frères. Torrens avait demandé qu'une équipe du pôle judiciaire à Pontoise effectue une recherche sur Internet en utilisant l'OSINT, l'Open Source Intelligence, l'exploitation des sources d'information accessibles à tous. La photo de Jean Simanoszki jeune était détourée pour ne conserver que le visage, et via un logiciel de recherche, on fouillait le Net pour essayer d'obtenir une reconnaissance faciale avec d'autres clichés postés sur n'importe quel site, sur les réseaux sociaux en particulier ou les forums. Aucun retour positif ne leur avait été adressé jusqu'à présent. Jean était-il mort ou se tenait-il à distance du Web ? S'il vivait en reclus quelque part en RDC, c'était envisageable, mais alors il n'était pas leur homme.

C'est forcément lui.

Les autres étaient en garde à vue, leur vie mise à nu, le moindre déplacement, achat, coup de fil, tout était passé au crible pour tenter de trouver un lien avec les enlèvements dans le secteur bordelais. En vain jusqu'à présent.

« *C'est moi que vous devriez protéger.* »

Ludivine cilla. Pourquoi cette ligne du PV d'Anthony Simanoszki lui sautait-elle à l'esprit ?

Elle fut tentée de balayer cette phrase une fois de plus de sa mémoire, mais s'interrompit.

Si elle était considérée comme une bonne enquêtrice, c'était parce que son inconscient flairait les incongruités.

On a vu ce que ça a donné tout à l'heure !

Elle s'enfonça les ongles dans la paume. Faire taire la petite voix sarcastique qui ne servait à rien.

Son intuition la ramenait sans cesse aux mots de Simanoszki face à Segnon. Qu'est-ce qu'elle avait lu de si important ?

Elle hésitait encore.

Et si l'intuition avait identifié le bon secteur, mais que je m'étais précipitée dans la mauvaise direction avec Bardane ?

Elle fouilla dans la paperasse devant elle.

— Vous avez imprimé le PV d'Anthony Simanoszki cette nuit ?

— Chemise jaune pâle, sur la droite, fit Riess en véritable encyclopédie administrative.

Ludivine se jeta dessus et déroula jusqu'aux dernières lignes.

```
QUESTION : "Parlez-nous et vous serez en
sécurité. Il ne pourra plus rien vous faire,
ce sera trop tard, vous aurez déjà tout
raconté."

RÉPONSE : "Oh, si. Il viendra. Même ici,
il en sera capable s'il le faut. Rien ne
peut l'arrêter. Vous n'avez pas idée de ce
qu'il est. Il le fera. Par vengeance. Parce
qu'il adore ça. Il a déjà commencé."
M. Simanoszki ajoute :
"C'est tout ce que je vous dirai. Il a un
destin à accomplir. Vous ne pouvez pas com-
prendre. C'est trop tard. Il est immortel
maintenant."
```

Il y avait quelque chose avec l'ADN et l'immortalité, ça, ils étaient tous d'accord pour le reconnaître, même si c'était nébuleux. Un délire ou une croyance ésotérique, mais ça n'était pas ça.

Par vengeance.

Ludivine se redressa sur sa chaise.

Il a déjà commencé.

Elle relut la phrase. De quoi Charon III s'était-il déjà vengé ? Et comment ?

Tuer était un objectif familial. Et il respectait le protocole avec le sperme du grand-père, donc ça n'était pas là. En n'ayant pas un puits de mine pour collectionner les cadavres comme ses prédécesseurs ? Était-ce un motif de reproche pour le père ? *Peut-être, mais ça n'est pas une vengeance. Qu'est-ce que Charon III a fait pour se venger de son père ?*

Ludivine était debout sans même se rendre compte qu'elle s'était levée. Elle marchait dans les travées entre les bureaux, sous le regard perplexe de Riess.

Charon III est une machine à tuer. Élevé pour cela. Il ne laisse aucune trace. Ne commet aucune erreur. Tellement efficace, sûr de lui et dans le contrôle qu'il n'hésite pas à s'en prendre à des femmes sportives, qui pourraient se défendre.

Maniaque du détail, ça ne faisait aucun doute puisqu'il ne laissait aucun indice derrière lui. Rien ne lui échappait.

Dans la volonté de contrôle absolu.

Ludivine avait besoin de réfléchir à voix haute.

— Riess, qu'est-ce qui peut avoir fait peur à Anthony Simanoszki chez son fils ?

— Euh… Ben. Qu'il le tue ?

— Une fois arrêté, pour qu'il ne parle pas, d'accord, mais Simanoszki avait peur de lui déjà avant, ça se sent. Et si le fils avait voulu l'éliminer, il l'aurait fait.

— Qu'il prenne sa place ?

Ludivine approuva doucement.

— Pendant que le père était incarcéré, possible. Charon III est un dominant, pour avoir une telle assurance, c'est évident. Il s'est énervé parce que le père est sorti de prison plus tôt que prévu ? Non, ça ne changeait rien pour lui.

— Parce qu'on a découvert son charnier et que ça met toute la famille en péril ? proposa Riess.

Ludivine pointa un doigt vers lui pour souligner qu'elle aimait l'hypothèse. Elle rebondit dessus.

— Et il a dû être fou de rage de ne pas maîtriser ça. Mais ça n'explique pas la *vengeance* dont parle Anthony. En quoi est-ce que…

Ludivine s'immobilisa.

— Il a tué le père, dit-elle.

— Pardon ?

— Symboliquement. Charon III a tué le père ! Pour pouvoir tuer ses proies librement, s'affranchir et s'affirmer, il a éliminé le père de l'équation familiale lorsque ce dernier est sorti de prison.

— Comment ça ? Il est en vie, il…

— Le trou qui est apparu dans le béton en bas, c'est Charon III qui l'a creusé. Il savait où était le charnier du père, ils connaissent les mines dans la famille, il savait qu'en ouvrant une brèche, ça ne serait qu'une question de temps avant que quelqu'un ne descende et ne trouve les corps. Il a vendu son père.

Riess hochait la tête.

— En sachant que le secret était plus fort que tout, et que son père ne le trahirait pas malgré ça ? osa-t-il.

Ludivine grimaça.

— Je dis une connerie ? demanda Riess.

— Non. C'est juste que… S'il a fait ça, il n'avait aucune assurance de quand seraient découverts les corps. Ça pouvait être le soir même ou deux ans plus tard. Pour un maniaque obsédé du détail et qui veut tout contrôler, ça ne lui ressemble pas de laisser la vie et le hasard décider pour lui.

— Il a incité quelqu'un à y aller ?

Ludivine se tourna vers Riess, traversée par une révélation.

— Il s'est foutu de nous depuis le début, dit-elle en fixant Riess d'un regard acéré.

Elle eut un rictus cruel. Amer.

49.

Le général de Juillast se tenait debout au-dessus des ordinateurs, imprimantes et téléphones qui avaient été dressés dans le préfabriqué de commandement. Il attendait l'appel.

Ludivine, en face, patientait nerveusement sur sa chaise.

Elle lui avait tout exposé. Terminé les coups de tête et les interventions personnelles.

De Juillast n'avait pas cillé pendant toute l'explication, au point que Ludivine s'était demandé s'il ne la prenait pas pour une cinglée avec sa théorie loufoque.

Sans un mot à son endroit, il avait chuchoté quelque chose au colonel qui l'assistait – qui s'éclipsa aussitôt ; puis de Juillast avait appelé lui-même le général qui dirigeait le GIGN pour lui expliquer qu'il allait avoir besoin de l'équipe toujours présente dans le secteur.

Au bout de vingt-cinq minutes, ils étaient en place, à proximité de l'adresse qui leur avait été donnée. Un groupe de reconnaissance surveillait la maison, pendant que les autres préparaient l'intervention, si l'autorisation tombait.

Le colonel revint dans le préfabriqué, son portable à la main.

— Ils confirment la présence d'une personne au moins dans la maison, en tout cas il y a du mouvement et de la lumière. Ils entreront sur vos ordres, mon général.

De Juillast observait Ludivine.

— Vous êtes sûre de votre coup cette fois ? voulut-il savoir.

C'était la question qu'elle redoutait. Elle se mordit les lèvres, hésitante. Tout concordait. Mais elle l'avait cru pour Bardane également.

— Torrens devrait appeler d'un instant à l'autre, rappela-t-elle, dès qu'elle a confirmation du nouveau nom de Jean Simanoszki. On sera fixés.

Est-ce que Chloé ne méritait pas que Ludivine se mouille ? Qu'était une carrière dans la balance, face à la souffrance d'une femme ? Lui en épargner une demi-heure n'avait pas de prix.

Ludivine serra les mâchoires et ouvrit la bouche pour dire qu'elle était sûre, qu'il fallait y aller, mais de Juillast tendit la main vers elle pour l'interrompre.

— C'est moi qui prends la décision, annonça-t-il. Vous en avez assez fait, j'assumerai l'entière responsabilité des conclusions du DSC si nous nous sommes plantés.

Se tournant vers le colonel, il fit un bref signe de tête et celui-ci porta son téléphone à son oreille pour lancer l'ordre.

Le maréchal des logis-chef Riess entra au même moment, essoufflé, une feuille imprimée entre les doigts.

— J'ai passé son nom aux cartes grises, déclara-t-il. Il a deux véhicules, dont une Dacia Duster noire.

Cette fois le cœur de Ludivine sauta dans sa poitrine. C'était lui. Il n'y avait plus aucun doute.

Le GIGN était en train de se déployer autour de sa maison selon les axes qu'ils avaient repérés au préalable. Le colonel posa son téléphone en mode haut-parleur sur la table pour que tous puissent entendre.

« Ils se mettent en place », fit une voix dans le combiné.

La tension croissait de seconde en seconde dans le petit préfabriqué qui sentait l'humidité.

« Autorisation confirmée. Ils vont entrer. »

Silence. Interminable. Puis des détonations sourdes au loin firent grésiller l'appareil. Ludivine ne reconnut pas des tirs, plutôt des coups brutaux. *Ils pètent les portes.*

« Ils sont dedans. »

Nouvelle attente. Personne n'osait plus parler ni bouger dans la pièce. Le temps défilait et semblait prendre consistance autour d'eux, rendant l'air plus difficile à respirer.

Lucie Torrens appela à ce moment, et de Juillast décrocha d'un coup, comme si sa vie en dépendait. La voix de la cheffe d'escadron remplit le préfabriqué, et sans préambule elle annonça :

« En 2003, Jean Simanoszki a fait une demande de changement d'identité au motif que la réputation de son père pour le meurtre de sa sœur était trop lourde à porter dans la région, et qu'il allait le traîner comme un handicap permanent. Validée la même année. Il a pu prendre son second prénom et le nom d'un oncle. »

Tous retenaient leur souffle, avisant les deux téléphones en même temps.

« Suspect appréhendé », fit le combiné en liaison avec les équipes du GIGN. « Je répète : suspect appréhendé. Pas de dégâts. Il n'a pas eu le temps de s'opposer. »

Dans la foulée, Lucie Torrens confirma ce qu'ils attendaient tous :

« Jean Simanoszki est devenu Xavier Baert. »

Le photographe qui déclarait avoir découvert les corps en voulant faire des clichés dans la mine. Celui-là même que Torrens et Ludivine étaient allés rencontrer chez lui, dans son corps de ferme.

Pour parvenir à s'immiscer au cœur de l'enquête, Charon III l'avait lancée lui-même.

Ludivine se pencha vers le combiné qui relayait l'intervention du GIGN.

— Et la fille ? Vous l'avez trouvée ?

Le haut-parleur émit un léger craquement. Mais aucune réponse ne vint.

50.

Le Peugeot Rifter de la gendarmerie traversait les routes de campagne à la vitesse de la loi. Gyrophare prévenant la nuit de ne pas s'interposer.

À bord, le général de Juillast, à l'arrière, qui avait embarqué Ludivine. Ils fonçaient chez Xavier Baert. Voir l'homme.

Le monstre.

Le général voulait être certain de bien tout saisir.

— Jean Simanoszki est devenu Xavier Baert en 2003, mais je croyais que le passeport de Jean Simanoszki avait bipé à la sortie de frontière ?

Ludivine acquiesça :

— C'est le cas. Je pense qu'il a profité du bref laps de temps où il avait les deux : l'autorisation validée du changement de nom, et encore le passeport au nom de Simanoszki. Il a filé à Roissy, il avait dû repérer la manœuvre à l'avance, s'est enregistré au départ pour Kinshasa, et a trouvé le moyen de ne pas embarquer dans l'avion.

— Dans un aéroport post-11 Septembre 2001 ? releva de Juillast, sceptique.

— À l'époque c'était la paranoïa pour monter à bord des avions, mais ressortir d'une zone de douane, avec du culot et de l'ingéniosité, je ne pense pas que ça ait été si compliqué pour un profil comme lui, qui repère la moindre faille. Une porte entrouverte, un cafouillage dans la foule, c'est dans ses cordes. Ensuite il récupère sa nouvelle identité, et le tour est joué. Si tous les fichiers nationaux communiquaient entre eux, on aurait vu que Simanoszki/Baert n'était pas rentré de RDC, mais ça n'est pas le cas... Après ça, opérations esthétiques pour modifier son visage, jusqu'à gommer les traits de Jean Simanoszki.

Ils se cramponnèrent dans le virage suivant, que le Rifter prit un peu vite. Les roues crissèrent sur l'asphalte.

— Ne nous tuez pas, brigadier ! lança de Juillast avant de se tourner de nouveau vers Ludivine. Bon, admettons. Mais alors, pourquoi ce Xavier Baert a percé la brèche dans le béton pour dévoiler la cachette de son père à Fulheim ? En faisant ça, il nous lançait aussi sur sa propre piste, c'est insensé !

— Parce qu'il ne faut pas penser comme un être normal, mon général. Xavier Baert est un pervers narcissique sociopathe. Et c'est rien de le dire. Il est sûr de lui. Une confiance égocentrique comme vous n'imaginez pas.

— Comment pouvez-vous le savoir ?

— À travers le choix de ses victimes. La dangerosité que représente une victime pour un tueur reflète son degré de confiance en lui. Une proie facile, effacée, qui ne se défendra pas, est idéale pour un homme qui n'est pas sûr de ses compétences. Au contraire, choisir une

femme dynamique, forte personnalité, sportive de surcroît, qui ne se laisse pas faire au quotidien, démontre
une assurance qui frise la prétention. On sait qu'il a
dû les pister un bon moment pour trouver le meilleur
moyen de les attaquer, donc il sait ce dont elles sont
capables, mais ça ne l'inquiète pas. Il se projette et se
sait apte à les terrasser. Sentiment de toute-puissance.
La surveillance fait partie du plaisir pour lui. Il joue.
Il fait monter la sauce, si vous me pardonnez l'expression. Ce sont des personnes dotées d'une énorme capacité à fantasmer.

— Et alors, il trahit son propre père parce qu'il est
mégalo ?

— Il tue le père. Vous devez comprendre qu'on
ne fabrique pas un tueur en série sur un claquement
de doigts. Xavier Baert, comme son père avant lui,
a été brisé dès son plus jeune âge. Fracassé sur l'autel
de la perversion. Sévices, absence totale d'empathie,
d'amour, humiliations, endoctrinement, tout y est passé,
je n'ai aucun doute. Vu le résultat, vu ce qu'il fait aux
filles qu'il enlève, on est certains que sa mère était de
la partie. Je n'ose pas envisager ce qu'ils lui ont fait,
mais ça a été un cauchemar. Ils l'ont massacré. De quoi
vouer une haine réelle à ses géniteurs. Se venger, tôt
ou tard, n'est pas surprenant.

— Donc, je remarque au passage que les Simanoszki
recrutent des épouses aussi tordues qu'eux, siffla de
Juillast en secouant la tête, dépité.

— Oui. Les pervers ont un don pour en identifier
d'autres comme eux, ils se reconnaissent, ils doivent
chercher une femme qui correspondra. Il n'est pas
impossible qu'une ou deux des victimes retrouvées

dans le puits Hector soient des « fiancées » qui n'ont finalement pas embrayé sur la doctrine familiale et qu'Anthony Simanoszki a éliminées. Jusqu'à trouver la bonne.

— Il tue le père donc. Par ressentiment.

— Je le pense. À la sortie de prison d'Anthony, Xavier Baert s'est mis à tuer. C'était le déclic. Pour prendre la place du lion de la meute, il faut montrer sa force, qu'on en est capable. Et l'écarter. Il savait que, même si nous arrêtions son père, jamais celui-ci ne l'aurait trahi. Anthony Simanoszki a bâti toute son existence sur cette tradition, ce n'était pas pour tout ruiner en nous donnant son fils. Et Baert se savait protégé par le changement d'identité.

— Il est présomptueux, le garçon.

Les panneaux de circulation défilaient dehors, fugacement illuminés par leur passage. Ludivine sentait qu'ils se rapprochaient.

— Il est imbu de lui-même, précisa-t-elle. Il n'envisage pas la réalité. C'est pour ça que ce type de psychopathes finissent par tomber un jour, avec le temps ils deviennent tellement arrogants qu'ils commettent des erreurs, de plus en plus grossières. C'est typique.

— C'était sacrément risqué de venir *lui-même* nous voir pour déclarer qu'il avait trouvé les corps ! Là, je lui accorde une audace que j'ai rarement rencontrée dans ma carrière.

— Il se doutait qu'on se renseignerait un minimum sur lui, sans nécessairement pousser si nous n'avions pas de raisons. Et il a fait en sorte de rester discret. Mais il devait jubiler intérieurement. Nous voir découvrir le charnier. Nous entendre… et témoigner face à nous.

Un bonheur que d'être au cœur des premiers instants de l'enquête.

— Ce qui allait nous conduire à travailler sur lui. J'ignore si c'est culotté ou crétin.

— Il l'a fait pour démontrer son pouvoir. C'est lui qui a lancé la partie, lui qui avait les cartes en main. Il se moque des flics, de la société. Tuer les filles est une chose, une satisfaction autocentrée qui n'appartient qu'à lui. Montrer aux forces de l'ordre qu'il existe, et les narguer sans qu'elles le sachent, est une satisfaction de sociopathe, sur la longueur. Pour une fois, ce n'est pas lui qui chasse, il *est* chassé. Et puisqu'il est convaincu qu'il ne se fera pas prendre... C'est comme de jouer à cache-cache quand on est l'homme invisible. Jubilatoire.

— Un taré, oui.

Le général marqua une pause pour digérer toutes les informations, puis demanda :

— Et pourquoi cette tradition ? Laisser le sperme du vieux dans les victimes... Vous le savez ?

— Le grand-père, Robert Simanoszki, conduisait des expériences sur des hommes, des enfants et des femmes. Nous supposons qu'il était fasciné par la mort. D'où son délire de congeler d'immenses quantités de son sperme. Pour la transmission. Pour, d'une certaine manière, se rêver immortel. C'est le mot qu'a utilisé Anthony, « immortel ». Il a eu beaucoup d'enfants, Anthony également. Il y avait une volonté de se reproduire, d'exister en plusieurs exemplaires, et de façonner à l'identique au moins un de ses garçons. C'est absurde si on étudie ça froidement, mais la logique qui pousse des gens à devenir des tueurs en série n'est jamais réaliste. C'est le fruit d'une psyché dysfonctionnelle. Ici, Robert est parvenu à la reproduire avec son fils, qui à son tour a réitéré avec le sien… Déposer la semence du grand-père, c'est une signature, ils ont été formés pour ça. Un hommage, la justification qui cautionne tout ce qu'ils ont subi pour devenir ces monstres. Ils peuvent jouer avec leurs victimes, mais à la toute fin, il faut honorer le premier. L'initiateur de ce qu'ils sont. C'est presque une religion.

À ces mots, Ludivine perçut une ouverture vers autre chose, une déduction logique possible, mais qui ne vint pas naturellement, comme s'il y avait encore une marche à franchir et que son raisonnement n'y parvenait pas. L'idée, comme une ombre sous la surface de la pensée, glissa au loin et se dissipa avant que Ludivine ne puisse la saisir.

Après un instant à observer le paysage obscur par la fenêtre, de Juillast se tourna vers elle pour lui dire :

— Je trouve inquiétant que vous sachiez tant de choses qui sont dans sa tête avant même qu'il ne se soit confié.

— J'ai énormément lu sur les tueurs, mon général. J'ai été formée pour ça. C'est de la déduction d'après les éléments qu'il nous laisse sur le terrain.

Il lui posa la main sur l'épaule pour la rassurer.

— Vous m'inquiétez, et c'est pour ça que je suis très content de vous avoir recrutée au DSC. Vous êtes dans votre élément, Vancker.

Le Rifter ralentit brusquement en s'engageant sur le chemin qui conduisait au corps de ferme.

Une armada de véhicules de gendarmerie étaient garés un peu partout, ainsi que les gros 4 × 4 noirs utilisés par le GIGN. Un ciel de gyrophares frénétiques coiffait le hameau.

Ils sortirent et se firent indiquer la camionnette au cœur du dispositif. Ludivine suivait de Juillast. Elle savait qu'il avait eu les réponses à ses questions, qu'il aurait pu la laisser attendre dans leur voiture, mais il lui avait fait signe de l'accompagner. C'était sa récompense. Après qu'elle eut traqué le tueur avec une telle énergie, qu'elle y eut mis tant d'elle-même, le général accordait à Ludivine la satisfaction de pouvoir regarder ce salopard dans les yeux au moins une fois, avant que les enquêteurs de la SR ne se chargent de lui.

Elle reconnut, parmi les uniformes présents, un visage aperçu plusieurs fois sur le site de la mine et l'interpella :

— La fille ?

— Pas encore, les techniciens sont en train de tout sonder, à la recherche d'une cachette.

Ludivine étouffa un soupir douloureux. Pourquoi était-ce si long ?

Ils procèdent avec méticulosité. Ne pas passer à côté. Il y avait eu des précédents, comme chez le pédophile meurtrier Marc Dutroux, où les enquêteurs belges avaient visité la cave sans déceler le cachot dissimulé dans les murs, deux gamines y étaient enfermées. Elles étaient mortes peu après.

On leur ouvrit une porte à l'arrière de la camionnette. Le général et Ludivine y montèrent.

Il était là, assis, au fond, de côté, menotté au banc. Tête baissée. Comme honteux.

Xavier Baert.

Son physique imposant remplissait l'espace autour de lui. Lorsqu'elle l'avait rencontré, ici même, chez lui, Ludivine n'avait vu en lui qu'un type un peu gros, sans saveur ni personnalité particulière. Elle s'était fait duper en beauté. Sous la graisse, elle devinait maintenant la puissance. Sous la fadeur, l'absence totale d'empathie. Sous l'absence de vivacité, la froideur méthodique. Ses petites oreilles, son nez trop fin dissimulaient tout ce qu'il avait fait refaire pour transformer son apparence.

Même son accent ne l'avait pas mise sur la piste, plus tard, lorsqu'ils avaient découvert la mine du Gistrois. Un accent plus du Nord que de l'Est. Celui de ses parents.

Ludivine approcha et il se redressa, pour la toiser. Aucun rictus provocateur, il ne montrait rien.

Elle s'assit sur le banc en face de lui.

— Vous vous êtes bien foutu de nous, dit-elle. Bravo.

Il se contenta de replier le menton brièvement. La question la démangeait, mais elle savait qu'elle ne pouvait pas la poser. Lui demander où était Chloé Maignan signifiait l'arrêt de mort de la jeune femme. À l'instant où Ludivine se montrerait en position de faiblesse, de demande, Xavier Baert jouirait de son pouvoir et ne la lâcherait plus, rien que pour jouer une dernière fois. Et bien sûr il ne dirait rien, sinon pour les envoyer sur de fausses pistes afin de leur faire perdre du temps, les fourvoyer et les tourner en ridicule.

— Je témoignerai à votre procès si on me fait venir, dit Ludivine. Et je raconterai tout ce que je sais de vous. Pas l'image que vous voulez donner, mais la vraie. Celle de l'incapable. L'impuissant. Ce que vous leur avez fait. Vos trucs de tordu, de dégénéré, je vais vous mettre à poil devant le pays entier, exposer ce que vous avez de plus intime, ouvrir votre crâne pour que tout le monde voie à quel point vous n'êtes en réalité qu'une merde, un faible, un raté. Effrayé par les femmes au point de ne savoir les toucher qu'à travers la violence.

Xavier Baert ne broncha pas.

Ludivine avait espéré déclencher sa fureur en l'humiliant ainsi, lui, si imbu de lui-même, rabaissé par une femme, une blonde de surcroît – et Ludivine savait à quel point il détestait les blondes, ce qu'il avait infligé à la pauvre Claire Estageau en était la preuve.

Elle avait rêvé du chaos qui aurait pu l'emporter au point qu'il puisse peut-être lâcher quelque chose. Mais rien.

Sans un regard de plus pour lui, elle se leva, dédaigneuse.

Et là Xavier Baert lui lança de sa voix rocailleuse :

— Vous vous prenez pour un faucon qui chasse, mais vous n'y connaissez que dalle. Vous êtes un pigeon. Et les pigeons, on leur marche sur la nuque et ça craque.

Ludivine descendit de la camionnette tandis qu'il continuait derrière :

— Ça craque et la cervelle coule, mais elle est tellement petite qu'on la voit pas dans le sang. Comme vous.

51.

Deux heures et demie s'écoulèrent pendant lesquelles Ludivine patienta, anxieuse qu'on lui donne l'autorisation d'entrer dans la cour de la ferme, ou au moins que la bonne nouvelle tombe et annonce qu'ils avaient trouvé Chloé Maignan.

Mais rien ne venait.

Ludivine entendait des bribes d'informations, qu'elle recueillait ici et là. Le GIGN avait effectué un premier passage dans la foulée de l'arrestation de Xavier Baert, pour sécuriser le périmètre et dans l'espoir de sauver la jeune femme, sans réussite. Puis les TIC étaient intervenus, ils avaient tout contrôlé, y compris les autres bâtiments de la cour, sans localiser ni de geôle ni de traces de détention. Alors, depuis un moment déjà, ils inspectaient chaque centimètre des lieux, de leur architecture et de leurs matériaux, pour y déceler l'indice d'une pièce ou d'un renfoncement dissimulé.

Et cela ne donnait toujours rien.

Ludivine avait l'impression de tourner en rond, de revivre encore et encore la même frustration, après celle d'Anthony Simanoszki ou de ses fils, une attente sans fin.

Assise sur le capot d'une voiture, elle vit alors l'adjudant Bardane s'entretenir avec deux gendarmes. Elle prit son courage à deux mains et vint à sa rencontre dès qu'il fut seul.

— Je sais que ce n'est pas le moment, mais je tenais à vous présenter toutes mes excuses, dit-elle en s'efforçant de le regarder dans les yeux et de montrer qu'elle était sincère. J'ai été… conne. J'ai manqué de discernement. Je vous demande pardon.

Bardane plissa les lèvres.

— Vous m'avez humilié. Maintenant, tout le monde est au courant.

— Je sais, j'ai été stupide, je vous…

Il la coupa d'un geste.

— Mais je sais pourquoi vous l'avez fait, dit-il. Ce n'était pas contre moi. C'est pour cette fille.

Ludivine se sentait merdeuse. Elle hocha la tête. Ils se toisaient, aussi gênés l'un que l'autre.

— Vous me devez une porte, dit-il.

— Au moins.

Nouveau silence malaisant.

— Il s'est remis, votre ami ? s'enquit-elle.

— Je le connais à peine. Il tremblait quand il est parti. Et il ne reviendra pas.

— Ah. Pardon.

Il haussa les épaules puis lui tendit la main. Ludivine la serra, d'un air reconnaissant. Puis elle indiqua la cour de la ferme en U.

— Toujours rien ?

Il fit « non ». Puis ajouta :

— La fameuse Dacia Duster manque à l'appel. Elle n'est nulle part. On a la plaque, on l'a balancée partout pour l'intercepter si quelqu'un roule avec.

Deux voitures banalisées approchaient. Segnon, Magali et le capitaine Ferizzi en sortirent, accompagnés par deux enquêteurs de la SR de Strasbourg.

Les anciens collègues de Ludivine s'arrêtèrent devant elle avec le capitaine. Segnon lui tendit le poing pour checker, mais Ludivine le prit dans ses bras. Sa présence familière, massive, la rassurait.

— Ben ça t'attendrit, le Département des sciences du comportement, gloussa-t-il. Si on avait su, on t'aurait envoyée là-bas depuis longtemps.

Ludivine n'avait pas envie de plaisanter.

— Ils bavassent, les frangins Simanoszki ? demanda-t-elle.

— Que dalle. Discours bien rodé. Durs à cuire.

— Et les filles, pareil, avoua Magali. La famille, bien que totalement barrée et violente, est soudée. On est le corps étranger, et ils font tout pour nous expulser.

Du coin de l'œil, Ludivine vit Ferizzi indiquer à Magali qu'il allait voir plus loin, et elle perçut leurs index se crocheter un bref instant avant qu'il ne s'éloigne.

— Mag, sans déconner ? marmonna-t-elle. Ferizzi ?

L'intéressée haussa les épaules, ne faisant que confirmer. Ludivine se souvint des ébats sous la tente un soir. C'étaient eux… Ce métier était parfois surprenant. Tout comme les goûts de chacun, estima-t-elle en se demandant ce que Magali pouvait bien lui trouver.

— Bon, dit Segnon, c'est la merde. Apparemment les TIC sont bredouilles, et jusqu'à preuve du contraire on a que dalle contre Xavier Baert. Qu'il possède la Dacia Duster ne suffira pas, il va dire qu'il l'a prêtée ou qu'on lui a piquée et qu'il n'a juste pas déclaré le vol.

Il désigna Ludivine du menton pour demander :

— Tu as quoi contre lui ?

— De concret, rien. On ne peut pas prouver que c'est lui qui a ouvert la brèche dans le puits, il va arguer que c'est le hasard s'il est un Simanoszki et que c'est le charnier de son père qui était en bas. Je vois pas un jury d'assises lui coller perpète pour une coïncidence. Le changement de nom et de visage, c'est légal. Et le passeport qui n'a pas été enregistré dans le sens du retour sur le territoire, il affirmera que c'est pas sa faute, une erreur administrative.

C'étaient toutes les limites du profilage et du DSC. Ils apportaient une aide à l'enquête, mais sans preuves tangibles, ça ne servait à rien pour l'accusation, sinon à produire une accumulation d'interprétations sur la psychologie d'un individu.

Magali souffla sur sa frange noire.

— On va éplucher sa téléphonie, déclara-t-elle, s'il a traîné du côté de Bordeaux, ça fera un début.

— Il a forcément un point de chute là-bas, approuva Ludivine. Il ne peut chasser, prendre le temps, sans y dormir. C'est là-dessus qu'il faut se concentrer si les TIC ne ramassent rien ici.

— Ta boss, Torrens, elle n'est pas là ? demanda Segnon.

— Sur la route, elle rentre du Gistrois avec la preuve que Xavier Baert est Jean Simanoszki.

Segnon lui ébouriffa les cheveux de sa grande main, c'était sa façon de lui dire qu'il était content de la voir, et il partit vers la ferme, suivi par Magali.

Au loin, les familles qui vivaient dans les deux autres bâtiments autour de la cour étaient interrogées par une armada de gendarmes.

Ludivine se sentait inutile.

Elle assista au ballet des lapins blancs dans leurs tenues stériles, des uniformes qui arpentaient les lieux, des enquêteurs en civil… Et vers minuit, elle vit de Juillast s'entretenir avec le CoCrim – le coordinateur des opérations de criminalistique. Et le général marqua son agacement et sa déception.

Ils n'avaient pas retrouvé Chloé Maignan.

Cet enfoiré la planque ailleurs.

C'était une surprise. Ludivine aurait parié qu'il la gardait sous la main, tout près de lui, pour satisfaire ses besoins d'un claquement de doigts. Pour le sentiment de puissance de savoir sa proie enfermée à ses côtés, car la distance physique diluait ce contrôle. Elle s'était trompée sur ce point.

Il la garde à Bordeaux ? C'était peu crédible. Certes, ça lui évitait d'avoir à traverser une partie de la France avec une victime dans le coffre, mais cela signifiait qu'il ne pouvait en jouir à loisir, ça n'avait aucun sens. S'il l'enlevait, c'était justement pour en faire ce qu'il voulait, sans contrainte, il n'allait pas mettre plusieurs centaines de kilomètres entre eux.

L'ombre d'une pensée glissa de nouveau sous la surface de sa conscience. La même que plus tôt dans la soirée. Une présence fuyante, qu'elle ne parvenait pas à saisir, mais qui rôdait là, prête à jaillir ; tout ce qu'il fallait, c'était connecter les liens, et cela agaça Ludivine de ne pas y parvenir.

De quoi parlait-elle lorsque l'ombre s'était manifestée précédemment, déjà ? C'était avec le général, sur le trajet. *La signature des tueurs ! J'expliquais pourquoi ils déposaient l'ADN du grand-père dans les victimes.*

Mais ça ne lui rendait pas les choses plus limpides pour autant.

Lucie Torrens arriva, le visage aussi froissé que son pull en coton et son pantalon de toile. Elle se fit briefer sur la situation et se posta à côté de Ludivine, sur le chemin éclairé par les phares des véhicules et plusieurs projecteurs portatifs installés dans l'urgence.

— Elle devrait être là, confirma Torrens. Ou vraiment pas loin. Ils ont fouillé les environs à la recherche d'une cabane ?

— Tous les biens des Simanoszki sont listés et ont été visités depuis deux jours. Le GIGN a ratissé les champs alentour, mais c'est trop vaste. J'ai entendu le général réclamer un hélico avec détecteur de chaleur, il va quadriller le coin.

Torrens capta le doute dans les yeux de Ludivine.

— Pourquoi vous n'y croyez pas ?

— Je sais pas. Mon intuition. Ces filles sont trop importantes à ses yeux pour qu'il prenne le risque de les mettre loin de lui. À partir du moment où il les enlève, elles lui appartiennent. Comme des choses. Et ce qu'on possède de plus précieux, on le garde près de soi. Cela dit, mon intuition en ce moment…

— Je sais, je suis au courant. Oubliez. Il n'y a pas mort d'homme, c'est juste votre ego qui en a pris un coup. Bardane s'en remettra. Pour ce que vous venez d'évoquer, je suis d'accord. Ce serait le plus logique. Mais apparemment, Xavier Baert ne l'est pas, même dans sa mécanique de psychopathe.

Toujours intriguée par cette ombre de mots que son inconscient faisait traîner par intermittence dans la périphérie de ses pensées, Ludivine formula tout haut :

— J'ai comme une idée sur le bout de la langue, mais je n'arrive pas à la concrétiser.

— Quel sujet ?

— En lien avec la signature des trois générations de Simanoszki. Enfin, je crois.

— Développez.

— Pourquoi ils déposent le sperme de Robert dans leurs victimes ?

— C'est votre idée, répondez.

— Par tradition, par respect... Parce qu'ils sont devenus des tueurs pour cette finalité.

— Mais s'ils tuent avec autant de déviance, c'est qu'ils y trouvent du plaisir aussi.

— C'est vrai. Charon III suit ses proies, il prend le temps de préparer son assaut. Et il les garde avec lui le plus longtemps possible.

— Pour quelle raison ?

Torrens avait les réponses aux questions qu'elle posait, mais elle servait le jeu de Ludivine, pour l'aider à accoucher de ce qui trottait en elle sans qu'elle parvienne à le formuler.

— Pour les torturer.

— Mais pourquoi il les torture ? insista Torrens avec assurance.

— Parce qu'il aime ça. Toute-puissance. Il jouit de son pouvoir. Droit de vie et de mort.

422

— Donc ?

— Eh bien… je ne sais pas. Pour ce que je viens de dire.

— La finalité, c'est quoi ?

— La mort.

— Non, ça, c'est la conséquence. Je vous demande la finalité des principes qui le poussent à faire subir ces horreurs aux filles.

— Euh… éprouver du plaisir.

Torrens ouvrit la main vers Ludivine pour souligner qu'elles y étaient.

— C'est ça qui vous démange ? demanda Torrens. Le plaisir qu'il éprouve ?

Ludivine grimaça, pas convaincue.

La motivation est sexuelle, Éros et Thanatos entremêlés, parce qu'à l'époque où il se construisait sexuellement, dans l'élaboration de ses fantasmes préadolescents, la mort est venue se mélanger. Il cherchait de l'amour, de l'affection, et n'éprouvait qu'humiliation et sévices. La figure féminine devait être abusive. Incestueuse peut-être.

Tout ça ne l'avançait pas plus.

Il torture par plaisir.

Les pages des PV défilaient dans sa tête. Les enquêtes de voisinage des victimes. Les familles. Les constatations des techniciens. Les rapports d'autopsie.

Il les viole. Plusieurs fois.

Soudain l'ombre émergea de sous la surface, et la lumière intérieure se porta dessus.

IL MET SON ADN EN ELLES !

Avant d'obéir, avant de laisser la place à l'ADN du grand-père, il existe, lui, à travers ces filles. La Javel,

ce n'est pas pour les purifier, il s'en fout, c'est pour
les nettoyer !

Ludivine fit claquer son pouce contre son index.

— Je crois que j'ai peut-être un moyen de confondre
Xavier Baert, annonça-t-elle. Mais pour ça, j'ai besoin
de retourner à Bordeaux.

52.

Ludivine avait décliné la proposition d'une escorte qui viendrait la chercher à l'aéroport. Elle voulait être indépendante, louer une voiture et n'avoir de comptes à rendre à personne.

En milieu de matinée, elle entra dans la cour du plateau technique de la CIC de Gironde, où un gendarme en uniforme l'attendait déjà. Ses bacchantes de jais luisaient sous le soleil et elles se mirent à battre comme les ailes d'un papillon.

— Major La Rochefoucauld, la salua le moustachu à l'air jovial. Ils viennent juste d'arriver avec les corps. Vous voulez un café ou...

— Non, le labo, maintenant, répliqua-t-elle un peu sèchement.

Si Xavier Baert avait enfermé Chloé Maignan sans lui laisser d'eau, elle n'avait plus que quelques heures à vivre. Ludivine n'avait plus le temps, ni pour les ronds de jambe ni pour faire connaissance.

Tout avait été organisé dans l'urgence, pendant la nuit. Jusqu'à réveiller le juge à Bordeaux, et les familles d'Anne Khari et de Claire Estageau. Les informer que les corps allaient être exhumés sans délai, à l'aube, pour un examen complémentaire.

Ludivine avait étayé sa théorie auprès de Torrens et du général de Juillast. Elle avait eu à traiter une affaire très semblable par le passé, un pervers qui violait et nettoyait ses victimes au détergent ensuite. Et Ludivine avait appris qu'il était possible, malgré la Javel, de retrouver de l'ADN, en remontant jusqu'aux trompes de Fallope. Loin dans l'organisme, plutôt bien protégées, celles-ci procédaient par aspiration des spermatozoïdes assez rapidement après leur introduction. Et même avec une grosse quantité de détergent ensuite, si le sperme était dans les trompes, il pouvait échapper à l'action nettoyante.

Xavier Baert était un sadique sexuel. Il violait ces femmes, il les transformait en choses pour son plaisir, et c'était seulement au moment de s'en débarrasser qu'il mettait la semence décongelée de son grand-père. La signature familiale.

S'ils pouvaient retrouver son ADN à lui dans au moins une des femmes, le lien serait fait et ils auraient la preuve nécessaire pour le faire tomber.

Cela n'allait pas permettre de retrouver Chloé, mais au moins de s'assurer que ce salopard ne puisse pas ressortir libre d'ici ce week-end.

Pour Chloé, fais confiance à Segnon et à l'équipe. C'est leur job maintenant. Ils sont sur le pont.

Ils allaient tout donner.

Le major la fit entrer dans la caserne en pierre de taille.

— Nous ne pratiquons pas d'autopsies sur place, l'informa-t-il, mais le général a demandé qu'on fasse les prélèvements très rapidement, c'était finalement plus simple ici que de devoir négocier avec le CHU de Bordeaux pour avoir une salle dispo. Nous sommes aux normes...

Ludivine lui fit signe qu'elle s'en moquait, elle voulait avancer, et le moustachu lui indiqua une porte au fond du couloir.

Les deux corps étaient disposés côte à côte sur des paillasses séparées, dans des sacs de transport d'un blanc saturé par les néons puissants. Un petit homme chauve, au regard vif et à l'allure de marathonien, la quarantaine, la salua. Sa blouse immaculée ne laissait aucun doute sur sa fonction.

— Docteur Mélin. Nous sommes prêts.

Son assistant, un grand échalas qui ressemblait à un punk dans un costume d'infirmier, l'aida à ouvrir les sacs et à préparer les corps. Il avait tellement de trous de piercing visibles qu'il semblait incohérent qu'il ne fuie pas de tous côtés. En le regardant procéder, Ludivine se demanda s'il s'empressait de remettre tous ses bijoux dès qu'il terminait son travail ou s'il venait de se reconvertir et avait abandonné ses décorations tribales. Il avait des trous partout. Ceux de ses lobes d'oreilles pendaient. Ses arcades sourcilières, joues, nez et lèvres, grêlés de cicatrices rondes comme s'il avait contracté la variole du gothique.

Anne et Claire étaient bien conservées, si ce n'est leur odeur de viande gâtée, de fer rance et d'acide qui piquait les narines. Ludivine en eut la chair de poule.

Leur peau était cireuse et avait fondu en se déshydratant. Elle se craquelait par endroits. Leurs cheveux étaient secs, cassants. On leur avait fait un léger maquillage avant de les mettre en terre, mais il avait tourné depuis, comme une aquarelle noyée par des teintes ratées, vertes et marron. L'assistant ouvrit le pantalon d'Anne et son bassin émit un son creux, désagréable. Elle ne portait pas de culotte. Le thanatopracteur n'avait pas pris cette peine.

Ludivine les interrompit :

— Nous n'avons pas besoin de leur infliger notre présence, dit-elle. C'est déjà assez pénible pour leur mémoire. Le major et moi, nous allons attendre dans le couloir. Prévenez-nous lorsque ce sera terminé.

Ludivine ne se défilait jamais. Elle avait encaissé plus d'autopsies que nécessaire pour se prouver résistance et résilience. Mais celle-ci lui paraissait à part. Elle savait ce qui suivrait. Les deux femmes nues sur les paillasses, sous l'éclairage impudique. Le légiste en train de leur ouvrir le bas du ventre pour atteindre l'appareil génital. Les sons, les odeurs, elle les connaissait, Charon lui avait infligé assez d'horreur comme ça. Et pour Anne et Claire, c'était mieux ainsi, dans l'intimité du geste médical, rien qu'elles et le personnel formé pour cela.

Mélin ressortit au bout d'une heure seulement, tenant deux sachets avec des éprouvettes étiquetées dedans.

Le major s'en empara.

— C'est ma mission, annonça-t-il sous ses grandes moustaches. J'emporte tout au labo moi-même.

— L'échantillon comparatif du suspect principal vient d'être expédié, mes collègues de la SR de Paris me l'ont confirmé ce matin.

— Si c'est lui, on le saura vite.

Le docteur Mélin intervint :

— À condition qu'il y ait eu du matériel génétique de l'homme dans les trompes, moi j'ai effectué les prélèvements, je ne peux pas garantir ce qu'il y avait.

— Quand est-ce qu'on peut espérer un résultat ? voulut savoir Ludivine avec impatience.

— Les ordres viennent de tout en haut, rappela le major, autant vous dire que ça va être traité dans la journée. Avant ce soir.

Elle lui tendit sa carte.

— Je compte sur vous pour m'appeler à l'instant où ça tombe.

Mélin retourna dans la salle avec les cadavres, le major se précipita au pas de course dans la cour et Ludivine se retrouva seule.

C'était fait.

Maintenant, elle se sentait vidée. Plus aucun but concret.

Sans savoir pourquoi, les larmes l'envahirent, et Ludivine se mit à sangloter. Elle ne parvenait pas à s'arrêter.

Des pleurs chauds. Chargés de culpabilité, de noirceur, d'espoirs déçus. Une charge émotionnelle trop grande pour elle.

Elle se rassura seulement en constatant que personne ne pouvait la voir. Comme une bête qui se cache pour mourir.

Cela lui évoqua le poème qu'un des gamins Simanoszki récitait tout le temps et Ludivine se trouva ridicule.

53.

L'odeur des pins et des embruns arrachés aux crêtes des vagues lui faisait du bien.

Ludivine marchait sur la promenade en bois, le long de la plage, à Lacanau Océan.

Elle avait roulé jusqu'ici en repensant à l'obsession de Jean Simanoszki pour le surf. Maintenant qu'il était Xavier Baert, s'y adonnait-il enfin ? Venait-il jusqu'ici pour noyer sous les déferlantes qui il était vraiment ? Est-ce que la sensation de glisse lui permettait d'oublier sa soif de sang, les hurlements de ces femmes ? Trouvait-il sur sa planche l'équilibre qu'il était incapable d'avoir dans sa vie ?

Ludivine avait mangé un panini les pieds dans le sable, puis une glace, et encore une crêpe. Elle se remplissait. *Je bouffe pour compenser.*

Elle regretta de n'avoir pas pris ses affaires de sport pour s'imposer une course sans fin sur les sentiers côtiers, au moins ça l'aurait épuisée, et occupée mentalement, plutôt que de la faire tourner en rond.

Marc la rappela – elle avait essayé de le joindre, sans succès, en fin de matinée.

— Tu voulais m'annoncer que tu rentres à la maison ? demanda-t-il d'emblée.

Ces mots la saisirent. *À la maison.* C'était absolument débile, elle s'en voulut aussitôt, mais elle craqua et sa gorge s'étriqua, sa vue se brouilla.

— T'es là ? insista-t-il.

Ludivine respira un grand coup pour se reprendre, et feignit que tout aille bien.

— Oui, pardon.

— Oh. Qu'est-ce qui se passe ?

Il avait suffi de deux mots pour qu'il la perce. En d'autres circonstances, cela aurait pu l'agacer, là elle se sentit presque fière d'être aimée par un homme qui était capable de la deviner si facilement.

— Un peu dur en ce moment, lâcha-t-elle.

— Raconte.

— Je sais pas si j'ai très envie.

— Mais tu vas quand même le faire. Qu'est-ce qui se passe ?

Elle soupira.

— Je crois que j'atteins mes limites. Loin de t... de tout.

Elle s'était retenue de dire « loin de toi ». Elle ignorait pourquoi.

— La pression commence à me dépasser, ajouta-t-elle. Cette fille que j'aurais dû sauver et...

— Qui a dit que c'était à toi de la sauver ? Tu fais de ton mieux. Tes équipes font de leur mieux. Vous n'êtes pas responsables. C'est cet enfoiré qui l'est. C'est lui qui décide de les tuer. Pas vous. Pas toi.

— Oui, fit Ludivine, peu convaincue.

Elle marqua une pause, qu'il lui accorda pour voir si elle sortait autre chose.

— Tu me manques, avoua-t-elle.

— Je peux m'arranger pour être là ce soir.

— Non, je suis à Bordeaux, je ne sais pas où je serai ce soir.

Un autre blanc. Elle se confia :

— Je crois que finalement j'aime bien ta proposition de repartir rien que nous deux dès que j'aurai fini. Pas juste deux jours, je veux plus. Même pas un mois que nous sommes revenus de vacances, mais j'ai besoin de temps. Avec moi. Et avec toi.

— Je vais nous trouver une plage de carte postale.

Ludivine considéra celle qui s'étendait devant elle.

— Non, plutôt la montagne si tu veux bien.

— Va pour l'altitude.

— Je te l'ai pas souvent dit, Marc, mais… tu me rends meilleure. Merci.

Il émit un petit grognement proche du rire.

— C'est le principe du couple, non ? On se tire vers le haut. Sinon, à quoi bon ?

Elle raccrocha un peu plus légère. Les joues rouges.

Même avec la fraîcheur du début avril, il y avait des surfeurs dans l'eau. Ludivine supposa que les vrais ne s'arrêtaient jamais.

Leurs combinaisons noires les faisaient ressembler à des phoques jouant dans les rouleaux. Pas étonnant si les requins les confondaient. Elle s'interrogea alors sur ce qu'on ressentait lorsqu'on était mordu par un squale. Une brûlure vive, la pression des mâchoires sur les os, un étau qui se referme brutalement, coupe le souffle, et la sensation de déchirement tandis qu'il repart avec un morceau.

Était-ce ce qu'avaient ressenti Anne et Claire ?

Charon III les avait mordues. À plusieurs endroits. Ludivine interprétait ça comme un signe puéril d'assimilation. Il voulait les posséder totalement, les faire entrer en lui.

Il est profondément seul.

C'était pour ça qu'il les gardait vivantes auprès de lui. Pour en jouir physiquement, et pour se donner l'illusion de ne plus être seul.

Les bienfaits de la voix de Marc s'étaient vite dissipés.

Une jeune mère de famille passa devant Ludivine en poussant péniblement sa poussette sur la plage. Trois enfants couraient autour d'elle et elle était enceinte. La vie par-dessus tout.

Les petits riaient et cela fit du bien à Ludivine de les entendre.

Son portable sonna.

— Lieutenante Vancker, c'est le major La Rochefoucauld. Le labo a fait vite, j'ai le résultat.

— Il y avait de l'ADN masculin dans les trompes ?

Le cœur de Ludivine était en lévitation, suspendu à la réponse.

— Oui, souffla-t-il dans le combiné. En tout cas pour Claire Estageau.

Ludivine soupira à son tour. Elle n'avait pas fait tout ça pour rien. Xavier Baert était fichu, ils le tenaient enfin.

— Sauf qu'on a un problème, l'informa le major.

— Comment ça ?

— Ce n'est pas celui que vos collègues ont envoyé pour comparaison.

Ludivine se leva.

— Quoi ? Comment ça, c'est pas lui ?

— Mais c'est pas loin. En centimorgans de segments d'ADN partagé, l'ADN trouvé dans Claire Estageau est très proche de celui de votre suspect, à cinquante pour cent. C'est la même famille, lien direct. Et il a vingt-cinq pour cent en commun avec celui de référence que vous appelez Charon.

Ludivine traduisit pour elle-même : le violeur de Claire Estageau, et son probable assassin donc, pouvait être le petit-fils de Charon, mais ce n'était pas Xavier Baert, plutôt un de ses frères.

Elle le remercia et raccrocha pour appeler Segnon.

— Je sais, je viens d'avoir le résultat, dit-il. On est largués.

— Vous avez effectué un prélèvement des autres frères ?

— Tu penses bien. C'est pas eux non plus.

— Pardon ?

— C'est pas l'ADN des fils Simanoszki. En tout cas pas des cinq en notre possession.

— C'est bien un ADN masculin ?

— Oui.

Ça excluait un coup tordu d'une des sœurs.

— Je dois y aller, on se relaie pour les interroger. À plus, Lulu.

Ludivine était dubitative.

Non seulement ils n'avaient pas de quoi relier Xavier Baert aux meurtres, mais en plus ils se retrouvaient avec un nouvel ADN qui ne correspondait à personne dans la famille.

Ludivine tournait et retournait le problème dans tous les sens : il n'y avait pas dix mille solutions.

Elle voyait la jeune mère, allongée sur le sable, entourée de ses trois marmots hilares. Son ventre rond, presque mûr.

Et Ludivine repensa aux témoignages qu'elle avait recueillis en enquêtant sur la famille Simanoszki.

L'ancien épicier qui racontait qu'il était incapable de faire la différence entre les frangins. Que la mère Simanoszki était tout le temps enceinte.

Tout le temps.

Les enfoirés.

Ils avaient eu un autre garçon. Pas déclaré. Élevé dans le secret au milieu de la marmaille pour qu'on le confonde avec les autres. C'était tellement évident. Quoi de mieux quand on sait qu'on fabrique un futur criminel, que de s'assurer qu'il n'existera pas aux yeux du système ? Et ce, dès le début.

Torrens décrocha à la première sonnerie.

— Un fils caché, fit-elle en anticipant ce qu'allait lui dire Ludivine. C'est la seule explication pour l'ADN.

— Et c'est pratique. Toute la famille est à son service. Il doit piocher dans les documents officiels des uns ou des autres selon ses besoins, et se fait discret le reste du temps. Il vit à Bordeaux, son terrain de chasse.

Il y eut un blanc pendant lequel Ludivine vit plusieurs surfeurs se faire happer par un rouleau féroce. Ils disparurent complètement du paysage, ne laissant qu'une mer déchaînée.

— Comment est-ce qu'on fait pour localiser quelqu'un qui n'existe pas ? demanda-t-elle. Qui a été créé pour ne jamais apparaître à la surface des radars.

— Quelle famille de cinglés…, maugréa Torrens.

Ludivine était survoltée. Son cerveau tournait à plein régime.

Les derniers mots de Xavier Baert, à l'arrière du fourgon, lui revenaient.

— Lucie, vous savez comment on appelle le truc que les fauconniers ont sur leur gant pour faire revenir le rapace à eux ?

— Un leurre. Pour donner l'illusion au faucon que c'est une proie.

Ludivine émit un rire sec.

— L'enfoiré, dit-elle. C'était ça. Xavier Baert m'a dit que je me prenais pour un faucon mais que je n'étais qu'un pigeon. Parce qu'il se considère comme un leurre. Il a été élevé pour ça.

— Ce qui ne résout pas le problème, souligna Torrens. Comment on retrouve un homme qui n'existe pas officiellement ?

Les surfeurs émergèrent au milieu de l'écume et se hissèrent sur leurs planches pour souffler.

— Il a besoin d'une planche pour le porter dans le système, ajouta Ludivine. Quelqu'un qui joue le rôle d'interface entre lui et le monde.

Torrens embraya :

— Donc, celui qui le couvre, celui qui n'est pas rattaché à la famille. Xavier Baert. On en revient toujours à lui. Propriétaire de la Dacia Duster, lui qui doit payer les factures… Je vais regarder de ce côté.

— J'ai peut-être une idée pour le localiser ici, mais il va me falloir une réquisition.

— Je m'en occupe.

Elles allaient raccrocher lorsque Torrens ajouta :

— Ludivine ?

— Oui.

— Vous êtes sur son terrain. Alors vous ne prenez aucun risque, c'est compris ?

— Bien sûr.

Jamais rassasiés, les surfeurs retournaient déjà au rouleau suivant, prêts à braver l'océan une fois de plus.

54.

La Caisse primaire d'assurance maladie de la Gironde était une tour de quinze étages, d un blanc douteux et d'un bleu délavé, située dans le nord de Bordeaux.

Par le biais du major La Rochefoucauld, Ludivine avait obtenu un rendez-vous avec une agente qui connaissait les forces de l'ordre et leurs procédures.

Ludivine voulait s'intéresser aux actes médicaux des frères Simanoszki. S'il y avait un domaine dans lequel un individu ne pouvait se cacher toute son existence, c'était celui de sa santé.

La femme qui reçut la gendarme ressemblait à une première dame américaine des années 1960, se dit Ludivine, figée dans un sourire strict et poli, et dans un tailleur à la Jackie Kennedy. Sa permanente flottait autour d'elle, lui donnant un air un peu fou lorsqu'elle la fit entrer dans son bureau. La table était couverte de cadres, un pour chaque enfant, la plupart du temps provisoirement édenté, et sur les photos la même dédicace à peu de chose près : « Pour toi, tatie d'amour ! » Ludivine ne connaissait pas cette femme mais sa collection de neveux et de nièces affichée, une revendication même, racontait une histoire qui ressemblait beaucoup à celle de quelqu'un qui souffrait terriblement de n'avoir pas sa propre famille. En dépit de son apparence un peu décalée, Ludivine eut tout de suite envie de bien l'aimer.

— J'ai reçu la réquisition, commença la première dame. Donc vous voulez connaître l'historique de Xavier Baert. Installez-vous, je vais regarder sur mon ordinateur.

Les clics de souris et les saisies sur le clavier prenaient un temps infini. Ludivine en profita pour s'emparer d'une des photos. Une petite fille, environ cinq ans, radieuse malgré l'absence d'incisives.

— C'est la fille de ma sœur. Enfin... une des filles d'une de mes sœurs.

— Grande famille.

— Eh oui. Nous étions cinq. Que des pisseuses, comme disait mon père. Et à elles quatre, mes sœurs ont eu dix filles ! Et quatre mecs.

Ludivine nota le verbe au passé. *Nous* étions *cinq*. Un drame ?

La première dame, une fois lancée, était intarissable.

— Nous plombons les statistiques par chez nous. Si je remonte sur trois générations, nous sommes quatre-vingt-six pour cent de femmes, seulement quatorze pour cent d'hommes. Un miracle que le nom de mon père existe encore ! Et vous ? Des enfants ?

— Non, pas encore.

Pas encore ? La porte était donc ouverte désormais ? *Doucement, s'agirait de déjà laisser ton couple exister normalement. Personne n'est pressé.*

— Je vois que vous n'avez pas d'alliance. Notez que de nos jours ça ne veut plus dire grand-chose. Belle comme vous êtes, ce serait dommage de ne pas nous donner des petites merveilles qui vous ressembleront !

Ludivine voulut lui renvoyer la pareille et constata le vide à son annulaire. Le visage figé de la première dame bougea dans une imitation d'illumination. Elle désigna son écran.

— J'ai l'historique de ses remboursements si vous voulez. Vous cherchez quelque chose en particulier ?

— Une fréquence ou des lieux qui n'auraient pas de logique. Xavier Baert est domicilié dans l'est de la France.

La première dame se pencha pour inspecter chaque ligne.

— Il y a des actes médicaux qui ont été facturés ici, à Bordeaux ? insista Ludivine.

La permanente de la secrétaire s'agita, telle une méduse autour de son crâne, tandis qu'elle acquiesçait :

— Oui, plusieurs. Mais… Tiens, c'est bizarre.

— Quoi donc ? s'impatienta Ludivine.

— Eh bien, le 26 janvier, il paie un généraliste à Colmar, mais il se fait rembourser des médicaments ici, dans le centre-ville bordelais via une fiche de soins qui est datée du 26 aussi. Et il avait fait le coup l'année dernière, en avril chez un dentiste ici et le kiné à Colmar. Il frauderait, votre gus, là ? Une arnaque à la Sécu ?

Ludivine se leva pour faire le tour du bureau.

Il y avait plusieurs anomalies de ce type sur les deux dernières années. Lorsque Xavier Baert utilisait sa carte Vitale et que son frère caché en faisait autant pour se faire rembourser ses feuilles de soins. Torrens et elle avaient vu juste, il y avait un sixième fils, c'en était la preuve.

— Une adresse renseignée à Bordeaux ?

— Hum... Non, la seule que j'aie, c'est dans l'Est, en effet.

Merde.

— Je voudrais voir les historiques des autres frères Simanoszki, demanda Ludivine.

— Ah, moi, j'ai une réquisition pour ce M. Baert uniquement, je ne peux pas vous donner accès aux...

— C'est pour une enquête criminelle sur l'enlèvement d'une femme qui est torturée à l'heure où je vous parle. Je veux juste jeter un œil. S'il y a quelque chose, je vous fais envoyer une nouvelle réquise. Sinon, personne n'aura perdu son temps.

La première dame retroussa les lèvres en une parodie de sourire compréhensif et se mit à taper sur son clavier.

— Je vous laisse regarder par contre, je n'imprime rien sans autorisation, avertit-elle.

Mais elles ne trouvèrent rien de plus dans les fichiers de la famille Simanoszki. Tout passait par Xavier Baert, et c'était cohérent. Celui qui s'était séparé du clan, qu'on ne pouvait que difficilement retracer. Un écran entre le frère secret et les Simanoszki pour que personne ne puisse remonter jusqu'à lui. Ils avaient bien fait les choses, avec un machiavélisme déroutant.

Ludivine ressortit de la tour en milieu d'après-midi, déçue de n'avoir pas localisé celui qu'il convenait maintenant d'appeler Charon III, car il n'y avait plus aucun doute, c'était de lui qu'il s'agissait.

Le parcours de vie était une bonne idée, Ludivine devait juste se concentrer sur les priorités. L'Assurance maladie avait confirmé son existence, sans trahir son adresse. Que restait-il ? Torrens inspectait les comptes de Xavier Baert pour vérifier les factures qu'il payait. S'il y en avait une en Gironde, le GIGN y débarquerait en quelques heures.

Quoi d'autre ? Réfléchis ! Qu'est-ce que tu sais de lui ?

De lui, pas grand-chose sinon le profil qu'elles avaient établi d'après ses crimes. Mais de sa famille, d'où il venait ?

Il a grandi avec des sœurs autoritaires, vicieuses, et des frères soumis. Et ?

Ludivine marchait sur le trottoir, plongée dans ses pensées.

Une mère diabolique. Incestueuse peut-être. Et son père tuait déjà.

Il n'y avait rien de factuel dans tout ça et cela l'agaça. *Du concret, bordel ! Qu'est-ce que je sais d'eux qui est concret ?*

Ils avaient vécu au Gistrois, puis à Fulheim. Dans le milieu des mines. Le grand-père possédait une compagnie de livraison de produits réfrigérés… *Non, ça ne mène nulle part.*

Qu'est-ce que lui avaient rapporté les témoins de l'époque ? *Des petits bagarreurs. Tous pareils. Qui vivaient au milieu des…*

Ludivine claqua des doigts en s'immobilisant. *Ça, c'était intéressant.* Elle sortit son smartphone pour vérifier une adresse sur Internet.

Une minute plus tard, elle démarrait et fonçait dans les faubourgs nord-ouest de Bordeaux. Elle avait de la chance, ce qu'elle cherchait n'était pas loin.

Elle se gara devant la centrale canine de Gironde avant dix-sept heures et y trouva un jeune homme à la barbe très fournie pour son âge, un piercing dans le nez et un strabisme convergent assez difficile à soutenir. Ludivine lui posa sa carte sous le nez.

— Lieutenante Vancker, gendarmerie. J'ai besoin de savoir si un individu a un chien enregistré dans vos fichiers.

— Euh. Vous êtes pas censés être en uniforme dans la gendarmerie ?

Ludivine perdit tout air aimable et le transperça de ses prunelles incandescentes.

— Vous allez vraiment me faire chier pour ça ? Je travaille sur un enlèvement.

Elle désigna l'ordinateur.

— Je veux juste une info et je vous laisse.

Face au ton impérieux, le jeune barbu s'installa derrière son écran.

— Le nom ?

— Xavier Baert. B-A-E-R-T.

Ludivine s'était souvenue des témoignages qui mentionnaient que les gamins Simanoszki avaient grandi au milieu de chiens. Et Anthony Simanoszki en avait un, elle était bien placée pour le savoir. Avec un passif pareil, il était envisageable qu'une fois adultes les fils aient conservé l'habitude d'avoir un compagnon à quatre pattes.

— Oui, il a un berger malinois qui a… sept ans.

— Il est mort ?

— Non, en tout cas pas déclaré comme tel.

— Vous avez le nom du véto qui a fait l'enregistrement de sa puce ?

— Oui, c'est une petite clinique vétérinaire de Talence.

— Talence… ici, à Bordeaux ?

— Ben… oui.

— Et le chien ? Il s'appelle comment ?

— Hannibal.

Ludivine étouffa un rire ironique et sauta par-dessus l'épaule du jeune homme pour visionner le nom de la clinique avant de courir jusqu'à sa voiture.

Xavier Baert n'était pas venu jusqu'à Bordeaux pour faire pucer son chien, ça semblait improbable, d'autant qu'ils n'avaient retrouvé aucun animal chez lui. Ça ne pouvait signifier qu'une chose.

C'est lui. C'est Charon III.

Et un homme pouvait bien mentir à toutes les administrations du monde, s'il était un domaine dans lequel beaucoup disaient la vérité, c'était lorsqu'il s'agissait de leurs animaux de compagnie, pour les protéger.

Le vétérinaire avait peut-être dans ses fichiers l'adresse du ravisseur de Chloé Maignan.

Ludivine serra les doigts sur le volant à s'en blanchir les articulations. Elle respirait fort, traversée par l'adrénaline.

C'était sa dernière carte.

55.

« Nadine » était écrit sur son badge, encadré d'un dessin de chat et un autre de chien. Sa blouse rose l'engonçait un peu, et son sourire radieux, bien qu'atténué à la vision de la carte de gendarme, transparaissait encore sans que Ludivine sache si c'était par réflexe de convenance ou tout simplement sa nature profonde.

— Oui, fit l'assistante vétérinaire, nous l'avons dans notre fichier, Hannibal, un malinois de sept ans.

— Son maître, vous avez son nom ?

On ment à l'administration, mais on ne ment pas pour son chien, se répétait Ludivine comme un mantra auquel elle voulait donner corps.

— La puce est au nom de Xavier Baert, mais dans mon fichier j'ai… Johnny Sima. Quand les gens se refilent leurs animaux et ne mettent pas à jour le fichier à la centrale canine, ça arrive.

Il n'était pas allé chercher bien loin, constata Ludivine tandis que son cœur battait à toute vitesse. *C'est donc ça, ton vrai nom ? Johnny Simanoszki ?*

Elle fut alors prise d'un doute. Quel était le rapport entre la mort et le prénom Johnny ? Tous les frères étaient en lien avec l'histoire de la Faucheuse et pas celui qui avait le rôle central dans leur organisation ?

Une question lui brûlait les lèvres. Elle se décida enfin à la poser :

— Il vous a laissé une adresse au cas où, pour son chien ?

— Oui, mais elle n'est plus à jour. J'ai une ancienne adresse, car le courrier des rappels de vaccins nous revient.

— Je vais la prendre tout de même.

C'était mieux que rien. Une piste de plus. Elle se rapprochait. Elle le sentait.

Johnny Simanoszki.

Nadine la lui griffonna sur un papier.

— Vous vous souvenez de lui ? demanda Ludivine.

— Ça me dit quelque chose. Un type avec une casquette, genre gros costaud. Pas l'air aimable, pour être franche.

Ludivine enfourna le papier dans sa poche.

— Merci.

— Il a fait quelque chose de grave ?

Ludivine avait la main sur la poignée pour sortir. Elle répondit :

— Disons qu'il traite certainement mieux son chien que les gens qu'il côtoie.

— Si vous saviez le nombre de clients que nous avons comme ça !

*

Le ciel se détachait au-dessus des toits de son bleu intense, proche de la pierre précieuse. C'était une belle journée, tiède et lumineuse.

Ludivine conduisait vite, trop vite, mais elle s'en moquait. Elle voulait savoir. Depuis combien de temps Johnny Simanoszki ne vivait plus à l'adresse fournie par la clinique vétérinaire ? Avait-il laissé quelque chose ? Un moyen de le joindre ? Si ça ne donnait rien sur place, elle tenterait sa chance via les fournisseurs d'accès, de gaz, d'électricité, Internet... Mais elle avait peu d'espoir de ce côté.

Pendant qu'elle roulait, sorti de nulle part, un visage du passé s'imposa à elle.

Alexis.

Une autre vie. Une autre peine.

Ils avaient travaillé ensemble quelque temps à la section de recherche de Paris. Ils avaient couché ensemble. Une nuit.

Sa dernière.

Alexis était une partie de ce qui l'avait fait plonger. « Lulunator », comme la surnommaient certains à la SR. La machine de guerre. Meilleure que ses camarades à la course. Au tir. Au corps à corps. Elle s'entraînait tout le temps. Dès qu'elle le pouvait. Un besoin. Une armure entre elle et le monde.

C'est pas tout à fait honnête. J'étais déjà un peu comme ça, blindée. La mort d'Alex m'a juste poussée à en faire plus. Elle m'a verrouillée, coupée de mes émotions.

Ludivine, capable de se mettre dans la tête des criminels, de penser comme eux, de ressentir leurs besoins, et si éloignée de ses propres sentiments.

Ce n'est plus vrai aujourd'hui. J'ai travaillé sur moi...

Et elle revenait de loin. Marc l'y aidait beaucoup.

Quant à savoir ce qu'Alexis venait faire là, maintenant…

Tu sais très bien pourquoi tu penses à lui. Parce qu'il est mort en faisant ce que tu es en train de faire. Vérifier une piste, seul, suivre son intuition, pas le protocole.

Sauf qu'elle n'avait pas encore localisé Johnny « Charon III » Simanoszki. À l'instant où ce serait le cas, elle contacterait sa chaîne de commandement et laisserait faire les équipes compétentes. Elle n'était sur le terrain que pour définir où les envoyer. Et pour ça, il fallait mouiller la chemise.

Laisse Alex où il est.

Pourtant elle crut distinguer son visage dans un nuage blanc. Mais bien entendu, il n'y avait rien. Elle secoua la tête.

Tu divagues.

Ou c'était un signe. Dans ce cas, elle devait le lire, l'interpréter. De quoi Alex pouvait bien vouloir l'avertir ?

C'est complètement con, tu crois aux visions maintenant ?

Elle était allée sur sa tombe récemment, pour lui montrer qu'il n'était pas oublié. Elle conservait son porte-clés New York Giants à son trousseau. Elle y tenait.

Ludivine ouvrit sa fenêtre pour permettre l'entrée d'air frais dans l'habitacle, ce qui lui fit du bien, lui nettoya les idées. Le GPS lui indiquait qu'elle était presque rendue. Un bourg en périphérie sud de Bordeaux. Une maison isolée.

Bien sûr. Il ne choisit que ça chaque fois, n'est-ce pas ? C'est son critère. Pas de voisins, des murs épais, et il déménage à quelle fréquence pour brouiller les pistes ? Tous les ans ? Deux ans ?

Elle s'engagea dans le dernier virage.

L'ancienne demeure de Johnny Simanoszki se dressait dans une impasse qui desservait un entrepôt agricole à son entrée, un château d'eau de l'autre côté, et les hangars de la voirie locale ensuite. La maison était tout au bout, séparée du reste par un minuscule bois sauvage et un terrain vague sur lequel était plantée une pancarte « Décharge interdite » au milieu de monceaux de détritus.

Ironiquement, Ludivine se fit la remarque qu'il y avait souvent un château d'eau dans l'horizon des Simanoszki. Était-ce un critère pour eux ? Une symbolique particulière ? L'aspect phallique, dominant, pourtant rempli d'eau matricielle, féminine par excellence… *Trop loin. Tu vas beaucoup trop loin. C'est juste une coïncidence à la con.*

Cernée d'un muret vétuste, la maison était en brique rouge, pas de première fraîcheur. Au début du XXe siècle, cela avait certainement été une somptueuse petite résidence d'été pour l'aristocratie bordelaise, mais elle avait dû changer de propriétaires maintes fois, perdant un cran social à chaque transaction. Ses volets décatis pendaient sur leurs gonds tordus. Le jardin tenait davantage de la friche, avec ses mauvaises herbes, et Ludivine remarqua un long garage attenant à la petite bâtisse. Au fond, il y avait une grange grise, et les traces de pneus indiquaient qu'elle abritait régulièrement un véhicule.

La première singularité que nota Ludivine en sortant de sa voiture, ce fut le gros scotch gris qui barrait la boîte aux lettres. *Pas étonnant que le courrier soit renvoyé...* Sur le coup, elle n'envisagea rien d'autre que la déception qui l'attendait : que la maison soit déserte, sans personne pour la renseigner sur ce qu'était devenu Johnny Simanoszki.

Pas de sonnette extérieure. Il fallait pousser le portillon rouillé et frapper là-bas, sous la marquise fissurée.

En d'autres circonstances, elle aurait compris rien qu'avec ce morceau de scotch. Que Johnny, en voyant les relances de la clinique vétérinaire arriver à son nom, avait réalisé qu'il laissait une trace, et qu'il avait fait en sorte qu'on l'oublie. Mais chacune des déconvenues qu'elle avait enregistrées jusqu'à présent entamait l'assurance de son jugement, tout autant que son désir, voire son *obsession*, de sauver Chloé Maignan, la faisait foncer sans prendre le recul nécessaire.

S'il n'y avait pas eu l'épisode de l'arrestation musclée d'Anthony Simanoszki – pour ne rien trouver –, puis le fiasco chez l'adjudant Bardane, rien de ce qui allait suivre n'aurait pu se produire. Ludivine aurait agi autrement.

Mais elle n'était plus neutre. Sa vision d'ensemble s'était resserrée, comme lorsqu'on les formait à l'action, que l'adrénaline, la peur, l'excitation les mettaient en vision tunnel, focalisés sur un point devant eux, aveugles à l'entourage. À l'entraînement, Ludivine savait gérer. Sur le long terme d'une enquête, et avec ce qu'elle venait de vivre, elle s'était fait rattraper, sans s'en rendre compte.

A priori, personne n'aurait dû mourir ce jour-là.

Mais à cet instant, tandis que Ludivine poussait le portail pour marcher vers la porte de la maison, il était déjà trop tard.

56.

« La-la-la-la, la-la-la ! »

Il venait de terminer son deuxième gommage corps et sa peau était rouge et vive. Il avait frotté bien plus que nécessaire. Au loin les enceintes hurlaient le *Concerto pour violoncelle n° 2 en si mineur, opus 104*, de Dvorák, dans toute la maison.

Il ressentait une gêne qui allait se dissiper rapidement.

Cela faisait partie du rituel. Une stimulation sensorielle.

Exfolier le maximum de particules de peau morte, pour éviter d'en laisser sur *elle*. Même s'il comptait bien la nettoyer ensuite, une double précaution valait mieux qu'une, avec les moyens technologiques dont disposaient ces connards de flics… Aucun indice, c'était son objectif chaque fois.

Johnny sortit de la cabine de douche et se laissa sécher à l'air libre. John était son vrai nom, un rapport avec John Milton et son *Paradis perdu*, Johnny avait entendu l'histoire maintes fois lorsqu'il était petit. Comment Adam et Ève avaient fauté et furent bannis du paradis pour engendrer les mortels. Donc donner naissance à la mort. Son père adorait cette histoire, mais John trouvait que Johnny était beaucoup plus classe comme nom, il s'en foutait bien de Milton et ses conneries religieuses. La mort, c'était le truc de son père, pas le sien.

La buée sur le miroir était diaphane, il pouvait deviner les courbes de son corps au travers, et il aimait bien pouvoir se regarder lorsqu'il séchait. Les gouttes sur lui formaient autant de petits bijoux brillants qui le sublimaient, autant d'étoiles désireuses de rester accrochées à lui, comme le centre de l'univers. Il était fier de sa silhouette. Et vu le temps qu'il passait à en prendre soin, il pouvait.

Sauf que le but premier n'était pas esthétique, ça, c'était une conséquence, agréable, mais pas recherchée initialement.

La musculation, c'était pour pouvoir *les* maîtriser. Ne leur laisser aucune chance. Dès l'instant où il approchait d'*elles*, c'était fini : il avait l'expérience et la force, elles ne pouvaient rien espérer. Il pouvait les briser aisément. Ses mains et ses bras ressemblaient à des étaux à la pression démesurée.

Le cardio, c'était pour l'endurance. Pour les traquer dans la nature si besoin. Et il avait constaté que ça lui permettait de profiter plus longuement d'*elles* ensuite, ce qu'il appréciait beaucoup.

Johnny se passa la main sur le crâne, parfaitement lisse. Pourtant, il ouvrit un paquet de rasoirs jetables, en appliqua un sur sa nuque et commença à tout balayer. Par habitude. Pour sentir la lame sur lui le frôler, c'était une douce sensation. La lame pouvait déchirer son épiderme à tout instant, pourtant elle le caressait, à la lisière de la morsure.

Parfois il avait envie de se mordre lui-même, jusqu'au sang, s'arracher un bout de chair et l'avaler, pour se remplir de lui-même.

Johnny avait de ces idées, il savait qu'il n'était pas comme les autres.

Ensuite il mit le chauffe-cire en marche. L'appareil ressemblait à ces bains-marie pour les biberons des gosses. La comparaison l'avait toujours amusé. Il aurait bien aimé voir comment réagirait un de ces nourrissons si on inversait et qu'on lui déversait un pot de cire brûlante dans la gorge ! De petites convulsions chaudes, mais pas de cri, ça non, pas de cri.

Johnny gloussa. C'était drôle.

Le chauffe-cire sonna et il s'installa pour appliquer la cire sur ses jambes. Il allait remonter jusqu'aux oreilles. Tout son stock y passerait, mais c'était important de ne pas lésiner. Pas de peau, pas de poils, ne rien laisser.

Enfin, rien… Ce n'était pas tout à fait vrai. Mais ça n'était pas à lui. Il avait mis la dosette à décongeler la veille. Il ne pouvait plus reculer à présent. C'était parti.

Il tira un coup sec sur la première bande, sans broncher, et vérifia au toucher si une seule application suffisait.

Pendant un moment, il s'occupa de lui ainsi, et lentement ces gestes l'hypnotisèrent. Le renvoyèrent, progressivement, à son adolescence, puis à son enfance, lorsque c'étaient ses sœurs qui l'épilaient. À vrai dire, Johnny ne se souvenait pas d'avoir jamais vu le moindre poil sur lui.

Il revit les petites mains fines des frangines sur son corps. Certaines délicates, d'autres brutales.

Dans la famille, tout était question de rôle. Chacun avait le sien. Si on le remplissait, on évitait les coups, voire on gagnait quelque chose, à commencer par de la nourriture. Ses sœurs devaient l'épiler, ça, c'était acquis, pas de récompense. Ensuite, elles devaient *s'occuper* de lui. Si elles le faisaient bien, elles savaient que le paternel les laisserait tranquilles un jour ou deux. Johnny n'avait pas son mot à dire. Le sexe était primordial dans leur famille. Et Johnny avait le rôle central.

Parfois c'était avec sa mère, dans la chambre avec l'horloge. Dans ces moments-là, Johnny écoutait le tic-tac lancinant et il se concentrait si fort qu'il espérait pouvoir remonter le temps. Revenir en arrière, avant d'être nu, sur le lit avec elle, avant qu'elle ne lui fasse signe que c'était le jour, et peut-être qu'en utilisant assez de jus de cervelle il aurait la capacité de retenir le temps pour qu'il n'avance plus jamais. Revenir avant qu'il ne soit un homme.

Bien sûr, cela n'avait jamais fonctionné. Il détestait sa mère pour ça. Alors même que le vieux était en taule, elle aurait pu arrêter, mais non. C'était primordial. Pour tenir la famille, il fallait que chacun *remplisse* son rôle, et elle exigeait de Johnny qu'il la remplisse elle, en écoutant l'horloge égrener le tic-tac du temps. La rébellion n'était pas envisageable chez les Simanoszki. Ça aurait été nier ce qu'ils étaient, vider de sens tout ce qu'ils avaient subi et ce qu'ils s'étaient infligé. Non, c'était impossible. Tout avait une raison.

Celle qui avait refusé de se plier à l'ordre établi, celle qui avait manqué de tout foutre en l'air, le paternel avait dû s'en charger et il l'avait butée. Une sœur de moins. Un enfant foiré sur dix, c'était une perte acceptable. Pour ne pas risquer de compromettre le destin de Johnny, que les flics fourrent leur nez de trop près dans leurs affaires, le paternel avait tout pris sur lui, il n'avait pas cherché à se cacher, il avait avoué et il était parti à l'ombre.

Et rien n'avait changé en son absence.

Même les sœurs, trop endoctrinées et effrayées par les parents, avaient continué leur rôle. Trop heureuses que ça ne soit plus le vieux qui vienne les prendre quand bon lui semblait.

Johnny se souvenait, à onze ans, lorsque son père lui avait imposé de rester dans la chambre des filles pour regarder. Il les avait déculottées chacune pour que Johnny ne manque rien. Et il avait obligé Johnny à l'imiter. Une par une. Au milieu des poupées. Toutes ces têtes en plastique qui le regardaient faire, les gros yeux bleus fixés sur lui, elles l'accusaient et se moquaient de lui, il en était persuadé. Il avait haï ces poupées blondes qui garnissaient les étagères. Blondes comme ses sœurs.

Chaque fois que le père disait à Johnny d'aller baiser ses sœurs, Johnny avait les boyaux qui se contractaient. Pas à cause de l'acte. À cause des poupées. Elles allaient encore le toiser, l'humilier de leur sourire narquois.

Dans le dos des vieux, les sœurs étaient odieuses. Elles le rabaissaient sans arrêt. L'humiliaient. Elles disaient qu'elles ne sentaient rien quand il venait les prendre. Que même ça, il ne savait pas le faire correctement. Pourtant, une fois, Johnny en avait surpris une en train de pleurer en douce. Rare témoignage de leur humanité, d'un sentiment de culpabilité. Le soir même, la mère la cognait à la ceinture, et les jours suivants elle avait été d'une interminable cruauté avec lui.

Johnny renversa une grande quantité de cire chaude sur ses testicules et il attendit qu'elle soit bien refroidie pour tirer un coup sec, violent. Il avait envie de se faire mal. C'était le cas chaque fois qu'il repensait trop longtemps à son enfance.

La douleur le ramena à l'instant présent. À ce qu'il devait accomplir.

Une fois entièrement glabre, Johnny passa dans la chambre, où il entendit, malgré le vacarme de la musique au rez-de-chaussée, Hannibal gratter derrière la porte du placard. Il faillit le libérer, mais se ravisa. Le clébard allait le suivre partout, et ce n'était pas le bon moment pour ça. Tout devait être parfait. Il allait ronfler dans son placard, Johnny le libérerait ce soir, avant d'aller se désencombrer du corps en forêt.

Il passa par le palier où il entreposait ses machines de musculation. Il était tenté de pousser un peu, juste pour faire ressortir encore plus ses muscles, ajouter à son impression de force, mais il savait que, lorsqu'il faisait ça, cela réveillait également sa libido, et ce n'était plus possible. Il constata qu'un des disques de fonte n'était pas parfaitement aligné avec les autres et alla le remettre. Il avait dû cogner dedans en remontant cette nuit. La salle de sport n'était pas au bon endroit, mais il n'avait pas mieux. Dans l'idéal il aurait fallu qu'il déménage, c'était même une question de prudence, Xav le lui avait répété. Ne jamais rester plus d'un an et demi au même endroit une fois qu'on commençait à tuer.

Mais Johnny avait la flemme. Il avait ses habitudes ici. Devoir tout refaire, les têtes de poupées, une nouvelle cuve ou l'équivalent… c'était déprimant.

Johnny descendit dans le salon, coupa l'ampli de la musique qui faisait vibrer les fenêtres tellement elle était forte, et il demeura là, à observer le disque tourner sur la platine, sans son, toujours nu. Le silence était agréable aussi.

Il se toucha le sexe. Il aimait ne rien porter quand il en avait *une* en bas. C'était plus excitant. Se caresser le sexe quand il le voulait. Sans même avoir à se déshabiller. Être à poil, c'était se rendre dispo pour baiser à chaque seconde, se faire cajoler la bite par le passage de l'air. Totalement libre, totalement prêt. N'avoir qu'à descendre, la récupérer dans son trou, l'attacher, la prendre, et la renfermer. À loisir. Trois fois dans la journée s'il le voulait. Au milieu de la nuit parfois. Ou plus du tout pendant vingt-quatre heures lorsqu'il était un peu lassé. C'était déterminant, ces épisodes. Si le désir ne revenait pas le deuxième jour, il savait ce qu'il devait faire.

Passer au tour de l'immortel. Pour que leur lignée perdure. Transgresser la mort. La donner au nom de leur survie génétique. Le jus du grand-père, c'était la clé pour que leur âme à tous reste pure.

Au-delà du discours que lui avait rabâché son père un millier de fois, Johnny le faisait pour éprouver cette plénitude une fois encore, se souvenir de ces rares épisodes de joie, de réconfort, de fierté.

Quand son père l'avait initié, pour ses treize ans, qu'il avait introduit le jus pour la première fois dans une fille, et qu'il avait serré sa gorge jusqu'à ce qu'elle fusionne avec le sperme du grand-père, la réaction de toute la famille ensuite l'avait transfiguré. La fierté dans leurs regards. Les félicitations. Les encouragements. La bonté. L'amour.

L'amour.

Il s'était senti aimé pour la première fois de son existence. Vraiment. Avec des gestes, avec des mots, avec les yeux. Aimé lui. Pour de vrai.

C'était ça qu'il voulait raviver. Ce sentiment enfoui, le faire remonter. Se dire qu'ils allaient être heureux grâce à lui.

Ensuite le paternel était parti en prison et Johnny avait dû attendre des années avant de se sentir prêt. À oser franchir le pas. Sa mère était morte entre-temps, et la pression de passer à l'acte était retombée. Même ses sœurs lui fichaient plus ou moins la paix.

Mais la sortie de prison du père avait tout changé.

Il savait ce qui allait suivre. Alors il était passé à l'acte. Pour lui. Pour eux. Et c'était là que l'idée lui était venue. Écarter le paternel de l'équation. Que ça ne soit plus que lui. Le vieux allait tout faire mieux, le rabaisser encore une fois. Alors que là, ce serait lui. La fierté de la famille. Il les avait déçus trop longtemps.

Alors Xav avait accepté de jouer le rôle du fouineur, pour garder un œil sur les flics, sur ce qu'ils allaient dire une fois les filles de papa découvertes.

C'était une idée de Xav, de s'installer ici en Gironde. Xav était obsédé par le surf. Il n'avait que ça à la bouche, sans être jamais monté sur une putain de planche ! C'était crétin. Il fantasmait là-dessus mais n'avait jamais osé désobéir et quitter le giron familial.

Alors il avait expédié le frère invisible là-bas. Pour qu'il soit loin d'eux. Ne pas attirer l'attention.

Johnny s'arrêta devant le frigidaire et l'ouvrit pour prendre la pipette. Le jus laiteux était décongelé. Parfait.

Il était temps. *Celle-ci* avait assez duré. Johnny s'était fait plaisir, maintenant il devait boucler la boucle. Satisfaire l'héritage familial.

Il traversa le garage en improvisant un air pour sa comptine préférée :

— Comme les oiseaux doivent mourir l'hiver ! Pourtant lorsque viendra le temps des violettes… Nous ne trouverons pas leurs délicats squelettes…

Johnny aimait bien se réciter ça lorsqu'il était sur le point d'en finir. Il ignorait pourquoi, juste qu'il aimait bien entendre ces mots.

Il ouvrit l'armoire et fit coulisser le panneau du fond, pour entrer dans son antre.

— Dans le gazon d'avril où nous irons courir. Est-ce que les oiseaux se cachent pour mourir ? conclut-il.

Rien que l'odeur le fit tressaillir comme à son habitude. Ça sentait le cul. Les ébats incessants qu'il avait eus avec *elle*. En plus, il laissait le chauffage toujours en marche, assez haut dans cette pièce, pour s'y sentir bien. Il appréciait le filet de sueur lorsqu'il s'y agitait. La température renforçait le parfum de moiteur sexuelle.

Au milieu des têtes de poupées inversées, illuminées de l'intérieur par les ampoules – quarante-deux comme le nombre d'expériences menées par grand-père et que lui avait racontées son père –, Johnny se sentait protégé. Les dizaines d'horloges qu'il avait démontées puis remontées méticuleusement dans le sens inverse, pour que toutes comptent à rebours, lui donnaient un sentiment de puissance inégalé. Lui était capable de façonner le temps. De ne plus être passif, soumis.

Un bruit de moteur attira son attention. Il se pencha vers le petit moniteur qui transmettait ce que la caméra cachée sur le perron filmait. Une voiture venait d'arriver devant chez lui. C'était quoi encore ? Une femme en sortit.

Une blonde. Une salope à tête de poupée. Johnny savait déjà qu'elle devait avoir des yeux accusateurs. Une colporteuse ? Il s'en moquait, elle allait repartir.

Et d'ici là, il allait s'assurer que *la fille* se tairait.

Il se tourna vers la table aux étriers gynécologiques.

Elle était là. Allongée, menottée, attendant son tour, sans se douter que cette fois ce n'était pas lui qui allait la remplir, mais grand-père.

Peut-être qu'*elle* se doutait de quelque chose en fait, *elle* n'avait pas apprécié qu'il lui scotche les paupières pour l'empêcher de fermer les yeux. Ça, il ne le faisait jamais d'habitude, avait-elle dû se dire.

Johnny aurait dû s'occuper d'*elle* depuis longtemps, mais *elle* savait y faire. Au moment où il avait commencé à se lasser, *elle* avait montré des ressources inattendues. Alors pourquoi se priver ? Il avait profité encore un peu. Jusqu'à sentir qu'il devait en terminer.

Il devait lui enfoncer le sérum de l'immortel. Son précieux jus qu'ils avaient conservé si soigneusement à travers le temps. Et ensuite *elle* serait prête.

Le scotch allait lui maintenir les yeux grands ouverts, l'obligeant à le fixer pendant qu'il l'étranglerait avec la sangle. De plus en plus férocement. Jusqu'à ce qu'elle se cabre. Alors il verrait dans son regard tout le bonheur des siens, il se souviendrait de leurs mots, combien il accomplissait enfin quelque chose de formidable, lui le bon à rien, le raté, l'incapable. Tandis qu'*elle* mourrait, il revivrait leur fierté.

Leur amour.

Bon, sur les précédentes, ça n'avait pas été exactement comme il l'espérait. Mais il n'était pas loin. Une question de temps, il allait y arriver, Johnny n'avait aucun doute.

Il saisit le rouleau de gros scotch gris et tira une longue bande. Il allait la museler définitivement. Comme ça, même si la colporteuse blonde à tête de poupée se pointait un peu trop près de la maison, *elle* ne pourrait pas crier.

Elle tenta de se débattre lorsqu'il lui écrasa le scotch sur la bouche, mais il était tellement puissant qu'*elle* n'eut aucune chance. Il lui broya les tempes de ses gros doigts pour lui immobiliser le crâne, et la fit taire une bonne fois pour toutes. Par sécurité, il tira une deuxième bande de scotch et l'ajouta à la première.

Puis il se retourna vers la pipette et attrapa une grosse seringue sans aiguille.

Il n'éprouvait aucun désir sexuel. Il avait assez donné, *elle* l'avait vidé. C'était au tour du grand-père aujourd'hui.

Lui, à cet instant, tout ce qu'il veut, c'est voir l'amour des siens dans son regard à *elle*.

57.

Ludivine ne trouva pas de sonnette, alors elle frappa.

En patientant, elle nota la présence d'un bassin sur le côté. Une ancienne piscine qui n'avait pas été entretenue depuis des décennies, envahie par des racines beiges, et un fond d'eau croupie et noire. *Parfait pour y laisser se décomposer des cadavres lestés*, songea-t-elle. C'était plus fort qu'elle. Déformation professionnelle.

L'herbe n'avait pas été tondue depuis une éternité et n'avait plus rien d'un gazon, juste un tapis sauvage et désordonné, ponctué de pissenlits et de quelques fleurs éparses.

Ludivine aperçut les premiers coquelicots de la saison, encore frêles et ramassés sur eux-mêmes, comme pour se protéger du monde.

Sans réponse au bout d'une minute, elle insista sur la porte, plus vigoureusement encore.

Avant de se rendre à l'évidence : il n'y avait personne. Probablement *jamais* plus personne. Aucune suite possible vers la nouvelle adresse de Johnny Simanoszki.

Elle jura et recula pour ne plus être dans l'ombre de la marquise du perron.

Pourtant, il y avait des rideaux aux fenêtres…

Elle détailla la façade. Les carreaux n'avaient pas été nettoyés depuis des années.

Elle vit alors le fin filet qui s'échappait du conduit de cheminée, tout en haut sur le toit.

C'était anémique, pas les reliquats d'un feu. Plutôt les émanations d'une chaudière qui fonctionne.

Donc il y a quelqu'un qui vit là, qui chauffe l'eau et les murs.

Elle cogna encore à la porte et attendit.

Tant pis, elle reviendrait à la nuit tombée. Elle n'allait pas s'avouer vaincue si facilement. Elle allait en profiter pour étudier le cadastre, trouver le propriétaire des lieux et tenter de récupérer son numéro de téléphone.

Ludivine descendit les trois marches du perron et enjamba un des coquelicots fragiles. La grille, qui donnait sur sa Punto de location, était à dix mètres devant.

Sur sa droite, elle avisa les ornières laissées par le passage régulier d'un véhicule entre la rue et la grange. Elle se tourna pour regarder celle-ci avant de partir.

Une vieille grange branlante, digne des films d'horreur américains. Ne manquait que le pendu accroché à la poulie.

Un des battants était entrouvert.

Et dans cet angle, Ludivine put y voir l'arrière d'une voiture noire.

Elle ralentit et son cœur se mit à résonner à ses tempes. Lentement. *Bam-bam.*

Le paysage tout entier semblait se figer, les oiseaux dans le ciel, les brins d'herbe dans la brise. Ses cheveux devant son visage.

Bam-bam.

Elle s'entendait respirer au ralenti.

Bam-bam.

Et son cerveau traitait l'information de ce que ses yeux distinguaient.

Bam-bam.

L'arrière d'une Dacia Duster noire.

Bam-bam.

58.

Elle ne se souvenait presque plus de son propre nom.

C'était quelque part, en elle, loin, très loin dans les souvenirs, avec tout ce qui racontait l'être humain qu'elle avait été autrefois, dans une autre existence. Avec sa famille. Son mari. Ses enfants.

Même ses rituels de protection s'étaient effondrés avec le temps. Elle n'y arrivait plus. Elle avait trop mal. À quoi bon finalement ? L'envie de vivre s'était étiolée au fil des jours dans le noir des sévices.

Les ténèbres avaient sucé méticuleusement toute trace de vie en elle, c'était de ça qu'elles se nourrissaient. L'obscurité – et ce qui se tapissait dedans – avait survécu depuis des millénaires parce qu'elle buvait les êtres qui s'en approchaient trop. Chloé ne l'avait pas voulu, c'était l'Ordure qui la forçait à vivre ainsi, mais la conséquence était la même. Elle avait alimenté les ténèbres et en mourrait parce qu'il n'y avait plus rien en elle pour tenir.

Pourquoi se battre lorsqu'on ne trouve aucune motivation ? Pourquoi s'infliger davantage de souffrance encore s'il n'y a plus aucun but derrière ?

Elle avait cédé.

Même dans sa façon d'essayer de convaincre l'Ordure de continuer à se servir d'elle, de le satisfaire au mieux pour qu'il ne la tue pas, elle avait perdu de son attention, jusqu'à n'être plus qu'un pantin de chair.

Elle savait que c'était dramatique, qu'ainsi il allait vite se lasser d'elle, mais Chloé n'y arrivait plus.

Elle n'était plus rien, sinon un amas de douleurs, autant physiques que morales. Plus aucun espoir, aucune envie. Juste que cela cesse. Même pour toujours. Cela n'avait plus d'importance, elle n'était rien, il avait réussi, elle n'existait plus, elle n'était ni une femme, ni une mère, ni une épouse, à peine le prolongement d'une fillette. Ça oui, par moments, il lui revenait des réflexes de petite fille, comme un ultime retour aux origines, pour se rassurer, pour essayer de *rebooter* la machine, dans une volonté démente que tout change.

Sans résultat bien sûr.

Elle gémissait comme une gamine. Elle se réveillait en sueur en réclamant sa maman. Elle ne vivait plus qu'en position fœtale.

Donc, ce qui lui arrivait maintenant, elle l'avait bien cherché, non ? Se retrouver, une fois de plus, sur cette table, les jambes écartées, contrainte de lui servir.

Sauf qu'il y avait eu le scotch sur les paupières. C'était nouveau, ça. Et pas un bon signe.

Ou au contraire un *bon* signe ? Que tout allait enfin s'arrêter ? Qu'il allait la soulager ?

Chloé ne pouvait plus cligner des yeux, c'était horrible. Obligée de fixer le plafond et toutes les poupées aux yeux de verre énormes, animées d'un feu intérieur fou. Heureusement, l'intensité des ampoules dans leur crâne de plastique n'était pas très forte, elles ne l'aveuglaient pas, ce qui aurait été infernal lorsqu'on ne pouvait s'abriter derrière la douce torpeur des paupières closes.

Fermer les yeux permettait beaucoup de choses, à commencer par nier l'évidence, la réalité. Se réfugier en soi.

Là, Chloé ne pouvait que se confronter à la situation. À ce qui allait se produire. Y assister, sans déni possible.

La musique tonitruante s'arrêta d'un coup, puis l'Ordure entra.

Voilà, c'était le moment. Chloé se moquait de savoir comment il allait procéder, elle voulait juste qu'il aille au bout cette fois.

Du coin de l'œil, elle le vit préoccupé par quelque chose, puis s'en détacher pour prendre le rouleau de scotch. Il tira dessus et s'approcha d'elle.

Le cœur de Chloé s'accéléra, l'écho du rire de ses filles résonna quelque part sous son crâne, et elle sentit le parfum de son homme l'envahir, comme un ultime cadeau de sa mémoire à ce qu'elle avait été. Ils allaient tant lui manquer ! Après ces heures et ces jours à tout faire pour les effacer, pour accepter de partir, les ressentir avec une telle vivacité était si cruel… Chloé ne voulait pas les quitter. Non. C'était injuste. Une dernière fois. Elle voulait les tenir contre elle une dernière fois, tous les trois.

L'Ordure voulut lui poser le morceau de scotch sur la bouche, mais Chloé tourna la tête instinctivement. Un réflexe de survie. Ne pas en finir ainsi. C'était moche. Finalement, si, la façon dont il allait s'y prendre était importante. Elle n'en pouvait plus d'avoir peur, d'avoir mal. Elle supplia intérieurement que ce soit rapide.

Elle n'avait pas serré ses enfants et son mari dans ses bras une dernière fois. Elle ne pensait plus qu'à ça.

L'Ordure ne lui laissa pas le choix, en un geste il lui fit mal, lui écrasa l'arrière de la tête contre la table et la bâillonna, à deux reprises. Elle pouvait encore respirer. Il ne l'avait pas tuée. Pas encore. Elle secoua la tête. Non. Non !

Qu'est-ce qui lui arrivait ? Elle, si déterminée à en finir, ne voulait plus mourir maintenant ?

Sa famille était à ses côtés. Ils étaient remontés du cimetière de ses souvenirs, de sa personnalité qui s'était lentement délitée pour accepter son sort. Et elle ne voulait pas qu'ils s'éteignent pour elle. Elle le refusait. Mourir signifiait les oublier. Pour toujours.

L'Ordure prit une des grosses seringues. Chloé savait ce que ça signifiait. Le jet en elle, la pression insupportable, et la brûlure qui durerait une éternité, la tête qui lui tournait, la nausée, elle vomirait sûrement ensuite, plus tard.

Ah non, pas cette fois, car il n'y aurait pas de plus tard, cette fois.

Là encore, l'idée de la mort fit frissonner Chloé. Non, en fait, elle n'était pas prête.

Pourtant le bidon de Javel resta posé au sol, ouvert, son bouchon tombé quelque part depuis la dernière utilisation. À la place, l'Ordure prit une sorte de pipette avec un liquide blanc et le transféra dans la seringue, avec des gestes très minutieux. Qu'allait-il faire encore ?

Au loin, Chloé crut distinguer des coups sourds, et elle sut qu'elle ne rêvait pas lorsqu'elle constata que lui aussi s'était retourné. Il haussa les épaules et revint à sa tâche. Il posa la seringue sur le plateau du chariot roulant et le fit glisser jusqu'au bord de la table, ce qu'il n'avait jamais fait auparavant. Chloé avait repéré ce chariot, parce que c'était dessus qu'il laissait les clés de ses entraves. Au milieu de pinces et de scalpels qu'il n'avait jamais utilisés avec elle.

Puis l'Ordure s'empara de la sangle, qu'il toucha avec une délicatesse absurde. Jamais il n'avait eu un geste aussi tendre et sensible envers Chloé. Il vérifia qu'elle coulissait bien, et d'un bras appuya sur le front de Chloé qui ne put rien faire. Ses mains et ses chevilles étaient entravées dans des menottes. La sangle froide se resserra autour de son cou comme une promesse.

Celle que cette fois c'était la bonne. Plus de répétitions. Plus de surprises. Ce soir, c'était l'ultime séance.

L'Ordure lui-même était différent. Pas le même regard lubrique et détaché. Aujourd'hui, il avait l'œil brillant. Il était là, avec elle. En tout cas quelque chose d'humain en lui flirtait avec la surface. Pourtant ses gestes déterminés et brutaux ne laissaient aucun espoir à Chloé, il n'allait pas faillir.

Tout se terminait ainsi pour elle. Dans cet endroit sordide. Loin des siens. Une larme coula sur le rebord de son visage. Cela faisait longtemps qu'elle n'en avait plus eu. Et avec cette larme, ce qui lui restait de vie.

Il se pencha pour attraper la seringue sur le plateau, et Chloé eut un dernier sursaut d'orgueil. Ce même orgueil qui l'avait fait tenir si longtemps.

D'un mouvement de hanches, elle parvint à le sur-
prendre, à cogner le bras de l'Ordure, qui heurta le
chariot avec son coude.

Le chariot tangua, avec tout ce qu'il contenait, et
Chloé vit l'Ordure écarquiller les yeux, tendre le bras
pour essayer de le retenir avant qu'il ne se renverse.

Et pendant une seconde, elle crut qu'il allait y parvenir.

59

Le soleil commençait à décliner sur l'horizon bleu, donnant un peu plus de matière aux ombres qui bougeaient tout autour de Ludivine.

La porte de la grange grinça au loin, dans la brise.

Il n'y avait aucun doute sur le modèle du véhicule. La jeune femme avait passé assez de temps à observer les Dacia Duster pour en reconnaître une à la nuance près.

Par réflexe, elle porta la main à sa hanche, avant de se raviser.

La présence de sa voiture ne signifiait pas nécessairement sa présence à lui sur place. Peut-être avait-il juste gardé l'usage du garage ?

Mais s'il est là, il n'a pas pu manquer les coups sur la porte. Et s'il ne répond pas, c'est qu'il a une bonne raison...

Ludivine pivota pour faire face à la maison.

Et si Chloé Maignan était détenue à l'intérieur ? Ludivine allait se jeter sur son téléphone portable, mais quelque chose l'en empêcha. Le doute. Le manque de confiance. Ne s'était-elle pas déjà précipitée plus que de raison ?

Là, il y a des raisons évidentes !

Des raisons, vraiment ? Elle n'en voyait objectivement qu'une. La présence de la Dacia, c'était tout.

Soudain, quelque chose de métallique tomba à l'intérieur de la bâtisse. Ce n'était pas tout à fait dans la maison, mais plutôt vers la partie garage, tout au fond. Ludivine se figea. L'avait-il entendue ?

Elle s'approcha du perron, les sens aux aguets, prête à dégainer son arme plus que son téléphone. Elle pouvait au moins appeler des renforts locaux pour sécuriser la zone. *Et s'il vit encore là, qu'il s'apprête à rentrer d'une promenade et tombe sur notre dispositif ? Il fuira dans la nature. C'est un habitué de l'existence clandestine, combien de temps nous faudra-t-il avant de remettre la main sur lui ? Combien de victimes supplémentaires entre-temps ?*

Elle la repéra seulement à cet instant.

Un cercle noir, incrusté entre la façade et la marquise, pointé sur l'entrée de la maison et de la propriété en même temps. Et donc sur elle.

L'œil d'une caméra, quasi imperceptible.

Il sait que je suis là. Il me regarde.

Ludivine ne pouvait plus attraper son téléphone, c'était trop tard. Si Johnny Simanoszki la voyait dans la caméra appeler, il comprendrait que la situation était fichue, et il tuerait Chloé pour qu'elle ne puisse pas raconter quoi que ce soit, ou la prendrait en otage, avec les risques que cela impliquait dans le cas d'un psychopathe comme lui qui n'aurait plus rien à perdre. Tant que Ludivine n'avait pas prévenu ses collègues, il pouvait encore espérer régler le problème. Il l'avait vue ralentir et se retourner. Il n'était pas idiot, il pouvait deviner que c'était à cause de la Dacia.

Je dois lui donner l'illusion qu'il peut régler le problème lui-même. Utiliser sa mégalomanie.

N'était-ce pas la sienne qui la poussait à croire qu'elle pouvait le manipuler et s'en sortir ? Ludivine n'avait pas le choix. Elle laissa son téléphone dans sa poche, son arme dans son holster et s'approcha de la porte. Il n'allait pas venir la chercher dehors, c'était à elle d'entrer.

La porte était verrouillée.

À quoi bon faire semblant ?

Ludivine recula et prit son élan pour donner le coup de pied le plus puissant possible au niveau de la serrure. C'était une vieille porte, qui céda presque aussitôt.

Ne prends pas ton arme, pas encore, ça va le faire paniquer. Qu'il te laisse venir en pensant pouvoir te maîtriser facilement.

Y avait-il d'autres caméras à l'intérieur ? Cela semblait peu probable, il ne voulait sûrement pas se filmer lui-même, encore moins avec les activités auxquelles il s'adonnait dans l'intimité.

Ludivine entra dans la pièce principale, bien sur ses appuis, parée à esquiver la moindre présence, rouler au sol, dégainer dans la foulée. *L'abattre s'il approche.*

Il n'y avait personne. Juste un frottement régulier. *Frrtch... Frrtch...* Ludivine inspecta les murs à la peinture délavée, sans aucune décoration. Rien, ni dans les angles. Aucune caméra.

Elle sortit son Sig Sauer de l'étui aussitôt.

Frrtch... Frrtch...

Se guidant au bruit, elle avisa une platine sur laquelle tournait un disque vinyle dans le vide. *Frrtch... Frrtch...*
Il n'est pas loin.

La maison était meublée utilitaire, sans goût ni fioriture.

C'était derrière le garage. C'était là qu'elle avait entendu l'objet métallique tomber.

Ludivine traversa une cuisine qui sentait le produit ménager. D'une propreté digne d'une pub. Et vit la porte entrouverte qui donnait dans un garage sans aucune voiture.

S'il savait qu'elle était là, il devait l'attendre quelque part. Rien n'indiquait qu'il possédait une arme à feu, il n'en avait jamais fait usage avec ses victimes. Mais son père, Anthony, en avait une, lui, donc la famille était capable de s'en procurer. Elle resserra sa prise sur la crosse de son semi-automatique. Ses paumes étaient moites. Comme lorsqu'elle était intervenue chez Albert Dauquin. Cela lui parut une éternité en arrière. Ce n'était pas le moment de repenser à ça, à son manque d'assurance. Était-ce le constat de ce qu'elle était ? Soit un monstre d'efficacité insensible aux émotions, soit une femme bien vivante et faillible, incapable d'assurer ?

L'instant présent, bordel ! Concentre-toi !

Elle releva un peu la gueule de son arme. S'il surgissait d'un coup et qu'elle pressait la queue de détente maintenant, elle toucherait d'emblée les hanches. C'était mieux qu'une balle en plein cœur – plus difficile à défendre ensuite face à un juge.

Elle approcha de la porte. Le garage était plus sombre, tout habillé de gris.

N'était-ce pas le moment pour appeler des renforts ?

Et me dévoiler ? Qu'il entende où je suis, ce que je dis ?

À la place, Ludivine essaya de se souvenir qui elle avait appelé en dernier… Ça devait être Lucie Torrens. Parfait. Tout en gardant un œil sur le garage, elle saisit son téléphone dans la poche de sa veste en jean, le déverrouilla, mit le son au minimum, et rappela le dernier numéro. Plus ses yeux regardaient devant elle plutôt que sur l'écran, plus elle avait des chances de survivre.

Elle n'avait qu'une barre de réseau, mais ça suffirait. Puis elle remit son téléphone dans sa poche, elle perdait du temps. *Chaque seconde qui passe, c'est une occasion de plus pour qu'il se prépare. Pour qu'il reprenne l'avantage.* Elle devait y aller avant qu'il ne soit trop tard.

Du bout du pied, elle tira le battant vers elle, il s'ouvrit sans un bruit. Ludivine s'efforçait de contrôler sa respiration. Tout partait de là. Elle descendit les deux marches et pivota à droite puis à gauche rapidement pour appréhender son espace.

Toujours personne.

Seulement des outils accrochés aux murs au-dessus d'établis. Une vieille horloge était allongée sur l'un d'entre eux, éventrée, ses roulements étalés parmi de minuscules tournevis.

Où était cet enfoiré ? C'était par ici qu'elle avait entendu le son métallique.

Non, plus étouffé, plus loin.

Pourtant il n'y avait pas d'autres issues.

Mais une odeur.

La Javel. Ça pue la Javel !

Rien autour d'elle n'était humide ou ne trahissait un nettoyage récent, alors que l'odeur était vive, très marquée. Et forcément, Ludivine ne pouvait s'empêcher de repenser aux rapports d'autopsie. À ce qu'il faisait subir à ses proies.

Elle redoubla de vigilance et marcha lentement à travers le garage.

C'est alors qu'elle les entendit.

Les tic-tac multiples. Sourds. Comme des dizaines de montres enfermées dans… une armoire ?

Ludivine nota des traces sur le sol devant le meuble. On y avait traîné quelque chose. Elle hésita. S'il était caché à l'intérieur ?

D'un geste sec, elle tira sur le battant de droite, canon à hauteur de poitrine, prête à tirer pour tuer cette fois. Elle ne prenait aucun risque.

Vide. Juste des bleus et des blouses suspendus à une tringle et…

Son téléphone vibra dans sa poche. Qu'est-ce que ça signifiait ? Que la communication s'était coupée. Faute de réseau stable ? Ludivine hésita à le ressortir pour se reconnecter, mais un détail attira son attention.

Le fond était de travers. Mal refermé. Il laissait filtrer les lueurs d'ampoules jaunes.

Le salopard…

Ludivine prit son inspiration et d'une main tira sur le panneau pour l'ouvrir complètement, prête à se défendre s'il surgissait.

Mais rien ne vint.

Sauf les quarante-deux visages de poupées pendues la tête à l'envers, éclairés de l'intérieur, un coup de cutter pour leur déformer le sourire, et des yeux de verre enfoncés dans les orbites.

Qu'est-ce que...

La Javel provenait de là. Ainsi que les tic-tac obsédants de dizaines d'horloges qui, toutes, tournaient à l'envers, à peine discernables dans la pénombre au-delà du cercle de lumière central.

Ludivine entra dans la pièce sans fenêtre. La respiration de plus en plus saccadée. Les paumes toujours plus moites. Elle n'était pas sûre de bien pouvoir tenir son arme si elle devait ouvrir le feu.

Devant elle, un chariot métallique était renversé, avec un plateau, une seringue et divers objets qu'elle ne prit pas le temps de répertorier. Il avait entraîné dans sa chute un énorme bidon industriel de Javel, dans laquelle Ludivine marchait à présent.

Plus loin, il y avait un gros trou dans le sol, à côté d'une planche en contreplaqué, mais Ludivine ne s'y attarda pas non plus. Elle pointait son arme à droite, à gauche, vers le moindre renfoncement, vers chaque ombre. Mais il y en avait partout ici. Les murs étaient loin, et les lampes-poupées n'éclairaient que la zone du milieu. Ludivine devinait au moins une autre pièce au-delà, dans le noir.

Une énorme batterie de camion branchée à deux câbles reposait sur sa droite.

Elle la vit alors, prisonnière sur la table, les jambes dans des étriers, et son cœur se souleva.

Chloé !

Sa position, sa nudité et son visage rongé par le chaos mental dans lequel elle baignait depuis si longtemps

478

choquèrent Ludivine, qui resta plusieurs secondes ainsi, ébranlée.

Elle se déconcentrait au pire moment. Elle fit encore volte-face pour s'assurer qu'il n'allait pas apparaître dans son dos. Mais il n'était toujours pas là.

S'était-il échappé par une porte dérobée dès qu'il avait entendu Ludivine entrer ? Peut-être avait-elle présumé de son égocentrisme. Il avait fui comme un lâche plutôt que de défendre son territoire.

Chloé était là, elle, bien vivante, et à cet instant c'était tout ce qui comptait.

Ludivine s'approcha de la pauvre femme, sans cesser de guetter les ombres tout autour. Elle prit sur elle pour ne pas se laisser submerger par l'émotion, conserver une vision technique vitale, et elle arracha les rubans de scotch qui masquaient la bouche de la captive.

— Chloé Maignan, je suis officier de gendarmerie, je suis là pour vous. Est-ce que vous pouvez me dire où il est ?

La langue de Chloé s'agitait entre ses lèvres comme si elle ne savait plus comment formuler une phrase. Ludivine la soulagea des morceaux de scotch qui lui tiraient les paupières, puis se retourna en brandissant son Sig Sauer. Rien.

— J'ai besoin de vous, insista-t-elle. Est-ce que vous savez où il est allé ?

Chloé la regardait comme si elle n'existait pas. Sous le choc.

Ludivine avisa ses poignets et ses chevilles maintenus dans des menottes. Elle n'avait vu aucune clé et ne pouvait se permettre de chercher maintenant.

— Je voudrais vous libérer mais je ne peux pas le faire tant qu'il est peut-être encore là, vous comprenez ?

Alors Chloé tendit la main vers le sol, vers le plateau renversé, et Ludivine les vit. Des petites clés sur le béton, au milieu de ciseaux et de pinces.

Le tic-tac incessant la rendait folle et elle n'osait imaginer comment Chloé avait pu endurer cela sans perdre la raison pendant autant de jours et de nuits. *Ça devait être le cadet de ses soucis.*

Ludivine vérifia une fois de plus que Johnny Simanoszki n'était pas tapi dans le rideau de pénombre qui s'étendait sur tout le flanc gauche et devant elle, puis elle se précipita au sol, s'agenouilla pour saisir les clés et revint vers la table. Ses paumes glissaient sur la crosse du Sig Sauer. Elle n'allait pas pouvoir le garder en main et détacher Chloé en même temps. Ludivine prit sa décision en une fraction de seconde : Chloé avait trop souffert pour attendre. Elle posa l'arme sur le côté, sur une table en formica, et s'empressa d'enfoncer la clé dans la serrure de la menotte du pied droit. *Clic !*

Coup d'œil rapide pour s'assurer de l'environnement. Toujours personne. Ludivine passa à la main droite. Elle récupérerait son arme avant de faire le tour de la table, elle ne devait surtout pas trop s'en éloigner.

Clic !

Jusqu'ici tout allait bien. Elle se retourna pour prendre le pistolet.

Il était sur la table où elle l'avait laissé.

À chaque seconde, elle s'attendait à voir jaillir Simanoszki tel un diable hors de sa boîte, et elle s'efforçait de maintenir son cœur à un rythme raisonnable, que son cerveau et ses muscles soient alimentés en oxygène pour gérer la situation malgré le stress.

Chloé ne bougeait pas sur la table, attentive.

Ludivine entreprit de la contourner pour accéder à la main gauche. Elle posa le Sig Sauer sur le bord de la table en inox, sous les cuisses de Chloé.

Tandis qu'elle fourrageait dans la menotte avec la petite clé, elle constata que les pupilles de Chloé étaient dilatées.

Merde, elle part.

Ludivine connaissait ce symptôme. État de choc, saturation psychologique, déflagration émotionnelle, tout se combinait au moment où Chloé pensait mourir, puis se voyait offrir la possibilité de survivre. Une partie en elle refusait d'y croire pour ne pas avoir à affronter la déception. Si cela n'était pas réel ou si l'espoir était vain, son inconscient savait qu'elle ne supporterait pas une nouvelle descente dans l'enfer qui l'attendait. Tout se déchirerait en elle, pour toujours. Alors l'inconscient la protégeait en coupant le courant général. Ne plus être là plutôt que d'avoir à affronter la situation.

Ludivine savait que Chloé n'allait pas être capable de la suivre, de marcher.

Clic ! Il ne restait plus qu'une entrave.

Ludivine se pencha vers son visage.

— Chloé ? Je sais que vous m'entendez, dit-elle tout bas d'une voix qu'elle essaya de rendre aussi rassurante que possible malgré la tension qu'elle éprouvait elle-même. Je vous demande un dernier effort pour revenir avec moi. Je vais vous protéger, vous comprenez ? Je ne le laisserai pas vous approcher. Mais pour ça j'ai besoin que vous repreniez conscience, que vous puissiez vous lever.

Ludivine fit un rapide 360, la main prête à saisir son arme, pour voir où elles en étaient. Toujours aucune trace de Simanoszki. Elle commençait à vraiment croire qu'il s'était tiré.

— Je vais détacher votre jambe et vous aider à vous asseoir, c'est d'accord ? Chloé ?

Il n'y eut aucune réaction. Elle devait provoquer un autre choc émotionnel capable de la faire émerger. Une motivation assez forte pour la…

Je l'ai.

Ludivine sortit son portefeuille et prit la photo volée sur le frigo de la famille Maignan. Chloé, son mari et leurs deux filles.

La gendarme lui mit devant les yeux.

— Vous les reconnaissez ? Vous pouvez me dire comment ils s'appellent ?

Les pupilles se contractèrent. *Yes !*

Les lèvres de Chloé tremblèrent. Et sa main vint envelopper la photo avec la même précaution que s'il s'agissait d'un papillon.

Elle se mit à haleter.

— Je vais vous conduire auprès d'eux, Chloé, c'est compris ? Relevez-vous doucement. Allez, oui, comme ça.

Ludivine l'aida à se mettre sur un coude. Elle retira sa veste en jean et en couvrit la pauvre femme frissonnante malgré la chaleur humide du lieu.

— Je vous libère de la dernière.

Ludivine mit la clé dans la menotte et tourna.

Clic !

C'était fait, Chloé pouvait partir. Revivre.

Au lieu de quoi, la mère de famille se serra contre la gendarme et se mit à grelotter. Ce n'était absolument pas le moment, mais Ludivine ne pouvait se permettre de la perdre de nouveau, alors elle la prit dans ses bras en retour et lui donna un peu de ce qu'elle était.

Les sens aux aguets, Ludivine essayait de percer les tic-tac pour distinguer au travers le moindre mouvement.

Puis Chloé se détacha, prête à sortir.

Ludivine la soutint par le bras pour qu'elle bascule de l'autre côté, qu'elle puisse se lever.

À aucun moment elle ne put voir l'ombre qui émergeait lentement du trou de la cuve où elle se tapissait. Telle une araignée, membre après membre, elle gravissait sa toile de corde pour se déployer dans le dos de Ludivine, le tic-tac infernal des horloges couvrant chacun de ses gestes parfaitement coordonnés avec leurs battements.

Johnny Simanoszki frappa avec la force et la maîtrise qui caractérisaient ce pour quoi il avait été mis au monde.

Tuer.

60.

Ce fut comme une pince de crabe géant qui se refermait sur sa cheville, si brutalement qu'elle crut que ses os se brisaient. Puis la puissance d'un cheval qui la tirait en arrière.

Ludivine fut projetée la tête la première contre la table d'inox, son front cogna dessus, elle vit un flash blanc, aveuglant, et un long larsen tinta à intérieur de ses oreilles.

Pendant quatre ou cinq secondes, elle ne comprit pas bien ce qui se passait, avant de réaliser qu'elle était au sol, un liquide tiède devant les yeux, le goût du fer dans la bouche et le nez horriblement douloureux. Elle tendit la main vers le plafond dans l'espoir de sentir le rebord de la table. Elle devait récupérer son arme.

La pince se referma sur son poignet avec une intensité telle que Ludivine sut tout de suite qu'elle n'avait aucune chance de pouvoir lui résister. Il avait une telle pression dans les doigts... Il tira pour l'éloigner d'un mètre, et Ludivine vit sa silhouette apparaître dans le contre-jour des têtes de poupées.

Il était nu, la musculature parfaite. Chauve. Et son visage lui rappela quelqu'un, mais elle eut à peine le temps de chercher plus loin qu'il se penchait vers elle. Son regard était noir. Vide de toute forme d'émotion humaine.

Celui d'un squale en pleine chasse.

Ludivine comprit ce qu'il allait faire, que c'était terminé pour elle.

Alors, utilisant toutes ses années d'entraînement, elle déclencha son genou et se cambra pour venir lui écraser les organes génitaux. L'étau autour de son poignet ne trahit aucune faiblesse pour autant. Les hanches de Ludivine heurtèrent le sol en retour et elle se servit de l'appui pour enchaîner de sa main libre un direct en plein menton.

Les os et les peaux claquèrent en se percutant.

Simanoszki recula d'un pas, à peine sonné, et changea de plan.

Il la souleva par le bras qu'il empoignait encore et la lança deux mètres plus loin.

Ludivine sentit qu'elle n'était rien pour lui, pas plus lourde qu'une charge quotidienne sur un de ses bancs de musculation, elle s'envola et vint se fracasser sur la circonférence du trou, dans lequel son bassin l'aspira.

Par réflexe, elle chercha à s'accrocher au béton, pour ne pas tomber, et plusieurs de ses ongles s'arrachèrent aussitôt. Ludivine cria de douleur et de rage, pour vivre.

Mais Simanoszki était déjà sur elle et lui marcha sur la main, puis d'un coup de pied en pleine mâchoire lui fit perdre toute résistance.

Elle chuta de trois mètres dans la cuve, heurta le fond en plastique en gémissant.

Mais elle ne perdit pas connaissance.

Tout son corps lui faisait mal, des chevilles aux tempes en passant par ses doigts et ses reins. Une douleur palpitante.

Sa survie ne tenait qu'à sa réactivité, elle le savait, à sa capacité à encaisser et à réagir. Alors Ludivine se redressa en poussant un râle. Ses côtes…

Elle se cramponna aux parois de la cuve et parvint à se mettre assise, pour étudier la situation.

Elle vit juste qu'une échelle de corde était en train d'être remontée. Au moins, Simanoszki n'était pas avec elle.

Elle disposait de quelques secondes pour reprendre ses esprits. Réfléchir.

Mon téléphone.

Elle porta la main à sa poche intérieure… mais ne la trouva pas.

Non.

Elle venait de donner sa veste à Chloé. Avec le portable dedans.

Et son arme était sur la table. Si Simanoszki la trouvait, il n'aurait qu'à la pointer sur elle depuis l'ouverture de la cuve, et il l'abattrait sans problème. Elle ne disposait que des clés de sa voiture dans la poche de son jean pour tout moyen de défense, soit rien.

Ludivine posa l'arrière de la tête sur le mur.

Bien que ce ne soit pas dans sa nature, un soupçon de désespoir l'envahit.

C'est alors qu'elle entendit qu'on déversait un liquide dans un réceptacle. Une grande quantité.

La violence de l'affrontement se dissipait petit à petit, et Ludivine commençait à sentir la peur l'envahir. Une

terreur froide, primitive. De ce que Simanoszki mani-
gançait. De ce qu'il allait pouvoir lui faire. Elle l'avait
constaté, il était inarrêtable, plus vif et bien plus fort
qu'elle. Il l'avait terrassée en un instant.

Son visage. Elle connaissait son visa...

L'enfoiré...

Elle l'avait déjà croisé. Le jour où Torrens et elle
étaient venues interroger Xavier Baert, qu'elles considéraient alors comme un simple photographe témoin
de la découverte du premier charnier. Un homme, un
costaud avec casquette, qu'elles avaient pris pour un
voisin, leur avait ouvert le portail.

Johnny Simanoszki. Il était venu rendre visite à son
frangin pour faire le point ? Savoir comment ça s'était
passé avec les flics ? Trop prudent et parano pour
communiquer par téléphone, forcément, il fallait que
Simanoszki vienne une fois de temps à autre jusqu'à
Baert, pour établir leurs plans.

Si proche, depuis le début.

Un son de moteur résonna depuis la pièce au-dessus.

Un... Kärcher ?

Soudain, deux fils tombèrent dans la cuve et se mirent
à tournoyer, la frôlant à plusieurs reprises.

À quoi jouait-il ?

Il les faisait virevolter dans tous les sens, et Ludivine
comprit lorsqu'un des deux la toucha à l'épaule.

La décharge fut immédiate, foudroyante. Elle lui
coupa la respiration et la fit chanceler.

Le second la rasa au niveau du menton et Ludivine
affronta la réalité : s'ils la touchaient encore, elle s'éva-
nouirait, et c'en serait terminé pour elle.

Alors elle serra les dents pour se reprendre, dépasser son état, et suivit les mouvements erratiques des deux câbles. Elle se jeta sur celui qui passait le plus près, et l'attrapa assez haut pour éviter l'extrémité dénudée. Elle tira un coup sec, aussi violent que possible, et sentit que Simanoszki était surpris, qu'il manqua de trébucher, ce qui ralentit le mouvement du second fil, dont elle s'empara de son autre main.

Il y eut du mou instantanément.

Il vient de les lâcher.

Le bruit de moteur qu'elle venait d'entendre se remit en marche et un jet sous pression vint la heurter au sternum, la faisant reculer.

L'odeur la fit suffoquer immédiatement.

De la Javel !

Il se servait d'un Kärcher rempli de Javel pour la repousser et l'asphyxier.

Ludivine serra les deux câbles aussi fort qu'elle le put, et reçut un nouveau jet, sur le bas du visage cette fois. Elle poussa un long hurlement intérieur. Ne surtout pas ouvrir la bouche. Ne pas se faire envahir par le détergent. Ne pas…

La douleur était trop forte, elle ne tenait plus.

Elle relâcha les fils électriques pour se protéger des bras et se plaquer face à la paroi de la cuve.

Simanoszki insista, pour bien l'asperger. Les vapeurs étaient insupportables, elles lui tournaient déjà la tête, et Ludivine sentit son estomac remonter dans son œsophage.

Le jet s'arrêta et elle devina qu'il reprenait les câbles électriques.

Il allait recommencer son petit jeu.
Jusqu'à ce qu'elle soit inconsciente.
Après, il pourrait faire ce qu'il voulait d'elle.
Ludivine sut que ça ne serait pas long.

61.

Johnny Simanoszki saisit la blonde par les cheveux, sa nuque – si fragile en comparaison de ses biceps énormes – ne put qu'obéir aux ordres mécaniques. Pour avoir osé tout foutre en l'air en ce jour si important, il allait lui faire mal. Vraiment mal.

Il appliqua ses deux mains larges de part et d'autre de son crâne, et posa ses pouces sur les paupières refermées de la blonde. Et il pressa. Très, très fort.

La tension de la peau disparut au moment où la résistance gélatineuse s'affaissa et où ses deux pouces entrèrent littéralement dans le crâne pour broyer les globes oculaires à l'intérieur.

C'était en tout cas ce dont il rêvait.

Ce qu'il lui réservait.

Le temps de l'électrocuter un bon coup. Et de recommencer, encore et encore, jusqu'à ce qu'elle n'ait plus que des spasmes électriques.

Comment était-elle arrivée jusqu'à lui ? C'était une salope de flic en plus ! Elle avait une putain d'arme, il venait de la voir posée sur la table. Quelle erreur avait-il commise ? Il n'en faisait jamais, c'était impossible…

Xav ? Non, il n'aurait jamais rien dit. Même le paternel préférerait crever plutôt que de foutre en l'air ce pour quoi il avait vécu toute son existence. Malgré sa propre trahison, personne dans la famille ne le vendrait. Personne.

Alors comment cette pute était-elle arrivée jusque chez lui ?

C'était un truc personnel. Un hasard.

Sinon toute la baraque serait déjà cernée de flicaille en gilet pare-balles. S'il n'y avait qu'elle, c'était peut-être moins grave que ce qu'il avait craint.

Fallait-il la faire parler ? Johnny renâclait à la tâche. Il n'aimait pas s'adresser directement aux gens. Encore moins à une femme, blonde de surcroît. Il aurait envie de lui déchirer le visage en moins de deux.

Il repensa à la fille d'avant. Celle qu'il avait repérée pendant plus de trois semaines et qui s'était teint les cheveux juste avant qu'il ne la prenne. Il l'avait découvert une fois dans la voiture. « Mais quelle putain de salope de pute ! » s'était-il énervé. Il n'avait pas fait tout ça pour rien, alors il avait insisté, c'était trop tard pour renoncer. Il avait essayé de lui mettre une perruque, mais au fond de lui, il savait qu'en dessous elle était blonde. Et ça lui rappelait ses sœurs. Leurs fichues poupées aussi, qui se moquaient de lui.

Il lui avait fait regretter d'avoir tout fait merder au dernier moment.

La blonde en bas, dans la fosse, avait enfin relâché les câbles reliés à la batterie de camion. Il coupa le Kärcher, l'odeur de la Javel lui tournait la tête. Non mais à quoi l'obligeait-elle ? Il allait avoir mal au crâne toute la nuit par sa faute ! Il ne pourrait plus sentir cette odeur pendant au moins dix jours sans avoir envie de dégobiller, à cause d'elle. Il avait envie de lui faire mal pour ça.

Il se tourna pour vérifier si l'autre fille, la sienne, n'était toujours pas revenue, et fut déçu de constater qu'il n'en était rien. Elle s'était tirée au moment où il faisait tomber la blonde dans la fosse.

Vu son état, elle n'irait pas très loin. Cela faisait à peine une minute ou deux qu'il s'occupait de la fliquette, et la fille était incapable de courir. Si elle avait un peu de cervelle, elle sortirait dans la rue et marcherait en direction de l'entrée de l'impasse, pour espérer arrêter une voiture de passage. Mais il n'y en avait pas beaucoup. Johnny estimait qu'il avait au moins deux ou trois minutes devant lui pour la rattraper.

Si elle était idiote – et elle devait l'être, ne l'étaient-elles pas toutes ? –, elle errerait sur le terrain ou derrière dans le bois. Là il mettrait plus de temps à la trouver, mais personne ne viendrait la sauver par ici.

Non, Johnny était rassuré de ce côté, il pouvait terminer d'électrocuter la salope dans la fosse, puis il irait récupérer son jouet. Il était trop secoué pour la finir aujourd'hui. Finalement il la garderait encore une nuit.

Et qui sait ? Peut-être que demain il aurait envie de s'en repayer un morceau ? Sinon, il lui collerait grand-père dans le fond et ce serait réglé. Quant à la blonde, il pourrait se soulager de son corps par la même occasion.

Johnny prit les câbles et se pencha vers la fosse. Il n'y voyait pas bien, mais devinait sa présence dans un angle. Il se demanda si elle n'était pas déjà inconsciente. Avec toutes les vapeurs de Javel là-dedans, c'était fort probable. Un petit coup de jus allait vite lui donner la réponse.

Toute la maison trembla soudainement.

Une vibration longue et modulée qui se replia sur elle-même tandis que le morceau débutait. Johnny le reconnut aux premières notes. Dvořák. Il faisait partie des morceaux que son père lui faisait écouter lorsqu'il était tout petit et qu'il baisait sa mère devant lui. Le paternel lui collait ça dans les oreilles, et c'était tout ce que Johnny avait entendu comme musique pendant près de dix ans, de la classique. Malgré les souvenirs étranges qu'elle faisait remonter parfois, il continuait de l'aimer. Surtout fort. Pour couvrir les cris, autant ceux des filles que ceux de sa mère dans sa mémoire.

Là, les enceintes hurlaient. À en fendre les membranes, à en fissurer les carreaux des fenêtres.

Et il n'y avait aucune raison pour que le disque reparte tout seul.

Cela ne pouvait signifier qu'une chose.

La fille était restée dans la maison. Et elle l'appelait.

Il jeta un autre coup d'œil au fond de la fosse. La blonde ne pouvait pas ressortir de là, c'était impossible. Bon… Il n'était pas à cinq minutes.

Il lâcha les câbles sur le béton, s'empara de l'arme sur la table en inox et se dirigea vers la porte dans l'armoire.

Elle avait intérêt à aimer jouer parce qu'il allait tirer toutes les balles pour faire monter le canon en température et ensuite il le lui enfoncerait dans la chatte pour que son vagin se recroqueville dessus en brûlant à l'image d'une tranche de bacon dans une poêle chaude.

Et ça ne serait rien à côté de la douleur lorsqu'il retirerait l'arme et qu'elle emporterait tout.

Voilà le genre d'idées que Johnny Simanoszki avait lorsqu'il était en colère.

Et dans la plupart des cas, il les appliquait à la lettre.

62.

Vomir lui permit de rester éveillée.

Ludivine crachait tout ce qu'elle avait dans le ventre et s'efforçait de respirer par la bouche pour ne pas sentir la Javel qui lui vrillait les tempes.

Son corps la faisait souffrir également, mais ça elle pouvait l'encaisser.

Elle releva la tête, surprise de ne plus entendre le sifflement des câbles autour d'elle.

Il n'y en avait plus. Pas plus que le son du Kärcher. Seulement le tic-tac démentiel qui provenait d'au-dessus. Même Johnny Simanoszki était silencieux.

Qu'est-ce qu'il prépare ?

Ludivine craignait le pire. Elle fut secouée d'un terrible frisson de terreur et resserra ses jambes contre elle.

Elle refusait d'envisager la suite, la finalité. Sa propre mort. C'était irrecevable pour son esprit. Pas tant qu'elle respirerait.

Mais justement, elle ne respirait plus très bien avec les vapeurs.

Elle étouffait même.

La bile s'accumulait de nouveau dans le fond de sa gorge. Elle se penchait pour la cracher, lorsqu'elle entendit quelque chose tomber avec elle.

Une échelle de corde.

Ludivine se plaqua contre la paroi. Il n'allait pas descendre ici, ça semblait improbable. Et elle se jura de ne pas monter. Ne pas le satisfaire. Elle préférait affronter les câbles et la pression du détergent, crever plutôt que de lui céder.

— Montez, fit une voix rauque mais féminine. Dépêchez-vous !

Chloé ?

Était-ce un piège ? Il se servait d'elle pour l'appâter ? Non, ça n'avait aucun sens…

— Vite ! insista la voix avec désespoir.

Ludivine ne se fit pas prier davantage et, malgré toutes ses douleurs, elle se hissa sur l'échelle.

Chloé l'attendait en haut, toujours nue.

D'un coup d'œil paniqué, Ludivine vérifia autour d'elles mais Simanoszki n'était pas là.

— Où est-il ? demanda-t-elle brusquement.

— Dans la maison, il me cherche.

Ludivine regarda la table en inox. Son pistolet avait disparu. Il était armé désormais. De pire en pire.

— Ma veste en jean, vous l'avez ?

— Je l'ai laissée dans l'escalier pour l'attirer à l'étage.

C'était malin. Mais peu pratique pour récupérer son téléphone.

— Il va revenir, dit Ludivine.

Chloé se crispa entièrement à ces mots. Alors Ludivine ignora son propre état, ses terreurs qui bouillonnaient, prêtes à la rendre folle. Et elle prit le visage de la jeune femme entre ses mains.

— Chloé, je vous ai dit que je vous protégerais, et je vais le faire. Maintenant, quoi qu'il se passe quand il sera là, je vais me charger de lui, et je vais vous donner le maximum de temps possible. Je vous demande une seule chose : vous sortez d'ici en courant, jusqu'à ma voiture, et vous roulez aussi loin que possible.

Chloé était ailleurs. Présente sans l'être tout à fait.

Alors Ludivine insista :

— Vous avez gardé la photo ?

Vague acquiescement.

— Ils vous attendent, Chloé. Pour les retrouver, vous n'avez qu'à suivre mes ordres. Dès qu'il entre, j'attire son attention, vous, vous courez jusqu'à la voiture. Sans vous retourner. Sans penser à rien d'autre que votre famille. Entendu ?

— Oui.

Il y avait assez de volonté dans ce regard pour rassurer Ludivine. La mère de famille allait le faire.

Quant à elle... Ludivine ne voulait plus y penser. Elle avait fait une promesse.

Elle s'était fait une promesse.

Sauver cette femme. À tout prix. La sortir de cet enfer.

Ludivine lui déposait ses clés de voiture dans la paume, lorsqu'elles entendirent la musique s'arrêter.

63.

Johnny avait un gros doute.

La fille n'était pas dans la maison. Et il ne la voyait pas par la fenêtre de l'étage, l'impasse était déserte. À moins qu'*elle* ne soit derrière dans le bois, dans ce cas, il lui fallait y aller maintenant, avant qu'il ne fasse totalement nuit. Il allait emmener Hannibal, le clébard pourrait la flairer. Ce serait rapide.

Mais avant cela, il voulait s'assurer qu'*elle* n'était pas redescendue sauver la blonde. Avec ces salopes, il fallait s'attendre à tout. Il hésita à libérer Hannibal mais préféra se coltiner de remonter ensuite, plutôt que d'avoir le chien dans les pattes en bas, avec toutes les vapeurs de Javel, ça allait lui flinguer l'odorat et il en avait besoin.

— Reste là, mon vieux, je viens te récupérer dans deux secondes.

Il faudrait qu'il s'habille aussi, au passage, tant qu'à faire. Mais pas maintenant.

Une fois dans le salon, il coupa le son qui braillait, il se moquait de dévoiler sa présence, c'était lui, le chasseur, non ? Et il fila dans le garage.

En approchant de l'armoire, il leva l'arme devant lui, prêt à menacer la fille si *elle* avait le culot d'être là. Encore que ça pouvait signifier autre chose : qu'*elle* ne voulait plus partir. Qui pouvait savoir après tout ? Peut-être qu'*elle* y trouvait son compte finalement, et qu'*elle* n'avait plus envie de retourner à sa petite vie pathétique de merde, avec son connard de mec transparent qui ne devait pas bander plus dur qu'un tube de dentifrice à moitié vide, et ses marmots bruyants. C'était possible ça. Qu'*elle* ait ouvert les yeux et qu'elle ait fait un choix. Mais lui alors, qu'est-ce qu'il en ferait, de celle-là ? Il n'allait pas la garder pour autant, ça non. Peut-être quelques jours pour vérifier ce qu'il voulait lui faire, puis ce serait la seringue, les yeux. La fierté familiale. Le sentiment de servir à quelque chose, enfin, d'être utile et respecté. Oui, c'était mieux que tout le reste…

Il écarta le battant de l'armoire et entra d'un pas décidé dans la pièce, d'autant plus dès qu'il vit la blonde en face de lui.

Elle ne l'avait pas vu venir et se retourna, effrayée. Elle leva les mains en signe de soumission.

Oh, ça, connasse, ça ne va pas suffire.

Et puis il réalisa.

Comment était-elle remontée ? Comment…

La Javel froide sous ses pieds lui fit comprendre ce que la blonde tenait le long de son corps.

— Putain…, lâcha-t-il en levant l'arme vers elle.

Ludivine lança les câbles reliés à la batterie de camion dans la Javel qui imbibait le sol à l'entrée.

Et Johnny Simanoszki fut secoué d'une violente torsion musculaire pendant que le courant le traversait de part en part, le coup de feu partit et explosa une tête de poupée et son ampoule, avant que le corps du tueur ne s'effondre au sol.

L'arme avait glissé de ses doigts pour rebondir en dehors de la zone détrempée, mais à l'opposé de Ludivine. Elle ne pouvait la ramasser sans passer devant lui.

Ludivine le vit se cabrer et serrer les poings. Une telle masse que la décharge n'avait pas suffi à le clouer au sol.

Simanoszki se relevait déjà, les mâchoires si verrouillées que la gendarme s'attendait à voir les dents exploser. Tous les muscles du corps étaient tétanisés. Encore plus impressionnants qu'à l'ordinaire, sur le point de se rompre. Il se mit sur un genou en grognant.

Il allait y parvenir.

Ludivine ne voulait pas l'approcher, elle savait trop bien qu'à l'instant où il pourrait la saisir, il en ferait ce qu'il voulait. Mais il barrait le passage vers l'unique sortie.

Et elle ne voyait pas d'arme de substitution pour se défendre.

Nouveau grondement lugubre et Simanoszki se redressait.

Il y était presque. Deux pas et il sortirait de la flaque. Il se reprendrait. Et il les massacrerait.

Ludivine devait l'attirer à elle, laisser une chance à Chloé, qui attendait recroquevillée derrière la table...

Sauf qu'elle n'y était plus.

Chloé apparut sur le côté, pour saisir l'arme au sol, près d'elle.

Et elle pointa le canon vers Simanoszki.

Les détonations ressemblèrent à des injonctions vengeresses. Des mots secs lâchés dans une langue létale, comme des injures.

La grande masse s'effondra dans l'odeur piquante de la poudre.

Le regard de Ludivine effleura celui de Chloé dont l'expression était celle d'une femme sur le point de s'effacer, entre deux mondes, celui de la réalité et celui de la démence. Elle tremblait de tous ses membres. Voir Ludivine sembla la calmer un peu. Elles étaient là. Ensemble. Vivantes.

Le bruit qui émanait de Simanoszki attira Ludivine, prudente.

La plupart des balles l'avaient atteint, et pourtant il respirait encore. Un sifflement terrible, le vent d'une tempête pris dans un phare. Il s'efforçait de garder les yeux ouverts. Le plus grand possible.

Ludivine fit un pas vers lui.

Et lorsqu'il cessa de respirer, d'un coup, elle lut sur ses traits un air enfantin. Grotesque.

Il semblait chercher quelqu'un dans le néant. Quelqu'un ou quelque chose qui n'existait pas.

64.

La main souple de l'enfant se défit de celle de sa mère, qui essaya de s'agripper à ses petits doigts pour la retenir, en vain.

Louise s'approcha de la fenêtre de la chambre d'hôpital pour regarder dehors.

Chloé ne voulait pas qu'elle s'éloigne, elle voulait pouvoir respirer ses cheveux, sentir sa peau à chaque instant, la séparation, même à deux mètres, la mettait en stress.

Elle s'efforça de garder le contrôle, de redescendre en pression. Ce n'était pas à Louise de subir cela.

Après plusieurs jours sous sédation, puis quantité de médocs pour apaiser ses émotions, Chloé éprouvait un besoin viscéral de tenir ceux qu'elle aimait contre elle. Leur présence la maintenait dans le réel.

Qu'est-ce que fichait Arnaud ? Pourquoi était-ce si long d'aller chercher des toilettes avec sa fille ?

Chloé souffla. Elle se laissait dépasser. Le psy l'avait prévenue que tout allait être différent. Qu'au-delà des crises d'angoisse en pleine nuit, elle n'allait plus reconnaître son quotidien.

Il faudrait du temps et de la patience pour retisser pas à pas ses certitudes, sa confiance, ne pas fuir, au contraire, « se penser pour se panser ». Elle trouva la formule facile, mais c'était un professionnel, il savait ce qu'il disait, non ?

Chloé se sentait flotter dans une chape cotonneuse qui mettait une certaine distance entre l'intellect et ce qu'elle ressentait. C'était le cocktail de pilules, ça, elle avait peu de doute. Ce n'était pas totalement désagréable. Pour l'heure, elle en avait besoin. Chloé ne voulait pas s'abrutir, mais s'épargner les moments difficiles lorsqu'elle posait la tête sur l'oreiller pour essayer de s'endormir, et que tout lui revenait en boucle. Ça, et ne plus se réveiller en hurlant. Pour le reste, elle comptait sur sa famille pour se maintenir.

Déjà deux jours que les infirmières avaient retiré la perfusion de sédatif. Il y avait du progrès.

Louise était montée à genoux sur la chaise pour mieux voir par la baie. Le dessous de ses chaussettes était sale et le pied gauche troué.

Il faudrait qu'elle pense à lui racheter des chaussettes en sortant, Louise avait cette faculté surnaturelle de les percer sans cesse.

Et lui faire remesurer les pieds, elle avait l'impression que ses chaussures étaient déjà trop petites alors qu'elle lui en avait racheté deux paires en mars. Et sa manière de plisser les yeux dès qu'elle observait au loin, n'était-il pas temps de retourner consulter l'ophtalmo ?

La charge mentale rouvrait son cahier de notes.

Il n'avait pas fallu longtemps. C'était bon signe quelque part, non ? *Mon Dieu, je ne veux pas me réduire à ça.*

Les médicaments ne l'empêchaient plus de divaguer.

Chloé se souvint du visage de la gendarme qui l'avait sauvée. Elle s'appelait Ludivine Vancker. Une certaine solidarité les liait désormais, après ce qu'elles avaient vécu ensemble. Pourtant, Chloé n'était pas certaine de vouloir la revoir. Pas tout de suite. À l'instant où elle poserait ses yeux sur ses mèches blondes, elle craignait d'être propulsée en arrière, dans cette cave abominable. Elle trouva cela injuste, presque ingrat, mais au fond d'elle, Chloé était convaincue que Ludivine la comprendrait. Il y avait un temps pour tout.

Louise poussa un cri de ravissement qui fit bondir Chloé sur son lit.

— Oh, il y a un garçon avec un ballon dans la rue, maman ! Tu crois que c'est pour son anniversaire ? On peut fêter son anniversaire dans un hôpital ? Moi, je voudrais faire le mien ici, avec mes copains !

Chloé souffla et remplaça l'angoisse par un rictus en regardant sa fille. Elle tendit la main vers elle.

— Si tu faisais un câlin à ta mère en attendant ?

Elle avait la bouche pâteuse et ça la contrariait.

La petite descendit pour s'exécuter, mais rapidement elle repartit vers la table de chevet, écarta les pâtes d'amandes, la rose dans son vase, et s'intéressa au livre que Chloé n'avait pas ouvert. Elle ne se rappelait même plus qui le lui avait laissé.

Louise avait pleuré lors des retrouvailles, elle avait eu peur, l'avait collée pendant deux jours. Puis la vie était redevenue normale pour la petite fille qui retrouvait ses habitudes, son aptitude à papillonner d'une activité à l'autre. La capacité des enfants à passer à autre chose était surprenante.

Chloé n'avait pas ce talent. Les antidouleurs engourdissaient ses sensations physiques, elle pouvait se tourner dans le lit sans grimacer, sans revoir au moindre pincement entre les cuisses ou à la moindre nausée ce que l'Ordure lui avait infligé. Mais elle s'inquiétait pour l'avenir. Pour son couple. Comment allaient-ils gérer ça avec Arnaud ? Et leur vie sexuelle… Chloé n'était pas prête à envisager le sujet. Elle craignait le pire. Ils devaient se laisser du temps.

Elle tendit le bras vers Louise pour frôler l'étoffe de sa robe.

Chloé voulait entourer sa fille d'un cocon. Tissé avec de l'amour, de la bienveillance, de l'espoir et la solidité de la cellule familiale. Pour que rien ne puisse jamais lui arriver. Qu'elle soit protégée à jamais, de tout. L'idée même qu'elle puisse un jour être confrontée à ce que ce monde pouvait parfois offrir de pire lui donna envie de vomir. Non, pas son bébé. Pas sa Louise.

Elle allait la faire grandir avec tout ce qu'il y avait de mieux en elle et en Arnaud. Leurs filles ne manqueraient de rien. Confiance en elles, estime de l'autre, respect et curiosité, bonté, mais pas candeur. Et de l'amour bien entendu. À ne plus savoir qu'en faire. Voilà ce dont elles seraient abreuvées pour pousser, sous un soleil de sourires.

C'était sa mission. Ce pour quoi elle devait se reconstruire. Car Chloé, elle, savait ce qui se cachait dans les pires replis de cette société désormais. Elle avait côtoyé et subi le plus noir de l'homme.

Et elle savait qu'il se propageait tel un virus, par la contagion. Un cœur corrompu qui en entraînait un autre et ainsi de suite.

C'était ainsi que le mal avait pu survivre à la civilisation. En s'abritant dans les ténèbres des âmes les plus blessées. En les poussant à faire de même ensuite. D'où venait le mal initialement ? Ça, Chloé l'ignorait. Ce dont elle était certaine en revanche, c'était qu'il ne survivait qu'à travers la transmission.

Isolez-le, empêchez les corrompus de le répandre, et vous verrez qu'il disparaîtra, s'était-elle répété plusieurs fois depuis qu'elle était sortie de ses premiers jours dans le coaltar.

Il fallait procéder avec le mal comme avec une épidémie contre laquelle il ne pouvait exister aucun vaccin, le circonscrire par tous les moyens, le laisser s'autodétruire jusqu'à ce qu'il ne dispose plus d'aucune ressource pour se diffuser. Et lorsque le dernier foyer serait éteint, il serait vaincu. Pour l'éternité.

— Y a pas de dessins dans ton livre, se plaignit Louise.

Chloé l'attrapa pour la forcer à venir contre elle, et elle l'embrassa dans le cou, sous ses protestations amusées.

La porte s'ouvrit alors sur Arnaud et Alice qui riaient. Ils se calmèrent en entrant et Arnaud vint au chevet de sa femme pour lui caresser le front. Il avait pris dix ans en quelques jours. Ce n'était pas grave. Chloé lui couvrit la main avec la sienne.

Sa famille allait se battre pour se reconstruire. Ce serait difficile.

Alice déposa un baiser sur le bras de sa mère et se laissa tomber dans le fauteuil pour feuilleter le magazine pour enfant qu'elle avait apporté.

— Je m'ennuie, dit Louise d'un ton geignard.

Nous allons y arriver, songea Chloé.

65.

Johnny Simanoszki fut enterré dans l'indifférence absolue.

Personne ne vint à sa mise en bière.

Tous les membres de sa famille étaient en détention provisoire, et il n'avait aucun ami, aucune connaissance.

Sa tombe était petite malgré sa corpulence, marquée d'une pierre tombale sans autre inscription que son nom et ses dates d'existence, ni marque d'affection, ni dessin, ni photo, ni signe religieux. Le strict minimum.

Les seuls témoins des godets de terre que la pelleteuse mécanique envoyait au fond de son trou furent deux cerisiers japonais qui avaient fleuri un peu tôt, à la mi-avril, à quelques mètres de sa sépulture, en lisière du cimetière. Deux magnifiques nuages crémeux de rose et de blanc qui donnaient à la nature, assez morne en cet endroit, un dynamisme et une beauté singuliers. Comme une touche d'espérance dans la grisaille.

Une fois la fosse rebouchée, il y eut une rafale subite, une bourrasque colérique sortie de nulle part, qui fouetta la tombe, puis fusa à travers les branchages fragiles des cerisiers.

Tous leurs délicats pétales s'envolèrent sur le coup. La plupart retombèrent au pied des arbres, et d'autres dansèrent dans l'air, portés par la rumeur, avant de s'oublier quelque part, loin des regards.

Anthony Simanoszki et ses enfants, Xavier Baert compris, seraient jugés. Tous. Établir les responsabilités des uns et des autres s'avérerait complexe, sinon impossible, toutefois la justice allait faire de son mieux pour qu'ils répondent de leurs actes devant un tribunal. Les peines seraient minimes pour certaines et certains, il ne fallait pas se leurrer, mais la symbolique comptait aussi. Un peu.

Anthony Simanoszki a fini par se pendre dans sa cellule, avec ses draps. Il l'a fait le jour où il a pu récupérer un miroir et le positionner en face de lui. Pour se regarder mourir.

Juste avant, il avait écrit, de mémoire, le texte « J'ai un rendez-vous avec la Mort » d'Alan Seeger, sur une feuille qu'il avait pliée et mise dans sa chaussure. On supposa que de là lui était venue l'inspiration pour le prénom de son fils Alan, et non de Kardec comme l'avait envisagé Guilhem.

Il n'avait rien dit pendant son audition avec les gendarmes, et ne comptait pas en dire davantage par la suite. Garder la main, toujours, jusqu'au dernier geste, jusqu'à leur sortie de scène. L'obsession des égocentriques de ce genre.

Personne chez les Simanoszki n'allait parler, ça ne faisait aucun doute, l'héritage morbide qui les liait leur imposait la loi du silence. Il faudrait se contenter des déductions des gendarmes, et notamment de celles de Lucie et de Ludivine.

Robert Simanoszki, grand-père tyrannique, dément, obsédé par la mort, par l'idée de se transmettre, encore et encore, de fusionner avec ses proies par la mort et le sperme, avait opéré ses expériences pendant plusieurs décennies, il était parvenu à pervertir ses enfants, jusqu'à en transformer un en bras armé de sa cause, Anthony Simanoszki, qui lui-même avait recommencé avec John, le dernier prototype des machines à tuer sorties de l'usine Simanoszki. La raison pour laquelle ils opéraient était presque secondaire en définitive, surtout pour Johnny. Ce qui comptait, c'était ce qu'ils étaient : des êtres brisés, détraqués, dont l'accomplissement et le plaisir ne passaient que par la destruction des autres.

Les filles Simanoszki et même deux des fils avaient des enfants. Ils furent tous placés, au moins pour le temps de la procédure. Plusieurs incidents furent rapportés pendant cette période, à propos de ces chérubins. Des actes de violence envers d'autres enfants des familles d'accueil. Même de la part des plus jeunes. Un en particulier, un petit garçon du nom de Dante, qui n'avait que six ans, tenta d'étrangler une fillette d'un an de plus. Il s'en expliqua avec ses mots, péniblement. Elle avait refusé de retirer son pyjama lorsqu'il le lui avait demandé.

La famille d'accueil avait renoncé à le garder, et il fut placé dans un centre de l'Aide sociale à l'enfance dans l'attente d'une solution.

Plus tard, les évaluations psychiatriques de l'enfant s'avérèrent désastreuses et ses parents furent déchus de leurs droits ; même une fois sortis de prison, ils ne purent le récupérer, et Dante fut déclaré pupille de l'État.

Une famille bienveillante, pleine de bonne volonté, de valeurs fortes, se porta volontaire pour l'adopter et Dante débarqua dans son giron.

Les parents constatèrent vite qu'il n'y avait pas beaucoup d'amour dans cet enfant. À la place, on avait mis de la haine, de la violence et de la perversité pour le faire pousser.

Alors ils s'attelèrent à jouer leur rôle de tuteurs du mieux qu'ils purent. En l'inondant de toute la tendresse dont ils disposaient et en priant pour que cela suffise.

Ils firent de leur mieux.

66.

Lucie Torrens partit quelques jours dans sa maison en Normandie avec sa fille, Ana. Elle lui fit manquer l'école et s'en ficha. Là, elle lui apprit à faire de la poterie, et à faire ses propres pizzas cuites à la cheminée. Des choses simples, concrètes, pour se faire du bien. Julien ne les accompagna pas.

Là-dessus, Torrens n'avait pas tout raconté à Ludivine. C'était étrange comme il était possible d'avouer des blessures profondes et dramatiques à une quasi-inconnue, et difficile de se confier sur des choses simples. Julien et elle, ce n'était plus trop ça depuis un moment déjà. Leur métier les séparait souvent, parvenir à se reconnecter devenait un peu plus laborieux à chaque retrouvaille, créant un hiatus entre eux qui ne faisait que s'élargir à chaque absence.

Cette fois, il l'avait à peine embrassée, et il avait préféré dormir dans le salon. Le lendemain matin, Lucie filait pour la Normandie.

Elle ignorait si elle pouvait encore sauver son mariage, mais elle avait besoin de sa relation avec sa fille pour se sentir vivre après s'être à ce point immergée dans les méandres de la violence. Ce n'était pas sain, elle en était consciente et devrait affronter ses problèmes tôt ou tard, mais pour l'heure, le roulement du tour, la sensation de l'argile humide ainsi que l'odeur de la pâte à pizza étaient tout ce dont elle avait besoin. Ça et la présence d'Ana pour le partager.

Après deux semaines et demie sur le terrain, Segnon rentra chez lui en ayant perdu trois kilos, ce qui, sur sa carcasse immense, était invisible. Il ouvrit la porte de l'appartement familial, les jumeaux s'arrêtèrent pour lui sauter au cou, puis repartirent jouer comme s'il s'agissait d'un non-événement. Laëtitia attendait patiemment son tour, dans le couloir.

— Tu as maigri, lui dit-elle, pelotonnée contre ce corps qu'elle connaissait par cœur. Tu vois, si un jour tu me quittes, tu mourras de faim.

Segnon gloussa.

— J'ai vu les news à la télé, précisa Laëtitia. Ça avait l'air horrible. Tu veux me raconter ?

— Non, j'ai pas envie d'en parler.

Elle se contenta de cette réponse. Parfois, elle ne souhaitait pas connaître tous les détails de ce qu'affrontait son mari. Elle préférait ne pas associer des choses abominables à ce qu'il était, pour conserver une image plus romantique de lui.

Ils n'évoquèrent plus jamais l'affaire.

Guilhem retrouva Maud, sa jeune épouse – ils s'apprêtaient à fêter leur un an de mariage –, et les réjouissances ne se passèrent pas comme prévu. Il y eut quelques étincelles et beaucoup de reproches. Maud prenait la mesure de ce qu'impliquait le travail de son mari, et elle ne le gérait pas très bien. Guilhem s'efforça d'être compréhensif, de prendre soin d'elle, de redoubler d'attention pour se faire pardonner, mais après cinq jours il réalisa qu'il aurait aimé que ce soit l'inverse, ou au moins que ce soit réciproque. Il était revenu rincé de cette enquête, émotionnellement vidé, il avait besoin d'accompagnement, pas d'être acculé. Le lendemain, il se racheta un paquet de vraies cigarettes et se remit à fumer.

Magali quitta le capitaine Ferizzi en même temps qu'elle quitta l'est de la France. La liaison allait avec la mission, provisoire. Elle aimait trop sa liberté pour s'embarquer dans une histoire compliquée avec un collègue à l'autre bout du pays. Franck la raccompagna chez elle, et lorsqu'elle lui avoua qu'elle avait rompu avec son capitaine, il rentra chez lui avec le sourire. Toujours pas prêt à se déclarer, mais heureux de savoir la place disponible. Avoir l'option, c'était parfois plus important que de se déterminer, c'était en tout cas son idée.

L'été approchait, les bourgeons grossissaient, les jours s'allongeaient et une forme de légèreté s'emparait des gens.

Les journaux télévisés ne parlèrent bientôt plus du tout de « la famille de l'enfer », et le Festival de Cannes prit la place des faits divers aux heures de grande écoute.

Marc ne tint pas sa promesse.

Il n'emmena pas Ludivine à la montagne dès qu'elle fut de retour à la maison, mais dans une cabane au bord d'un lac, en Sologne, un mois plus tard, lorsqu'elle fut physiquement remise.

Il l'avait louée pour quatre jours, et il apporta des pâtés, des rillettes, une tonne de légumes, de quoi pêcher pour faire frire du poisson au barbecue, ainsi qu'une caisse de vin.

— Tu comptes me saouler pour me faire parler ? demanda-t-elle.

— Non, je compte sur toi pour parler sans l'aide de l'alcool.

— OK. Peut-être. Mais alors pourquoi autant de bouteilles ?

— Pour oublier tout ce qu'on se sera dit.

La cabane était isolée au milieu des roseaux et des sapins, et donnait directement sur un plan d'eau perdu dans les bois et dont la surface était d'un bleu de plomb.

En journée, ils marchaient sur des pistes de sable, apercevaient une biche ou des chevreuils, pique-niquaient ou pêchaient en lisant un roman, installés dans des transats sur la jetée de planches. Le midi, un pivert leur jouait son concerto de percussions, il semblait prendre un malin plaisir à tourner autour du chalet. La nuit, c'était une chorale de grenouilles qui donnaient de la voix, parfois avec une intensité surprenante.

— Elles sont branchées sur un micro ? demanda Ludivine, le premier soir, allongée dans leur lit.

Ils rirent. Et firent l'amour.

Ludivine était surprise de si bien dormir. Il faut dire qu'elle avait du retard accumulé en la matière. Mais aucun cauchemar, pas même de rêves désagréables teintés de malaise. Rien que des nuits d'une traite, au sommeil silencieux, bercé par la sérénade des batraciens.

Son corps s'était réparé et ne la faisait plus souffrir.

L'aube était splendide de simplicité à travers la végétation.

Marc lui posa des questions sur l'affaire. Mais avant
tout, sur ce qu'elle ressentait elle. Comment elle l'en-
caissait.

Ludivine y pensait sans cesse, forcément. À ses réactions. À ses choix.

Elle ne s'en voulait plus. Avant de partir pour la
Sologne, elle avait envoyé une bouteille de champagne
avec une boîte de chocolats à l'adjudant Bardane pour
lui présenter de nouveau ses excuses. Il n'avait pas
répondu mais elle ne lui en voulait pas. Elle comprenait.

Elle s'était mise à nu sur cette enquête. Elle s'était
exposée. Pour quelqu'un qui doutait de sa capacité à
faire ce job, à tenir le choc face aux pervers, elle trouvait qu'elle s'en était bien sortie.

Torrens l'avait félicitée.

Avec un peu de recul, Ludivine s'avoua l'évidence :
elle y avait mis beaucoup trop d'affect. Au-delà de ce
qu'elle avait subi en tant que victime autrefois. Elle
s'était projetée en Chloé, en ce modèle de femme, de
mère, d'épouse. Quelque part, c'était ce qu'elle aurait
voulu être. Ce qu'elle pourrait être un jour ? Sauver
Chloé, c'était se sauver elle. Se prouver que les Chloé
du monde pouvaient compter sur des anges gardiens, et
que si, un jour, elle devenait une Chloé, elle ne serait
pas seule.

Illusoire. Vaniteux. Naïf. Peut-être. Mais elle en avait
eu besoin. Chloé était en sécurité à présent. Et Ludivine
pouvait songer à l'avenir. Son avenir ?

Le troisième soir, ils guettaient les étoiles, assis
dans leurs transats sur la jetée, ils buvaient un verre

de vin, emmitouflés dans des pulls en laine. Sans un mot. Juste main dans la main, chacun avec un roman qu'ils ne pouvaient plus lire faute de lumière, posé sur la cuisse.

Les grenouilles, reines de la nuit, s'en donnaient encore à gorge déployée tout autour. La surface du lac ressemblait à un miroir flétri dans lequel se réfléchissaient les étoiles, avec un peu moins d'intensité que dans le ciel. La part d'ombre du monde.

Ludivine repensa à ce soir de vacances, sur la terrasse sur pilotis, lorsqu'elle avait vu cette forme dans l'eau noire, ce crocodile qui en appelait à sa volonté de vivre pour savoir s'il pourrait la dévorer ou non. Était-il réel ? N'était-ce pas juste un monstre de son imaginaire ? Une projection d'elle-même. *D'une part d'elle-même.* La plus primitive, la plus dangereuse. Celle-là même dont elle se servait pour comprendre les tueurs qu'elle traquait, pour savoir comment ils pensaient, ce qu'ils voulaient. Sa part obscure, dans laquelle elle devait puiser pour appréhender le mal dans sa nature la plus pure.

Approcher les ténèbres avec son esprit. Et parvenir à ne pas s'en teinter le cœur. Un exercice de funambulisme périlleux.

D'où lui venait cette substance, cette sensibilité au mauvais ? Son enfance n'avait pas été traumatisante, bien au contraire, alors comment est-ce qu'elle disposait de cette réserve glauque en elle ? Ludivine s'était souvent posé la question. Une force empathique, avait-elle conclu. Car elle était, quelque part, l'inverse de ceux qu'elle traquait, mais elle ressentait tellement les autres, que même ce qu'il y avait de plus terrible en eux s'infiltrait dans les mailles de son cortex. Depuis toute petite, elle buvait les émotions qu'elle effleurait à peine. C'était pour ça qu'elle s'était instinctivement protégée dès l'adolescence, qu'ensuite son réflexe pour survivre avait été de tout couper, se blinder. Trop de prise. Elle pouvait s'envoler en une tempête. Sa perméabilité la rendait si vulnérable... Se rouvrir fut une longue épreuve. Nécessaire.

Elle sentit la main de Marc dans la sienne et la serra.

Les psychopathes ne ressentaient rien pour les autres. Elle ressentait tout. Jusqu'au pire d'autrui. Son cerveau s'était développé avec à sa disposition une palette des possibles hors normes. De l'innocence candide à la noirceur la plus crasse. Son métier consistait à y puiser les nuances dont elle avait besoin pour peindre les portraits de ces diables. Avec, quelquefois, des couleurs que le commun des mortels ne voyait pas.

Sauf que ces portraits ne s'effaçaient jamais. Ils dérivaient en elle. Pourrissaient dans un recoin. Ils contribuaient à donner corps à ses peurs. Ils s'aggloméraient à ses tourments et constituaient des entités sournoises. Autant de voix pour lui chuchoter ce qu'il fallait comprendre des tueurs qu'elle étudiait que pour l'attirer vers le fond.

Ludivine posa son livre sur le bois de la jetée, attrapa son verre de vin et se leva pour marcher sur les planches, jusqu'au bout du ponton. Marc ne s'invita pas ni ne lui demanda où elle allait. Elle appréciait ça chez lui, cette indépendance réelle qu'il lui laissait.

Elle respira les arômes du vin, des notes de cerise, de cuir et de sous-bois.

Ce soir, il n'y avait aucune forme dans l'eau pour venir l'interroger sur ce qu'elle voulait. *Parce que je sais que je veux vivre à tout prix ?*

Les seuls monstres qu'on rencontrait n'étaient-ils pas, après tout, ceux qu'on se créait soi-même, avec ses peurs et ses névroses ? Ils jaillissaient de nos propres failles. Ne disait-on pas « nos démons » pour évoquer nos tourments ?

Johnny Simanoszki en était un, lui, et il ne venait pas de moi.

Mais pour l'affronter, elle s'était servie de ses monstres intérieurs, n'est-ce pas ?

Et où étaient-ils à présent ? Pourquoi devenus si taiseux ? Disciplinés ? Intimidés par son bonheur ? *Probablement.*

Elle devait les garder à l'œil, qu'ils ne puissent pas la dévorer insidieusement. Mais cette bataille prouvait qu'elle était en vie. *C'est une des différences entre tous les Simanoszki du monde et moi.*

Elle éprouvait, elle s'adaptait, elle changeait. Il y avait du mouvement en elle. Là où lui était d'une constance inébranlable. Froid. Inflexible. Posé sur des rails de destruction, et incapable d'en sortir.

Ludivine avala une lampée de vin. Il était tiède mais bon, déclinant ses saveurs entre le palais et la langue, jusqu'au fond de la gorge. Elle eut l'impression d'être harmonisée avec la nature.

La jeune femme sondait la surface du lac. Aucun monstre.

Pas ce soir. Ils savent que j'ai triomphé d'eux, qu'il n'y a plus de faille où s'engouffrer.

Cette nuit, elle allait se coller à Marc, à sa chaleur.

Ludivine se sentait bien. Apaisée.

Ses doutes, ses « démons », assoupis pour un moment.

Les grenouilles se turent toutes en même temps.

Comme sur le passage d'un prédateur dans la forêt.

Et la lune apparut entre deux filaments de cirrus. Elle posa son reflet sur le lac dans la foulée. Ludivine pencha la tête pour l'accueillir.

Elle y vit un visage immense tout en dégradé d'obscurité, les lunes formaient deux yeux, les roseaux et les nuages un ovale, et la forêt une bouche frémissante.

Elle lui souriait. Une part de cet être plus sombre que l'autre.

La mangrove inquiétante et son crocodile étaient loin désormais.

Les grenouilles se remirent à chanter.

Remerciements et notes de l'auteur

Créer un psychopathe et le faire vivre, maintenir sa cohérence, sur toute la longueur d'un roman, est un exercice intellectuel exigeant et émotionnellement éprouvant.

Un roman comme celui-ci prend plusieurs mois d'écriture, et souvent une réflexion en amont plus longue encore.

Pendant tout ce temps, il faut faire grandir cette présence et accepter de l'accompagner jusqu'au bout. Et d'être accompagné par elle jusqu'au bout. C'est parfois perturbant. Ça l'est pour moi en tout cas.

Pour l'alimenter, il faut se nourrir de la noirceur du monde, mais ça ne suffit pas. Il faut mettre les mains dedans, s'investir personnellement. C'est délicat. Éprouvant. Je me couche parfois secoué par ce que j'ai écrit, ce qu'il a fallu penser, ressentir pour pouvoir trouver les mots justes, croire que je frôle la vérité.

Parvenir à une forme de fluidité n'est pas naturel, mais le fruit d'années de lectures, de rencontres, de documentation et de réflexion autour de ces individus, ce qu'ils sont profondément, ce qu'ils racontent de notre société. Ça n'en reste pas moins un challenge chaque fois, et une épreuve. Y compris physique, lorsque ça ronge le sommeil.

Parfois ma femme lit un chapitre que je viens d'écrire, et elle me regarde en silence quelques secondes. Je sais qu'elle se demande ce qui se passe dans ma tête pour avoir des idées pareilles. Elle me connaît maintenant, elle sait que c'est mon travail. Le fruit d'un long labeur. Mais la motivation qui me pousse à m'infliger ça reste nébuleuse.

Je le fais pour mieux comprendre l'humain. Mettre un peu de lumière là où il n'y en a normalement pas, ça me rassure, et me donne l'impression que le mal n'existe peut-être pas pour de vrai. Que tout peut s'expliquer.

D'une certaine manière, je crois que je m'invente des monstres pour calmer les peurs enfantines qui m'ont construit. Pour me prouver que les monstres n'existent pas *pour de vrai*.

C'est assez paradoxal, n'est-ce pas ?

J'ai aimé le défi intellectuel qu'a représenté ce roman pour moi, le sentiment d'ajouter quelque chose à ce que j'ai déjà raconté précédemment, des nuances. Mais l'épreuve de côtoyer un personnage pareil a été parfois très pénible. C'est étrange d'avoir envie de retourner à son manuscrit tout en ayant une boule au ventre. D'en ressortir en se sentant mal et pourtant satisfait du résultat. Jamais rien de gratuit dans la violence, mais sans concession avec le réalisme cru de ces pervers. Jusqu'où faut-il aller pour que le portrait soit juste ? Car c'est bien en cherchant à être proche de la réalité qu'on devient crédible, et que du sens émerge dans la démarche.

Curieux sentiments que ceux qui nous traversent parfois dans ce métier.

Pour avoir supporté cela, et pour ne pas m'avoir gratifié d'un regard trop outré à la fin de certains chapitres, je tiens à remercier mon épouse, Faustine. C'est promis, chérie, je n'ai pas enterré de corps au fond du jardin. Tout ça, c'est juste le moyen un peu tordu qu'un adulte a trouvé pour rassurer le gamin en lui sur la nature du monde…

La phrase de Ludivine à Marc : « Tu me rends meilleure », c'est ma femme qui me l'a inspirée, parce que c'est ce que je pense de son influence sur moi.

Mes enfants pensent que j'écris juste « des livres qui font un peu peur ». Ils ignorent que je tue des gens dedans, et comme ils sont encore jeunes, je préfère ne pas le leur dire. Qu'ils me fassent encore des câlins lorsque je descends du bureau, quand j'ai l'air un peu ailleurs.

Chères lectrices, chers lecteurs, vous serez gentils de ne pas tout gâcher en leur disant la vérité, merci.

Abbie et Peter, je vous aime. Vous donnez du sens à la vie. C'est une grande responsabilité, et soyez rassurés, vous n'avez rien à faire pour l'assumer. Juste être vous. Le reste, c'est le rôle des parents.

C'est ce que nous faisons, ce que nous donnons à nos enfants qui fabrique le monde.

Que les gendarmes du DSC et d'ailleurs me pardonnent d'avoir parfois pris des libertés avec les procédures, et surtout d'avoir permis à Ludivine de se retrouver seule face à un tueur. Ce sont les nécessités dramatiques de la fiction ! Nous savons bien que ça n'arrive *normalement* jamais dans la réalité, l'enquête est un travail d'équipe, jusqu'au bout. Mais, en tant qu'auteur, je me suis autorisé, lorsque nécessaire, à jouer sur l'adverbe : *normalement*, ça ne se passe pas comme ça dans la réalité ; dans un roman, c'est l'exceptionnel qui nous tient en haleine.

Je remercie la gendarmerie nationale pour son aide précieuse. J'ai essayé de retranscrire vos métiers du mieux que je le pouvais. Si j'ai mal interprété ou utilisé des protocoles, c'est entièrement ma faute, certainement pas celle des personnes brillantes qui m'ont toujours renseigné avec patience et passion. Même lorsque mes questions étaient... déroutantes.

Je tiens notamment à remercier tout particulièrement Marie-Laure Brunel-Dupin, du Département des sciences du comportement, pour m'avoir ouvert ses portes, il y a plusieurs années. Je sais, je suis allé un peu loin avec le DSC, mais là encore, la fiction impose de forcer le trait pour rester attrayante. Pardon pour les raccourcis.

Merci à toi, Ollivier, pour ta relecture pertinente, ton regard juste d'enquêteur. C'est en t'écoutant que je réalise ce que coûte ce métier, au-delà de ce que tu en dis. Il est certainement formidable, mais il exige beaucoup en retour. Merci pour ta fidélité de premier lecteur, tes conseils.

Comme toujours, mon éditeur et ses équipes talentueuses sont… Oh, attendez, vous avez remarqué ? TalenTUEUSES. Ça ne peut être une coïncidence. Ils sont forts chez Albin Michel. Jamais rien n'est laissé au hasard avec eux. Ni la relecture du texte, l'exigence éditoriale pour titiller un auteur sur la pertinence d'une phrase, d'un paragraphe, d'un chapitre… Ni le travail de tous les départements autour, de la fabrication au commercial, en passant par les relations presse et l'international… Bref, ils sont nombreux, ils sont bons, et ce roman, comme les autres, ne saurait être entre vos mains sans leur travail. Merci à eux.

Merci à Caroline pour ton œil avisé et ton esprit affûté. Rien ne t'échappe. Il est précieux pour un auteur d'avoir une éditrice aussi rassurante.

Et merci à Richard pour ta présence à mes côtés, toujours stimulante. Le mot juste. Après vingt ans de métier, des milliers de pages rédigées, je ne pensais pas avoir encore besoin d'un guide dans ce monde. Tu es plus que cela. Un repère.

La comptine chantée par « l'Ordure » est tirée du poème « La Mort des oiseaux » de François Coppée. Que je sois pardonné de l'avoir associé à pareil contexte. Excuses étant faites, je peux tout de même vous confier que ce texte, récité par des milliers d'enfants à l'école, m'a toujours glacé le sang. Allez savoir pourquoi…

Ce roman est celui qui fête ma vingtième année de publication. Vingt ans après la sortie de *L'Âme du mal*. C'est symbolique.

J'étais un jeune homme lorsque j'ai rédigé mon premier thriller. Vingt-six ans à sa parution. J'approche doucement de la cinquantaine désormais. Ce que vous tenez entre vos doigts, c'est la somme de ce que j'ai été pendant tout ce temps. Vingt ans d'obsessions. Que de mots, que d'idées, parfois terribles ! Mis bout à bout, mes romans racontent notre monde, tel que je le vois. Chacun sous un angle un peu différent.

Rien de tout ça n'aurait été possible sans vous. Oui, vous, là, qui tenez ces pages ouvertes devant vous. Que ce livre soit votre « premier Chattam » ou que vous n'en ayez manqué aucun (là, félicitations et gratitude éternelle !), merci pour le temps que vous avez consacré à me lire, aux moyens que vous vous êtes donnés pour me lire. Je suis honoré par cette attention. J'espère avoir été à la hauteur de toutes les heures de votre vie que vous m'avez accordées.

Lorsqu'on explore le plus sombre de l'homme pour y poser un peu de lumière, tenter de comprendre, constater qu'il y a d'autres personnes, nombreuses, qui partagent la même envie, le même besoin, c'est particulièrement motivant. Cela fait du bien, et je ne parle pas d'ego mais bien des raisons qui me poussent à publier ces textes. Finalement, sans même nous voir, nous toucher, nous sommes ensemble, moins seuls dans nos interrogations.

Un auteur sans lecteurs n'est qu'une bouée sans eau.

J'ai pas mal d'air en réserve, donc si vous me donnez un peu de portance, il doit y avoir moyen qu'on s'amuse encore un moment ensemble.

J'espère vous retrouver bientôt. D'ici là, prenez soin de vous.

Je soutiens l'Unicef, car les enfants du monde sont ce que nous avons de plus précieux. Allez donc jeter un œil sur leur site Internet si vous ne le connaissez pas déjà, c'est important, un premier pas.

Je suis présent sur Twitter : @ChattamMaxime ; ou Facebook : Maxime Chattam Officiel. Si vous glissez un œil là-dessus, venez me raconter ce que vous avez pensé de ce roman. Ou de la vie d'ailleurs. Après tout ce qu'on s'est raconté ici, on peut se le permettre, non ?

Maxime Chattam,
Edgecombe, le 12 juillet 2022.

*Cet ouvrage a été composé et mis en page
par Nord Compo à Villeneuve-d'Ascq*

Imprimé en France par
CPI Brodard & Taupin
en décembre 2023
N° d'impression : 3055547

Pocket – 92 avenue de France, 75013 PARIS

S31127/01